# 水浒的暗线

巨南 著

中国文史出版社
CHINA CULTURAL AND HISTORICAL PRESS

**图书在版编目（CIP）数据**

水浒的暗线 / 巨南著. -- 北京：中国文史出版社，
2023.4

ISBN 978-7-5205-3894-7

Ⅰ.①水… Ⅱ.①巨… Ⅲ.①《水浒》研究 Ⅳ.
①I207.412

中国版本图书馆CIP数据核字(2022)第201582号

责任编辑：卜伟欣

出版发行：中国文史出版社

社　　址：北京市海淀区西八里庄路69号院　　邮编：100142

电　　话：010-81136606　81136602　81136603（发行部）

传　　真：010-81136655

印　　装：廊坊市海涛印刷有限公司

经　　销：全国新华书店

开　　本：16开

印　　张：18.25

字　　数：278千

版　　次：2025年5月北京第1版

印　　次：2025年5月第1次印刷

定　　价：76.00元

# 序言

## 七分实事　三分虚构

北宋末年，君主昏庸，政治腐败，东京"泼皮"出身的高俅由于善于蹴鞠而获得宋徽宗宠信，扶摇直上，平步青云，官拜殿帅府太尉。高俅得势之后，不仅打击报复仇人之子教头王进，而且因为养子高衙内觊觎禁军教头林冲娘子的美色，陷害林冲，使其发配沧州，并试图斩草除根，走投无路的林冲只能雪夜上梁山。北京大名府留守梁中书派杨志等人运送十万贯"生辰纲"到东京汴梁向岳父蔡京贺寿，在黄泥岗被晁盖等人劫走，事情暴露，郓城县押司宋江冒着"血海般干系"通风报信，晁盖等人逃至梁山，火并王伦，成为山寨的新主人。

宋江杀了阎婆惜，亡命天涯，结交各路英雄好汉，又因父亲一封书信被骗回郓城县投案自首，发配江州。江州期间，宋江醉酒在浔阳楼题反诗以致锒铛入狱，在即将开刀问斩的关键时刻，梁山好汉血洗法场，救下宋江。宋江上了梁山后，率军南征北战，攻城略地，由于晁盖死于曾头市，成为梁山的新寨主。梁山的崛起引起了朝廷的恐慌，高俅、童贯等人多次讨伐梁山，却都大败而回。宋江一心追求招安，在宿太尉和李师师的斡旋下，宋徽宗下旨赦免梁山好汉，宋江等梁山好汉摇身一变，成为朝廷官员。为了报答朝廷，宋江率领梁山好汉讨伐辽国，平定方腊之乱，然而尽管宋江等人为了保卫大宋王朝立下了汗马功劳，却始终无法逃脱蔡京、高俅等奸臣的毒手……

作为中国古代第一部长篇白话小说，以梁山好汉为主角的《水浒传》自问世以来，便以性格鲜明的人物形象、跌宕起伏的故事情节和朴实生动的语言风格，深受读者的欢迎和学者的赞赏。

长期以来，水浒研究领域学者专家大多认为流传至今的《水浒传》是根据北宋宣和年间"淮南盗"宋江和他的武艺高强的梁山兄弟"起河朔，转略十郡，官军莫敢撄其锋"（《宋史·张叔夜传》）的事迹，同时吸收宋元年间流行于说书人、杂剧表演之中的"梁山泊故事"改编撰写的产物。然而到了20世纪中期以后，出现了一些新的看法，水浒研究专家王利器先生在《耐雪堂集》（中国社会科学出版社，1986）一书中认为，《水浒传》的作者把当时各地"忠义人"抗金斗争和保卫南宋的经过写成我们所熟知的梁山好汉的英雄故事。海外学者孙述宇先生在《水浒传：怎样的强盗书》（上海古籍出版社，2011）一书中指出，《水浒传》里的梁山好汉其实隐喻北宋灭亡之后，继续留在河北、山东坚持抗金的"忠义人"，宋江的历史原型是南宋抗金名将岳飞，宋江被毒杀影射宋高宗赵构和宰相秦桧为了与金朝和谈，以谋反为名杀害力主抗金的岳飞一事。学者侯会先生在《从"山贼"到"水寇"：水浒传的前世今生》（浙江古籍出版社，2018）一书中，首次提出梁山泊暗喻洞庭湖，晁盖、宋江的历史原型是南宋初期占据洞庭湖的钟相、杨幺，《水浒传》主要描写钟相、杨幺起义。

考虑到《水浒传》有不少内容来源于两宋时期与抗金战争有关的事迹、话本、杂剧，施耐庵笔下的水浒故事有后者的影子不足为奇，但是如果说施耐庵撰写《水浒传》是为了这个目的，那么书中依然存在许多难以自圆其说的谜团，这里试举几例：

一是在《水浒传》第十八回《美髯公智稳插翅虎　宋公明私放晁天王》之中，作为郓城县押司的宋江首次现身之后，施耐庵赞美其"坐定时浑如虎相，走动时有若狼形。年及三旬，有养济万人之度量；身躯六尺，怀扫除四海之心机"。老虎是百兽之王,"虎相"既可以暗指为英雄好汉的豪迈气质,又可以理解为王者之气,"坐定时浑如虎相"翻译成白话文便是坐着的时候全身焕发着豪迈气质或王者之气;"走动时有若狼形"则另有乾坤,狼在行走时,总是喜欢左右看,回头观望,因此"狼形"实际上是指"狼顾之相",谈及"狼顾之相",通常人们会想起三国名相诸葛亮的老对手、西晋事实上的"开国之君"——司马懿;而"怀扫除四海之心机"是指宋江胸怀统一天下的宏图大志。这些文字隐含的意思与我们熟知的宋江形象可谓风马牛不相及,道理很简单,《水浒传》中的宋江原为郓城县押司,是因为向晁盖通风报信和杀死阎婆惜以及题反诗等一系列阴差阳错的因素而不得不上梁山,由于晁盖在曾头市死于非命,成为新寨主的宋江率领梁山好汉四处征战的同时,念念不忘朝廷招安,在招安成功之后,尽管宋江为朝廷讨伐辽国,平定方腊之乱,但是依然逃脱不了朝廷赏赐的毒酒,然而上述文字却暗示宋江的真实身份不仅是帝王,而且是"怀扫除四海之心机"的"开国之君",施耐庵这样描写宋江是否别有深意呢?

二是在《水浒传》中,尽管宋徽宗赵佶出场的次数屈指可数,却是推动情节发展的关键人物,正是由于他重用高俅,将其提拔为殿帅府太尉,才有了后来的王进逃难和林冲蒙冤等故事。

作为"九五之尊",尽管宋徽宗赵佶是当时和后世公认的一代文艺大家,但是其在位期间却不理朝政,追求享乐,在江南大肆收罗"花石纲",同时寻花问柳,迷恋京师名妓李师师,导致政治腐败,奸臣当道。在《水浒传》最后,虽然从表面上看,毒杀宋江的是蔡京、高俅等奸臣,但是从事后宋徽宗只是将后者训斥却没有惩罚来看,这位"道君皇帝"才是真正的幕后元凶,最终由于宋徽宗昏庸无能,在"靖康之难"中被金人俘虏,和儿子宋钦宗一起被押送到北方,沦为"亡国之君"。值得注意的是,在施耐庵生活的元末社会,当时的皇帝——元顺帝几乎便是宋徽宗的翻版,尽管雅好文艺的元顺帝在亲政初期,勤于政事,恢复科举,整饬吏治,采取了一系列改革措施,但是随着时间的推移,元顺帝开始沉迷酒色,重用奸臣,大兴土木,穷奢极欲,导致天下大乱,民众纷纷揭竿而起。至正二十七年(1367),元末农民战争的最终胜利者明太祖朱元璋下令大将徐达率军北伐，次年攻占元大都，元顺帝仓皇出逃，元朝灭亡。《水浒传》里的宋徽宗与元顺帝在不少方面具有相似之处，这难道仅仅是巧合吗？

三是史家庄少庄主史进拜由于逃避高俅迫害而路过的禁军教头王进为师，勤练枪棒。半年之后，王进离开史家庄，继续赶路，不久史太公病逝，史进从猎户李吉那里得知少华山有朱武、陈达和杨春三个强人，为了防患于未然，史进与村里庄户各执枪棒，建立强大的防御体系。陈达不听劝告，执意攻打史家庄，被史进擒拿，朱武和杨春前往史家庄，在史进面前下跪恳求释放陈达，史进被他们的义气所感动放了陈达，史进与朱武、陈达和杨春不打不相识，惺惺相惜，从此结为好友。有意思的是，朱元璋登基称帝，建立大明王朝，年号便是洪武，因此民间经常称呼朱元璋为朱洪武，而众所周知，明太祖朱元璋南征北战，平定天下的左膀右臂恰恰是徐达和常遇春，朱武、陈达、杨春会不会是隐喻朱元璋、徐达和常遇春？

四是宋江成为梁山新寨主之后，立即将聚义厅改为忠义堂，希望投靠朝廷的意图昭然若揭，梁山大聚义之时，更是亲自撰写以招安为主旨的《满江红》，在《满江红》中"望天王降诏早招安"这句话非常值得关注。按照字面意思来说，便是宋江希望当今皇上宋徽宗早日降下圣旨，招安梁山好汉，但是以"天王"称呼宋徽宗显然不太合适，因为在《水浒传》中，"天王"是另一位大名鼎鼎的梁山首领的专用称呼，那就是"托塔天王"晁盖。在《水浒传》中以宋江为首的梁山好汉对宋徽宗的称呼通常是"今上"，像第七十一回，宋江等人想走京师名妓李师师的门路寻求宋徽宗的招安圣旨，在与茶博士对话之时，便称其为"今上"。在我国古代社会，自秦始皇以后，君主的普遍称呼是皇帝或天子，以"天王"自居的君主主要集中在五胡十六国时期，这些君主往往具有两大特征：一是出身北方游牧民族，即非汉族；二是信仰佛教。作为推崇道教的汉族君主，宋徽宗明显不具备这两个特征。那么施耐庵为什么要制造这个明显的纰漏呢？是无心之失，还是别有深意呢？

五是宋江手下有一个水军统领阮小七，他和哥哥阮小二、阮小五一起辅佐宋江，东征西讨，屡败敌军，受朝廷招安之后，阮小二、阮小五讨伐方腊时死于非命；而立下战功，受封"盖天军都统制"的阮小七因穿起方腊丢下的龙袍戏耍而被告发，丢了官职，贬为平民，就和老母亲回梁山泊石碣村打鱼。巧合的是，朱元璋手下也有过一个叫廖永忠的水军将领，他和哥哥一起投靠朱元璋之后，南征北战，攻城略地，为明王朝统一天下立下了汗马功劳，但是最终却以"僭用龙凤"的罪名被赐死。阮小七和廖永忠都曾经担任本集团内部的水军将领，在兄弟排行中都是最小，都曾经奋勇杀敌，战功赫赫，最后罪名也一样，阮小七因戏耍龙袍而被告发，丢了官职，贬为平民，廖永忠因"僭用龙凤"的罪名被赐死。至于他们两人因为同一罪名，一个被赐死，另一个被罢官，贬为平民，考虑到文学艺术与现实生活毕竟有所不同，这两者的差异可以忽略不计，这样问题来了，施耐庵笔下的阮小七的历史原型会不会就是廖永忠呢？

如果我们系统地分析这些"不解之谜"，并且与施耐庵生活的元末明初的大乱世进行对照，不难得出一个结论：宋江其实是影射明太祖朱元璋，《水浒传》里的宋徽宗的历史原型是元朝的"亡国之君"元顺帝，梁山的崛起象征着朱元璋集团剿灭群雄、统一天下的过程。

事实上，关于《水浒传》背后隐藏的历史真相，在各篇章的文字之中有多处暗示，最能体现这点莫过于宋江和戴宗被从江州法场救回梁山后，李逵在众人面前说道："晁盖哥哥便做了大皇帝，宋江哥哥便做了小皇帝，吴先生做个丞相，公孙道士便做个国师，我们都做个将军，杀去东京，夺了鸟位，在那里快活，却不好！不强似这个鸟水泊里！"（《水浒传》第四十一回）李逵的这段话绝非是凸显其莽汉形象的戏言，而是包含历史真相的预言。在本书之中，笔者曾经提出以下观点：晁盖暗指郭子兴，宋江隐喻明太祖朱元璋，吴用影射李善长，公孙胜的历史原型是刘伯温。明朝建立之后，郭子兴被追封为"滁阳王"，以明太祖朱元璋"义父"的身份世代代享受祭祀。从郭子兴作为明朝"开国之君"的"义父"的特殊身份以及文学与现实的合理差异而言，称呼晁盖为"大皇帝"并无不可，而李善长则是明初的"丞相"，刘伯温在朱元璋集团内部也恰恰扮演着"国师"的角色，至于李逵所说的"我们"即梁山好汉们很可能是影射明太祖朱元璋麾下的徐达、常遇春等明初名将，他们身经百战，屡败强敌，在现实生活中也真的成为大明王朝功绩卓著的高级将领。除此之外，假如读者朋友阅读完本书的各篇文章，便会明白所谓"杀去东京，夺了鸟位"以及《水浒传》中梁山好汉攻占大名府很有可能暗指洪武元年（1368）明军攻占大都，元顺帝仓皇出逃，江山易代这件具有标志性意义的重大事件。

谈起《水浒传》，人们通常会将其与另一部赫赫有名的古典小说——《三国演义》相提并论，从相关史书和民间传说记载来分析，《三国演义》的作者罗贯中很有可能是施耐庵的学生，《三国演义》由于真实再现了三国大乱世期间群雄争霸、纵横捭阖的宏大历史叙事备受后世推崇，清代学者章学诚便认为《三国演义》"七分实事，三分虚构"。从某种意义而言，《水浒传》同样是一部以梁山好汉及其英雄故事为外壳实则讲述元末明初众多历史人物和相关事件的"七分实事，三分虚构"的文学作品。

一旦我们理解了《水浒传》是一本隐喻元末明初众多历史人物和相关事件的政治影射小说，一些与水浒相关的历史谜团就可以迎刃而解，比如既然《水浒传》问世于元末明初，那么为什么在明朝嘉靖年间才广泛流传开来，在这一百多年的时间里，《水浒传》跑哪里去了？对于这个问题，笔者认为，早期版本的《水浒传》问世后，由于其正文里包含影射和嘲讽元末明初众多历史人物和相关事件的内容，尽管施耐庵对于这些影射和嘲讽在遣词造句时尝试加以掩饰，但是其写作目的很可能被明廷察觉，因此遭到查禁，成为禁书。既然是禁书，自然会消失在公众视野中，转而可能以地下的形式秘密流传，明代前期的士大夫和读书人即使阅读过《水浒传》，也不会在自己的著作中大谈阅读"禁书"的经历和对"禁书"进行分析评论。到了明朝嘉靖年间，毕竟已经过去了一百多年，昔日的文网已经变得松弛，喜好文艺的明朝"开国元勋"郭英的嫡系后人武定侯郭勋在机缘巧合下获得了早期版本《水浒传》，为了提高自己的声望，郭勋组织门客对《水浒传》进行修订，在润色文字和完善情节的同时，删除和修改那些让人容易察觉的影射和嘲讽元末明初众多历史人物和相关事件的文字和章节，然后将修订好的《水浒传》加以推广，流传至今的大多数《水浒传》版本便来源于郭勋组织的这次修订。（对这方面感兴趣的读者可以阅读本书收录的文章《武定侯郭勋为什么要修订〈水浒传〉》）

近年来，《水浒传》与元末社会的内在联系引起了一些学者的注意。张同胜先生在《〈水浒传〉与元末红巾军》（《内江师范学院学报》2014年第5期）一文中，针对书中农民起义军和绿林好汉普遍的红巾装饰，经过细致的分析后，指出作为红巾军身份的"红头巾"在小说行文中有时未必直书，如"头巾歪整，浑如三月桃花"，或直接表明"头巾都戴茜根红，衲袄尽披枫叶赤"，所有这些其实都是向读者言说着元末历史的影子，有意无意地透露出了《水浒传》是假借宋江故事来表达元末红巾军之时事。马成生先生在《〈水浒传〉作者及成书年代论争述评》（《中华文化论坛》2001年第1期）一文中分析《水浒传》里以宋江为首的梁山好汉讨伐方腊与朱元璋消灭张士诚集团两者之间的相同或相似之处时指出，对照明代开国前后这个特定的历史时代，倒是朱元璋征伐张士诚的不少事迹，成为《水浒传》"征方腊"部分的创造素材，这不仅是因为《水浒传》中的"征方腊"大量地在元末张士诚占领的地区内进行，更是因为从"征方腊"中可以看到朱元璋征伐张士诚的某些痕迹。

　　施耐庵为什么要撰写这么一部内含乾坤的文学作品，从其人生经历上也可以看出一些端倪。根据《兴化县续志》收录的明初王道生撰写的《施耐庵墓志》记载："（施耐庵）为至顺辛未进士，曾官钱塘二载，以不合当道权贵，弃官归里，闭门著述。"（朱一玄、刘毓忱编：《水浒传资料汇编》，南开大学出版社，2012，120页）正是由于曾经"官钱塘二载，以不合当道权贵，弃官归里，闭门著述"，对于当时政治腐败有着切身体会的施耐庵才会有意借《水浒传》里君主昏庸、奸臣当道的北宋政坛影射几乎如出一辙的元顺帝时期的官场。

　　另一方面，根据《水浒传资料汇编》所收录的各类史料记载，施耐庵即使未必担任过张士诚的谋士，但是其无疑与张士诚集团存在极深的渊源，换而言之，施耐庵是明太祖朱元璋的政治反对派，由于大明王朝剿灭群雄，平定天下之后，对于原本支持张士诚的江南地主和士大夫阶层采取严厉打击政策，出台包括征收重赋、抄没家产、强迁凤阳等惩罚措施，同时又像其他朝代那样，基于维护政权合法性的需要，大肆美化本集团从揭竿而起到四海一统的历史和丑化自己的政治对手，作为元末明初众多历史事件的亲历者以及张士诚集团灭亡的受害者，出身江南士大夫阶层、饱读诗书、善于通俗文学创作的施耐庵自然不甘心历史真相完全湮没，但是因为自己居住生活在明王朝统治的核心区域——江南地区，施耐庵又不可能直接撰写记载朱元璋集团那些"见不得光"的阴暗历史的书籍，因此便有意创作《水浒传》，将元顺帝、朱元璋等元末明初时期众多历史人物和相关事件嫁接到自己一手打造的水浒世界，同时故意留下各种曲笔和线索，以便后世读者能够按图索骥，找寻字里行间隐藏的历史真相。

必须指出的是，自《水浒传》问世以来，关于施耐庵是否是《水浒传》的作者事实上存在争议，像以研究太平天国成名的罗尔纲先生便认为撰写《三国演义》的罗贯中才是《水浒传》的作者，理由如下：

首先，施耐庵其人其事无可考。明人胡应麟就说："世传施号耐庵，名字竟不可考。"名字都不可考，事迹更不待说。近世《兴化县续志》所载的《施耐庵墓志》，据考也系伪造。罗贯中则是一位有史可考、证据足征的著名小说家、剧作家。

其次，从对《水浒传》与已被确认是罗贯中所著的《三遂平妖传》的对勘中，也可以确认罗贯中应为《水浒传》的作者。两书在赞词、叙事和对待下层民众的态度上，有很多相同或极为相近的地方，这都表明两书皆为罗贯中一人所著。

先说赞词的相同。《三遂平妖传》全书赞词仅二十一篇，但竟有十三篇被插入到《水浒传》里。如把《三遂平妖传》记宋朝主帅文彦博战败逃走的赞词，插入《水浒传》里作为记徐宁失甲纳闷的赞词，一个字都没改，只是后者的赞词增加了两句，为的是照应情节。其余十二篇赞词的情况也大致如此。

再说叙事的极为相似。如《三遂平妖传》第八回"野林中张鸾救卜吉"写道："当时知州将卜吉刺配山东密州牢城营，当厅断了二十脊杖，唤个文字匠人刺了两行金印，押了文牒，差两个防送公人，一个是董超，一个是薛霸，当即押了卜吉，领了文牒，带卜吉出州衙前来。"《水浒传》第八回"鲁智深大闹野猪林"则与之极为相似："此日府尹来升厅，叫林冲除了长枷，断了二十脊杖。唤个文笔匠刺了面颊，……该配沧州牢城，……押了一道牒文，差两个防送公人监押前去。两个人是董超、薛霸。二人领了公文，押送林冲出开封府来。"何其相似！而类似相似之处，还有不少。

这些相同或相似之处，显著地表明，二书只有同出一人之手，才会出现上述情况。因为从古以来还没有一个"文抄公"敢这样明目张胆地抢劫他人的著作，社会上也不会容许有人这样做，更断然不会是传为"罗贯中的老师"的施耐庵来抢夺他的学生的著作。正因为罗贯中是《水浒传》的作者，所以他才可以把自己钟爱的旧作中的大半赞词和许多叙事内容放到新作里去。

罗尔纲先生还提出了其他证据。例如，明代有人骂《水浒传》的作者"包藏祸心""非猾胥之魁，则剧盗之靡"，这说明作者是一个反抗封建统治的人物，而这恰恰与《续文献通考》的作者、明代著名历史学家王圻所著的《稗史汇编》记罗贯中是"有志图王者"相印证。又据顾苓《跋水浒图》记罗贯中曾帮助过张士诚，以及《三国志通俗演义》对两浙淮南舟船方言的熟悉，进一步指明罗贯中确是一位参加过农民起义的"有志图王者"。《水浒传》与《三国志通俗演义》里写的战略、战术，非内行的人是写不出来的，而罗贯中恰恰是一个亲身参加过农民战争的内行。这些，都可以作为两书同出于一人之手的证据（贾小禹：《"水浒真义奚在？"》，《北京日报》2007年05月06日）。

对于谁是《水浒传》的作者，尽管笔者更倾向施耐庵，但是也认为不应该排除罗贯中的可能性，需要声明的是，不管是施耐庵，还是罗贯中，或者施耐庵根本就是罗贯中的化名，甚至未来考证出新的作者，只要《水浒传》的作者依然被证明是生活在元末明初江南地区，与张士诚集团关系密切的某位士人，本书的观点依然成立。

最后，笔者想强调的是，尽管本人对于《水浒传》非常感兴趣，也阅读了不少相关的论文和书籍，但是这些文章纯属一家之言，由于本人才疏学浅，必然出现许多失误和疏漏，还望读者朋友多多谅解和指正！

# 目录

# 宋江其实是影射一位赫赫有名的"开国之君"

　　《水浒传》所描写的英雄好汉虽然人数众多，但是第一男主角无疑是"及时雨"宋江，每一个阅读过《水浒传》的人都不难发现施耐庵对宋江的刻画可谓浓墨重彩、别具匠心。在第十八回中身为郓城县押司的宋江首次亮相，从急忙赶来的何涛那里得知其即将拘捕晁盖等人，便冒着"血海般干系"向后者通风报信。在此之后，从由于杀死阎婆惜而一路逃亡和发配江州期间结识武松、燕顺等好汉，到在江州浔阳楼题反诗被黄文炳揭发，即将被斩首示众的关键时刻，晁盖等人血洗江州，救下宋江，直至宋江多次率领众好汉对外出征和接受朝廷招安，讨伐辽国，平定方腊之乱，乃至最后喝下高俅、蔡京等奸臣授意放入毒药的御酒，告别人世，"及时雨"宋江堪称是串联起水浒不同情节和故事的核心人物。

　　宋江不仅是《水浒传》极力刻画的第一男主角，而且在北宋末年还存在一个同名的起义军领袖。《宋史·徽宗本纪》记载：

　　（宣和三年二月）方腊陷处州，淮南盗宋江等犯淮阳军，遣将讨捕；又犯京东、江北，入楚海州界，命知州张叔夜招降之。

　　《宋史·侯蒙传》记载：

　　宋江寇京东，蒙上书曰："江以三十六人横行齐、魏，官军数万无敢抗者，其才必过人。今青溪盗起，不若赦江，使讨方腊以自赎。"帝曰："蒙居外不忘君，忠臣也。"命知东平府，未赴而卒。

《宋史·张叔夜传》记载：

宋江起河朔，转略十郡，官军莫敢婴其锋。声言将至，叔夜使间者觇所向。贼径趋海濒，劫巨舟十余，载掳获。于是募死士得千人，设伏近城，而出轻兵距海，诱之战。先匿壮卒海旁，伺兵合，举火焚其舟。贼闻之，皆无斗志。伏兵乘之，擒其副贼，江乃降。

必须指出的是，从"横行齐、魏，官军数万无敢抗者"到《水浒传》里仗义疏财、诛杀贪官和朝思暮想"望天王降诏早招安"的梁山寨主，宋江的形象事实上经历过数百年的历史演变，在这一漫长过程中，对宋江形象变化影响最深远的莫过于《大宋宣和遗事》中的相关记载，根据此书描述，宋江由江洋大盗摇身一变为郓城县押司，因为其通风报信，晁盖等人躲过了官府的追捕，在梁山落草，事后由于杀死阎婆惜，宋江在九天玄女的指点下也投奔梁山，晁盖此时已经过世，众人便拥戴宋江成为梁山寨主，显然这些描写奠定了《水浒传》中宋江故事的基本框架。

长期以来，对于《水浒传》中的宋江是否影射某位历史人物，学者们往往有不同的看法，但令人惋惜的是，尽管许多专家在这方面进行了有益的探索，却忽视了《水浒传》中的宋江与该书成书时期一位天下无人不知、无人不晓的"大人物"似乎存在某种千丝万缕的联系。

近期，笔者在阅读《水浒传》过程中，发现施耐庵在描写宋江之时，有意留下各种蛛丝马迹暗示人物的真实身份，如果我们认真分析这些线索，将会发现一个隐藏了几百年的历史真相，即《水浒传》中的宋江很可能是影射明太祖朱元璋，梁山的崛起象征着朱元璋集团剿灭群雄、统一天下的过程，考虑到这个观点有些耸人听闻，笔者在这里试举一些证据供读者朋友参考。

**1. 宋江与朱元璋同为"淮南盗"**

我国史书对于北宋末年"起河朔，转略十郡"的宋江的活动范围存在不同的记载。

汪应辰的《文定集·显谟阁学士王公墓志铭》："河北剧贼宋江者，肆行莫之御。"李埴的《皇宋十朝纲要·卷一八》："宣和元年十二月，诏招抚山东盗宋江。"《宋史·徽宗本纪》："（宣和三年二月）方腊陷处州，淮南盗宋江等犯淮阳军，遣将讨捕。"

在北宋末年，河北是指黄河以北的广大地区，除了今天的河北省，还包括黄河以北山东、山西、河南等部分地区，范围更广；山东则指太行山以东地区，包括现在的山东、河北、河南等地区；淮南则指淮河以南的广大地区，即以江淮为主包括江苏、安徽、湖北和河南部分地区。从现有的相关史书记载来看，北宋末年"横行齐、魏"，以宋江为首的三十六人由于其缺乏稳固的根据地，因此长期处于流动作战的状态，淮南、山东、河北都是他们流动作战的范围，但是无论如何，"淮南盗"是当时北宋官方对其正式称呼之一。

有意思的是，明太祖朱元璋恰恰是如假包换的淮南人。众所周知，朱元璋出生地安徽凤阳处于淮河以南。《明史·太祖本纪》记载："先世家沛，徙句容，再徙泗州。父世珍，始徙濠州之钟离。母陈氏，方娠，梦神授药一丸，置掌中有光，吞之，寤，口余香气。及产，红光满室。……至正四年，旱蝗，大饥疫。太祖时年十七，父母兄相继殁，贫不克葬。里人刘继祖与之地，乃克葬，即凤阳陵也。太祖孤无所依，乃入皇觉寺为僧。逾月，游食合肥。""十二年春二月，定远人郭子兴与其党孙德崖等起兵濠州"，朱元璋前去投靠郭子兴，在此之后，朱元璋便以郭子兴部将的身份攻城略地，征战四方。值得注意的是，朱元璋不仅是淮南人，而且早年的活动范围基本上没有脱离淮南地区，如果当时元朝统治者下令缉捕朱元璋，十有八九会称呼其为"淮南盗"。

**2.《水浒传》对于宋江首次现身的相关描写的言外之意**

《水浒传》第十八回《美髯公智稳插翅虎　宋公明私放晁天王》对于宋江首次现身有着详细的描写：

何涛看时，只见县里走出一个吏员（宋江）来。看那人时，怎生模样？但见：

眼如丹凤，眉似卧蚕，滴溜溜两耳垂珠，明皎皎双睛点漆。唇方口正，髭须地阁轻盈；额阔顶平，皮肉天仓饱满。坐定时浑如虎相，走动时有若狼形。年及三旬，有养济万人之度量；身躯六尺，怀扫除四海之心机。上应星魁，感乾坤之秀气；下临凡世，聚山岳之降灵。志气轩昂，胸襟秀丽。刀笔敢欺萧相国，声名不让孟尝君。

"坐定时浑如虎相，走动时有若狼形"这句话饱含深意。老虎是百兽之王，"虎相"既可以暗指英雄好汉的豪迈气质，又可以理解为王者之气，"坐定时浑如虎相"翻译成白话文便是坐着的时候全身焕发着豪迈气质或王者之气；"走动时有若狼形"则另有乾坤，狼在行走时，总是喜欢左右看，回头观望，因此"狼形"实际上是指"狼顾之相"，而谈及"狼顾之相"，就不得不提三国时期的一个著名典故。

《晋书·宣帝纪》记载：

魏武（曹操）察帝（司马懿）有雄豪志，闻有狼顾相，欲验之。乃召使前行，令反顾，面正向后而身不动。

在中国古代社会，拥有"狼顾之相"的通常都是意图篡位的权臣，司马懿生前虽然没有称帝，但是他却是西晋王朝事实上的"开国之君"。

另外，施耐庵评价宋江"怀扫除四海之心机"也耐人寻味，"四海"指的是全国各地，即天下，"怀扫除四海之心机"是指宋江胸怀统一天下的宏图大志。

这样问题就来了，如此描写宋江是非常不合理的，道理很简单，《水浒传》中的宋江原为郓城县押司，是因为向晁盖通风报信和杀死阎婆惜以及题反诗等一系列因素而不得不上梁山。在晁盖死于非命之后，宋江率领梁山好汉四处征战的同时，念念不忘朝廷招安，在招安成功之后，尽管宋江为朝廷讨伐辽国，剿灭方腊，然而还是逃脱不了朝廷赏赐的毒酒，但是上述文字却暗示宋江的真实身份不仅是帝王，而且是"怀扫除四海之心机"的"开国之君"。

对于这种反常的现象，比较合理的解释便是施耐庵很可能是向读者暗示宋江的历史原型是某个王朝的"开国之君"，而从各种迹象来看，这位"开国之君"应该就是与《水浒传》作者施耐庵同样生活在元末明初时期剿灭群雄、统一天下的明太祖朱元璋。

《水浒传》中的宋江的年龄与朱元璋也存在某种契缘。《水浒传》第十八回在宋江第一次出现曾经提及其"年及三旬"，在我国古代社会，谈论年龄之时，一旬往往指十岁，三旬就是三十岁，"年及三旬"便是指年龄在三十岁左右。何心先生在其著作《水浒研究》（上海古籍出版社，1985）里的《水浒传编年》一文指出，史进登场时，是在政和二年，即公元1112年，而从史进推鲁智深、林冲、柴进、武松到宋江可知，宋江出场是在三年后的政和五年，即公元1115年。另外，根据书中记载，宋江被逼喝毒酒自尽则是宣和六年，也就是公元1124年，此时宋江的年龄是三十九岁左右。

朱元璋也是差不多同样的年龄段里度过了从崛起到消灭张士诚集团的人生最重要的时期。朱元璋出生于元朝天历元年，即公元1328年，幼年遭遇饥荒，父母双亡，自己被迫出家，然后投靠郭子兴，至正十六年（1356），朱元璋率军攻占集庆，改名应天府（今江苏南京）。应天府龙盘虎踞，地势险要，北临徐淮，东接吴地，南控楚越，西靠江汉，经济繁荣，人口稠密，是当时公认的南部中国的政治经济中心。在此之后，朱元璋以应天府为基地，调兵遣将，攻占周边地区，先后于至正二十四年（1364）和至正二十七年（1367）消灭陈友谅、张士诚集团，奠定了统一全国的基础。朱元璋率军攻占集庆之时，年龄正好是二十九岁，即"年及三旬"，而其消灭张士诚集团，年龄是四十岁，这个年龄与宋江服毒自尽时的年龄也非常接近，《水浒传》中宋江从出场到落幕与历史上的朱元璋从攻占南京到消灭张士诚集团之间在年龄上的诸多相似之处很难相信只是一种巧合！

与此同时，《水浒传》中宋江首次现身的相貌特征"眼如丹凤，眉似卧蚕，滴溜溜两耳垂珠，明皎皎双睛点漆。唇方口正，髭须地阁轻盈；额阔顶平，皮肉天仓饱满"与明太祖朱元璋也有着惊人的相似性。丹凤眼通常指炯炯有神、极富魅力的眼睛，《三国演义》中的关羽即是这种眼睛，中国古典戏剧中的英雄豪杰，都是被化装成这种眼睛。卧蚕眉通常指眉尾向上高挑，眉身呈现两段微弯，眉色乌亮富光泽，如蚕一般。卧蚕眉一般用来比喻豪杰英武之气，由于蚕的形状与龙十分相似，因此卧蚕也可以理解为"卧龙"，而"龙"恰恰便是帝王的象征。

除了"眼如丹凤，眉似卧蚕"之外，如果再结合"滴溜溜两耳垂珠，明皎皎双睛点漆。唇方口正，髭须地阁轻盈；额阔顶平，皮肉天仓饱满"的描写，我们便会发现一个非常有趣的现象，即假如先排除那些刻意丑化，留下那张我们今天常见的脸面圆润、正襟危坐的明太祖画像，《水浒传》中对宋江的外貌描述其实也完全适用在明太祖朱元璋身上，《水浒传》中宋江首次现身的相貌特征与明太祖朱元璋存在惊人的相似性绝非巧合，而是有意为之的结果。作为元末明初时期与张士诚集团关系密切的文人，施耐庵不可能不了解朱元璋外貌特征，其将后者的外貌特征嫁接到宋江身上，根本目的还在于暗示宋江的历史原型便是明太祖朱元璋。

3. 《水浒传》中的宋江与朱元璋在家庭出身上也有相似性

第十八回《美髯公智稳插翅虎　宋公明私放晁天王》写道：

那押司姓宋名江，表字公明，排行第三，祖居郓城县宋家村人氏。为他面黑身矮，人都唤他做黑宋江；又且于家大孝，为人仗义疏财，人皆称他做孝义黑三郎。上有父亲在堂，母亲丧早，下有一个兄弟，唤做铁扇子宋清，自和他父亲宋太公在村中务农，守些田园过活。

在这段记载中，我们需要引起关注的是书中对宋江"孝义黑三郎"的称呼，尽管宋江是在江湖中有着极高威望和对敌人心狠手辣的乱世枭雄，但是不可否认，其对父亲宋太公却十分孝顺，正是由于宋太公告诫其不得到梁山落草为寇，所以宋江在发配江州途中被晁盖等人迎上梁山后断然拒绝入伙的建议；

得知宋太公病逝的假消息后，宋江回家奔丧发现宋太公安然无恙，不仅没有生气，而且顺从地接受了其向官府投案的要求，后来因为在浔阳楼题反诗被捕入狱，晁盖等人为救其血洗法场而不得不在梁山落草。在梁山落草之后，宋江便第一时间派人将宋太公和其弟宋清送至梁山安置，加之其"为人仗义疏财"，称呼其"孝义"也绝非溢美之词。

历史上的朱元璋除"义气为重"之外也同样以孝闻名，《明史·太祖本纪》记载："至正四年，旱蝗，大饥疫。太祖时年十七，父母兄相继殁，贫不克葬。里人刘继祖与之地，乃克葬，即凤阳陵也。太祖孤无所依，乃入皇觉寺为僧。"朱元璋剿灭群雄，登基称帝之后，不仅将已经去世的父母和兄长追封为仁祖淳皇帝、淳皇后、南昌王、盱眙王、临淮王，抚养外甥李文忠和侄子朱文正，而且将父母兄嫂的坟墓改建为明皇陵，在其自己撰写的《御制皇陵碑》里强调"于是思亲之心昭著，日遥晞乎家邦"，希望"勒石铭于皇堂，世世承运而务德，必仿佛于殷商。泪笔以述，难谕嗣以抚昌，稽首再拜，愿时时而来飨"，怀念之情溢于言表。

或许有人会质疑，既然你声称宋江是影射朱元璋，但是宋江在家里排行老三，而朱元璋在家里排行老四，这岂非自相矛盾呢？对于这个问题笔者认为，尽管朱元璋在家中排行老四，但是由于某种特殊因素也可以被称呼为三郎。

我国古代社会，往往以伯、仲、叔、季作为兄弟间的排行顺序，伯为老大，仲为老二，叔为老三，季排最小。《明史·太祖本纪》记载："父世珍，始徙濠州之钟离。生四子，太祖其季也。"这说明朱元璋在家里排行老四，至于朱元璋的兄长，根据史书记载，分别是大哥朱兴隆，二哥朱兴盛，三哥朱兴祖。虽然朱元璋有三位兄长，但是三哥很可能在刚出生或幼年便已经夭折了，这个秘密就隐藏在朱元璋自己亲自撰写的《御制皇陵碑》里：

昔我父皇，寓居是方，农业艰辛，朝夕彷徨，俄尔天灾流行，眷属罹殃：皇考终于六十有四，皇妣五十有九而亡，孟兄先死，合家守丧。田主德不我顾，呼叱昂昂，既不与地，邻里惆怅。忽伊兄之慷慨，惠此黄壤，殡无棺椁，被体恶裳，浮掩三尺，奠何肴浆。既葬之后，家道惶惶，仲兄少弱，生计不张，孟嫂携幼，东归故乡。值天无雨，遗蝗腾翔，里人缺食，草木为粮。予亦何有，心惊若狂，乃与兄计，如何是常？兄云去此，各度凶荒。兄为我哭，我为兄伤，皇天白日，泣断心肠，兄弟异路，哀恸遥苍。……次兄已殁又数载，独遗寡妇野持筐：因兵南北，生计忙忙，一时会聚如再生，牵衣诉昔以难当。

这段文字非常明确记载了大哥和二哥的人生结局，却唯独没有交代三哥的下落，为什么会出现这种反常现象？如果朱元璋的三哥也是在这一时期死亡或失联的话，他没有理由不去记载他的归宿，对此比较合理的解释便是朱元璋的三哥很可能在刚出生或幼年便已经夭折了，理解了这些，我们便明白为什么朱元璋在《御制皇陵碑》中记载了大哥和二哥的人生结局，却唯独没有交代三哥的下落。按照我国古代宗法制度的惯例，假如出现这种兄长刚出生或幼年已经夭折的情况，弟弟的排位次序会向上升一级，像唐高祖李渊在家中排行老四，然而由于长兄早夭，所以其字被父母命名为"叔德"，即老三的意思，因此尽管朱元璋在家中排行老四，但是因为三哥早夭，朱元璋的父母很可能在家中称呼其为三郎。

另外，考虑到朱元璋早年为了活命，四处讨饭，吃不饱，穿不暖，居无定所，长期日晒雨淋，"面黑"的可能性极大，而从《明史·太祖本纪》只描写朱元璋"比长，姿貌雄杰，奇骨贯顶。志意廓然，人莫能测"，却没有提及其身高修长，以及从今天留下的朱元璋画像来看，朱元璋的身材也可能比较矮小，换而言之，朱元璋很有可能像宋江那样"面黑身矮"，所以，综合各方面因素来看，朱元璋事实上也可以被称为"孝义黑三郎"。

### 4. 反诗里的乾坤

在水浒故事之中，题反诗是宋江一生经历的重要转折点。在此之前，尽管出身胥吏的宋江身陷囚牢，可依然渴求朝廷的大赦，希望有朝一日能重回体制内，但是在浔阳楼题反诗之后，由于黄文炳的告发，宋江被江州知府蔡九下令斩首示众，晁盖等梁山好汉血洗法场，宋江不得不断了重回体制内的念头，跟随晁盖等人上梁山落草为寇。《水浒传》第三十九回《浔阳楼宋江吟反诗　梁山泊戴宗传假信》对于宋江题反诗的经过有着生动的描写：

宋江听罢，又寻出城来，直要问到那里。独自一个闷闷不已，信步再出城外来，看见那一派江景非常，观之不足。正行到一座酒楼前过，仰面看时，旁边竖着一根望竿，悬挂着一个青布酒旆子，上写道"浔阳江正库"，雕檐外一面牌额，上有苏东坡大书"浔阳楼"三字。宋江看了，便道："我在郓城县时，只听得说江州好座浔阳楼，原来却在这里。我虽独自一个在此，不可错过，何不且上楼去自己看玩一遭。"宋江来到楼前看时，只见门边朱红华表柱上，两面白粉牌，各有五个大字，写道："世间无比酒，天下有名楼。"宋江便上楼来，去靠江占一座阁子里坐了。凭阑举目看时，端的好座酒楼。但见：

　　雕檐映日，画栋飞云。碧阑干低接轩窗，翠帘幕高悬户牖。吹笙品笛，尽都是公子王孙；执盏擎壶，摆列着歌姬舞女。消磨醉眼，倚青天万迭云山；勾惹吟魂，翻瑞雪一江烟水。白苹渡口，时闻渔父鸣榔；红蓼滩头，每见钓翁击楫。楼畔绿槐啼野鸟，门前翠柳系花骢。

　　宋江看罢浔阳楼，喝采不已，凭阑坐下。酒保上楼来，唱了个喏，下了帘子，请问道："官人还是要待客，只是自消遣？"宋江道："要待两位客人，未见来。你且先取一樽好酒，果品肉食，只顾卖来。鱼便不要。"酒保听了，便下楼去。少时，一托盘把上楼来。一樽蓝桥风月美酒，摆下菜蔬时新果品按酒，列几般肥羊、嫩鸡、酿鹅、精肉，尽使朱红盘碟。宋江看了，心中暗喜，自夸道："这般整齐肴馔，济楚器皿，端的是好个江州。我虽是犯罪远流到此，却也看了些真山真水。我那里虽有几座名山古迹，却无此等景致。"独自一个，一杯两盏，倚阑畅饮，不觉沉醉。猛然蓦上心来，思想道："我生在山东，长在郓城，学吏出身，结识了多少江湖上人，虽留得一个虚名，目今三旬之上，名又不成，功又不就，倒被文了双颊，配来在这里。我家乡中老父和兄弟，如何得相见！"不觉酒涌上来，潸然泪下。临风触目，感恨伤怀。忽然做了一首《西江月》词调，便唤酒保，索借笔砚。起身观玩，见白粉壁上，多有先人题咏。宋江寻思道："何不就书于此？倘若他日身荣，再来经过，重睹一番，以记岁月，想今日之苦。"乘其酒兴，磨得墨浓，蘸得笔饱，去那白粉壁上，挥毫便写道：

　　自幼曾攻经史，长成亦有权谋。恰如猛虎卧荒丘，潜伏爪牙忍受。

不幸刺文双颊，那堪配在江州。他年若得报冤仇，血染浔阳江口。

宋江写罢，自看了，大喜大笑，一面又饮了数杯酒，不觉欢喜，自狂荡起来，手舞足蹈，又拿起笔来，去那《西江月》后，再写下四句诗，道是：

> 心在山东身在吴，飘蓬江海谩嗟吁。
>
> 他时若遂凌云志，敢笑黄巢不丈夫。

宋江写罢诗，又去后面大书五字道："郓城宋江作。"写罢，掷笔在桌上，又自歌了一回。再饮过数杯酒，不觉沉醉，力不胜酒，便唤酒保计算了，取些银子算还，多的都赏了酒保，拂袖下楼来。踉踉跄跄，取路回营里来。开了房门，便倒在床上，一觉直睡到五更。酒醒时，全然不记得昨日在浔阳江楼上题诗一节。当时害酒，自在房里睡卧，不在话下。

尽管题反诗是宋江一生经历的重要转折点，但是我国的水浒专家对于此事依然缺乏系统的研究和分析，突出体现在忽视了反诗里蕴含的丰富信息。

为了更好地说明这个问题，我们不妨看看这首反诗的第一部分内容："自幼曾攻经史，长成亦有权谋。恰如猛虎卧荒丘，潜伏爪牙忍受。不幸刺文双颊，那堪配在江州。他年若得报冤仇，血染浔阳江口。"这部分内容主要是宋江抒发对自己命运的感慨，在宋江看来，自己从小就攻读经史，成年后又精通权谋之术，自己屈就押司是为了将来能够仕途步步高升，但是由于杀死阎婆惜，不得不被"刺文双颊"，发配江州，如果未来"得报冤仇"，必定"血染浔阳江口"。

必须提醒读者朋友的是，这里的"冤仇"跟我们通常理解的"冤仇"有所不同，宋江手刃阎婆惜是客观事实，其被"刺文双颊"发配江州是宋江家里借朝廷大赦天下，上下打点，从轻发落的结果，因此宋江入狱绝非冤案，从上下文语境来看，这里的"冤仇"应该是指宋江在被发配江州过程中他人给予的羞辱和刁难，因此如果其未来飞黄腾达，必然报仇雪恨，"血染浔阳江口"，施耐庵这样写显然是想提醒读者宋江是一个睚眦必报、心狠手辣的人，这点跟晚年猜忌功臣而不惜血流成河的朱元璋具有惊人的相似性。

接下来，我们再看看这首反诗的第二部分内容："心在山东身在吴，飘蓬江海漫嗟吁。他时若遂凌云志，敢笑黄巢不丈夫。"在这段文字之中，"心在山东"是指宋江思念山东郓城县老家，但是"身在吴"这三个字非常值得注意，宋江发配的江州是今天的江西九江。在春秋战国时期，九江位于楚国与吴国交界地带，南朝梁元帝承圣二年（553），分江州立吴州，领鄱阳郡，将江州称呼为吴不能算错误，但是不太准确，我们通常所了解的吴地是指太湖流域周边地区，《水浒传》作为一部通俗小说，不能违背草根大众的认知。施耐庵之所以将江州称呼为"吴"很可能是提醒读者宋江的历史原型与"吴"有很深的渊源，在元末群雄之中，跟"吴"有渊源的只有两个先后自称吴王的张士诚和朱元璋，考虑到施耐庵与张士诚的密切关系，两人毕竟有君臣之谊，以及《水浒传》中对宋江的刻画描写总体上采取名褒实贬的原则，因此张士诚的可能性可以被排除，在排除张士诚之后，答案便呼之欲出，"身在吴"实则暗示宋江的历史原型是以吴地为基础、剿灭群雄、统一天下的吴王，即后来的明太祖朱元璋。

除此之外，"他时若遂凌云志，敢笑黄巢不丈夫"这句话也非常耐人寻味。黄巢是唐末著名的起义军领袖，尽管一度率领大军攻占长安，但是最终兵败被杀，宋江敢称"他时若遂凌云志，敢笑黄巢不丈夫"说明他自认为未来的功业远超黄巢，那么什么样的功业可以被认为是超越黄巢呢？毋庸置疑，只有在宋江未来能够推翻旧王朝，建立新的"大一统"王朝，并且成为新王朝的"开国之君"，这样他才有资格"敢笑黄巢不丈夫"，但是无论北宋末年的宋江还是《水浒传》里的宋江最终都归附朝廷，因此绝对没有资格"敢笑黄巢不丈夫"，而与施耐庵生活在同一历史时期的元末群雄之中，刘福通、陈友谅、张士诚等人最终身死国灭，方国珍屈膝投降，他们绝对没有资格嘲笑黄巢，只有先占据吴地，自称吴王，然后南征北战，推翻元朝，建立新王朝的明太祖朱元璋才有资格说出"敢笑黄巢不丈夫"，换而言之，当施耐庵让宋江在浔阳楼题反诗，写出"他时若遂凌云志，敢笑黄巢不丈夫"时，实质上已经向读者提示了其真实的历史原型！

### 5. 都喜欢吃长江捕捞的鲜鱼

《水浒传》里的宋江在饮食方面的突出特点便是喜欢吃鲜鱼。

宋江因见了这两人，心中欢喜，吃了几杯，忽然心里想要鱼辣汤吃，便问戴宗道："这里有好鲜鱼么？"戴宗笑道："兄长，你不见满江都是渔船，此间正是鱼米之乡，如何没有鲜鱼？"宋江道："得些辣鱼汤醒酒最好。"戴宗便唤酒保，教造三分加辣点红白鱼汤来。顷刻造了汤来，宋江看见道："美食不如美器，虽是个酒肆之中，端的好整齐器皿。"拿起箸来，相劝戴宗、李逵吃，自也吃了些鱼，呷了几口汤汁。李逵也不使箸，便把手去碗里捞起鱼来，和骨头都嚼吃了。宋江看见忍笑不住，再呷了两口汁，便放下箸不吃了。戴宗道："兄长，已定这鱼腌了，不中仁兄吃。"宋江道："便是不才酒后，只爱口鲜鱼汤吃，这个鱼真是不甚好。"（《水浒传》第三十八回）

只说宋江把一尾鱼送与管营，留一尾自吃。宋江因见鱼鲜，贪爱爽口，多吃了些，至夜四更，肚里绞肠刮肚价疼，天明时，一连泻了二十来遭，昏晕倒了，睡在房中。宋江为人最好，营里众人都来煮粥烧汤，看觑伏侍他。次日，张顺因见宋江爱鱼吃，又将得好金色大鲤鱼两尾送来，就谢宋江寄书之义，却见宋江破腹泻倒在床，众囚徒都在房里看视。张顺见了，要请医人调治。宋江道："自贪口腹，吃了些鲜鱼，坏了肚腹，你只与我赎一贴止泻六和汤来吃便好了。"叫张顺把这两尾鱼，一尾送与王管营，一尾送与赵差拨。（《水浒传》第三十九回）

明太祖朱元璋也非常喜欢吃鲜鱼。至正十六年（1356）占领集庆，改名应天府（今江苏南京）之后，由于统治区域涵盖长江流域中下游，朱元璋能吃到长江捕捞的鲥鱼。鲥鱼通常长约24厘米，头侧扁，下颚稍长，鳞片大而薄，这种鱼主要产于长江下游，以安徽当涂至马鞍山一带横江鲥鱼味道最为鲜美，除了味道鲜美外，鲥鱼的肉还可以清热解毒，开胃醒脾。朱元璋经常命人取新鲜的鲥鱼进行烹饪，几乎每天都要吃鲥鱼，而朱元璋最喜欢吃的就是"清蒸鲥鱼"。

洪武三十一年（1398），朱元璋因病去世，皇太孙朱允炆继位，即为建文帝。次年，对建文帝"削藩"不满的燕王朱棣在北平发动"靖难之役"，经过数年苦战，占领应天，登基称帝，即明成祖。后来明成祖朱棣迁都北京，他知道自己的父亲喜欢吃鲥鱼，为体现自己的孝心，他决定用鲥鱼当作太庙的供品，为此朱棣决定成立一个部门——鲥鱼厂，让宫廷宦官掌管和运送，定期送往北京。

沈德符的《万历野获编·卷十七》记载：

南都入贡船，大抵俱属龙江广洋等卫水军撑驾，掌之者为车驾司副郎，专给关防行军，入贡抵潞河，则前运俱归，周而复始，每年必往还南北不绝，岁以为常。闻系文皇帝初迁北平所设，定制有深虑存焉。其贡名目不一，每纲必以宦官一人主之，其中不经者甚多。……其最急冰鲜，则尚膳监之，鲜梅枇杷鲜笋鲥鱼等物，然诸味尚可稍迟，惟鲜鲥则以五月十五日进鲜于孝陵，始开船，限定六月末旬到京，以七月初一日荐太庙，然后供御膳。

《水浒传》里的宋江喜欢吃长江里捕捞的鲜鱼，明太祖朱元璋也喜欢吃长江里捕捞的鲜鱼，这两人都喜欢吃长江里捕捞的鲜鱼，是纯属巧合，还是意有所指呢？笔者认为，施耐庵在《水浒传》里如此强调宋江喜欢吃长江里捕捞的鲜鱼很可能是影射有相同爱好的明太祖朱元璋，理由如下：

一是施耐庵不惜笔墨，花费相当大的篇幅介绍宋江对从长江捕捞的鲜鱼的喜爱。在《水浒传》第三十八回之中，无论是宋江自己所说的"便是不才酒后，只爱口鲜鱼汤吃"，还是李逵为了宋江能够吃上两尾活鱼而与张顺在江中搏斗，甚至张顺得知宋江身份之后主动送上四尾大的金色鲤鱼，无不在向读者强调宋江对从长江捕捞的鲜鱼的偏爱，这部分内容几乎占了第三十八回一半以上的篇幅，到了《水浒传》第三十九回开头，依然不忘强调"宋江因见鱼鲜，贪爱爽口，多吃了些，至夜四更，肚里绞肠刮肚价疼，天明时，一连泻了二十来遭，昏晕倒了，睡在房中"和"次日，张顺因见宋江爱鱼吃，又将得好金色大鲤鱼两尾送来"，如果施耐庵仅仅是向读者介绍宋江喜欢品尝从长江捕捞的鲜鱼，完全可以一笔带过，何必花费这么大的篇幅？对于这个问题，一个比较合理的解释便是，考虑到《水浒传》是一本政治影射小说，施耐庵如此谋篇布局，设计相关情节的目的很可能是因为宋江所影射的对象同样也非常喜欢品尝从长江捕捞的鲜鱼，而这个影射的对象很可能就是有着相同爱好的明太祖朱元璋。

二是在我国社会，从古至今，鱼类一直是上至达官显贵，下至普通百姓的主菜之一，喜欢品尝鱼类的人比比皆是，但是如果我们认真阅读《水浒传》第三十八回和第三十九回的相关内容，不难发现，宋江对从长江捕捞的鲜鱼的偏爱事实上超出了一般意义的喜欢，已经达到如同一个酒鬼对酒的那种痴迷程度，可以说是"无鱼不欢"。而明太祖朱元璋对于从长江捕捞的鲜鱼的偏爱也已经达到了痴迷的地步，由于其太喜欢品尝从长江捕捞的鲜鱼，以至于后来明成祖朱棣迁都北京之后，为了显示自己的孝心，要求将长江捕捞的鲥鱼，"以五月十五日进鲜于孝陵（明太祖朱元璋陵墓），始开船，限定六月末旬到京，以七月初一日荐太庙，然后供御膳"（《万历野获编·卷十七》）。

三是宋江所品尝的鲜鱼有着明显的地域的限制。尽管根据《水浒传》第三十八回中的"便是不才酒后，只爱口鲜鱼汤吃"来看，宋江在家乡郓城也非常喜欢吃鱼，但是在第三十八回和第三十九回，宋江品尝过的鲜鱼有着明显的地域限制，由于江州即今天的江西九江属于长江中下游，这意味宋江品尝过的鲜鱼来自长江中下游，而明太祖朱元璋喜欢品尝的鲥鱼则来自南京周边的长江流域，也属于长江中下游，《水浒传》中的宋江和明太祖朱元璋都喜欢品尝来自长江中下游的鲜鱼很难相信完全是巧合。

### 6.同样善于收买人心和笼络人才

《水浒传》中的宋江和明太祖朱元璋在性格特点和个人魅力上也具有相似性。

古往今来，任何能够成就一番"惊天地，泣鬼神"宏伟事业的大人物无不善于收买人心和笼络人才，宋江能够成为梁山的寨主关键还在于其仗义疏财、扶危济困的领袖魅力。

第十八回《美髯公智稳插翅虎　宋公明私放晁天王》写道：

这宋江自在郓城县做押司。他刀笔精通，吏道纯熟，更兼爱习枪棒，学得武艺多般。平生只好结识江湖上好汉：但有人来投奔他的，若高若低，无有不纳，便留在庄上馆谷，终日追陪，并无厌倦；若要起身，尽力资助。端的是挥霍，视金似土。人问他求钱物，亦不推托，且好做方便，每每排难解纷，只是周全人性命。如常散施棺材药饵，济人贫苦，周人之急，扶人之困。以此山东、河北闻名，都称他做及时雨，却把他比做天上下的及时雨一般，能救万物。曾有一首《临江仙》赞宋江好处：

起自花村刀笔吏，英灵上应天星。疏财仗义更多能。事亲行孝敬，待士有声名。济弱扶倾心慷慨，高名冰月双清。及时甘雨四方称。山东呼保义，豪杰宋公明。

朱元璋起事之后，同样非常注重收揽人心，尤其注重用金钱来招揽人才。《续资治通鉴·元纪三十一》记载："（至正十六年）秋，七月，己卯朔，建康诸将奉朱元璋为吴国公，以御史台为府，置江南行中书省，元璋兼总省事，置官属。以韩林儿自称宋后，遥奉之，文移除授，悉以龙凤纪年。是月，秦从龙应聘而至。从龙，洛阳人，初仕为校官，累迁江南行台侍御史，会兵乱，避居镇江，吴国公命徐达访之。达下镇江，得从龙，还报，吴国公喜，即命朱文正以白金、文绮往聘之。既至，亲至龙江，迎之以入，居从龙于西华门外，事无大小，皆与之谋，从龙尽言无隐，每以笔书漆简，问答甚密，左右无知之者，吴国公呼为先生而不名。"

由于善于收揽人心、礼贤下士，朱元璋率军屡战屡胜，威震海内，成为元末社会最受瞩目的乱世枭雄。随着声望日隆，朱元璋的大名天下无人不知，无人不晓，吸引当时的英雄豪杰纷纷投靠。对于朱元璋驾驭群雄、统一天下的领袖魅力，《明史·太祖本纪》给予极高的评价："帝天授智勇，统一方夏，纬武经文，为汉、唐、宋诸君所未及。当其肇造之初，能沉几观变，次第经略，绰有成算。……太祖以聪明神武之资，抱济世安民之志，乘时应运，豪杰景从，戡乱摧强，十五载而成帝业。崛起布衣，奄奠海宇，西汉以后所未有也。"

另外，《水浒传》里的宋江的姓名不仅可以理解为"大宋的江山"，而且其本人处处以"大宋王朝的忠臣"自居，由韩山童、刘福通发动建立的红巾军政权，其国号恰恰也是"宋"，而朱元璋起事之后，长期以来一直奉红巾军政权为正朔，将韩山童之子韩林儿视为自己的"皇上"，而且在公开场合有意展现自己对这个特殊的"宋王朝"以及韩林儿的忠心，换而言之，朱元璋在很长一段时间内也是以"大宋王朝的忠臣"自居，这种相似性难道纯属偶然吗？

《水浒传》中的宋江和明太祖朱元璋在如此多的领域有着相同或相似之处发人深省，如果说他们两者之间相同或相似的地方只有一两处，或许可以用巧合来解释，但是如此多的相同或相似之处用巧合来解释很难令人信服。显然对于这种现象比较符合逻辑的解释便是《水浒传》中的宋江很可能是影射明太祖朱元璋，梁山的崛起象征着朱元璋集团剿灭群雄、统一天下的过程。

笔者个人认为，施耐庵之所以选择撰写以宋江为首的梁山好汉的故事为主要内容的《水浒传》，很可能是由于宋江名字的特殊含义以及水浒故事名义上发生的时代背景是北宋时期，而元末红巾军政权正是以"宋"为国号，朱元璋则长期奉红巾军政权为正朔，并且长期以这个特殊的"宋王朝"的忠臣自居，这些很可能刺激并启发了作为朱元璋政治反对派的施耐庵最终决定将自己所处的元末乱世和朱元璋真面目以北宋末年和宋江的名义写入《水浒传》。

施耐庵所撰写的《水浒传》事实上是一部以梁山好汉为掩饰，暗指朱元璋集团从揭竿而起到四海一统的政治影射小说。

# 《水浒传》中的梁山暗指南中国的"首都"

说起水浒，人们总是不由自主地想起烟波浩渺的八百里梁山泊，宋江等梁山好汉便是以梁山为根据地，四处讨伐，攻城略地，诛杀贪官，救济贫民，回到梁山之后，又是大秤分金银，大碗吃酒肉，过着神仙般的快意恩仇的生活。作为好汉们的居所、巢穴和基地，施耐庵对于梁山的景色有着非常详细的描写。

《水浒传》第十一回《朱贵水亭施号箭　林冲雪夜上梁山》写道：

没多时，只见对过芦苇泊里，三五个小喽啰摇着一只快船过来，径到水亭下。朱贵当时引了林冲，取了刀仗、行李下船。小喽啰把船摇开，望泊子里去，奔金沙滩来。林冲看时，见那八百里梁山水泊，果然是个陷人去处。但见：

山排巨浪，水接摇天。乱芦攒万万队刀枪，怪树列千千层剑戟。濠边鹿角，俱将骸骨攒成；寨内碗瓢，尽使骷髅做就。剥下人皮蒙战鼓，截来头发做缰绳。阻当官军，有无限断头港陌；遮拦盗贼，是许多绝径林峦。鹅卵石叠叠如山，苦竹枪森森如雨。战船来往，一周回埋伏有芦花；深港停藏，四壁下窝盘多草木。断金亭上愁云起，聚义厅前杀气生。

第七十一回《忠义堂石碣受天文　梁山泊英雄排座次》写道：

当日梁山泊宋公明传令已了，分调众头领已定，各各领了兵符印信，筵宴已毕，人皆大醉，众头领各归所拨寨分。中间有未定执事者，都于雁台前后驻扎听调。有篇言语单道梁山泊的好处。怎见得？

山分八寨，旗列五方。交情浑似股肱，义气真同骨肉。断金亭上，高悬石绿之碑；忠义堂前，特扁金书之额。总兵主将，山东豪杰宋公明；协赞军权，河北英雄卢俊义。施谋运计，吴加亮号智多星；唤雨呼风，入云龙是公孙胜。五虎将英雄猛烈，八骠骑悍勇当先。马步将军，弓箭枪刀遮路；水军将校，艨艟战舰相连。八寨军兵，守护山头港泊；四方酒肆，招邀远路来宾。掌管钱粮，廉干李应柴进；总驰飞报，太保神行戴宗。飞符走檄，萧让是圣手书生；定赏行刑，裴宣为铁面孔目。神算须还蒋敬，造船原有孟康。金大坚置印信兵符，通臂猿造衣袍铠甲。皇甫端专攻医兽，安道全惟务救人。打军器须是汤隆，造炮石全凭凌振。修缉房舍，李云善布碧瓦朱甍；屠宰猪羊，曹正惯习挑筋别骨。宋清安排筵宴，朱富酝造香醪。陶宗旺筑补城垣，郁保四护持旌节。人人勠力，个个同心。休言啸聚山林，真可图王伯业。列两副仗义疏财金字障，竖一面替天行道杏黄旗。

水泊梁山无论在现实中还是史书上确实存在，根据梁山县志编纂委员会编辑的《梁山县志》（新华出版社，1997）记载，梁山位于山东省西南部梁山县中部、县城东南，占地面积3.5平方公里，地势西南高，东北低，由梁山、青龙山、凤凰山、龟山四主峰和虎头峰、雪山峰、郝山峰、小黄山等七支脉组成，其中以梁山主峰最高，海拔197.9米。

梁山泊又称梁山泺，最早见于《资治通鉴》。后周显德六年（959），"命步军都指挥使袁彦浚五丈渠东过曹、济、梁山泊，以通青、郓之漕"（《资治通鉴·后周纪五》）。可见，那时的梁山泊不外是连通青、郓漕运的一片水域，并不以汪洋浩渺著称。大约在后晋开运和北宋天禧、熙宁年间，黄河先后三次大决口，滔滔的河水流入汴、曹、单、濮、郓、澶、齐、徐等州，淹没的田野与零散的湖泊连成一片，形成了一个以梁山为中心、水域达八百里的大湖，统称为梁山泊，但是从元代之后，湖水渐渐枯涸，大部分湖面已变成了良田，昔日盛况已经不复存在。

然而施耐庵笔下的梁山泊真的是历史上的那个梁山泊吗？答案可能会出乎读者朋友的意料之外，《水浒传》中的梁山表面上看是指北宋末年的位于鲁西南的那个梁山泊，但是实质上却极有可能是暗指一座无论在古代还是现代都大名鼎鼎的城市，即元末明初的应天府，也就是今天有着"六朝古都"之称的南京。考虑到笔者的这个观点有些耸人听闻，这里试举几例证据来证明自己的观点。

1. "水浒"隐含着靠近水边之意，梁山和南京都是水城

长期以来，对于《水浒传》为何以"水浒"作为书名，不同的研究者有着不同的看法。史学家罗尔纲先生在《水浒真义考》（《文史》第十五辑，中华书局，1982）一文中认为"水浒"来自《诗经·大雅·绵》："古公亶父，来朝走马，率西水浒，至于岐下。"这段话的意思是，商朝时期，有一个"周"部族在首领古公亶父带领下西迁，他们来到水源充沛的岐山脚下的周原，在这里安定下来，发展壮大，最后建立周王朝。所谓"水浒"就是来到水源充沛的地方，但是也有其他研究者认为，"水浒"二字与寨名有关，因为水泊梁山的寨名就叫水浒，而许多水浒题材的元杂剧中就有"寨名水浒，泊号梁山"等词语，但是不管哪种解释，"水浒"显然隐含着靠近水边之意。

由于《水浒传》里对于梁山"八百里水泊"有着多次详细的描写，而且为读者朋友所熟知，这里便不赘述。巧合的是，南京恰恰也是从古至今，海内外知名的水城。南京不仅濒临长江，而且境内湖泊众多，属于典型的江南水乡，同样与水有着极深的渊源。对于南京的水乡风情，我国许多文学大家都有着非常生动的描写，像李白的《登金陵凤凰台》："凤凰台上凤凰游，凤去台空江自流。吴宫花草埋幽径，晋代衣冠成古丘。三山半落青天外，二水中分白鹭洲。总为浮云能蔽日，长安不见使人愁。"李绅的《宿扬州》："江横渡阔烟波晚，潮过金陵落叶秋。嘹唳塞鸿经楚泽，浅深红树见扬州。夜桥灯火连星汉，水郭帆樯近斗牛。今日市朝风俗变，不须开口问迷楼。"朱自清先生的《南京》同样写道："一出城，看见湖（玄武湖），就有烟水苍茫之意；船也大多了，有藤椅子可以躺着。水中岸上都光光的；亏得湖里有五个洲子点缀

着，不然便一览无余了。这里的水是白的，又有波澜，俨然长江大河的气势，与西湖的静绿不同，最宜于看月，一片空蒙，无边无界。……莫愁湖在华严庵里。湖不大，又不能泛舟，夏天却有荷花荷叶，临湖一带屋子，凭栏眺望，也颇有远情。"因此称呼南京为水城可谓实至名归。

2.《水浒传》第七十八回入回赋的言外之意

第七十八回《十节度议取梁山泊 宋公明一败高太尉》入回赋写道：

寨名水浒，泊号梁山。周回港汊数千条，四方周围八百里。东连海岛，西接咸阳，南通大冶金乡，北跨青齐兖郡。有七十二段港汊，藏千百只战舰艨艟；建三十六座雁台，屯百千万军粮马草。声闻宇宙，五千骁骑战争夫；名达天庭，三十六员英勇将。跃洪波，迎雪浪，混江龙与九纹龙；踏翠岭，步青山，玉麒麟共青面兽。逢山开路，索超原是急先锋；遇水叠桥，刘唐号为赤发鬼。小李广开弓有准，病关索枪法无双。黑旋风善会偷营，船火儿偏能劫寨。花和尚岂解参禅，武行者何曾受戒！焚烧屋宇，多应短命二郎；杀戮生灵，除是立地太岁。心雄难比两头蛇，毒害怎如双尾蝎？阮小七号活阎罗，秦明性如霹雳火。假使官军万队，穆弘出阵没遮拦；纵饶铁骑千层，万马怎当董一撞。朱全面如重枣，时人号作云长；林冲燕颔虎须，满寨称为翼德。李应俊似扑天雕，雷横猛如插翅虎。燕青能减灶屯兵，徐宁会平川布阵。呼风唤雨，公孙胜似入云龙；抢鼓夺旗，石秀众中偏拚命。张顺赴得三十里水面，驰名浪里白跳；戴宗走得五百里程途，显号神行太保。关胜刀长九尺，轮来手上焰光生；呼延灼鞭重十斤，使动耳边风雨响。没羽箭当头怎躲，小旋风弓马熟闲。设计施谋，众伏智多吴学究；运筹帷幄，替天行道宋公明。大闹山东，纵横河北。步斗两赢童贯，水战三败高俅。非图坏国贪财，岂敢欺天罔地。施恩报国，幽州城下杀辽兵；仗义兴师，清溪洞里擒方腊。千年事迹载皇朝，万古清名标史记。

值得注意的是，第七十八回入回赋的开头事实上源自元杂剧。元朝高文秀所撰写的《黑旋风双献功》写道：

寨名水浒，泊号梁山。纵横河港一千条，四下方国八百里。东连大海，西接济阳，南通巨野、金乡，北靠青、齐、兖、郓。有七十二道深河港，屯数百只战舰艨艟。三十六万座宴楼台，聚几千家军粮马革。风高敢放连天火，月黑提刀去杀人。

可奇怪的是，两者描写梁山的范围却截然不同，高文秀笔下的梁山，由于济阳、巨野、金乡都是古代鲁西南的县名，这个梁山的范围与今日我们认知的梁山基本一致，但是施耐庵笔下的梁山，"东连海岛，西接咸阳，南通大冶金乡，北跨青齐兖郡"，这个范围显然远远超出我们所熟悉的梁山，这里的海岛可以理解为舟山岛，大冶即今天湖北的大冶市，大冶市自古以来矿产资源丰富，因此也可以称为"金乡"，咸阳则是指陕西省西安和咸阳等周边地区，青、齐、兖郡则可以理解为山东、江苏、河南、安徽四省交界地区，如果有兴趣的读者朋友在地图上把这个区域划出来，会发现一个非常有意思的现象，即这个区域正好覆盖了元末明初时期朱元璋占据的江淮地区和与其争霸天下的对手陈友谅掌控的江西、湖广地区以及张士诚拥有的江南地区，换而言之，施耐庵笔下的梁山范围同样也是朱元璋集团消灭陈友谅集团和张士诚集团之后所占据的版图，而在这个辽阔的区域内可以作为中心，同时具备内部和周边分别拥有"七十二段港汊"（七十二条河道支流）以及"港汊数千条"（河道支流数千条）的条件和特点的地方，更有可能是作为长江下游水上交通要道的南京，而非偏居一隅，深处鲁西南腹地的梁山。

### 3. 梁山和南京分别是宋江集团和朱元璋集团的"都城"

笔者在其他文章中多次指出宋江其实是影射明太祖朱元璋，梁山的崛起象征着朱元璋集团剿灭群雄、统一天下的过程，宋江、李逵等人便是以梁山为根据地四处讨伐，攻城略地，诛杀贪官，救济贫民，回到梁山之后，又是大秤分金银，又是大碗吃酒肉，过着神仙般的快意恩仇的生活，因此梁山实质上扮演着宋江集团的"都城"的角色和作用。而南京在朱元璋集团的角色和作用与梁山在宋江集团内部十分类似，至正十六年（1356），朱元璋率领大军攻占集庆，改名应天府，即今天的南京。在此之后，朱元璋以南京为都城，运筹帷幄，决胜千里，派徐达、常遇春等将领率军讨伐和消灭了陈友谅、张士诚等割据势力，直至最后北伐幽燕，推翻元朝，统一天下。徐达、常遇春等将领在外获胜之后，也是班师返回自己的都城——南京接受朱元璋的各种赏赐和加官晋爵，过着锦衣玉食、钟鸣鼎食的贵族生活。

4.《水浒传》里的梁山和元末明初的南京分别发生过几次大规模水战

在《水浒传》里，梁山的崛起引起了朝廷的恐慌，童贯两次围剿梁山失利之后，高俅三次率军讨伐梁山，在讨伐的过程之中，与梁山发生过三次大规模水战。

第一次讨伐，高俅征发十路节度使，包围梁山。为了获胜，采用节度使王焕计策，先教马步军去诱敌，引其出战，然后调水军战船去劫梁山后方，谁知经过的港汊都被梁山好汉用柴草填塞，船无法行走，众多军卒，只得弃船下水，梁山在水战上大获全胜。

第二次讨伐，陆战和水战同时进行，官军在陆战上屡战屡败，数员战将被俘。在水战方面，开战之时，吴用用渔人和牧童来诱敌深入，待狂风大作之时，刘唐把装有芦苇干柴硫磺烟硝引火之物的船只引入官船之间，前后官船一起烧着，直杀得尸横遍野，高俅引马军在水边策应，却被索超、林冲、朱仝先后追杀，吓得魂不附体。

第三次讨伐，高俅造出大海鳅船，想要一举荡平梁山，谁知船队遇到阮氏三雄，等快要靠近时，三阮扑通一声都跳下水，又遇到孟康、童威、童猛，三人又一齐跳下水了，再往前走，又遇到李俊、张横、张顺三人，三人又都跳下水了去。突然间，千百只小船飞来，一个个把挠钩搭住了船舵，这时，海鳅船船底漏了，前船后船都沉将下去，高俅被擒，梁山大获全胜。

另一方面，明太祖朱元璋在攻占南京前后分别与元军和陈友谅爆发过两次大规模水战。《明史纪事本末·卷一》记载：

（至正）十六年春，元兵屯采石，将士家属留和州，道梗，常遇春攻之。遇春以奇兵分其势，而以正兵与之合战，战则出奇兵搠之，纵火焚其连舰，大破之，蛮子海牙仅以身免，自是扼江之势遂衰。

三月朔，太祖率诸将取集庆路，水陆并进。……诸军拔栅竞进，元南台御史大夫福寿督兵力战，死之。庚寅，克集庆路，蛮子海牙遁归张士诚。康茂才等帅众来降。太祖入城，召官吏父老谕之曰："元失其政，所在纷扰，生民涂炭。吾率众至此，为民除害耳。汝等各守旧业，无怀疑惧。贤人君子，有能相从立功者，吾礼用之。旧政有不便者，吾除之。"于是城中军民皆喜悦，更相庆慰。

四年之后，明太祖朱元璋又与占据江西、湖广的陈友谅在南京濒临的长江水域爆发了一场改变当时中国历史进程的大规模水战。《明史·太祖本纪》记载：

（至正二十年）闰月丙辰，友谅陷太平，守将朱文逊，院判花云、王鼎，知府许瑗死之。未几，友谅弑其主徐寿辉，自称皇帝，国号汉，尽有江西、湖广地，约士诚合攻应天，应天大震。诸将议先复太平以牵之，太祖曰："不可。彼居上游，舟师十倍于我，猝难复也。"或请自将迎击，太祖曰："不可。彼以偏师缀我，而全军趋金陵，顺流半日可达，吾步骑急难引还，百里趋战，兵法所忌，非策也。"乃驰谕胡大海捣信州牵其后，而令康茂才以书绐友谅，令速来。友谅果引兵东。于是常遇春伏石灰山，徐达阵南门外，杨璟屯大胜港，张德胜等以舟师出龙江关，太祖亲督军卢龙山。乙丑，友谅至龙湾，众欲战，太祖曰："天且雨，趣食，乘雨击之。"须臾，果大雨，士卒竞奋，雨止合战，水陆夹击，大破之，友谅乘别舸走。遂复太平，下安庆，而大海亦克信州。

### 5. 梁山上有多处关隘，南京境内和周边也有多处关隘

在《水浒传》里，梁山不仅是宋江等人的根据地，而且还是地势崎岖、关隘重重的军事要塞，为了抵御敌人，梁山在各大关隘安排精兵猛将驻守，关于这些，书中有着详细描写。第五十一回《插翅虎枷打白秀英　美髯公误失小衙

内》写道：

　　一丈青、王矮虎后山下寨，监督马匹。金沙滩小寨，童威、童猛弟兄两个守把。鸭嘴滩小寨，邹渊、邹润叔侄两个守把。山前大路，黄信、燕顺部领马军下寨守护。解珍、解宝守把山前第一关。杜迁、宋万守把宛子城第二关。刘唐、穆弘守把大寨口第三关。阮家三雄守把山南水寨。

　　第七十一回《忠义堂石碣受天文　梁山泊英雄排座次》写道：

　　且不说众道士回家去了，只说宋江与军师吴学究、朱武等计议。堂上要立一面牌额，大书"忠义堂"三字。断金亭也换个大牌匾。前面册立三关。……山前南路第一关，解珍、解宝守把；第二关，鲁智深、武松守把；第三关，朱仝、雷横守把。东山一关，史进、刘唐守把；西山一关，杨雄、石秀守把；北山一关，穆弘、李逵守把。

　　无巧不成书的是，南京境内和周边也有多处关隘，在这些关隘之中，最有名的便是清流关。滁州城西郊12.5公里处的清流关是北方政权攻打南京的必经之地。自北向南攻击南京，一般不会从正面渡江，因为南京附近的江面太过宽阔且没有好的登陆地点，通常都是先攻破清流关取滁州，南下和县，渡过长江，再从陆路进攻南京。南北朝时，侯景谋反，便是起兵于寿阳（今安徽寿县），兵经清流关口，攻陷历阳（今安徽和县），渡江取采石（今安徽省马鞍山市雨花区采石街道），再攻破建业（今江苏南京）。

　　除此之外，在南京市中心还有一座赫赫有名的虎踞关。在古代社会，今南京市区北起西康路、南至广州路之间有一条长约八百米的道路，因在石头山下，为上山的必经之路，犹似一道关隘。传说东汉末建安年间，诸葛亮出使东吴途经秣陵（今江苏南京），曾登临石头山（即今日之清凉山），驻马观察地理形势，盛赞此处曰："钟山龙蟠、石头虎踞，此乃帝王之宅也。"于是人们将此路命名为虎踞关。

古代杭州到南京途中也有一座具有军事用途的关隘——独松关。独松关东西有高山幽涧，南北有狭谷相通，是兵家必争之地。南宋德祐元年（1275），元将阿剌罕自建康出兵经广德，破独松关直取临安，最终导致南宋灭亡。清咸丰十年（1860），清军进攻天京（今江苏南京），太平天国将领李秀成由杭州借独松关捷径，迅速北上，与各路太平军大破清军，解了天京之围。

### 6. 冬季梁山泊没有冰冻背后的玄机

水浒研究专家沈家仁先生在《这梁山泊怎么不冰冻》（沈家仁、沈忱：《煮酒说水浒（升级版）》，中州古籍出版社，2015）一文中曾经提出这样一个疑问，即在冬季的时候，梁山泊为什么没有冰冻？沈家仁先生认为《水浒传》中虽未公开写出梁山水泊是个不冻的泊，但处处都点明了这个事实，为此其重点举了第十一回和第八十回里的事例。

在第十一回，林冲在柴进的推荐下去了梁山，到了朱贵酒店，但见酒店"被雪漫漫地压着"。喝酒时，见一人在门前看雪。这一细节，说明这雪下得大，连朱贵都很少见，故在门前看着。朱贵得知林冲是由柴大官人推荐来的，热情款待林冲，第二天一早，朱贵射出一支响箭，"没多时，只见对过芦苇泊里，三五个小喽啰摇着一只快船过来"。请注意这个"快"字，这个"快"字足以说明梁山水泊上空虽然飘着漫天大雪，但是泊子里风平浪静，没有冰凌，故这只小船才能"快"得起来。

在第八十回里，梁山崛起之后，童贯率军讨伐，中了梁山的十面埋伏，只能落荒而逃。太尉高俅见状，便选了十路兵马，亲自领兵前去围剿，开战不久便一败二败，等到第三次攻打梁山的时候，高俅找了造船的高手叶春，造了海鳅船去出征。这些大家伙，宛如水中坦克，即半机械化动力（二十四部水车）推动前进，又有竹笆防护，犹如坦克的外壳装甲，攻防自如，大有"揽海翻江冲白浪，安邦定国灭洪妖"之势。可是梁山泊的人也不是吃素的，战斗打响之后，便派张顺潜入湖中将海鳅船凿漏，使得官军不战自乱，活捉了高俅。但是此时按照书中交代是"十一月中时"，这十一月是旧历，按阳历算，应该是十二月下旬。此时梁山泊已久未结冰，一个南方人，在冬至前后还下水凿船，也算是奇事，神了！

另外，沈先生还有一个疑问：书中介绍大海鳅船"船上可容数百人"，加上它的伪装，再加上它自身的重量，这船的吨位就不小了，吃水也浅不了。梁山的朋友说过，这梁山"湖水一般不深"。若果真如此，这船在浅水的湖中能走动自如或动弹得了吗？书中还说"茫茫荡荡，都是芦苇野水"。即使这船能浮于水，芦苇到处都是，这大海鳅船又怎么前进、转弯、掉头呢？

沈家仁先生的疑问对于我们判断《水浒传》里的梁山是否便是今日位于鲁西南我们所熟知的梁山泊提供了新的视角。在正常情况下，位于鲁西南我们所熟知的梁山泊冬季时期不可能不出现冰冻，但是如果出现冰冻，像第十一回"三五个小喽啰摇着一只快船过来"和八十回"张顺潜入湖中将海鳅船凿漏"的情况便不太可能出现，而如果梁山是暗指濒临长江的南京，这些疑问便可以迎刃而解。南京位于我国秦岭淮河以南的东部季风区，属于典型的亚热带季风气候，常年温度要远远高于今日位于鲁西南的梁山，其濒临的长江江面辽阔，冬季通常也没有冰冻现象。在这种情况下，即使在冬季，三五个小喽啰依然能够摇着一只快船过来，高俅的大海鳅船当然也可以走动自如，张顺潜入湖中将海鳅船凿漏显然也没有什么问题。

《水浒传》里的梁山和古代的应天府今天的南京存在如此多的相似之处，很难相信是纯属巧合！事实上在书里存在一个能够直接证明梁山泊其实便是南京的暗示。在《水浒传》第六十五回《托塔天王梦中显圣 浪里白跳水上报冤》，张顺奉命前去建康府邀请名医安道全为宋江治病，对于其路过的南京濒临的长江水域是如此描写：

嘹唳冻云孤雁，盘旋枯木寒鸦。空中雪下似梨花，片片飘琼乱洒。

玉压桥边酒旆，银铺渡口鱼艖。前村隐隐两三家，江上晚来堪画。

在《水浒传》结尾，已经退位成为太上皇的宋徽宗在梦中来到水泊梁山，看到的梁山景色是：

漫漫烟水，隐隐云山。不观日月光明，只见水天一色。红瑟瑟满目蓼花，绿依依一洲芦叶。双双鹧鸪，游戏在沙渚矶头；对对鸳鸯，睡宿在败荷汀畔。林峦霜叶，纷纷万片火龙鳞；堤岸露花，簇簇千双金兽眼。淡月疏星长夜景，凉风冷露九秋天。

两首诗词不仅都是描写水域，而且在意境上都充满了萧瑟悲凉之意。这首展现梁山风光的诗词，我们说是描写南京风光也未尝不可。更值得关注的是，前文已经提到，如果梁山位于鲁西南，在冬季不可能不冰冻，张顺不可能潜入湖中将海鳅船凿漏，有意思的是，同样是这个张顺，在雪花飘飘的冬季搭船过长江去建康府邀请名医安道全时，遭遇艄公谋财害命被扔进江中后在江底下潜水上岸，既然能够搭船过长江，又能在江下潜水，说明此时的长江并没有冰冻，由于地理和气候的因素，在冬季，南京濒临的长江水域没有冰冻是非常正常的，但是位于鲁西南的梁山没有冰冻却是不太正常的。

### 7. 明代初期"大南京"地区也有两座夹江对峙的梁山

今天的人们一提起梁山往往会想起鲁西南那座赫赫有名的梁山，但是事实上在幅员辽阔的中国大地上，还有位于其他地区的梁山，在这些梁山之中，最值得水浒爱好者和研究者关注的是位于安徽和县的西梁山和芜湖市的东梁山。西梁山位于和县县城南36公里，海拔88.1米，俯临长江。东梁山位于芜湖市北郊长江江畔，海拔82.12米。西梁山与东梁山夹江对峙，像一座天设的门户，故合称"天门山"。"天门山"临江悬崖之处，怪石层叠，南朝大明七年（463），宋孝武帝刘骏车驾于此，检阅江中水军演习，曾诏博望、梁山立双阙，东西梁山由此而得名。壮丽的景色吸引历代诗人至此浏览，题咏赋诗，像唐代大诗人李白就在经典诗词《天门山铭》中这样描绘东西梁山的风光："梁山博望，关扃楚滨。夹据洪流，实为吴津。两坐错落，如鲸张鳞。惟海有若，惟川有神。牛渚怪物，目围车轮。光射岛屿，气凌星辰。卷沙扬涛，溺马杀人。国泰呈瑞，时讹返珍。开则九江纳锡，闭则五岳飞尘。天险之地，无德匪亲。"

至正十五年（1355），驻扎在和州的朱元璋亲自带兵渡过长江，占领采石、太平、芜湖等地。一年后，攻破集庆路，同年三月，改集庆路为应天府

（今江苏南京）。明朝洪武元年（1368）八月，升应天府为南京，即明朝京师，同时规定应天府、苏州府、凤阳府等十四个府（包括今天江苏、安徽、上海两省一市）直隶明朝中央。永乐十八年（1420），明成祖朱棣迁都后，取消北平布政使司，将北平布政使司所辖府、州、直隶州直隶中央六部，遂称北直隶，区域大致相当于今北京、天津、河北等省市，原京师地区改称南直隶，原辖区基本不变，以区别于北直隶。

　　了解了这些背景知识，我们便会明白，在明朝初年，广义上的"大南京"地区即南直隶也存在两座在当时赫赫有名的夹江对峙的梁山。根据相关史书和民间传说记载，《水浒传》作者施耐庵长期在南京及其周边地区居住和活动，对于这两座位于朱元璋曾经的驻军和征战之地，同时临近应天府，具有极高知名度的梁山必然不会陌生，甚至不排除有可能亲自去游玩过，因此《水浒传》里梁山风景很可能名义上是来自鲁西南的那座梁山，但是实际上却有可能是施耐庵根据隶属于明朝初年"大南京"地区的东西梁山的景色风光加以艺术创造的产物，如同今日我们可以用南京地区的名山——钟山来象征南京市，生活在元末明初的施耐庵之所以以李代桃僵的方式，将与朱元璋有着深厚渊源，同时在"大南京"地区享有极高知名度的东西梁山附身在鲁西南的那座梁山上，归根结底还是想通过这种方式向读者暗示《水浒传》里的梁山事实上是隐喻明朝初年的京师——应天府，即今天的江苏省南京市。

# 建康名医安道全上梁山的象征意义

在崇尚勇武的水浒故事之中，文弱的安道全上梁山的特殊意义往往容易被忽视。

为了解救卢俊义和石秀，宋江率军包围大名府，朝廷闻讯派关羽嫡系后人关胜领军攻打梁山，以达到围魏救赵的目的。谁知经过多次激战，关胜等人被俘投降，但是由于大名府城墙坚固，防守严密，宋江始终无法攻破大名府，情急之下，身染重病，梁山派张顺去邀请建康府名医安道全来为其治病。

对于宋江染病的经过和为什么选择安道全前来，《水浒传》第六十五回《托塔天王梦中显圣 浪里白跳水上报冤》有着明确的交代：

次日商议打城。一连打了数日，不得城破。宋江好生忧闷。当夜帐中伏枕而卧，忽然阴风飒飒，寒气逼人。宋江抬头看时，只见天王晁盖欲进不进，叫声："兄弟，你不回去，更待何时！"立在面前。宋江吃了一惊，急起身问道："哥哥从何而来？屈死冤仇不曾报得，中心日夜不安。前者一向不曾致祭，以此显灵，必有见责。"晁盖道："非为此也。兄弟靠后，阳气逼人，我不敢近前。今特来报你：贤弟有百日血光之灾，则除江南地灵星可治。你可早早收兵，此为上计。回军自保，免致久围。"宋江却欲再问明白，赶向前去说道："哥哥阴魂到此，望说真实。"被晁盖一推，撒然觉来，却是南柯一梦。便叫小校请军师圆梦。吴用来到中军帐上，宋江说其异事。吴用道："既是晁天王显圣，不可不依。目今天寒地冻，军马难以久住，权且回山守待，冬尽春初，雪消冰解，那时再来打城，未为晚矣。"宋江道："军师言之甚当，只是卢员外和石秀兄弟陷在缧绁，度日如年，只望我等兄弟来救。不争我们回去，诚恐这厮们害他性命。此事进退两难。"计议未定。

次日，只见宋江觉道神思疲倦，身体酸疼，头如斧劈，身似笼蒸，一卧不起。众头领都在面前看视。宋江道："我只觉背上好生热疼。"众人看时，只见鳌子一般赤肿起来。吴用道："此疾非痈即疽。吾看方书，菉豆粉可以护心，毒气不能侵犯。便买此物，安排与哥哥吃。"一面使人寻药医治，亦不能好。只见浪里白跳张顺说道："小弟旧在浔阳江时，因母得患背疾，百药不能治，后请得建康府安道全，手到病除。向后小弟但得些银两，便着人送去与他。今见兄长如此病症，此去东途路远，急速不能便到。为哥哥的事，只得星夜前去，拜请他来救治哥哥。"吴用道："兄长梦晁天王所言，百日之灾，则除江南地灵星可治。莫非正应此人？"宋江道："兄弟，你若有这个人，快与我去，休辞生受，只以义气为重。星夜去请此人，救我一命。"吴用教取蒜条金一百两与医人，再将三二十两碎银作为盘缠，分付与张顺："只今便行，好歹定要和他来，切勿有误！我今拔寨回山，和他山寨里相会。兄弟可作急快来。"张顺别了众人，背上包裹，望前便走。

在梁山一百零八条好汉之中，安道全上梁山的方式比较特殊，先是已经过世的晁盖托梦宋江告知其"有百日血光之灾""江南地灵星（即安道全）可治"，结果宋江果真身染重病，然后是张顺回忆起"旧在浔阳江时，因母得患背疾，百药不能治，后请得建康府安道全，手到病除"，于是梁山派张顺前去邀请安道全，张顺历经波折，找到安道全，谁知安道全迷恋的娼妓李巧奴阻拦其上梁山给宋江医治，张顺便把李巧奴和两个丫鬟杀死，然后蘸血去粉墙写道"杀人者，安道全也！"迫使安道全与其一起返回梁山。

值得注意的是，从宋江染病到梁山决定邀请安道全这一过程依然存在众多不解之谜。

首先，宋江是在攻打大名府期间身染重病的，即使存在晁盖托梦的情况，但是按照常理而言，梁山应该先请周边地区的名医前来医治，毕竟建康府距离大名府有千里之遥，派人前去邀请来往时间必然过长。

其次，以中国地域之辽阔，名医数量之众多，即使大名府周边地区没有合适的人选，还可以到东北、西北、山东去邀请名医，但是晁盖偏偏推荐建康府名医安道全，梁山好汉们竟然傻乎乎地同意派张顺前去邀请。

再次，在北宋期间，南京的正式名称是江宁府，北宋灭亡之后，宋高宗才将江宁府改为建康府，作为行都，为江南东路首府，元代至元十四年（1277），朝廷升建康府为建康路，设总管府，天历二年（1329）冬，改建康路为集庆路，因此建康府是南宋时期到元代前期对南京的正式称呼，北宋时期的中国根本不存在所谓的"建康府"，施耐庵将北宋时期的南京称为建康府，是无心之失，还是别有用意呢？

最后，安道全的名字也值得研究。"安道"可以理解为安全的道路或平坦的道路，即康庄大道，"全"则有"全盛"之意，"安道全"这三个字放在一起可以理解为"迈入事业快速发展的康庄大道，最终达到全盛的时期"，施耐庵将"安道全"作为建康府名医的名字是不是想暗示什么呢？

安道全上梁山从表面上看宋江等人身边只不过多了一个来自建康的名医，但是实质上却饱含深意。从各种迹象来看，施耐庵让建康名医安道全上梁山其实是暗示攻占南京对于朱元璋集团剿灭群雄、统一天下的重要意义。

在朱元璋从乞丐到帝王的传奇一生之中，攻占南京是其由弱转强，问鼎天下的转折点。在此之前，尽管参加红巾军的朱元璋亲冒矢石，骁勇善战，可其活动范围局限于淮南，粮食、人口不足依然是制约其发展的重要因素。在当时的元末大乱世，像朱元璋这样的"流寇"比比皆是，但是攻占南京却使其在元末群雄争霸中抢得先机，获得战略主动权。

至正十五年（1355），占据和州（今安徽和县）的朱元璋派刚刚归附的巢湖帅廖永安、俞通海率水军千艘为开路先锋渡过长江，谋划攻占以南京为中心的江南地区。经过激战，占领军事重镇采石（今安徽省马鞍山市雨花区采石街道），诸位将领认为和州饥荒，应该携带粮草物资返回，但是朱元璋却对徐达表示："这次渡江成功完全是侥幸，如果返回，江东便不再归属我们。"于是下令砍断舟缆，让船顺流而下，断绝退路，将士见无路可退，便乘胜攻占太平

（今安徽当涂）。次年三月癸未，朱元璋率领大军进攻集庆，大败元军，降其众三万六千人。庚寅，再败元兵于蒋山，元御史大夫福寿力战而死，水师统帅康茂才投降。朱元璋进城之后，安抚官吏，严禁抢掠，改集庆为应天府（今江苏南京），在应天设大元帅府，以廖永安为统军元帅，李善长为左右司郎中。

南京的得失对于朱元璋集团之所以如此重要，与其在地理、经济、政治上的特殊战略地位有密切关系。从地理上看，南京北临徐淮，东接吴地，南控楚越，西靠江汉，早在南宋时期，有识之士便指出："国家之根本在东南，东南之根本在建康。雄山为城，长江为池，舟车漕运，数路辐辏，正今日之关中、河内也。"（《建炎以来系年要录·卷二十四》）在经济上，作为"六朝古都"，南京人口稠密，百业兴旺，秦淮两岸手工业作坊和商铺星罗棋布，码头经常停泊数以万计的中外商船，手工业、商业高度发达。在政治上，元代至元十四年（1277），升建康府为建康路，设总管府，下辖上元、江宁、句容、溧水、溧阳等五县，建康路隶属于江淮行省江东道，后改为集庆路。另外，元廷还在原南宋建康府府衙设置了江南行御史台（后改为江南诸道行御史台），监临东南诸省，掌管江浙、江西、湖广三行省十道的监察事务，统领东南各道提刑按察司。从某种程度而言，元代时期的南京相当于南部中国的"首都"。

对于南京的重要性，朱元璋身边的文臣武将和谋士都有着清醒的认识。掌管亲兵的冯国用（宋国公冯胜之兄）认为："金陵龙蟠虎踞，帝王之都，先拔之以为根本。然后四出征伐，倡仁义，收人心，勿贪子女玉帛，天下不足定也。"（《明史·冯胜传》）谋士陶安同样认为："金陵古帝王都，取而有之，抚形胜以临四方，何向不克？"（《明史·陶安传》）深受朱元璋器重的布衣谋士叶兑在其所献的规划统一天下的《武事一纲三目》一文中亦指出："夫金陵，古称龙蟠虎踞，帝王之都。藉其兵力资财，以攻则克，以守则固，百察罕（察罕帖木儿，元末元军统帅，安徽临泉人，著名军事家）能如吾何哉？江之所备，莫急上流。今义师已克江州，足蔽全吴。况自滁、和至广陵，皆吾所有。非直守江，兼可守淮矣。张氏倾覆可坐而待，淮东诸郡亦将来归。北略中原，李氏可并也。今闻察罕妄自尊大，致书明公，如曹操之招孙权。窃以元运将终，人心不属，而察罕欲效操所为，事势不侔。宜如鲁肃计，鼎足江

东，以观天下之衅，此其大纲也。"（《明史·叶兑传》）

历史的发展证明了对于朱元璋集团而言，南京确实是一块风水宝地。在攻占南京，获得充足的粮草和兵源以及集聚在南京的士大夫阶层的支持之后，朱元璋的帝王霸业呈现蒸蒸日上的趋势。至正十七年（1357），耿炳文克长兴，徐达占常州，而朱元璋亲自率军攻取宁国，随后江阴、常熟、徽州、池州、扬州相继收入囊中，同时占据了江左、浙右各地。至正二十四年（1364），经过多次激战，朱元璋消灭了强敌陈友谅集团。至正二十七年（1367），张士诚集团灭亡，割据浙东多年的方国珍投降。同年，朱元璋命徐达、常遇春率领大军，北伐幽燕。洪武元年（1368），朱元璋于南京称帝，国号大明，年号洪武。明军主力长驱直入，逼近大都，元顺帝带领后妃、皇太子等人开健德门逃出大都，经居庸关直奔上都（今内蒙古正蓝旗境内），元朝灭亡。

知道了攻占南京对于朱元璋集团崛起过程和统一天下的重要意义，我们便会明白施耐庵为什么要让宋江身染重病，然后全国各地的名医都不请，偏偏去请千里之外的建康的名医安道全，因为此时的安道全已经是元末南京的象征和化身，最能证明这一点的便是张顺通过先杀死李巧奴和两个丫鬟，然后蘸血去粉墙写道"杀人者，安道全也"的栽赃嫁祸、暴力胁迫的方式使得其不得不归附梁山，而朱元璋集团也是通过伤亡惨重的激战即同样以暴力的方式占据南京。

另外，安道全号称"江南地灵星"，地灵往往与人杰相互组合，即人杰地灵，而从古至今，南京市恰恰是一座位于江南地区以人杰地灵而闻名，具有深厚文化底蕴，堪称南中国"首都"的历史名城，因此"江南地灵星"安道全归附梁山很可能象征着朱元璋集团攻占南京。

从此之后，朱元璋集团就如同"安道全"这三个字所隐含的意思那样，迈向了事业快速发展的康庄大道，最终进入了剿灭群雄、一统天下的全盛时期。

# 鲁智深身上也有一位帝王的影子

作为威震西北边疆的小种（指种师中）经略相公（相当于现在的军区司令）麾下的提辖，鲁达鲁智深原本可以利用自己的地位和手中的权势逍遥快活地过一生（从郑屠夫对鲁智深的巴结不难想象其在当地的影响力），但是在其碰到令人同情的金翠莲父女之后，命运发生了翻天覆地的变化。《水浒传》第三回《史大郎夜走华阴县　鲁提辖拳打镇关西》对于鲁智深如何遇到翠莲父女有着详细而生动的描述：

三个酒至数杯，正说些闲话，较量些枪法，说得入港，只听得隔壁阁子里有人哽哽咽咽啼哭。鲁达焦躁，便把碟儿盏儿都丢在楼板上。酒保听得，慌忙上来看时，见鲁提辖气愤愤地。酒保抄手道："官人要甚东西，分付卖来。"鲁达道："洒家要甚么！你也须认的洒家，却怎地教甚么人在间壁吱吱的哭，搅俺弟兄们吃酒。洒家须不曾少了你酒钱。"酒保道："官人息怒。小人怎敢教人啼哭，打搅官人吃酒。这个哭的，是绰酒座儿唱的父子两人，不知官人们在此吃酒，一时间自苦了啼哭。"鲁提辖道："可是作怪，你与我唤的他来。"酒保去叫，不多时，只见两个到来。前面一个十八九岁的妇人，背后一个五六十岁的老儿，手里拿串拍板，都来到面前。

……

那妇人拭着泪眼，向前来深深的道了三个万福。那老儿也都相见了。鲁达问道："你两个是那里人家？为甚啼哭？"那妇人便道："官人不知，容奴告禀。奴家是东京人氏，因同父母来这渭州投奔亲眷，不想搬移南京去了。母亲在客店里染病身故。子父二人流落在此生受。此间有个财主，叫做镇关西郑大官人，因见奴家，便使强媒硬保，要奴作妾。谁想写了三千贯文书，虚钱实契，要了奴家身体。未及三个月，他家大娘子好生利害，将奴赶打出来，不容完聚。着落店主人家，追要原典身钱三千贯。父亲懦弱，和他争执不的，他又有钱有势。当初不曾得他一文，如今那讨钱来还他。没计奈何，父亲自小教得奴家些小曲儿，来这里酒楼上赶座子。每日但得些钱来，将大半还他，留些少子父们盘缠。这两日酒客稀少，违了他钱限，怕他来讨时，受他羞耻。子父们想起这苦楚来，无处告诉，因此啼哭。不想误触犯了官人，望乞恕罪，高抬贵手。"鲁提辖又问道："你姓甚么？在那个客店里歇？那个镇关西郑大官人在那里住？"老儿答道："老汉姓金，排行第二。孩儿小字翠莲。郑大官人便是此间状元桥下卖肉的郑屠，绰号镇关西。老汉父子两个，只在前面东门里鲁家店安下。"鲁达听了道："呸！俺只道那个郑大官人，却原来是杀猪的郑屠。这个腌臜泼才，投托着俺小种经略相公门下，做个肉铺户，却原来这等欺负人。"回头看着李忠、史进道："你两个且在这里，等洒家去打死了那厮便来。"史进、李忠抱住劝道："哥哥息怒，明日却理会。"两个三回五次劝得他住。

得知金翠莲所说的郑大官人便是此间状元桥下郑屠夫之后，鲁智深不禁勃然大怒，先是设计戏弄，然后痛打郑屠夫，使其当场毙命，鲁智深因此不得不走上浪迹江湖、风餐露宿的逃亡之路。

在亡命天涯的路途中，鲁智深再度碰见翠莲父女，在包养翠莲为外室的赵员外的介绍下，来到五台山削发出家。当了和尚的鲁智深并没有修身养性，研学佛法，相反酗酒吃肉，游手好闲，甚至打坏了寺内的两尊泥塑金刚，五台山住持智真长老迫于无奈，修书一封，让鲁智深带去，前往东京大相国寺，投奔自己的师弟智清长老。鲁智深在赤松林邂逅史进，两人联手杀死了霸占瓦罐寺的云游和尚崔道成和道士丘小乙，为民除害。到达东京之后，大相国寺住持智清长老打发其管理菜园。

在大相国寺期间，鲁智深与林冲相识相交，成为好友，林冲妻子林娘子由于年轻貌美被高衙内看见，意图调戏而被及时赶来的林冲制止，高太尉为了帮助儿子得偿所愿，不惜陷害林冲，使其刺配沧州。为了保护林冲，鲁智深一路跟随，却触怒了高太尉，大相国寺也待不下去了，不得不再次逃亡，在途中遇见杨志、曹正等人，与他们联手杀了邓龙，占据二龙山。

呼延灼征讨梁山失利，败逃到青州，在桃花山下被盗去了坐骑，向慕容知府借兵征剿桃花山。李忠、周通不敌呼延灼，忙派人前往二龙山，向鲁智深求救。鲁智深与杨志、武松一同引兵援救桃花山。呼延灼被击败，此时由于白虎山孔明、孔亮引兵攻打青州，便连夜撤回青州，呼延灼大败白虎山兵马，生擒孔明。孔亮大败而逃，却在途中碰到了二龙山一行人马，鲁智深决定聚集二龙山、桃花山、白虎山三山兵马，合力攻打青州，杨志却认为三山兵力不足以攻破青州，建议请梁山出兵援助。鲁智深便一面攻打青州，一面让孔亮星夜赶赴梁山求援。宋江亲自引兵下山，会合三山兵马攻破青州，救出孔明，并收降了呼延灼，鲁智深便率杨志、武松、施恩、曹正、张青、孙二娘、李忠、周通、孔明、孔亮等头领一同加入了梁山。

上了梁山之后，鲁智深坐镇前军寨，在七位守寨头领中位列第三，多次跟随宋江南征北战，屡立战功。梁山排座次时，鲁智深排第十三位，星号天孤星，位列步军十头领之首，与武松一同把守山前南路第二关。

尽管鲁智深反对招安，无奈胳膊拧不过大腿，最终不得不跟随宋江等人归附朝廷。梁山好汉奉命讨伐辽国，平定方腊之乱，鲁智深多次出征，立下大功。江南平定之后，梁山胜利班师，鲁智深不愿接受朝廷的赏赐，在杭州六和寺庙再度出家，圆寂，结束了跌宕起伏、波澜壮阔的一生。

在梁山一百零八条好汉之中，鲁智深是施耐庵着墨最多、刻画最成功的人物形象之一，宋元时期的《大宋宣和遗事》中，鲁智深已是宋江部下三十六员头领之一，龚开的《宋江三十六赞》中，鲁智深亦在其中，赞词为："有飞飞儿，出家尤好。与尔同袍，佛也被恼。"这两部文学作品都被认为是《水浒传》的雏形或蓝本，也是鲁智深形象可考的较早出处。在元杂剧水浒戏中，鲁智深也有出现，其中包括《鲁智深喜赏黄花峪》，但是情节与《水浒传》截然不同。

值得注意的是，《水浒传》里的鲁智深和明太祖朱元璋在许多方面有着惊人的相似之处：

### 1. 都是被迫出家

鲁智深打死郑屠夫之后，亡命天涯，再度碰上翠莲父女，为了避免被官府追捕，同意了包养翠莲为外室的赵员外的建议，在五台山出家为僧。

朱元璋幼年时由于饥荒，父母和长兄去世，只剩下自己和二哥，二哥出去逃荒，朱元璋则在邻居介绍下为了避免饿死，在皇觉寺出家为僧。

### 2. 都经历过颠沛流离、风餐露宿的流亡生活

鲁智深打死郑屠夫之后，不得不走上亡命天涯的逃亡之路。《水浒传》第三回《史大郎夜走华阴县　鲁提辖拳打镇关西》写道：

> 且说鲁达自离了渭州，东逃西奔，却似：
>
> 失群的孤雁，趁月明独自贴天飞；漏网的活鱼，乘水势翻身冲浪跃。不分远近，岂顾高低。心忙撞倒路行人，脚快有如临阵马。
>
> 这鲁提辖忙忙似丧家之犬，急急如漏网之鱼，行过了几处州府。正是：逃生不避路，到处便为家。自古有几般：饥不择食，寒不择衣，慌不择路，贫不择妻。鲁达心慌抢路，正不知投那里去的是。一迷地行了半月之上，在路却走到代州雁门县。

朱元璋进入皇觉寺为僧之后，好日子没过几天，皇觉寺由于战乱和饥荒断了收入，便派遣僧人云游化缘，朱元璋也不得不过上流浪乞讨的生活。

### 3. 两人都骁勇善战，武艺高强

边将出身的鲁智深武艺高强，有万夫不当之勇，三拳两腿打死彪悍的郑屠夫可见其战斗力之强。《水浒传》第十七回《花和尚单打二龙山　青面兽双夺宝珠寺》对于鲁智深与杨志由于误会而造成的打斗也有生动的描写：

> 两条龙竞宝，一对虎争餐。朴刀举露半截金蛇，禅杖起飞全身玉蟒。两条

龙竞宝，搅长江，翻大海，鱼鳖惊惶；一对虎争餐，奔翠岭，撼青林，豺狼乱窜。崒律律，忽喇喇，天崩地塌，黑云中玉爪盘旋；恶狠狠，雄赳赳，雷吼风呼，杀气内金睛闪烁。两条龙竞宝，吓的那身长力壮、仗霜锋周处眼无光；一对虎争餐，惊的这胆大心粗、施雪刃下庄魂魄丧。两条龙竞宝，眼珠放彩，尾摆得水母殿台摇；一对虎争餐，野兽奔驰，声震的山神毛发竖。花和尚不饶杨制使，抵死交锋；杨制使欲捉花和尚，设机力战。

朱元璋同样武艺高强，骁勇善战。《明史·太祖本纪》记载：

子兴奇其状貌，留为亲兵。战辄胜。……元兵十万攻和，拒守三月，食且尽，……太祖率众破之，元兵皆走渡江。

### 4. 两人都同情弱势群体

尽管《水浒传》对于鲁智深家庭出身没有明确交代，但是从其言行来判断，鲁智深很可能出身贫民之家，贫民的家庭出身和喜欢打抱不平的性格使其遭遇弱势群体被欺凌之时往往会挺身而出。知道了翠莲的遭遇之后，深表同情的鲁智深马上跑去找郑屠夫算账，命运发生了翻天覆地的变化。在东京大相国寺期间，由于好友林冲被高太尉陷害，发配沧州，鲁智深为了保护林冲不惜一路护送，得罪了高太尉，被迫再度踏上逃亡之路。

朱元璋起事之后，早年的苦难也使其非常同情弱势群体。《明史纪事本末·卷一》记载：

诸将破和阳，暴横多杀掠，城中夫妇不相保。太祖恻然，召诸将谓曰："诸军自滁来多，掠人妻女，军中无纪律，何以安众？凡所得妇女悉还之。"于是皆相携而去，人民大悦。

### 5. 对于商人阶层都有着根深蒂固的歧视

鲁智深怒杀郑屠夫除了同情翠莲的遭遇之外，还与后者自称"镇关西"

有密切的关系。《水浒传》第三回《史大郎夜走华阴县　鲁提辖拳打镇关西》写道：

> 鲁达听了道："呸！俺只道那个郑大官人，却原来是杀猪的郑屠。这个腌臜泼才，投托着俺小种经略相公门下，做个肉铺户，却原来这等欺负人。"

显然在鲁智深看来，自己才有资格称"镇关西"，郑屠夫敢称"镇关西"是大逆不道的行为，从中不难看出鲁智深对于商人阶层的歧视和不屑。

朱元璋对于商人阶层同样不屑一顾。在统一天下的过程中，尽管为了政权的稳固，朱元璋采取了降低商业税率、统一度量衡、加强牙行控制等扶持政策，但是内心对于商人阶层依然充满歧视。洪武十八年（1385）九月，他说："人皆言农桑衣食之本，然弃本逐末，鲜有救其弊者。先王之世，野无不耕之民，室无不蚕之女，水旱无虞，饥寒不至。自什一之途开，奇巧之技作，而后农桑之业废。一农执末而百家待食，一女事织而百夫待衣，欲人无贫，得乎？朕思足食在于禁末作。"（《明太祖实录·卷一七五》）把商业视为农业发展的严重障碍，抑商之意溢于言表。另外，洪武十四年（1381），朱元璋下令，"农民之家许穿绸纱绢布，商贾之家只许穿绢布。如农民之家，但有一人为商贾者，亦不许穿绸纱"（《大明会典·卷六一》）。

### 6. 鲁智深抢夺二龙山和朱元璋诱降驴牌寨的相似之处

鲁智深由于一路护送林冲得罪了高太尉，被迫离开大相国寺，不得不再度逃亡，在张青、孙二娘夫妇的介绍下，准备投靠二龙山的邓龙。鲁智深到了二龙山，请求入伙，却被寨主邓龙回绝，便与邓龙动手厮杀。邓龙打不过鲁智深，就关闭山下关卡，封锁了上山道路。鲁智深攻不上山，在山下树林中休息。当时，杨志因丢失了生辰纲，在曹正的建议下正要投二龙山入伙，恰巧在林中碰到鲁智深。二人言语不合，动手厮打，连打四五十回合不分胜败。他们互通姓名，因在江湖上久闻对方的名号，遂释嫌为友。

杨志得知邓龙不肯收留外客，便与鲁智深一同回到曹正的酒店，商讨对策。曹正想出一条计策，假装捉到鲁智深，将他绑送二龙山，以献给邓龙的名义骗开了寨门。鲁智深与杨志、曹正进入二龙山宝珠寺，乘邓龙不备突然发难，将其杀死，夺了山寨，迫降了五六百小喽啰。从此，鲁智深与杨志便在二龙山落草，并为山寨之主。而曹正则告辞离去，依旧回山下经营酒店。

在朱元璋起事过程中也曾经发生过类似的事情，《明史纪事本末·卷一》记载：

（至正十三年）定远张家堡有民兵号"驴牌寨"者，孤军乏食，欲来降，未决，太祖曰："此机不可失也。"乃选骑士费聚等从行，至定远界，其营中遣二将出，大呼曰："来者何为？"聚恐，请益人。太祖曰："多人无益，滋之疑耳。"直前下马，渡水而往。其帅出见，太祖曰："郭元帅与足下有旧，闻足下军乏食，他敌欲来攻，特遣吾相报。能相从，即与俱往，否则移兵避之。"帅许纳，请留物示信。太祖解佩囊与之，彼以牛脯为献，请诸军促装，且申密约。太祖还，留聚俟之。越三日，聚还报，曰："事不谐矣，彼且欲他往。"太祖即率兵三百人抵营，诱执其帅。于是营兵焚旧垒，悉降。得壮士三千人。又招降秦把头，得八百余人。定远缪大亨以义兵二万屯横涧山，太祖命花云夜袭破之，亨举众降，军声大振。

鲁智深抢夺二龙山的过程与朱元璋诱降驴牌寨如出一辙。

首先，二龙山和驴牌寨都是山寨。无论在《水浒传》里，还是在古代中国的江湖中，山通常与寨连用，山往往有"山寨"之意，二龙山也可以理解为二龙寨，而朱元璋诱降的驴牌寨同样也是一个绿林好汉聚集的"山寨"。

其次，鲁智深抢夺二龙山和朱元璋诱降驴牌寨的关键都不是单纯依靠武力抢夺，而是设计智取。杨志、曹正假装捉到鲁智深以献给邓龙的名义骗开了二龙山寨门，鲁智深进入宝珠寺，乘邓龙不备突然发难，将其杀死。朱元璋则是"诱执其帅"，最后首领被搞定之后，喽啰们都纷纷投降。

邓龙占据的二龙山也充满了隐喻。二龙山可以理解为二龙相聚相杀的地方，既然是二龙那就是有两条龙，一条龙显然是指邓龙，邓龙原为二龙山宝珠寺住持，绰号"金眼虎"，不守清规戒律，率众僧徒养发还俗，聚众四五百人占据二龙山打家劫舍，这与朱元璋的早年经历非常相似，因此施耐庵创造出邓龙这个人物形象很可能是为了嘲讽朱元璋。那么另一条龙指谁呢？从书中描写来看，应该是指鲁智深，而在中国古代社会"龙"则是天子的象征。

分析到这来，读者朋友也许感到困惑，施耐庵为什么要利用鲁智深来影射朱元璋呢？笔者在其他文章中多次指出，宋江的历史原型便是明太祖朱元璋，梁山的崛起象征着朱元璋集团剿灭群雄、统一天下的过程，但是利用宋江影射明太祖朱元璋也存在不足，宋江形象的源头来自《大宋宣和遗事》，尽管施耐庵为了故事情节安排的需要，让宋江像《大宋宣和遗事》那样在首次登场时以郓城县押司身份出现，但是这无疑将给后世读者判断宋江的历史原型增加难度，因此除了宋江之外，还需要另一个朱元璋的分身，而僧人鲁智深便负责承担这个角色和作用，毕竟朱元璋早年出家为僧是众所周知的事实。

另一方面，《水浒传》虽然是一部政治影射小说，施耐庵本人与朱元璋存在诸多恩怨，但是其在创作过程中并不是一味地丑化朱元璋，如果朱元璋只是一个虚伪狡诈、草菅人命的乱世枭雄，我们很难想象他能够剿灭群雄，统一天下。作为终结元末大乱世的一代雄主，朱元璋既有冷酷猜忌、残忍嗜杀的缺点，但是也存在选贤任能、扶弱抑强的优点，施耐庵精心刻画与朱元璋存在诸多相似之处的鲁智深这一人物形象，不仅能够为读者寻找《水浒传》背后隐藏的历史真相提供更多线索，而且其对朱元璋个性特点尤其是优点长处的客观描述突显了书中记载的公正性。从某种程度而言，如果说宋江是暗黑版的朱元璋，那么鲁智深便是阳光版的朱元璋。

事实上，关于鲁智深的真实身份，书中也有暗示。在《水浒传》第五回，鲁智深离开五台山时，智真长老曾赠送四句偈言："遇林而起，遇山而富，遇水而兴，遇江而止。"所谓"遇江而止"是指鲁智深上了梁山，跟随宋江之后，他这个朱元璋的"分身"会回归宋江这个朱元璋的"本身"，从此之后，昔日那个充满人格魅力、喜欢打抱不平的鲁智深便"泯然众人矣"。

# 梁山好汉为什么被划分为
# "天罡三十六星"和"地煞七十二星"

谈起水浒，人们总是会马上想起啸聚山林、大碗喝酒的梁山一百零八位好汉。众所周知，根据地位、武艺和作用不同，这些梁山好汉分为"天罡三十六星"和"地煞七十二星"两种类型。"天罡"和"地煞"都是道教术语，按照道教教义，北斗丛星中有三十六颗天罡星，每颗天罡星各有一个神，合称"三十六天罡"；北斗丛星中还有七十二颗地煞星，每颗地煞星上也有一个神，合称"七十二地煞"。

《水浒传》第七十一回《忠义堂石碣受天文　梁山泊英雄排座次》对于梁山好汉如何被封为"天罡三十六星"和"地煞七十二星"有着详细的描写：

当日公孙胜与那四十八员道众，都在忠义堂上做醮，每日三朝，至第七日满散。……是夜三更时候，只听得天上一声响，如裂帛相似，正是西北乾方天门上。众人看时，直竖金盘，两头尖，中间阔，又唤做天门开，又唤做天眼开，里面毫光射人眼目，霞彩缭绕，从中间卷出一块火来，如栲栳之形，直滚下虚皇坛来。那团火绕坛滚了一遭，竟攒入正南地下去了。此时天眼已合，众道士下坛来。宋江随即叫人将铁锹锄头掘开泥土，根寻火块。那地下掘不到三尺深浅，只见一个石碣，正面两侧，各有天书文字……

当下宋江且教化纸满散，平明，斋众道士，各赠与金帛之物，以充衬资。方才取过石碣看时，上面乃是龙章凤篆蝌蚪之书，人皆不识。众道士内有一人，姓何，法讳玄通，对宋江说道："小道家间祖上留下一册文书，专能辨验天书，那上面自古都是蝌蚪文字，以此贫道善能辨认，译将出来，便知端的。"……何道士乃言："前面有天书三十六行，皆是天罡星。背后也有天书七十二行，皆是地煞星。下面注着众义士的姓名。"观看良久，教萧让从头至后，尽数抄誊。

石碣前面书梁山泊天罡星三十六员：

<table>
<tr><td>天魁星呼保义宋江</td><td>天罡星玉麒麟卢俊义</td></tr>
<tr><td>天机星智多星吴用</td><td>天闲星入云龙公孙胜</td></tr>
<tr><td>天勇星大刀关胜</td><td>天雄星豹子头林冲</td></tr>
<tr><td>天猛星霹雳火秦明</td><td>天威星双鞭呼延灼</td></tr>
<tr><td>天英星小李广花荣</td><td>天贵星小旋风柴进</td></tr>
<tr><td>天富星扑天雕李应</td><td>天满星美髯公朱仝</td></tr>
<tr><td>天孤星花和尚鲁智深</td><td>天伤星行者武松</td></tr>
<tr><td>天立星双枪将董平</td><td>天捷星没羽箭张清</td></tr>
<tr><td>天暗星青面兽杨志</td><td>天佑星金枪手徐宁</td></tr>
<tr><td>天空星急先锋索超</td><td>天速星神行太保戴宗</td></tr>
<tr><td>天异星赤发鬼刘唐</td><td>天杀星黑旋风李逵</td></tr>
<tr><td>天微星九纹龙史进</td><td>天究星没遮拦穆弘</td></tr>
<tr><td>天退星插翅虎雷横</td><td>天寿星混江龙李俊</td></tr>
<tr><td>天剑星立地太岁阮小二</td><td>天平星船火儿张横</td></tr>
<tr><td>天罪星短命二郎阮小五</td><td>天损星浪里白跳张顺</td></tr>
<tr><td>天败星活阎罗阮小七</td><td>天牢星病关索杨雄</td></tr>
<tr><td>天慧星拼命三郎石秀</td><td>天暴星两头蛇解珍</td></tr>
<tr><td>天哭星双尾蝎解宝</td><td>天巧星浪子燕青</td></tr>
</table>

石碣背面书地煞星七十二员：

<table>
<tr><td>地魁星神机军师朱武</td><td>地煞星镇三山黄信</td></tr>
<tr><td>地勇星病尉迟孙立</td><td>地杰星丑郡马宣赞</td></tr>
<tr><td>地雄星井木犴郝思文</td><td>地威星百胜将韩滔</td></tr>
</table>

地英星天目将彭玘　　　　地奇星圣水将单廷圭

地猛星神火将魏定国　　　　地文星圣手书生萧让

地正星铁面孔目裴宣　　　　地阔星摩云金翅欧鹏

地阖星火眼狻猊邓飞　　　　地强星锦毛虎燕顺

地暗星锦豹子杨林　　　　　地轴星轰天雷凌振

地会星神算子蒋敬　　　　　地佐星小温侯吕方

地佑星赛仁贵郭盛　　　　　地灵星神医安道全

地兽星紫髯伯皇甫端　　　　地微星矮脚虎王英

地慧星一丈青扈三娘　　　　地暴星丧门神鲍旭

地然星混世魔王樊瑞　　　　地猖星毛头星孔明

地狂星独火星孔亮　　　　　地飞星八臂哪吒项充

地走星飞天大圣李衮　　　　地巧星玉臂匠金大坚

地明星铁笛仙马麟　　　　　地进星出洞蛟童威

地退星翻江蜃童猛　　　　　地满星玉幡竿孟康

地遂星通臂猿侯健　　　　　地周星跳涧虎陈达

地隐星白花蛇杨春　　　　　地异星白面郎君郑天寿

地理星九尾龟陶宗旺　　　　地俊星铁扇子宋清

地乐星铁叫子乐和　　　　　地捷星花项虎龚旺

地速星中箭虎丁得孙　　　　地镇星小遮拦穆春

地稽星操刀鬼曹正　　　　　地魔星云里金刚宋万

地妖星摸着天杜迁　　　　　地幽星病大虫薛永

地伏星金眼彪施恩　　　　　地僻星打虎将李忠

地空星小霸王周通　　　　　地孤星金钱豹子汤隆

地全星鬼脸儿杜兴　　　　　地短星出林龙邹渊

地角星独角龙邹润　　　　　地囚星旱地忽律朱贵

地藏星笑面虎朱富　　　　　地平星铁臂膊蔡福

地损星一枝花蔡庆　　　　　地奴星催命判官李立

地察星青眼虎李云　　　　　地恶星没面目焦挺

| | |
|---|---|
| 地丑星石将军石勇 | 地数星小尉迟孙新 |
| 地阴星母大虫顾大嫂 | 地刑星菜园子张青 |
| 地壮星母夜叉孙二娘 | 地劣星活闪婆王定六 |
| 地健星险道神郁保四 | 地耗星白日鼠白胜 |
| 地贼星鼓上蚤时迁 | 地狗星金毛犬段景住 |

对于梁山好汉为什么是一百零八位，而不是一百零七位或一百零九位，为什么在他们内部又划分为"天罡三十六星"和"地煞七十二星"，许多水浒专家进行过细致的研究，比如沈家仁先生在《梁山为何只有一百零八将》（《煮酒说水浒（升级版）》，中州古籍出版社，2015）一文中认为主要是三个原因：

一是素材的影响。《水浒传》成书前，水浒故事从南宋开始就在民间流传，它经历了民间传说、话本、杂剧及文人加工成为小说这几个阶段，前后近三百年时间，最后才形成《水浒传》一书。水浒英雄，由《宋史》中记载的"宋江以三十六人横行齐魏"为基础，增加了元杂剧水浒戏，如《黑旋风双献功》《燕青博鱼》《李逵负荆》，这加起来就是一百零八这个数。以前的水浒故事就是这么说的，也是这么唱的，《水浒传》当然也延续了这个说法，很自然地保留了一百零八这个数字。

二是遵循旧俗。中国的很多旧俗都离不开一百零八这个数。例如：江苏苏州寒山寺大年除夕钟声敲一百零八下；和尚的佛珠是一百零八粒；一年十二个月，二十四个节气，七十二个气候，合起来也是一百零八；佛教说人生的烦恼有一百零八种，念佛要念一百零八遍；甚至连贡品也离不开这个数字。比如康熙十三年（1674）题准：每年节，科尔沁等十旗进贡的羊是一百零八只，乳酒一百零八瓶；还有就连有名的中华大餐——满汉全席，上的菜肴也是一百零八种；古迹名胜中还有青铜峡的一百零八塔；等等。

三是作者的反叛精神。梁山好汉一百零八将，其中天罡星三十六人，地煞星七十二人。三十六、七十二、一百零八恰好都是九的倍数，按过去的"阴阳"说法：奇数是阳，偶数是阴，而九又是阳数之最，称为"极阳数"。《易经》上说："九"含有除旧迎新、吉祥如意的意思；再者"九"这个数，在古代又常为天子专用，象征皇帝是至高无上的"天子"，阳之最。《水浒传》的作者将梁山好汉定为一百零八这个"九"的倍数，享受"阳之最"这样的待遇，也反映出作者对这些造反精神的推崇，表现出作者的反叛精神。

然而梁山好汉之所以有一百零八位，还分成"天罡三十六星"和"地煞七十二星"两种类型真的是仅仅因为这些因素吗？事实上，除了这些因素之外，施耐庵如此安排也与其试图为读者寻找《水浒传》背后隐藏的历史真相留下蛛丝马迹有着密切的关系。

元朝末年，由于政治腐败，经济萧条，以及黄河决口、饥荒频仍等因素的影响，社会动荡不安，农民起义此起彼伏。至正八年（1348），方国珍兄弟啸聚海上；至正十一年（1351），刘福通率红巾军揭竿而起；至正十三年（1353），张士诚占据高邮。

至正十六年（1356），朱元璋攻占集庆，改名应天府（今江苏南京）。经过多年激战，朱元璋逐步消灭陈友谅、张士诚、方国珍等割据势力，统一南方。至正二十七年（1367），朱元璋命徐达、常遇春举兵北伐，以推翻元朝统治。洪武元年（1368），朱元璋在应天府称帝，国号大明，年号洪武，同年，明军攻占元大都，元顺帝仓皇出逃，后又平定西南、西北、辽东等地，最终统一全国。

朱元璋剿灭群雄，登基称帝之后，开始大规模分封功臣。

《明史·太祖本纪》记载：

（洪武三年）十一月丙申，大封功臣。进李善长韩国公，徐达魏国公，封李文忠曹国公，冯胜宋国公，邓愈卫国公，常遇春子茂郑国公，汤和等侯者二十八人。己亥，设坛亲祭战没将士。庚戌，有事于圜丘。辛亥，诏户部置户籍、户帖，岁计登耗以闻，著为令。乙卯，封中书右丞汪广洋忠勤伯，御史中丞刘基诚意伯。

大明开国之后，朱元璋亲自选定的第一批功臣不多不少刚好是三十六人，这些功臣正是前者的"天罡三十六星"。

为了笼络功臣，收买人心，朱元璋还下令在南京鸡笼山建立功臣庙。

《明会要·卷十·礼五》记载：

（洪武）二年正月，上敕中书省臣曰："诸将相从，捐躯戮力，开拓疆宇。有共事而不睹其成，建功而未食其报。追思功劳，痛切朕怀。其命有司立功臣庙于鸡笼山，序其封爵，为像以祀之。"

《明史·太祖本纪》记载：

（洪武）八年春正月辛未，增祀鸡笼山功臣庙一百八人。

这里的"增祀鸡笼山功臣庙一百八人"可以理解为除了原有的二十一人之外，再增加一百零八位功臣，也可以理解为在原有二十一人基础上，再增加八十七人，合计一百零八人。考虑到能够有资格被列入鸡笼山功臣庙的不仅要功绩显赫，而且应该有一定的爵位，再参考《明史》中对明初功臣的记载，笔者个人比较倾向于在原有二十一人基础上再增加八十七人，合计一百零八人。毋庸置疑，在这一百零八人之中，很可能包括洪武三年朱元璋亲自选定的第一批三十六名功臣，而扣除这三十六名功臣，剩余的恰恰是七十二人，而这七十二人在功绩、地位、作用、影响上显然无法与第一批功臣相比，但是他们也为大明王朝立下了汗马功劳，许多人甚至战死沙场，完全有资格被列入鸡笼山功臣庙，显然他们便是明太祖朱元璋的"地煞七十二星"。

退一步而言，即使"增祀鸡笼山功臣庙一百八人"是指除了原有的二十一人之外，再增加一百零八功臣，一百零八这个数字很可能也给施耐庵提供了创作灵感，毕竟一百零八减去原来的三十六（即第一批受封的功臣数量）便是七十二，换而言之，《水浒传》里共有一百零八位梁山好汉，这些梁山好汉又分为"天罡三十六星"和"地煞七十二星"两种类型，很可能源于明朝建立之后明太祖朱元璋分封和祭祀功臣的规模和数量。

必须指出的是，《水浒传》中的"天罡三十六星"与朱元璋的"天罡三十六星"也存在细微的差别，《水浒传》中的"天罡三十六星"包括宋江，宋江的历史原型，笔者在其他文章多次强调便是明太祖朱元璋，而朱元璋的"天罡三十六星"并不包括自己，这种差异不仅仅源于艺术和现实的不同，也很可能是施耐庵有意为自己设计的保护色。如果施耐庵让宋江凌驾于"天罡三十六星"之上，鉴于宋江身份的特殊性，以及洪武三年册封的第一批三十六名功臣和洪武八年"增祀鸡笼山功臣庙一百八人"与《水浒传》中的"天罡三十六星"和梁山一百零八条好汉在数字上的相互对应，容易被人发现《水浒传》是影射朱元璋集团的政治小说，这将给施耐庵带来杀身之祸，因此在权衡利弊之后，施耐庵很可能采取两步走策略：一方面，将梁山好汉的总数设置为一百零八位，同时将他们划分为"天罡三十六星"和"地煞七十二星"两个体系，为读者寻找《水浒传》背后隐藏的历史真相留下线索；另一方面，故布疑阵，将宋江列入"天罡三十六星"，避免惹祸上身，以保平安。理解了这些，我们便会明白施耐庵将梁山一百零八位好汉划分为"天罡三十六星"和"地煞七十二星"两个体系的良苦用心。

# 晁盖暗指元末明初一位著名的起义军领袖

在梁山崛起的过程中，晁盖发挥了承前启后的关键作用，而晁盖之所以被逼上梁山与其劫取生辰纲息息相关。

北京留守梁中书为给岳父蔡京贺寿，搜刮十万贯金珠宝贝作为生辰纲，命提辖杨志率人送往东京。"赤发鬼"刘唐得知消息，认为生辰纲是不义之财，有意劫取，他久闻"托塔天王"晁盖的名声，便到郓城县东溪村投奔晁盖，联合吴用劝说晁盖劫取这些不义之财。

《水浒传》第十四回《赤发鬼醉卧灵官殿　晁天王认义东溪村》对于晁盖的家庭出身、性格特点和处事风格有着生动的描绘：

原来那东溪村保正姓晁名盖，祖是本县本乡富户，平生仗义疏财，专爱结识天下好汉。但有人来投奔他的，不论好歹，便留在庄上住；若要去时，又将银两赍助他起身。最爱刺枪使棒，亦自身强力壮，不娶妻室，终日只是打熬筋骨。郓城县管下东门外有两个村坊，一个东溪村，一个西溪村，只隔着一条大溪。当初这西溪村常常有鬼，白日迷人下水在溪里，无可奈何。忽一日，有个僧人经过，村中人备细说知此事。僧人指个去处，教用青石凿个宝塔，放于所在，镇住溪边。其时西溪村的鬼，都赶过东溪村来。那时晁盖得知了大怒，从溪里走将过去，把青石宝塔独自夺了过来东溪边放下。因此人皆称他做托塔天王。晁盖独霸在那村坊，江湖上都闻他名字。

在军师吴用的精心策划下，晁盖等人在黄泥岗设计夺取了生辰纲。尽管事后受命调查此案的何涛按图索骥，四处追查，发现真相，但是由于郓城县押司宋江通风报信，晁盖等人逃至梁山，利用林冲的不满，火并"白衣秀才"王伦，成为梁山的新主人。在梁山站稳脚跟之后，晁盖派刘唐带书信和黄金百两向宋江表示感谢，不料被阎婆惜发现，要挟宋江，惹来杀身之祸。为了活命，宋江不得不浪迹天涯。在此之后，由于宋太公的劝说，主动投案而沦为囚徒的宋江在江州浔阳楼题反诗，被黄文炳告发而面临身首异处的威胁的关键时刻，晁盖率领众好汉血洗江州救下宋江。宋江上梁山之后，对外征战逐步由前者负责，晁盖则坐镇后方，在目睹宋江先后取得多次战役胜利之后，晁盖终于按捺不住，在攻打曾头市一役中亲自出马，不料却中了埋伏，被史文恭一箭射中面额，含恨而亡，结束了自己的辉煌一生。

值得注意的是，晁盖一生的经历与明太祖朱元璋的政治引路人——郭子兴十分相似。

郭子兴，定远（今安徽定远）人，元末群雄之一，江淮地区的红巾军领袖。郭子兴的祖先是曹州人，父亲郭公在年轻的时候以算命先生的身份周游定远，为人预言祸福，料事如神。县城一家富商有瞎女还未出嫁，郭公便娶她为妻，家境逐渐富裕起来。郭公夫妇生有三子，郭子兴是次子。当初郭子兴出生时，郭公卜得一吉卦。郭子兴长大后，养成了侠义豪迈的性格，非常喜欢结交朋友，此时适逢元朝朝政腐败，社会动荡，郭子兴倾其家财，杀牛备酒，广结壮士豪杰。

至正十二年（1352），郭子兴集合数千少年，起兵攻占了濠州（今安徽凤阳）。走投无路的朱元璋前来投奔，门卫怀疑他是间谍，将他捆绑起来，并将此事报告郭子兴。郭子兴觉得朱元璋相貌不同寻常，便令人解开绳索，与他交谈后，将他收在帐下，升为十夫长。朱元璋多次跟随出战，屡立战功，郭子兴对其十分赏识，便将其所抚养的马公之女许配给朱元璋为妻。

当初，与郭子兴一同起兵的有孙德崖等人，各称元帅，互不相让。孙德崖等人强悍而鲁莽，经常打劫抢掠，郭子兴有意要削弱他们，后者为此不悦，便合谋想推翻郭子兴。

元军攻破徐州时，徐州守帅彭大、赵均用率余部投奔濠州。孙德崖等人因为他俩以前是有名的红巾军首领，便一同推举他俩，使他们的地位居于己上。彭大很有智谋，郭子兴便厚待彭大而轻视赵均用，于是孙德崖等人趁机挑拨赵均用说："郭子兴只知道有彭将军，而不知道有你赵将军啊。"赵均用大怒，乘机捉拿郭子兴，将他幽禁在孙德崖家中。朱元璋从其他部队回来后，大吃一惊，急忙带领郭子兴的两个儿子将此事告诉彭大，彭大说："只要有我在，看谁敢伤害你们的父亲。"然后与朱元璋一起冲到孙德崖家，砸破械锁救出郭子兴，将他搀扶回家。

直到元军围攻濠州时，双方才排解以前的不满，共同守城五个多月。城围解除后，彭大、赵均用都自称为王，而郭子兴与孙德崖等人却仍然是元帅。不久，彭大死去，其子彭早住统领父亲的部队。赵均用一天比一天专横，挟持郭子兴进攻盱眙、泗州，并企图加害郭子兴。

此时朱元璋已攻取滁阳（今安徽滁州），便派人对赵均用说："从前大王穷迫之时，郭公开门接纳你，恩德匪浅。大王不但不报恩，反而听信小人之言要杀他，这样的话，大王将会自剪羽翼，失去豪杰之心，我私下认为大王不应该这样做。而且郭子兴的部队仍然很多，杀了他，你不会后悔吗？"赵均用听说朱元璋的军队十分强大，内心惧怕，朱元璋又派人贿赂他的左右，郭子兴这才得以幸免一死。

郭子兴为人骁勇善战，仗义耿直，但易怒多疑不容人。碰到事情紧急时，总是听从朱元璋的计谋，就像对待自己左右手一样信任他，可事情解决之后，便马上又听信谗言疏远朱元璋，郭子兴还将朱元璋左右办事能干者都召去，慢慢地剥夺他的兵权，因此朱元璋在替郭子兴办事时更加谨慎小心，待到攻取和州（今安徽和县），郭子兴命朱元璋率领将士驻守和州。孙德崖因遇饥荒，就食和州境内，请求在城中驻军，朱元璋接纳了他，有人为此向郭子兴进谗言，诬告朱元璋，郭子兴连夜赶至和州，朱元璋前来拜见，郭子兴怒气十足，不与朱元璋说话。

孙德崖听说郭子兴到了和州，企图引兵离开。前营已经出发，孙德崖正留在后军察看，这时他的军队与郭子兴的军队展开了战斗，死了很多人。郭子兴将孙德崖抓住，而朱元璋也被孙德崖军所捉。郭子兴知道后，大吃一惊，立即派徐达前去代替朱元璋，并将孙德崖释放回去。孙德崖的部下释放了朱元璋，徐达也逃脱回来。郭子兴恨透了孙德崖，本想杀之而后快，只是因为朱元璋的缘故才勉强释放了他，因而一直闷闷不乐。不久，就生病去世。

洪武三年（1370），已经登基称帝的朱元璋追封郭子兴为滁阳王，并下诏命有关部门为之建庙，用中牢祭祀。

史书对于郭子兴的贡献也给予积极评价：

元之末季，群雄蜂起。子兴据有濠州，地偏势弱。然有明基业，实肇于滁阳一旅。子兴之封王祀庙，食报久长，良有以也。（《明史·郭子兴传》）

晁盖与郭子兴在不少领域具有惊人的相似之处：

**1. 家庭出身和性格特点具有高度的雷同性**

《水浒传》第十四回《赤发鬼醉卧灵官殿　晁天王认义东溪村》写道：

原来那东溪村保正姓晁名盖，祖是本县本乡富户，平生仗义疏财，专爱结识天下好汉。但有人来投奔他的，不论好歹，便留在庄上住；若要去时，又将银两赍助他起身。最爱刺枪使棒，亦自身强力壮，不娶妻室，终日只是打熬筋骨。

《明史·郭子兴传》记载：

郭子兴，其先曹州人。父郭公，少以日者术游定远，言祸福辄中。邑富人有瞽女无所归，郭公乃娶之，家日益饶。生三子，子兴其仲出。始生，郭公卜之吉。及长，任侠，喜宾客。会元政乱，子兴散家资，椎牛酾酒，与壮士结纳。

如果我们把这两则记载进行对比，会发现一些有意思的现象：晁盖"祖是本县本乡富户"，而郭父娶了定远富人的瞎女之后，"家日益饶"；晁盖"平生仗义疏财，专爱结识天下好汉"，郭子兴"任侠，喜宾客。会元政乱，子兴散家资，椎牛酾酒，与壮士结纳"；晁盖"最爱刺枪使棒，亦自身强力壮，不娶妻室，终日只是打熬筋骨"，《明史·郭子兴传》虽然没有直接记载郭子兴是否"刺枪使棒，亦自身强力壮"，但是从其"任侠"和"与壮士结纳"以及能够集合数千少年起兵攻占了濠州以及多次指挥士兵与元军激战来看，郭子兴本人也应该是武艺高强的江湖豪杰。

2. 晁盖与宋江都相互救过对方的性命，郭子兴与朱元璋也相互救过对方的性命

在《水浒传》中，先是宋江通风报信，使得晁盖能够逃之夭夭，等到宋江在江州由于题反诗被识破而面临斩首示众的危急时刻，晁盖率领众好汉血洗江州，救下宋江。

巧合的是，郭子兴与朱元璋之间也发生过类似的事件。

《明史·郭子兴传》记载：

> 元师破徐州，徐帅彭大、赵均用帅余众奔濠。德崖等以其故盗魁有名，乃共推奉之，使居己上。大有智数，子兴与相厚而薄均用。于是德崖等谮，诸均用曰："子兴知有彭将军耳，不知有将军也。"均用怒，乘间执子兴，幽诸德崖家。太祖自他部归，大惊，急帅子兴二子诉于大。大曰："吾在，孰敢鱼肉而翁者！"与太祖偕诣德崖家，破械出子兴，挟之归。

如果不是朱元璋主动恳求彭大一起去解救郭子兴，后者恐怕难逃杀身之祸。在此之后，郭子兴知恩图报，投桃报李，在危急时刻也救了朱元璋的性命。

《明史·郭子兴传》记载：

> 德崖闻子兴至，谋引去。前营已发，德崖方留视后军，而其军与子兴军斗，多死者。子兴执德崖，太祖亦为德崖军所执。子兴闻之，大惊，立遣徐达

往代太祖，纵德崖还。德崖军释太祖，达亦脱归。

### 3. 两人关系都经历了从亲密无间到相互猜忌的转变

由于宋江冒着"血海般干系"向晁盖等人通风报信，后者才得以保住性命，因此火并王伦，占据梁山之后的晁盖对于宋江感激涕零，不仅派刘唐携带信件和黄金回到郓城县向其表示感谢，而且在宋江即将被开刀问斩的关键时刻，率领梁山好汉血洗法场，救下宋江。宋江上了梁山之后，晁盖对其几乎言听计从，事事依顺。但随着宋江多次出征获胜以及其得到越来越多梁山好汉的拥戴，宋江的威望隐然凌驾于晁盖之上。不甘大权旁落的晁盖不顾众人的劝阻，执意攻打曾头市，不料却中了埋伏，被史文恭一箭射中面额，含恨而亡，临死之前，晁盖留下"若那个捉得射死我的，便教他做梁山泊主"的遗言，显示其不愿宋江接任梁山新寨主的意愿。

朱元璋与郭子兴的关系也经历过相同的转变。在朱元璋投靠郭子兴的初期，两人关系亲如父子。

《明史·太祖本纪》记载：

太祖时年二十五，谋避兵，卜于神，去留皆不吉。乃曰："得毋当举大事乎？"卜之吉，大喜，遂以闰三月甲戌朔入濠见子兴。子兴奇其状貌，留为亲兵。战辄胜，遂妻以所抚马公女，即高皇后也。……十三年春，贾鲁死，围解。太祖收里中兵，得七百人。子兴喜，署为镇抚。……十五年春正月，子兴用太祖计，遣张天祐等拔和州，檄太祖总其军。

可由于朱元璋骁勇善战，谋略出众，多次率领士兵力挫强敌，在本集团内部声望日隆，万众归心，逐步引起了郭子兴的猜忌之心。

《明史·郭子兴传》记载：

子兴为人枭悍善斗，而性悻直少容。方事急，辄从太祖谋议，亲信如左右手。事解，即信谗疏太祖。太祖左右任事者悉召之去，稍夺太祖兵柄。太祖事子兴愈谨。将士有所献，孝慈皇后辄以贻子兴妻。子兴至滁，欲据以自王。太祖曰："滁四面皆山，舟楫商旅不通，非可旦夕安者也。"子兴乃已。及取和州，子兴命太祖统诸将守其地。德崖饥，就食和境，求驻军城中，太祖纳之。有谮于子兴者。子兴夜至和，太祖来谒，子兴怒甚，不与语。太祖曰："德崖尝困公，宜为备。"子兴默然。

有意思的是，郭子兴病逝之前，也没有传位给具备接班实力的朱元璋，这与晁盖身亡之前拒绝众望所归的宋江成为梁山新寨主如出一辙。

如此多的相似之处，如果说是纯属巧合，读者朋友你们会相信吗？

# 梁山攻打曾头市象征元末明初两大集团之间的征战

在梁山崛起的过程中，攻打曾头市是重要的转折点。由于曾家五虎抢去"金毛犬"段景住准备献给梁山的"照夜玉狮子马"，梁山众好汉勃然大怒，面对宋江在外屡战屡胜而声望日隆所造成的无形的压力，同样渴望建功立业以巩固权位的梁山"一把手"晁盖不顾劝阻，亲率众梁山好汉讨伐曾头市，却不料因为轻信后者派出法华寺的监寺僧人的诱敌之计，遭遇伏兵，中了祝家庄教师史文恭的毒箭，含恨而亡。

随着晁盖死于非命，梁山正式进入宋江时代。为了替晁盖报仇雪恨，宋江、吴用等人设计诱使"玉麒麟"卢俊义归附梁山，然后倾巢出动，第二次讨伐曾头市。宋江等人先是用火攻和诱敌追击的计策摧毁了曾头市外围的陷阱，再阵斩曾涂，又设伏大破劫营的曾家军，斩杀曾密。曾头市被迫求和，此时官军来援，吴用料曾头市必然变卦，将计就计派时迁以和谈为名卧底曾头市。当曾家军变卦夜袭梁山军营，遭到早已埋伏好的梁山好汉毁灭性打击，全军覆没，梁山好汉乘机攻占曾头市，史文恭逃走，在野外早已埋伏好的卢俊义将其生擒，最后被剖腹挖心祭奠晁盖。

在《水浒传》之前的水浒故事包括《大宋宣和遗事》和《宋江三十六赞》都没有提及曾头市，而根据《黑旋风双献功》等水浒题材的元杂剧描写，晁盖是死于攻打祝家庄，显然攻打曾头市等内容是施耐庵有意添加进去，那么他为什么要这样做呢？从各种迹象来看，梁山与曾头市之间的激战绝非施耐庵天马行空、奇幻想象的产物，而很有可能是暗指朱元璋集团与王保保集团之间的征战。

提及王保保，我们必须先了解元末赫赫有名的"一代战神"——察罕帖木儿。

察罕帖木儿，字廷瑞，乃蛮人，祖籍北庭，颍州沈丘（今安徽临泉）人，汉姓李氏，自幼攻读儒书，曾应进士举，以才学谋略名闻乡里。

至正十一年（1351）五月，刘福通率领红巾军揭竿而起。不出数月，江淮地区诸郡皆被红巾军占领，元廷派军镇压，大多大败而归。察罕帖木儿集合"义兵"，与罗山县典吏李思齐联手，击败罗山的红巾军，元廷授察罕帖木儿中顺大夫、汝宁府达鲁花赤之职，察罕帖木儿在元廷支持下很快就招募了一万余人，自成一军。

至正十五年（1355）二月，红巾军刘福通等人拥戴韩林儿登基称帝，号称"小明王"，建都亳州，国号宋，改元"龙凤"，汴梁（今河南开封）以南的邓、许、嵩、洛诸府州皆为红巾军所占有。察罕帖木儿驻戍虎牢（今河南荥阳西北），在平定苗军叛乱之后，淮西红巾军三十万来攻打中牟营，"察罕帖木儿结陈待之，以死生利害谕士卒。士卒贾勇决死战，无不一当百。会大风扬沙，自率猛士鼓噪从中起，奋击贼中坚，贼势遂披靡不能支，弃旗鼓遁走，追杀十余里，斩首无算。军声益大振"（《元史·察罕帖木儿传》）。

至正十七年（1357），察罕帖木儿升为中书兵部尚书，刘福通增派白不信、大刀敖、李喜喜等人由四川北上，克秦州（今甘肃天水）、陇州（今陕西陇县），据巩昌（今甘肃陇西），攻凤翔（今陕西凤翔），察罕帖木儿亲冒矢石，身先士卒，击溃红巾军，平定关中。

至正十九年（1359），察罕帖木儿调兵遣将包围红巾军占据的汴梁，指挥各路军绕城修筑营垒，把汴梁围得水泄不通，经过多日激战，攻陷汴梁，刘福通等人落荒而逃。

元廷任命察罕帖木儿为河南行省平章政事，兼知河南行枢密院事、陕西行台御史中丞，便宜行事。

由于察罕帖木儿骁勇善战，谋略出众，元朝平定叛乱似乎指日可待。《元史·察罕帖木儿传》记载："先是，中原乱，江南海漕不复通，京师屡苦饥。

至是，河南既定，檄书达江浙，海漕乃复至。察罕帖木儿既定河南，乃以兵分镇关陕、荆襄、河洛、江淮，而重兵屯太行，营垒旌旗相望数千里。乃日修车船，缮兵甲，务农积谷，训练士卒，谋大举以复山东。"

但是，一件突发的刺杀事件却改变了历史进程。

至正二十一年（1361），元军进攻山东，察罕帖木儿亲自率领精锐铁骑，先后占领了东昌（今山东聊城）、冠州（今山东冠县），占据山东的田丰投降，被任命为山东行省平章。然而正当元军包围残余红巾军势力占据的益都之时，田丰和部将王士诚密谋行刺察罕帖木儿，察罕帖木儿重伤不治身亡。消息传到大都，"帝震悼，朝廷公卿及京师四方之人，不问男女老幼，无不恸哭者。……诏赠推诚定远宣忠亮节功臣、开府仪同三司、上柱国、河南行省左丞相，追封忠襄王，谥献武。及葬，赐赙有加，改赠宣忠兴运弘仁效节功臣，追封颍川王，改谥忠襄，食邑沈丘县，所在立祠，岁时致祭"（《元史·察罕帖木儿传》）。

察罕帖木儿死于非命之后，所属军队由其精心栽培的外甥兼养子王保保继承和接管。

王保保即扩廓帖木儿，蒙古伯也台部人，颍州沈丘（今安徽临泉）人，汉名王保保，父为元翰林学士承旨、太尉赛因赤答忽，母为察罕帖木儿之姐，后被舅舅察罕帖木儿收为养子。

至正二十二年（1362），扩廓帖木儿率军攻占益都，处死田丰、王士诚，为义父报仇雪恨，因功被拜为"太尉、中书平章政事、知枢密院事、皇太子詹事，如察罕官"（《明史·扩廓帖木儿传》）。随后中原平定，扩廓帖木儿驻兵于汴梁、洛阳一带。

然而扩廓帖木儿在平定中原以后，不仅没有利用朱元璋、陈友谅等人在江南大战的机会挥师南下，彻底歼灭起义军，反而与孛罗帖木儿、李思齐长期激战，为朱元璋剿灭群雄，统一天下提供了可乘之机。

至正二十七年（1367），朱元璋派徐达、常遇春率领大军北伐，扩廓帖木儿之弟脱因帖木儿被明军击败于洛水，河南行省平章政事梁王阿鲁温（察罕帖木儿之父、扩廓帖木儿外祖父）降明。次年八月二日，明军攻陷大都，元顺帝及皇太子爱猷识理达腊等人落荒而逃，此后扩廓帖木儿成为复兴元朝最后的希望。

明军占领大都以后，改名北平。徐达派前锋汤和部自怀庆取泽州，扩廓帖木儿派军南击汤和，在韩店大战，明军惨败。捷报传来后，在上都（今内蒙古正蓝旗境内）的元顺帝大喜，封扩廓帖木儿为齐王，赐金印，又令其收复北平。扩廓帖木儿集合军队，北出雁门，向北平进发。明将徐达等人认为扩廓帖木儿倾巢而出，冀宁（今山西太原）空虚，于是采用"批亢捣虚"的战术，派遣在太行东南部的明军主力直取冀宁。扩廓帖木儿听说明军动向后果然慌忙回救冀宁，明军夜袭扩廓帖木儿，再加上有其部将豁鼻马投降为内应，扩廓帖木儿跨马逃走，只有十八骑跟从，其余人马都做了明军的俘虏。

次年，元顺帝拜扩廓帖木儿为中书右丞相，并屡次召他入援，但扩廓帖木儿滞留西北。对于当时形势，史书记载："于是元臣皆入于明，唯扩廓拥兵塞上，西北边苦之。"（《明史·扩廓帖木儿传》）

洪武三年（1370），为了救援被扩廓帖木儿率军包围的兰州，明太祖朱元璋力排众议，命令明军兵分两路。西路由大将军徐达自潼关经西安救兰州，伺机歼灭扩廓帖木儿；东路由左副将军李文忠直捣应昌（内蒙古克什克腾旗）。当时扩廓帖木儿虽击溃明朝援军，但无法攻陷兰州，遂移驻安定（今甘肃定西）。徐达率军到达安定，在沈儿峪安营扎寨，与其形成对峙状态。徐达命令诸将每夜不断制造噪声骚扰扩廓帖木儿的军营，使扩廓帖木儿的部队每夜不得休息。数日后的一夜却偃旗息鼓，扩廓帖木儿的部队连日不得休息，于是纷纷昏睡。徐达整众出战，大败扩廓帖木儿，扩廓帖木儿仅与其妻子数人逃窜，至黄河时得流木以渡，遂出宁夏奔和林（今蒙古国哈拉和林）。

此时，元顺帝驾崩，皇太子爱猷识理达腊即位，即北元昭宗。明将李文忠趁机奇袭应昌，昭宗爱猷识理达腊仅以数十骑北逃，和扩廓帖木儿在和林会合。

洪武五年（1372），朱元璋为了永绝后患，派十五万明军分为三路，讨伐扩廓帖木儿，中路大将军徐达由雁门直趋和林；东路左副将军李文忠由居庸关至应昌，然后直扑土剌河，袭击和林；西路征西将军冯胜出金兰取甘肃，作为疑兵。面对明军的来势汹汹，扩廓帖木儿沉着应战，用诱敌之计将明军逐渐引入其包围圈。徐达的先锋蓝玉出雁门后，在野马川遇到元军，追至乱山，取得了小胜，接着到了土剌河，遭遇扩廓帖木儿，扩廓帖木儿佯败后逃走，把明军引向和林，而他手下的大将贺宗哲率领主力在和林以逸待劳，最后扩廓帖木儿与贺宗哲会合，在漠北成功伏击明军，明军战死万余人（一说数万人）。东路军李文忠一直打到胪朐河（今克鲁伦河），接着在土剌河击溃哈剌章所部，进至阿鲁浑河（今鄂尔浑河）畔的称海，被元军包围，李文忠勉强撤退，损失惨重。

次年，扩廓帖木儿复攻雁门，明廷命诸将加强防备，不敢主动出击。然而尽管扩廓帖木儿取得了一系列的胜利，却无法改变明强元弱的现实格局，难以对明朝发动全面攻击，只能在长城沿线发动一些小规模的骚扰。洪武八年（1375），卒于哈剌那海（今蒙古国科布多）的衙庭。

笔者之所以提出梁山攻打曾头市暗指朱元璋集团与王保保集团之间的征战，主要基于以下几个理由：

一是根据《水浒传》记载，曾头市位于山东腹地凌州西南方向，但是宋朝山东地区并没有存在一个叫凌州的州县。李之亮先生在其著作《〈水浒传〉中的文化密码》（巴蜀书社，2016）里的《"凌州高唐界"该怎么讲》一文指出，元朝有陵州县，位于德州，很可能便是《水浒传》里的凌州，这个陵州县便位于梁山的北方，而占据西北的王保保集团恰恰位于统一华夏的朱元璋集团的北方。

二是梁山与曾头市之间的激战因马而起，曾头市拥有一支以骑兵为核心的军事武装，而王保保集团同样是一个以骑兵为核心的军事集团。

梁山与曾头市之间的两次大战，围绕马匹的争夺是导火索。《水浒传》第六十回《公孙胜芒砀山降魔　晁天王曾头市中箭》写道：

宋江同众好汉回转梁山泊来。戴宗于路飞报，听得回山，早报上山来。宋江军马已到梁山泊边，却欲过渡，只见芦苇岸边大路上，一个大汉望着宋江便拜。宋江慌忙下马扶住，问道："足下姓甚名谁？何处人氏？"那汉答道：

"小人姓段，双名景住。人见小弟赤发黄须，都呼小人为金毛犬。祖贯是涿州人氏。平生只靠去北边地面盗马。今春去到枪竿岭北边，盗得一匹好马，雪练也似价白，浑身并无一根杂毛，头至尾长一丈，蹄至脊高八尺。那马又高又大，一日能行千里，北方有名，唤做照夜玉狮子马，乃是大金王子骑坐的，放在枪竿岭下，被小人盗得来。江湖上只闻及时雨大名，无路可见，欲将此马前来进献与头领，权表我进身之意。不期来到凌州西南上曾头市过，被那曾家五虎夺了去。小人称说是梁山泊宋公明的，不想那厮多有不秽的言语，小人不敢尽说。逃走得脱，特来告知。"

晁盖身亡之后，曾头市再度夺取属于梁山的良马。《水浒传》第六十八回《宋公明夜打曾头市　卢俊义活捉史文恭》写道：

话说当时段景住跑来，对林冲等说道："我与杨林、石勇前往北地买马。小弟到彼，选得壮窜有筋力好毛片骏马，买了二百馀匹。回至青州地面，被一伙强人，为头一个唤做险道神郁保四，聚集二百馀人，尽数把马劫夺，解送曾头市去了。石勇、杨林不知去向。小弟连夜逃来报知，可差人去讨马回山。"

关胜见说，教且回山寨与哥哥相见了，却商议此事。众人且过渡来，都到忠义堂上，见了宋江。关胜引单廷圭、魏定国与大小头领俱各相见了。李逵把下山杀了韩伯龙，遇见焦挺、鲍旭，同去打破凌州之事说了一遍。宋江听罢，又添四个好汉，正在欢喜。

段景住备说夺马一事，宋江听了，大怒道："前者夺我马匹，今又如此无礼！晁天王的冤仇未曾报得，旦夕不乐。若不去报此仇，惹人耻笑！"吴用道："即目春暖，正好厮杀。前者进兵失其地利，如今必用智取。"宋江道："此仇深入骨髓，不报得誓不还山！"

曾头市为什么需要如此多的马匹呢？当然不可能是因为简单的骑行的需要，比较合理的解释便是，曾头市是一个以骑兵为核心的军事集团，因此必须大量补充马匹来维持战斗力。关于这点，在曾头市与梁山之间的厮杀过程中也能得到体现。梁山第二次讨伐曾头市，吕方、郭盛联手杀死曾涂，"十数骑马军飞奔回来报知史文恭，转报中寨。……曾升上马，带领数十骑马军，飞奔出寨搦战"（《水浒传》第六十八回），这说明曾头市拥有一支精锐的骑兵部队。

"无巧不成书"，王保保集团恰好也是一个以骑兵为核心的军事集团。《元史·察罕帖木儿传》记载：

察罕帖木儿即先分兵入守凤翔城，而遣谍者诱贼围凤翔。贼果来围之，厚凡数十重。察罕帖木儿自将铁骑，昼夜驰二百里往赴。比去城里所，分军张左右翼掩击之。城中军亦开门鼓噪而出，内外合击，呼声动天地。贼大溃，自相践踩，斩首数万级，伏尸百余里，余党皆遁还。关中悉定。

察罕帖木儿死于非命之后，王保保即扩廓帖木儿继承了养父的精锐铁骑，不仅率军攻占益都，处死田丰、王士诚，为义父报仇雪恨，而且以手中的精锐铁骑为筹码参与元廷内部的权力斗争。《明史·扩廓帖木儿传》记载：

孛罗遂举兵反，犯京师，杀丞相搠思监，自为左丞相，老的沙为平章，秃坚知枢密院。太子求援于扩廓，扩廓遣其将白锁住以万骑入卫，战不利，奉太子奔太原。

元朝灭亡之后，扩廓帖木儿率领自己麾下的骑兵队伍，纵横西北，与明军多次激战，成为朱元璋的"心腹大患"。

三是梁山第一次攻打曾头市时曾遭遇埋伏，损失惨重，徐达率军攻打败退西北的王保保时也曾经遭遇埋伏，同样损失惨重。

四是曾家民族身份和史文恭名字内含玄机。根据《水浒传》记载，曾家兄弟是金国人，即女真族，在当时的大宋版图，他们属于异族，而察罕帖木儿是色目人，至于扩廓帖木儿，当时民间盛传其是河南沈丘的汉人，但是据1990年洛阳出土的扩廓帖木儿之父赛因赤答忽墓志铭显示，扩廓帖木儿也是蒙古人，相对汉人而言，察罕帖木儿和扩廓帖木儿也是属于异族。

值得注意的是，在曾头市的最高领导层中，虽然史文恭仅仅是一个教师，但是武功和军事才能远远高于曾家五虎，而且对梁山态度最为强硬，在曾头市与梁山的战事后期，曾家上下有意投降梁山，但是史文恭却拒绝交还宋江最看重的"照夜玉狮子马"，导致双方再燃战火，直至最终覆灭，由此不难看出其与梁山死战到底的决心。

在元明易代的时期，扩廓帖木儿对待明王朝"誓死不降"的态度与史文恭对待梁山的立场如出一辙。另外，史文恭的名字也内含玄机。"恭"不仅有恭敬顺从之意，而且经常与"顺"连用（即"恭顺"），而元朝最后一个皇帝的谥号就是"元顺帝"，这个谥号恰恰是明太祖朱元璋赐予，以表彰其在明军攻占大都之时，主动撤离，顺应大势，不与明军顽抗，因此史文恭的"恭"很可能是暗示这位武功高强的祝家庄教师是元顺帝的"大忠臣"，在当时北方的各大枭雄之中，只有扩廓帖木儿符合这个条件。

必须指出的是，"文恭"还是中国古代帝王赐给那些对朝廷作出重要贡献、忠心耿耿的去世大臣的常用谥号，尽管扩廓帖木儿早年拥兵自重，但是晚年对于元廷却忠心不贰，多次击败明军，其作为完全符合"文恭"这个谥号所代表的象征意义。

通过分析这些相似之处，我们不难得出这样一个结论，即《水浒传》里梁山攻打曾头市很可能是暗指朱元璋集团与王保保集团之间的征战。

# 三打祝家庄背后的历史真相

作为《水浒传》的经典名篇，三打祝家庄一直令后世读者津津乐道。故事起源于石秀、杨雄带领时迁投奔梁山，途经祝家庄，时迁将报晓的公鸡偷吃，触怒了祝家庄，后者被抓走，石秀、杨雄逃脱，央求李应调解未果后，来到梁山求援，尽管晁盖对于时迁打着梁山的旗号偷鸡的行径感到不满，但是在宋江的力主下，还是同意由其率领众多梁山好汉讨伐祝家庄。

由于祝家庄地势崎岖，道路曲折，宋江命石秀、杨林进庄探察进军路线，谁知杨林被擒，石秀遇钟离老人，得知祝家庄内部道路情况和防御虚实。宋江等不及石秀、杨林返回，率众进攻祝家庄，不料遭遇祝家庄伏兵，梁山好汉危在旦夕，关键时刻，石秀赶来，告知祝家庄内部道路情况和防御虚实，花荣射落号灯，梁山人马才得以顺利退出；二打祝家庄之前，宋江先去拜访李应，让其保持中立，在阵前遭遇祝家庄教师栾廷玉和其同盟军、来自扈家庄的"一丈青"扈三娘，秦明、邓飞和王英被俘虏，林冲活捉了扈三娘，迫使扈家庄终结与祝家庄的同盟关系。

正当宋江一筹莫展的时候，事情有了转机。原登州兵马提辖孙立前来投靠，由于其与栾廷玉的同门关系，便以拜访其为名混入祝家庄作为内应，此时梁山由吴用率领阮氏三雄和吕方、郭盛等人援助宋江，于是宋江出动四路兵马从四个方向攻打祝家庄的前后门，调开了祝氏兄弟。而孙立一伙则趁机里应外合，放出被俘的秦明等人，大破祝家庄，石秀杀死祝朝奉，祝虎死于吕方、郭盛之手，祝龙和祝彪被李逵砍死，梁山大获全胜。

值得注意的是，尽管三打祝家庄以其一波三折的故事情节和精彩绝伦的战争描写而深受后世肯定和赞赏，但令人感到好奇的是，在作为《水浒传》重要来源的《大宋宣和遗事》和《宋江三十六赞》却并无相关记载。在流传至今的水浒题材的元杂剧里，虽然也有涉及梁山三打祝家庄，但是这些描写与《水浒传》中的相关篇章截然不同。《黑旋风双献功》里的宋江曾提道："哥哥晁盖三打祝家庄身亡，众兄弟拜了某为头领。"《李逵负荆》中的宋江也说："后来哥哥三打祝家庄身亡，众兄弟推某为头领。"其他元杂剧也是相同的记载，从这些记载来看，率军攻打祝家庄的是晁盖，而且晁盖在交战中身亡，既然这样，那么施耐庵在撰写《水浒传》时为什么改由宋江领军三打祝家庄，并且取得最终的胜利呢？要想回答这个谜团，我们还必须从施耐庵生活的元末明初时期一位赫赫有名，堪称明太祖朱元璋统一天下最强大对手的乱世枭雄——陈友谅说起。

陈友谅原名陈九四，元末沔阳（今湖北省仙桃市）人，"本谢氏，祖赘于陈，因从其姓。少读书，略通文义。有术者相其先世墓地，曰'法当贵'，友谅心窃喜。尝为县小吏，非其好也"（《明史·陈友谅传》）。

元朝末年，天下大乱，群雄争霸。至正十一年（1351），徐寿辉起兵，建立天完政权，陈友谅投靠其将领倪文俊。至正十七年（1357）九月，陈友谅袭杀反徐寿辉的倪文俊，以勤王为名，自称宣慰使，起兵攻下江西诸路，连克江西、安徽、湖广等地。

至正十九年（1359），陈友谅杀天完将领赵普胜，挟徐寿辉，迁都江州（今江西九江），自立为汉王。次年，陈友谅杀徐寿辉，随即登基，称大汉皇帝，国号汉，改元大义。

登基之后，陈友谅率领水师讨伐占据应天的朱元璋，被朱元璋所部击溃，大败而回。

至正二十一年（1361），朱元璋率军占领安庆和江州，陈友谅逃亡武昌。

至正二十三年（1363），陈友谅集结六十万大军进攻朱元璋，但在鄱阳湖大败，陈友谅也在突围时中流箭而死，年四十四岁。陈友谅死后，张定边等人在武昌立陈友谅次子陈理登基为帝，改元德寿。

至正二十四年（1364），朱元璋率军兵临武昌城下，陈理出降，陈友谅集团覆灭。

从各种迹象来看，《水浒传》里的三打祝家庄极有可能是暗指朱元璋集团与陈友谅集团之间的多次激战。笔者之所以如此认为，主要是基于以下几个理由：

### 1. 祝家兄弟和祝太公名字另有含义

《水浒传》第四十七回记载："惟有祝家庄最豪杰。为头家长唤做祝朝奉，有三个儿子名为祝氏三杰；长子祝龙，次子祝虎，三子祝彪。"祝家兄弟的名字非常有特色，分别为龙、虎、彪，在中国古代社会，龙是皇室象征，虎则是百兽之王，而彪通常指凶猛的小老虎，即未来的百兽之王。施耐庵将祝家兄弟分别命名为龙、虎、彪很可能是暗示祝家兄弟的历史原型是在元末社会曾经割据一方，称王称霸的乱世枭雄。另外，在祝家兄弟之中，无论是从拒绝李应要求释放时迁的强硬态度，还是对峙梁山之时的出场次数，以及本人的武艺来看，祝家老三祝彪是祝家兄弟里事实上的领导核心，巧合的是，陈友谅在自己的兄弟中恰恰也是排名第三，因此祝彪的历史原型很可能是陈友谅。

另一方面，祝太公的名字"祝朝奉"也饱含深意。在明清时期，"朝奉"通常指店铺老板，也指富商，在当时赫赫有名的"徽州朝奉"便是徽记富商和当铺掌柜的专称。但是在明代之前，"朝奉"则是一种实为荣誉头衔的官职，秦代有"朝请"，汉代有"奉朝请"，意思是"逢朝会请"，即每逢上朝便应召议事，并不实指某个官位。当时的三公外戚和皇室诸侯，多为"奉朝请"。到了宋代，"奉朝请"就演变为正五品朝奉大夫和正七品朝奉郎，多授予远离权力核心的中低阶层官员和皇亲外戚。

"朝奉"这种具有政治酬庸性质，但是没有实权的官职与陈友谅父亲陈普才后来投降明朝之后，获得的官职十分类似。陈友谅集团覆灭之后，陈普才被朱元璋封为承恩侯，洪武五年（1372），徙滁阳。承恩侯这个爵位（喜欢宫廷剧的读者朋友应该不会陌生）是通常授予外戚的特殊官职，换而言之，承恩侯便是明代级别较高的"朝奉"。

除此之外，祝朝奉在水浒中的表现和陈普才的作为也十分类似。在《水浒传》第四十七回，李应派人到祝家庄要求释放时迁，祝朝奉满口答应，但却遭到三子祝彪的坚决反对而作罢。从祝朝奉同意释放打着梁山旗号偷鸡的时迁来看，祝朝奉是一个喜欢和平、厌恶战争的和善老人，祝朝奉的人物形象几乎就是陈普才的翻版。《明史·陈友谅传》记载："友谅之从徐寿辉也，其父普才止之。不听。及贵，往迎之。普才曰：'汝违吾命，吾不知死所矣。'"从这段记载以及其以后接受朱元璋的承恩侯的爵位来看，陈普才也是一个喜欢和平、厌恶战争的和善老人，祝朝奉很可能便是暗指陈友谅之父陈普才。

### 2. 都是依靠欺诈之计取得关键战役的胜利

梁山能够攻占祝家庄关键在于前来投靠的原登州兵马提辖"病尉迟"孙立依靠与栾廷玉的同门师兄弟关系，以拜访其为名混入祝家庄作为内应，与梁山好汉里应外合，取得最终胜利。《水浒传》第四十九回《解珍解宝双越狱　孙立孙新大劫牢》写道：

不一二日，来到石勇酒店里。那邹渊与他相见了，问起杨林、邓飞二人。石勇答言说起："宋公明去打祝家庄，二人都跟去，两次失利。听得报来说，杨林、邓飞俱被陷在那里，不知如何？备闻祝家庄三子豪杰，又有教师铁棒栾廷玉相助，因此二次打不破那庄。"孙立听罢，大笑道："我等众人来投大寨入伙，正没半分功劳。献此一条计策，打破祝家庄，为进身之报，如何？"石勇大喜道："愿闻良策。"孙立道："栾廷玉那厮，和我是一个师父教的武艺。我学的枪刀，他也知道。他学的武艺，我也尽知。我们今日只做登州对调来郓州守把经过，来此相望，他必然出来迎接。我们进身入去，里应外合，必成大事。此计如何？"正与石勇说计未了，只见小校报道："吴学究下山来，前往祝家庄救应去。"石勇听得，便叫小校快去报知军师，请来这里相见。说犹未了，已有军马来到店前，乃是吕方、郭盛并阮氏三雄，随后军师吴用带领五百人马到来。石勇接入店内，引着这一行人都相见了，备说投托入伙献计一节。吴用听了大喜，说道："既然众位好汉肯作成山寨，且休上山，便烦请往祝家庄行此一事，成全这段功劳如何？"孙立等众人皆喜，一齐都依允了。吴用道："小生今去也。如此见阵，我人马前行，众位好汉随后一发便来。"

吴学究商议已了，先来宋江寨中，见宋公明眉头不展，面带忧容。吴用置酒与宋江解闷，备说起："石勇、杨林、邓飞三个的一起相识，是登州兵马提辖病尉迟孙立，和这祝家庄教师栾廷玉是一个师父教的。今来共有八人，投托大寨入伙。特献这条计策，以为进身之报。今已计较定了，里应外合，如此行事。随后便来参见兄长。"宋江听说罢，大喜，把愁闷都撇在九霄云外，忙叫寨内置酒，安排筵席等来相待。

孙立等人混入祝家庄之后，乘祝家兄弟在外作战，控制了各处要害，然后与梁山大军里应外合，占领祝家庄。

无独有偶，在朱元璋集团与陈友谅集团的多次激战中，第一次也是最关键的战役是应天之战（在此战之前，由于陈友谅占据江西、湖广富庶之地，兵强马壮，朱元璋手下的许多将领存在畏敌情绪，这次战役结束之后，朱元璋集团树立了对于陈友谅集团的心理优势），朱元璋能够取胜同样离不开欺诈之计。

《明史·陈友谅传》记载：

友谅性雄猜，好以权术驭下。既僭号，尽有江西、湖广之地，恃其兵强，欲东取应天。太祖患友谅与张士诚合，乃设计令其故人康茂才为书诱之，令速来。友谅果引舟师东下，至江东桥，呼茂才不应，始知为所绐。战于龙湾，大败。潮落舟胶，死者无算，亡战舰数百，乘轻舸走。

### 3. 同样是通过三次大战来决定成败

宋江率领梁山大军先后三次攻打祝家庄才取得了最后的胜利。有意思的是，朱元璋集团与陈友谅集团也是通过三次大战来决定鹿死谁手。

至正二十年（1360），陈友谅约张士诚东西夹击应天，平分朱元璋的土地。朱元璋接受谋士刘基的建议，制定诱敌深入、乘机歼灭的策略。朱元璋的部将康茂才和陈友谅是旧识，于是朱元璋让康茂才修书一封，派人送到陈友谅营中，假意约陈友谅里应外合，共同攻击应天，并说愿意在江东桥做内应。六月二十三日早晨，陈友谅率舰队主力赶到应天郊外的江东桥，方知受骗中计，双方在龙湾（今江苏南京城郊）展开激战，陈友谅大败。因为潮落，船被搁浅，死者无数，丧失战舰数百艘，陈友谅只得坐小船逃走。冯国胜率五路大军乘胜追击，又大败陈友谅于采石矶（今安徽省马鞍山市雨花区采石街道）。于是陈友谅放弃太平，逃至江州。次年，陈友谅派部将张定边再次攻陷安庆。

至正二十一年（1361）八月，朱元璋亲自率军讨伐安庆，俞通海、赵德胜大破陈友谅水军，长驱直入抵达江州。陈友谅战败，连夜携妻带子逃往武昌。朱元璋攻克江州、蕲州、安庆。

至正二十三年（1363），陈友谅率大军六十万，船载家属百官，尽发精锐进攻南昌，朱元璋的侄子朱文正坚守南昌三个月，朱元璋亲自率军前去援救，陈友谅闻讯撤除对南昌的包围，进入鄱阳湖，与朱元璋在康郎山相遇。陈友谅集合巨舰，以连锁为阵。朱元璋所部不能仰攻，连战三日，损兵折将，渐感不支，但是不久，刮起了东北风，朱元璋便下令放火焚烧陈友谅的船只，其弟陈友仁等人都被烧死。陈友仁号称五王，瞎一眼，却智勇双全，他死后，陈友谅为之丧气。在这场战斗中，朱元璋船虽小，却轻便易行，陈友谅虽是巨舰，却不能进退自如，逐渐处于下风，时间一久，陈友谅军中粮食渐绝，只得突围冲出湖口，朱元璋紧追不舍，双方大战于泾江口。陈友谅当时从船中伸出头来，指挥作战，却被飞箭射中，贯穿头颅，陈友谅当即死去。顿时，陈友谅军土崩瓦解，太子陈善儿被擒，太尉张定边趁夜带着陈友谅的次子陈理，载上陈友谅的尸体逃回武昌。

尽管在鄱阳湖大战之后，张定边等人护送陈理返回武昌，拥立后者，但是由于陈友谅已经死于非命，军队精锐损失殆尽，陈友谅集团的灭亡已经只是时间的问题。至正二十四年（1364），朱元璋率军兵临武昌城下，陈理出降，汉政权灭亡。陈理至应天，朱元璋封其为归德侯，后迁移朝鲜居住。

**4. 祝家庄和陈友谅集团都拥有令人生畏的强大军事实力**

在梁山归顺朝廷之前，尽管先后攻打过众多地方武装，但是论对手军事实力之强大莫过于祝家庄，宋江讨伐其他地方武装，大多是一战定乾坤，但是对于祝家庄，则历经三次苦战才最终获胜。

祝家庄令人生畏的强大军事实力首先体现在祝彪等人的骁勇善战上。《水浒传》第四十八回描写："祝龙出阵真难敌,祝虎交锋莫可当。更有祝彪多武艺,咤叱喑呜比霸王。"在祝家三兄弟之中,善于骑射的老三祝彪武艺远胜两位兄长,不但能够与李应大战十七八回合,而且一箭将其射落马下。祝彪的未婚妻扈三娘则在阵前亲手俘虏王英,祝家庄的教师栾廷玉则能与秦明斗一二十回合,不分胜负。

其次,祝家庄拥有严密的军事防御体系。《水浒传》第四十八回《一丈青单捉王矮虎 宋公明两打祝家庄》里曾用一首词赋描写祝家庄严密的军事防御体系:

独龙山前独龙冈,独龙冈上祝家庄。绕冈一带长流水,周遭环匝皆垂杨。墙内森森罗剑戟,门前密密排刀枪。飘扬旗帜惊鸟雀,纷纭矛盾生光芒。强弩硬弓当要路,灰瓶炮石护垣墙。对敌尽皆雄壮士,当锋多是少年郎。祝龙出阵真难敌,祝虎交锋莫可当。更有祝彪多武艺,咤叱喑呜比霸王。朝奉祝公谋略广,金银罗绮有千箱。樽酒常时延好客,山林镇日会豪强。久共三村盟誓约,扫清强寇保村坊。白旗一对门前立,上面明书字两行:填平水泊擒晁盖,踏破梁山捉宋江。

这种描写并非艺术的夸张,宋江一打祝家庄时,便由于不了解军事防御体系的特点,中了埋伏,如果不是石秀及时赶到,梁山大军恐怕已经全军覆没。

最后,祝家庄庄客训练有术,攻守自如。《水浒传》第四十八回写道:

这边秦明和祝龙斗到十合之上,祝龙如何敌得秦明过。庄门里面那教师栾廷玉,带了铁锤,上马挺枪,杀将出来。欧鹏便来迎住栾廷玉厮杀。栾廷玉也不来交马,带住枪时,刺斜里便走。欧鹏赶将去,被栾廷玉一飞锤正打着……邓飞大叫:"孩儿们救人!"上马飞着铁枪,径奔栾廷玉。宋江急唤小喽啰救得欧鹏上马。那祝龙当敌秦明不住,拍马便走。栾廷玉也撇了邓飞,却来战秦明。两个斗了一二十合,不分胜败。栾廷玉卖个破绽,落荒即走。秦明舞棍径赶将去,栾廷玉便望荒草之中跑马入去。秦明不知是计,也追入去。原来祝家庄那等去处，都有人埋伏。见秦明马到，拽起绊马索来，连人和马都绊翻了，发声喊，捉住了秦明。邓飞见秦明坠马，慌忙来救，急见绊马索拽，却待回身，两下里叫声："着！"挠钩似乱麻一般搭来，就马上活捉了去。宋江看见，只叫得苦。止救得欧鹏上马。

片刻时间，庄客便用绊子索抓了秦明和邓飞两位好汉，由此我们不难得出一个结论，这些庄客平时应该接受过严格的军事训练和血腥的实战洗礼。

与祝家庄对梁山的威胁类似的是陈友谅集团也是朱元璋集团崛起后统一天下的最大的障碍。在土地和兵力方面，陈友谅集团全盛时期，尽有江西、湖广之地，拥兵数十万，战舰数百艘，"当是时，江以南惟友谅兵最强"（《明史·陈友谅传》）。

在军事指挥才能方面，陈友谅在与朱元璋决战之前，多次亲自领兵或派大将出征，攻城略地，版图不断扩大。《明史·陈友谅传》记载："明年（至正十八年），陷安庆，又破龙兴、瑞州，分兵取邵武、吉安，而自以兵入抚州。已，又破建昌、赣、汀、信、衢。"不到一年，便攻占安庆、龙兴、瑞州、邵武、吉安、建昌等地，陈友谅的军事指挥才能可见一斑！

在军队战斗力方面，陈友谅的士兵久历战阵，骁勇善战。《明史·陈友谅传》记载："即江州为都，奉寿辉以居，而自称汉王，置王府官属。遂挟寿辉东下，攻太平。太平城坚不可拔，乃引巨舟薄城西南。士卒缘舟尾攀堞而登，遂克之。"在决定两大集团命运的鄱阳湖之战之中，"友谅闻太祖至，撤围，东出鄱阳湖，遇于康郎山。友谅集巨舰，连锁为阵，太祖兵不能仰攻，连战三日，几殆"。

清初著名史学家谷应泰曾评价："慨自元人失驭，群雄蜂发，逐鹿之夫，所在都有。太祖崛起濠梁，而同时并兴者，则有张士诚据吴，徐贞一据蕲，明玉珍据蜀，方国珍据江东，然皆阖门坐大，非有图天下之志也。独陈友谅以骁鸷之姿，奄有江、楚，控扼上流，地险而兵强，才剽而势盛，实逼处此，以与我争尺土者，非特汉之文伯、子阳，唐之世充、建德而已。"（《明史纪事本末·卷三》）如果不是陈友谅刚愎自用，急于求成，原本完全有机会战胜朱元璋。

考虑到如此多的相似之处，《水浒传》里的"三打祝家庄"很可能是暗指朱元璋集团与陈友谅集团之间争夺天下的多次激战。

# 谁是宋徽宗的历史原型

在《水浒传》中，尽管宋徽宗赵佶出场的次数屈指可数，却是推动情节发展的关键人物，正是由于他重用高俅，将其提拔为殿前司太尉，才有了后来的王进逃难和林冲蒙冤等水浒故事。作为"九五之尊"，宋徽宗赵佶不仅追求享乐，在江南大肆收罗"花石纲"，而且寻花问柳，迷恋京师名妓李师师，分别埋下了杨志因丢失"花石纲"而一路走背运，不得不落草为寇以及宋江等人通过李师师的枕边风获得其招安御旨的伏笔。在《水浒传》结尾，虽然从表面上看，毒杀宋江的是高俅、蔡京等奸臣，但是从事后宋徽宗只是将后者训斥却无惩罚来看，这位"道君皇帝"很可能才是真正的幕后元凶。

《水浒传》中的宋徽宗几乎完全复原了历史上真实的宋徽宗。

宋徽宗赵佶，号宣和主人，北宋第八位皇帝、宋神宗第十一子、宋哲宗之弟。徽宗自幼爱好笔墨、丹青、骑马、射箭、蹴鞠，对奇花异石、飞禽走兽有着浓厚的兴趣，在书法绘画方面，更是表现出非凡的天赋。元丰八年（1085），宋哲宗即位后，赵佶被封为遂宁郡王。绍圣三年（1096），以平江、镇江军节度使的身份被晋封为端王。绍圣五年（1098），加封为司空，改任为昭德、彰信军节度使。

元符三年（1100）正月，年仅二十五岁的宋哲宗病死，执政的向太后不顾宰相章惇"端王轻佻不可以君天下"的反对意见，执意立赵佶为帝。

宋徽宗即位之后，重用蔡京等人，打着绍述新法的旗号，穷奢极欲，贪恋美色，在南方采办"花石纲"，在汴京修建"艮岳"，同时尊信道教，大建宫观，自称"教主道君皇帝"。在宋徽宗的腐朽统治下，北宋社会政治腐败，民不聊生，底层民众纷纷揭竿而起，宋江起义和方腊起义先后爆发，北宋统治危机四伏。

宣和二年（1120），宋遣赵良嗣、马政先后使金，金亦数次遣使来宋，双方议定夹攻辽朝，辽燕京由宋军攻取，金军进攻辽中京大定府（今辽宁宁城西）等地，辽亡后燕云地区归宋朝，宋将原给予辽朝的岁币转给金朝，史称"海上之盟"，但是在辽朝灭亡之后，由于宋廷接纳辽降将郭药师等因素的影响，宋金联盟决裂，金朝兵分两路进攻北宋。

靖康元年（1126），金军大军兵临北宋都城汴京城下，在李纲等大臣的压力之下，宋徽宗禅让给太子赵桓，赵桓登基，即为宋钦宗。靖康二年（1127）三月，宋徽宗与宋钦宗被金人掳去，流放东北。南宋绍兴五年（1135），死于五国城，时年五十四岁。南宋绍兴十二年（1142）三月，棺椁被迎回南宋，葬于绍兴永佑陵。

在赵佶告别人世近两百年之后，又一位"宋徽宗"——元顺帝横空出世。

元顺帝孛儿只斤·妥欢帖睦尔，元明宗长子，延祐七年（1320）四月十七日生于察合台汗国境内。天历二年（1329），元明宗继位后回到元朝，不久后元文宗毒死了元明宗，将妥欢帖睦尔流放到高丽大青岛与广西静江（今广西桂林）。元文宗、元宁宗相继驾崩后，妥欢帖睦尔被太后卜答失里下令迎回，至顺四年（1333）六月八日，即位于上都（今内蒙古正蓝旗境内）。

至元六年（1340），元顺帝铲除权臣伯颜而夺回军政大权。亲政初期，他勤于政事，任用脱脱为丞相，恢复了科举制度，颁行《农桑辑要》，整饬吏治，征召隐逸，蠲免赋税，开放马禁，削减盐额，编修辽、宋、金三史，亲郊祭天，行亲耕礼，采取了一系列改革措施，以挽救元朝的统治危机，史称"至正新政"。

但由于元朝官场腐败积重难返，以及黄河决口、饥荒频仍等因素的影响，社会动荡不安，农民起义此起彼伏。至正八年（1348），方国珍兄弟啸聚海上；至正十一年（1351），刘福通率红巾军揭竿而起；至正十三年（1353），张士诚占据高邮，建立大周政权。在天下大乱之时，元顺帝却听信谗言，罢免了率军镇压张士诚的丞相脱脱。以脱脱罢相为标志，元顺帝逐渐怠政，大兴土木，沉溺密宗，穷奢极欲，置天下于不顾。至正二十七年（1367），元末农民战争的最终胜利者明太祖朱元璋下令大将徐达、常遇春率军北伐，攻占元大都，元顺帝仓皇出逃，元朝灭亡。

从各种迹象来看，施耐庵笔下的宋徽宗的历史原型很可能便是元朝的"亡国之君"——元顺帝，理由如下：

1. 同为"荒淫好色"的"无道昏君"

在我国古代社会，凡是"无道昏君"，大多都"荒淫好色"，《水浒传》中的宋徽宗和历史上的元顺帝也不例外，宋徽宗的好色主要体现在迷恋京师名妓李师师上，而历史上的元顺帝也以好色闻名。

《元史·哈麻传》记载：

初，哈麻尝阴进西天僧以运气术媚帝，帝习为之，号演揲儿法。演揲儿，华言大喜乐也。哈麻之妹婿集贤学士秃鲁帖木儿，故有宠于帝，与老的沙、八郎、答剌马吉的、波迪哇儿祸等十人，俱号倚纳。秃鲁帖木儿性奸狡，帝爱之，言听计从，亦荐西蕃僧伽璘真于帝。其僧善秘密法，谓帝曰："陛下虽尊居万乘，富有四海，不过保有见世而已。人生能几何，当受此秘密大喜乐禅定。"帝又习之，其法亦名双修法。曰演揲儿，曰秘密，皆房中术也。帝乃诏以西天僧为司徒，西蕃僧为大元国师。其徒皆取良家女，或四人、或三人奉之，谓之供养。于是帝日从事于其法，广取女妇，惟淫戏是乐。又选采女为十六天魔舞。八郎者，帝诸弟，与其所谓倚纳者，皆在帝前相与亵狎，甚至男女裸处，号所处室曰皆即兀该，华言事事无碍也。君臣宣淫，而群僧出入禁中，无所禁止，丑声秽行，著闻于外，虽市井之人，亦恶闻之。

在好色方面，宋徽宗和元顺帝可谓是同道中人。

2. 两人都多才多艺

无论是《水浒传》中的宋徽宗还是历史上的宋徽宗虽然治国无方，却广泛涉猎琴棋书画、诗词歌赋，金石考古，是后世公认的"大才子"。

朱乐天先生在《宋徽宗对院体花鸟画的贡献》（《魅力中国》2008年第28期）一文中指出："徽宗天资聪明，从小就对书画情有独钟。即位前，徽宗经常和驸马都尉王诜、宗室赵大年（赵令穰）以及黄庭坚、吴元瑜等人交往。这些人都是当时颇有成就的书画高手，对徽宗艺术修养产生了重要影响。史称徽宗'能书擅画，名重当朝'，尤以花鸟画作为突出。他继承了黄筌的勾勒填彩，又兼取徐熙、崔白、易元吉之长，兼容并蓄，'妙体众形'，形成了工整妍丽、精密奇巧的风格，引领了宫廷绘画创作的新风貌，画史上称之为'宣和体'。……宋徽宗的书法也有很高的造诣。他早年学薛稷、黄庭坚，参以褚遂良诸家，挺瘦秀润，融会贯通，变化二薛（薛稷，薛曜），形成自己的风格，所创'瘦金体'，用笔源于褚、薛……其中草书《千字文》，作于政和二年，其笔势奔放流畅，跌宕起伏，一气呵成，颇为壮观，丝毫不亚于唐代草书书圣张旭与怀素，是不可多得的珍品。徽宗在位期间，不仅礼遇画院，还广泛收集古代金石书画。宣和年间，徽宗令人将御府所藏历代书画墨迹编写成《宣和书谱》《宣和画谱》《宣和博古图》等书，并刻了著名的《大观帖》。这些对丰富绘画理论和保存中国传统文化具有不可估量的意义。"

除此之外，宋徽宗一生创作四百多首诗词，我们今天所熟知的《宋词三百首》，开篇第一首，就是他在"靖康之变"后，被金兵掳掠北上时所写的《宴山亭·北行见杏花》：

裁剪冰绡，轻叠数重，淡著燕脂匀注。新样靓妆，艳溢香融，羞杀蕊珠宫女。易得凋零，更多少、无情风雨。愁苦，问院落凄凉，几番春暮？

凭寄离恨重重，者双燕何曾，会人言语？天遥地远，万水千山，知他故宫何处？怎不思量？除梦里有时曾去。无据，和梦也新来不做。

论书画文学成就，宋徽宗堪称是中国古代帝王中冠绝天下的"状元郎"。

元顺帝在个人才艺方面逊色于"老前辈"宋徽宗，但是在建筑、歌舞、词赋等领域也颇有造诣。

《元史·顺帝本纪》记载：

（至正十四年）帝于内苑造龙船，委内官供奉少监塔思不花监工。帝自制其样，船首尾长一百二十尺，广二十尺，前瓦帘棚、穿廊、两暖阁，后吾殿楼子，龙身并殿宇用五彩金妆，前有两爪。上用水手二十四人，身衣紫衫，金荔枝带，四带头巾，于船两旁下各执篙一。自后宫至前宫山下海子内，往来游戏，行时，其龙首眼口爪尾皆动。又自制宫漏，约高六七尺，广半之，造木为匮，阴藏诸壶其中，运水上下。匮上设西方三圣殿，匮腰立玉女捧时刻筹，时至，辄浮水而上。左右列二金甲神，一悬钟，一悬钲，夜则神人自能按更而击，无分毫差。当钟钲之鸣，狮凤在侧者皆翔舞。匮之西东有日月宫，飞仙六人立宫前，遇子午时，飞仙自能耦进，度仙桥，达三圣殿，已而复退立如前。其精巧绝出，人谓前代所鲜有。时帝怠于政事，荒于游宴，以宫女三圣奴、妙乐奴、文殊奴等一十六人按舞，名为十六天魔，首垂发数辫，戴象牙佛冠，身被缨络、大红绡金长短裙、金杂袄、云肩、合袖天衣、绶带鞋袜，各执加巴剌般之器，内一人执铃杵奏乐。

另外，根据明朝郎瑛的《七修类稿·卷八·国事类》记载，洪武元年（1368），明军攻下大都，元顺帝不战而逃，明太祖朱元璋派使者前去招降，元顺帝赋诗回复："金陵使者渡江来，漠漠风烟一道开。王气有时还自息，皇恩何处不昭回。信知海内归明主，亦喜江南有俊才。归去诚心烦为说，春风先到凤凰台。"元顺帝的文采自然不如大才子宋徽宗，但是绝对碾压后世一生作诗四万首，贻笑大方的乾隆皇帝。

如果用现在的时髦话语来形容，宋徽宗和元顺帝都是典型的"文艺皇帝"。

### 3. 都喜欢重用奸臣

宋徽宗即位初期，为了收买人心，选贤任能，减免赋税，展现出一番"励精图治"的样子，但随着权力的稳固，宋徽宗开始"亲小人，远君子"，自己身边因善于蹴鞠而受其宠信的高俅在他的刻意栽培下，扶摇直上，官拜殿帅府太尉，蔡京、童贯、杨戬同样由于善于阿谀奉承而把持朝政，宋徽宗将军国大事完全交给这些奸臣，自己躲在深宫后院过着穷奢极欲、逍遥快活的生活。在《水浒传》中，在宋江等人通过京师名妓李师师吹枕边风之前，对于如何处理日渐崛起的梁山，宋徽宗对高俅、蔡京等奸臣达到了言听计从的地步，堂堂的"九五之尊"成为这些奸臣的傀儡和玩偶。

元顺帝即位之后，军政大权一度掌握在重臣伯颜手中，在伯颜倒台之后，元顺帝拜脱脱为相，推行新政，但是以罢免脱脱为标志，元顺帝逐步显露出喜欢重用奸臣的昏君"底色"。宠臣哈麻，"与其弟雪雪，早备宿卫，顺帝深眷宠之。而哈麻有口才，尤为帝所亵幸"（《元史·哈麻传》）。集贤学士秃鲁帖木儿生性狡诈，"帝爱之，言听计从，亦荐西蕃僧伽璘真于帝"（《元史·哈麻传》）。右丞相搠思监，"居相位久，无所匡救，而又公受贿赂，贪声著闻，物议喧然"（《元史·搠思监传》）。大宦官朴不花，"乘间用事，与搠思监相为表里，四方警报、将臣功状，皆抑而不闻，内外解体，然根株盘固，气焰熏灼，内外百官趋附之者十九。又宣政院使脱欢，与之同恶相济，为国大蠹"（《元史·朴不花传》）。

由于其宠信和重用这些奸臣，元末社会政治腐败，经济萧条，哀鸿遍野，干戈不止，乱世英雄起四方，最终导致元朝灭亡。

根据相关史书和民间传说记载，作为生活在元顺帝时期的文人，施耐庵担任过元朝的地方官，但是受权贵排挤，弃官而去，这意味着施耐庵对元末社会的政治腐败、奸佞横行、烽火遍地、民不聊生的现象有着切身体会，其对宠信和倚重奸臣导致天下大乱的元顺帝的不满和痛恨可想而知，因此很有可能在撰写《水浒传》时通过描写宋徽宗的丑态来影射元顺帝以发泄心中的不满和痛恨，宋徽宗的形象如此生动归根结底还在于其背后隐藏着元顺帝的影子。

## 梁山攻打大名府象征一件
## 具有划时代意义的重大事件

为了救出卢俊义、石秀，宋江率领梁山大军三次攻打大名府。第一次攻打大名府，虽然宋江在城外打了胜仗，但是由于关胜领兵采用"围魏救赵"之计，兵锋直指梁山，宋江等人只好搬兵回巢，经过多次苦战，收服了关胜、宣赞、郝思文三员大将；第二次攻打大名府，虽然在交战中俘虏了索超，但因天降大雪，天寒地冻，大队人马难以久留，加上宋江因连日劳累，恶寒发热，病倒在床，不得不再度鸣金收兵；第三次攻打大名府，梁山借正月十五元宵节，大名府依惯例要大放花灯，庆贺元宵之际，经过周密部署，派人先分别埋伏在城中各处，在正月十五夜里二更时分，里应外合，终于拿下了大名府，救出了卢俊义、石秀两人，胜利班师。

值得注意的是，施耐庵描写梁山攻陷大名府除了让梁山展现实力，为接下来的朝廷招安做铺垫之外，其实还有一个隐藏的目的，即借梁山攻陷大名府暗指洪武元年（1368）明军占领元大都，元朝灭亡这一重大历史事件。

笔者之所以认定梁山攻打大名府背后隐藏着明军占领元大都这一重大历史事件主要基于以下几个理由：

1. 大名府是北宋时期的"北京"，而元末明初的"北京"则是天下无人不知、无人不晓的元大都

北宋建立之后，沿五代旧制，以开封府（今河南开封）为东京，以河南府（今河南洛阳）为西京。景德三年（1006）二月，宋真宗因为北宋的"开国

之君"赵匡胤曾任后周归德军节度使所领之宋州（今河南商丘）为帝业肇基之地，设立应天府。大中祥符七年（1014）正月，升应天府为南京。庆历二年（1042），宰相吕夷简为了抵御辽国的军事威胁，以宋真宗咸平三年（1000）驻跸大名府（今河北大名东北）亲征契丹为名，奏请将大名府升为北京。北宋实行"四京制"意味着在理论上北宋共有四个都城，换而言之，北京大名府也是北宋名义上的都城之一，而施耐庵生活的元末时期直至明军北伐之前，当时的北京便是天下无人不知、无人不晓的元大都，而元大都恰恰便是元王朝的都城。

2. 北宋都城是汴梁，而镇守大名府的梁中书恰恰姓"梁"，更巧的是，中书在古代是中央政府的象征

北宋的正式都城是东京汴梁即今天的河南开封，东京汴梁在战国时期是魏国的都城，当时的名称叫大梁，因此"梁"可以被视为东京汴梁的简称，而镇守大名府的梁中书偏偏正好姓"梁"。另外，我国古代自隋朝开始中央政府长期实行"三省六部"制度，中书省由于管辖六部，是全国最高的行政机关，后来中书逐步成为中央政府的象征，因此施耐庵将镇守大名府的官员取名叫梁中书很有可能是向读者暗示《水浒传》中的大名府其实是隐喻元末中央政府的所在地——元大都，也就是今天的北京。

3.词赋中"王孙公子"一词饱含深意

在《水浒传》第六十六回《时迁火烧翠云楼　吴用智取大名府》中，梁中书为了稳定人心，继续大放花灯，庆贺元宵，为了描绘当时大名府庆祝元宵节的盛况，施耐庵不惜笔墨，赋诗一首：

北京三五风光好，膏雨初晴春意早。银花火树不夜城，陆地拥出蓬莱岛。烛龙衔照夜光寒，人民歌舞欣时安。五凤羽扶双贝阙，六鳌背驾三神山。红妆女立朱帘下，白面郎骑紫骝马。笙箫嘹亮入青云，月光清射鸳鸯瓦。翠云楼高侵碧天，嬉游来往多婵娟。灯球灿烂若锦绣，王孙公子真神仙……

在这首词赋之中，"王孙公子真神仙"非常值得关注。王孙通常指皇族子

弟，公子则是指贵族公子，合在一起便是指皇族王公贵族的公子，然而大名府地处抗辽的军事前线，虽然是"四都"之一，但是在这里任职的只能算地方官员，他们即使有子孙，也没有资格被称呼为"王孙公子"，那么这里的"王孙公子"从何而来呢？有意思的是，《水浒传》描写另外一座著名的城市之时也提到了"王孙公子"，那就是东京汴梁。在《水浒传》第六回《九纹龙剪径赤松林　鲁智深火烧瓦罐寺》里，鲁智深来到东京汴梁投靠大相国寺。为了描绘当时东京汴梁的繁华，施耐庵同样不惜笔墨，赋诗一首：

　　千门万户，纷纷朱翠交辉；三市六街，济济衣冠聚集。凤阁列九重金玉，龙楼显一派玻璃。鸾笙凤管沸歌台，象板银筝鸣舞榭。满目军民相庆，乐太平丰稔之年；四方商旅交通，聚富贵荣华之地。花街柳陌，众多娇艳名姬；楚馆秦楼，无限风流歌妓。豪门富户呼卢，公子王孙买笑。景物奢华无比并，只疑阆苑与蓬莱。

　　显然"公子王孙"出现在东京汴梁是非常正常的，毕竟东京汴梁是都城所在地，拥有众多皇族王公贵族，他们的子孙完全有资格被称呼为"公子王孙"，而地处抗辽军事前线的大名府如果拥有"王孙公子"则有悖常理。对于这个逻辑上的矛盾比较合理的解释便是《水浒传》里的大名府实际上是暗指元大都，既然是都城，拥有众多王孙公子也就不足为奇了。

　　4. 面对明朝大军，元顺帝逃之夭夭，面对梁山的大军，梁中书也同样逃之夭夭

　　在历史上，元顺帝面对兵临城下的明朝大军，没有顽抗到底，而是带领太子、嫔妃和大臣向上都（今内蒙古正蓝旗境内）仓皇出逃。而在《水浒传》第六十七回里，"守土有责"的梁中书见梁山大军攻陷大名府，在部将李成和闻达的保护下，"并力死战，撞透重围，脱得大难。头盔不整，衣甲飘零，虽是折了人马，且喜三人逃得性命，投西去了"。两人面对敌人都没有死战到底，为了活命，狼狈出逃。

　　明军占领元大都标志着元朝的灭亡，作为朱元璋的政治反对派，施耐庵既

为元朝的灭亡感到高兴，又对明朝统一天下感到伤感，由于施耐庵生活在江南这一朱元璋统治的核心区域，为了避免惹祸上身，不可能直接描写这一重大历史事件，权衡利弊之后，很可能在《水浒传》中特意撰写梁山攻打大名府的章节，同时留下各种隐喻和暗示，希望读者能够按图索骥，寻找历史真相，因此作为后人的我们才有机会能看到梁山攻打大名府的精彩篇章。

# 花荣：明初两位名将的混合体

如果在梁山一百零八将中评选最英俊潇洒的好汉，"小李广"花荣必然名列榜首，作为宋江的头号心腹（李逵是宋江的头号打手），曾任清风寨武知寨的花荣首次亮相便以其风度翩翩、忠肝义胆、善于骑射给读者留下了深刻的印象。

《水浒传》第三十三回《宋江夜看小鳌山 花荣大闹清风寨》写道：

只说宋公明独自一个，背着些包裹，迤逦来到清风镇上，便借问花知寨住处。那镇上人答道："这清风寨衙门在镇市中间。南边有个小寨，是文官刘知寨住宅；北边那个小寨，正是武官花知寨住宅。"宋江听罢，谢了那人，便投北寨来。到得门首，见有几个把门军汉，问了姓名，入去通报。只见寨里走出那个年少的军官来，拖住宋江便拜。那人生得如何，但见：

齿白唇红双眼俊，两眉入鬓常清。细腰宽膀似猿形。能骑乖劣马，爱放海东青。百步穿杨神臂健，弓开秋月分明。雕翎箭发迸寒星。人称小李广，将种是花荣。

出来的年少将军不是别人，正是清风寨武知寨小李广花荣。宋江见了。看那花荣，怎生打扮？但见：

身上战袍金翠绣，腰间玉带嵌山犀。渗青巾帻双环小，文武花靴抹绿低。

宋江被清风寨文知寨刘高抓住之后，花荣不惜与刘高翻脸，救出宋江，刘高告上青州，知府派都监"镇三山"黄信来假作调解，将花荣擒拿，与宋江一并押解青州，路上被清风山好汉燕顺、王英、郑天寿救下，并杀了刘高。黄信逃回清风寨写信求救，知府命本州兵马总管"霹雳火"秦明带兵征剿清风山，花荣出阵与秦明大战，箭射秦明盔缨，后宋江设计收降秦明，众人一同投奔梁山。

宋江等人路过对影山，遭遇吕方、郭盛比武，花荣一箭射去分开两戟，技压群雄。上梁山后，晁盖对于花荣的箭法表示怀疑，恰好天边有雁群飞过，花荣说要射向第三只雁的雁头，弓开之处，弦响雁落，从此梁山好汉们无不赞叹花荣的箭法。

宋江在浔阳楼题反诗被黄文炳告发，在江州闹市即将被开刀问斩的危急时刻，花荣和梁山好汉们血洗了法场，救下宋江。在此之后，花荣跟随宋江南征北讨，战功赫赫，三打祝家庄中射掉指路红灯，救出被困的梁山大军；攻打高唐州中射死薛元辉；攻打大名府期间射杀李成副将；攻打曾头市时射中曾涂，救了即将中枪的吕方。

梁山大聚义中，花荣排行第九位，星号天英星，职务为马军八虎骑兼先锋使之首。朝廷第二次招安，当花荣听见不赦免宋江，当场射杀了朝廷使者。梁山归顺朝廷后，在讨伐辽国和平定方腊之乱时，花荣大显神威，屡战屡胜，成为活着返京的十二位好汉之一，被封为应天府兵马都统。宋江中毒身亡之后，托梦花荣，花荣与吴用一起吊死于宋江的墓前。

花荣的形象事实上经历过长期的历史演变。在《大宋宣和遗事》中，花荣是宋江手下三十六员头领之一，龚开的《宋江三十六赞》是这样评论花荣："小李广花荣，中心慕汉，夺马而归，汝能慕广，何忧数奇。"元杂剧《小李广大闹元宵夜》已经失传，只留下题目，在元杂剧《争报恩三虎下山》中，作为梁山头领的花荣是弓手，显然与前者相比，《水浒传》中的花荣不仅形象更丰富，而且故事情节截然不同，可以说，"小李广"花荣是施耐庵完全按照自己的意愿创造出的一位梁山好汉。

从施耐庵对花荣的各种描写来看，《水浒传》里的花荣有可能是暗指明初一位赫赫有名的将领——常遇春。

常遇春，字伯仁，凤阳府怀远县（今安徽怀远）人，"貌奇伟，勇力绝人，猿臂善射"（《明史·常遇春传》）。由于出身贫寒，早年投奔活动于怀远、定远一带的绿林大盗刘聚，拦路抢掠，打家劫舍，后见刘聚胸无大志，只求一时的温饱，便于至正十五年（1355），归附占据和州（今安徽和县）的朱元璋。

同年六月，朱元璋率军渡江南下，在著名的采石矶（今安徽省马鞍山市雨山区采石街道）战役中，面对着元朝水军元帅蛮子海牙的严密防守，常遇春乘一小船在激流中奋勇前进，纵身登岸，冲入敌阵，如入无人之境，朱元璋乘机率军登岸，攻占太平（今安徽当涂）。次年三月，又攻占集庆，改名应天府（今江苏南京）。常遇春锋芒初露，立下头功，受到朱元璋的器重，由渡江时的先锋升至元帅。

在至正二十三年（1363）决定朱元璋集团生死存亡的鄱阳湖一战中，常遇春身先士卒，力挽狂澜，为取得最终胜利作出了重要的贡献。

《明史·常遇春传》记载：

会师伐汉，遇于彭蠡之康郎山。汉军舟大，乘上流，锋锐甚。遇春偕诸将大战，呼声动天地，无不一当百。友谅骁将张定边直犯太祖舟，舟胶于浅，几殆。遇春射中定边，太祖舟得脱，而遇春舟复胶于浅。有败舟顺流下，触遇春舟乃脱。转战三日，纵火焚汉舟，湖水皆赤，友谅不敢复战。诸将以汉军尚强，欲纵之去，遇春独无言。比出湖口，诸将欲放舟东下，太祖命扼上流。遇春乃溯江而上，诸将从之。友谅穷蹙，以百艘突围。诸将邀击之，汉军遂大溃，友谅死。师还，第功最，赉金帛土田甚厚。

至正二十六年（1366）八月，朱元璋派徐达和常遇春带领大军东征张士诚。按照朱元璋的部署，徐达、常遇春的军队先攻取了湖州和杭州等地，翦除了张士诚的羽翼，平江（今江苏苏州）孤立无援，经过长达十个月的围攻，平江城破，张士诚自缢而亡，常遇春以功晋封为鄂国公。

至正二十七年（1367）十月，朱元璋以徐达为征虏大将军，常遇春为征虏副将军，率二十五万大军誓师北伐，一路高唱凯歌、势如破竹，迅速占领山东、河南，夺取潼关。洪武元年（1368），徐达、常遇春挥师由临清沿运河北上，连下德州、通州。元顺帝携后妃、太子等人逃奔上都（今内蒙古正蓝旗境内）。八月二日，徐达、常遇春一举攻占大都，然后挥军西进，击败扩廓帖木儿（即王保保）大军，平定山西。

洪武二年（1369），常遇春率师南归，行至柳河川（今河北宣化），突然病卒，年仅四十岁。朱元璋闻丧大为悲痛，赐葬钟山之下，赠翊运推诚宣德靖远功臣、开府仪同三司、上柱国、太保、中书右丞相，追封开平王，谥号"忠武"，配享太庙。

史书对于常遇春的军事才能有着极高的评价：

遇春沉鸷果敢，善抚士卒，摧锋陷阵，未尝败北。虽不习书史，用兵辄与古合。长于大将军达二岁，数从征伐，听约束惟谨，一时名将称徐、常。遇春尝自言能将十万众，横行天下，军中又称"常十万"云。（《明史·常遇春传》）

《水浒传》里的花荣与明初开平王常遇春有不少相似之处：花荣善于骑射，一张弓射遍天下无敌手，而常遇春"勇力绝人，猿臂善射"（《明史·常遇春传》）；花荣常用的武器是一杆银枪，常遇春策马杀敌的武器也是一杆钢枪；常遇春最初投靠的绿林大盗叫刘聚，花荣担任武知寨的清风寨文知寨的名字叫刘高，两者都姓刘，都是单名；常遇春由于仰慕朱元璋而与刘聚恩断义绝，花荣因为要拯救宋江而与刘高彻底闹翻，而《水浒传》里的宋江恰恰是影射明太祖朱元璋。

另外，"清风寨"的"寨"可以被理解为"山寨"，清风寨这三个字如同梁山泊那样非常像绿林大盗聚集居住之地。元朝末年，天下大乱，群盗并起，元朝统治者对于无法剿灭的绿林大盗通常采取招安的政策，刘聚很可能担任过类似刘高那样的清风寨文知寨的官职。

更为关键的是，花荣与宋江的关系与常遇春和朱元璋的关系如出一辙。

在《水浒传》里，花荣是宋江的头号心腹，不仅多次在危急时刻救下宋江的性命，而且南征北讨，屡立战功，最后由于宋江托梦而自缢于其墓前。而常遇春除了在决定朱元璋集团生死存亡的鄱阳湖一战中救过朱元璋的性命之外，也同样征战四方，攻城略地，论战功仅次于徐达，最终由于为明太祖朱元璋打天下积劳成疾，英年早逝。

值得注意的是，尽管《水浒传》中的花荣很可能与常遇春存在千丝万缕的联系，但是在前者身上其实还有明初名将顾时的影子。

顾时，字时举，濠州（今安徽凤阳）人，"倜傥好奇略"（《明史·顾时传》）。至正十五年（1355），时任百夫长的顾时跟随明太祖朱元璋渡江南下，后来累积战功升任元帅，先后参与攻取安庆、南昌、庐州、泰州的战役。

至正二十六年（1366），顾时跟随平章韩政讨伐濠州，守将李济投降，又进攻升山水寨，"（顾时）引小舫绕敌舟，舟中多俯视而笑。时乘其懈，帅壮士数人，大呼跃入舟。众大乱，余舟竞进。五太子来援，薛显又败之，五太子等降。遂从大将军平吴，旋师取山东"（《明史·顾时传》）。

洪武元年（1368），顾时被任命为大都督府副使兼同知率府事，跟从大将军徐达平定黄河南北。顾时奉命疏通水道，使舟师得以从临清到通州通行无阻。

洪武二年（1369），顾时随军攻克了平阳、崞州、兰州，并俘虏了王信等四十六位逃将。围攻庆阳时，庆阳守将张良臣率军在庆阳城下耀武扬威，顾时领军将其击败，俘虏了九位将领，张良臣从此不敢再出城作战，后来庆阳城中粮绝，张良臣的部下开城投降。徐达率军班师，命令顾时担任静宁州经略，守卫大明王朝的西北边疆。

洪武十二年（1379），顾时病逝，享年四十六岁，葬钟山，追封滕国公，谥号"襄靖"，牌位附祭于功臣庙。

《水浒传》里的花荣与明初名将顾时在某些方面具有类似之处：花荣生得一双俊目，齿白唇红，眉飞入鬓，细腰乍臂，银盔银甲，可以用英俊潇洒、风度翩翩来形容，而顾时"倜傥好奇略"，翻译成白话文便是风流倜傥，足智多谋；花荣深得宋江的倚重，上了梁山之后，多次出征，战功赫赫，而顾时"能以少击众，沉鸷不伐。帝甚重之"（《明史·顾时传》），为了大明王朝的建立，一生征战，驻守边疆；在个人结局方面，花荣由于宋江托梦而自缢于其墓前，顾时虽然是病逝，但是从其享年四十六岁来看，很可能是长期征战，身染重病而去世。另外，洪武二十三年（1390），胡惟庸案发，顾时位列胡惟庸党朋之首，其子顾敬因此被杀，爵位也被削除，都算不上"善终"。

从各种因素考虑，施耐庵笔下的花荣很可能是混合了明初名将常遇春和顾时的外貌、性格、事迹而创造出的人物形象。

# 吴用暗指明初的"萧何"

在中国众多以英雄豪杰为主角的古典小说中，领袖群雄的主人公旁边通常都有一位上知天文、下知地理、神机妙算、运筹帷幄的军师式的人物，像刘备旁的诸葛亮，包公旁的公孙策，在《水浒传》中，吴用吴学究便承担这种角色和作用。

从策划劫取生辰纲到在宋江墓前与花荣一起自尽，每逢梁山事业发展的关键时刻，吴用所提的计策和建议，不仅解决了大量棘手难题，而且对于梁山的未来走向产生了深远影响。《水浒传》第十四回《赤发鬼醉卧灵官殿　晁天王认义东溪村》对于首次亮相的吴用是这样描写的：

当时雷横和刘唐就路上斗了五十馀合，不分胜败。众士兵见雷横赢不得刘唐，却待都要一齐上并他，只见侧首篱门开处，一个人掣两条铜链，叫道："你们两个好汉且不要斗！我看了多时，权且歇一歇，我有话说。"便把铜链就中一隔。两个都收住了朴刀，跳出圈子外来，立住了脚。看那人时，似秀才打扮：戴一顶桶子样抹眉梁头巾，穿一领皂沿边麻布宽衫，腰系一条茶褐銮带，下面丝鞋净袜；生得眉清目秀，面白须长。这秀才乃是智多星吴用，表字学究，道号叫亮先生，祖贯本乡人氏。曾有一首《临江仙》，赞吴用的好处：

万卷经书曾读过，平生机巧心灵。六韬三略究来精。胸中藏战将，腹内隐雄兵。谋略敢欺诸葛亮，陈平岂敌才能。略施小计鬼神惊。名称吴学究，人号智多星。

在吴用的劝说下，雷横与刘唐罢手言和，吴用也因此知晓和参与了晁盖等人准备劫取梁中书进献给岳父、当朝太师蔡京的生辰纲的计划。为了壮大力量，吴用赴石碣村说服阮氏兄弟共同聚义，定巧计在黄泥岗用蒙汗药晕翻杨志等人，劫取生辰纲。事发后，与晁盖等人一起在石碣村大破官军。上山后，巧激林冲火并王伦，拥立晁盖为梁山新寨主，并且在后来的对外征战中，出谋划策，多出奇计，为水泊梁山的壮大立下汗马功劳。

在梁山的权力版图之中，不管是在晁盖时期，还是宋江时期，吴用事实上都占据着"首席军师"的位置。如果把梁山比作一个王朝，晁盖、宋江是前后两任皇上的话，吴用便是辅佐皇上治国理政的丞相。

无巧不成书的是，在与《水浒传》作者施耐庵生活在同一历史时期的朱元璋集团在崛起过程中，也有这么一个既善于出谋划策，又长期担任丞相的军师式的大人物——李善长，那么李善长会不会就是吴用的历史原型呢？

李善长，字百室，安徽定远人，"少读书有智计，习法家言，策事多中"（《明史·李善长传》）。

明太祖朱元璋平定滁州的时候，李善长前往迎接，朱元璋知道他是当地德高望重，又有谋略的长者，对其以礼相待，邀请李善长加入朱元璋的幕府，协助其处理政务，出谋划策，成为自己的"首席军师"。

在辅佐朱元璋初期，"（李善长）为参谋，预机画，主馈饷，甚见亲信。太祖威名日盛，诸将来归者，善长察其材，言之太祖。复为太祖布款诚，使皆得自安。有以事力相龃龉者，委曲为调护。郭子兴中流言，疑太祖，稍夺其兵柄。又欲夺善长自辅，善长固谢弗往。太祖深倚之"（《明史·李善长传》）。

在明太祖朱元璋剿灭群雄、平定天下的过程中，李善长事实上扮演类似汉初萧何的角色。《明史·李善长传》记载：

太祖为吴王，拜右相国。善长明习故事，裁决如流，又娴于辞命。太祖有所招纳，辄令为书。前后自将征讨，皆命居守，将吏帖服，居民安堵，转调兵饷无乏。尝请榷两淮盐，立茶法，皆斟酌元制，去其弊政。既复制钱法，开铁冶，定鱼税，国用益饶，而民不困。

洪武三年（1370），朱元璋大封功臣，李善长被授予开国辅运推诚守正文臣、特进光禄大夫、左柱国、太师、中书左丞相，封韩国公，岁禄四千石，子孙世袭。

但是，随着权势的上升，君臣之间的矛盾开始日渐凸显。李善长外表宽厚温和，内心却嫉贤妒能，待人苛刻。参议李饮冰、杨希圣，只是稍微冒犯了他的权威，李善长马上将其罪上奏朱元璋，罢免了他们两人。李善长与御史中丞刘基争论法令，以至于辱骂刘基，刘基内心不安，便请求告老还乡。洪武四年（1371），在朱元璋的暗示下，李善长因病辞官，朱元璋赐良田若干顷，设置守坟户一百五十家，赐给佃户一千五百家，仪仗士二十家。

洪武二十三年（1390），已经七十七岁的李善长建造府宅，从信国公汤和那里借卫士三百人，汤和向朱元璋告发此事。四月，京城有百姓犯罪而被发配到边疆，李善长屡次请求赦免其亲戚丁斌等人。朱元璋大怒，将丁斌治罪，丁斌揭发李善长之弟李存义等人过去与胡惟庸互相勾结，意图谋反，牵涉李善长，朱元璋下令将李善长以及妻女弟侄等全家七十余人一并处死，只有李善长之子、驸马李祺由于公主的缘故免死，迁徙至江浦居住，李祺之子李芳、李茂也因公主之恩未被牵连治罪。

《水浒传》里的吴用和明初丞相李善长在不少地方有相似之处：

### 1. 早年都是乡村知识分子

根据《水浒传》记载，吴用在谋划劫取生辰纲之前在本地财主家任门馆教授，即乡村教师。在我国古代社会，由于尊师重教的传统，乡村教师虽然无权无势，却深受社会各阶层敬重，在乡村的各项事务上拥有较高的话语权。而李善长的早年经历，从《明史·李善长传》中的"少读书"以及"太祖略地滁阳，善长迎谒。知其为里中长者，礼之，留掌书记"来看，李善长在乡间很可能也是从事类似的乡村教师的职业。

### 2. 两人同样是满腹经纶，文韬武略

《水浒传》第十四回对于吴用的才华有这样的评价："万卷经书曾读过，

平生机巧心灵。六韬三略究来精。胸中藏战将，腹内隐雄兵。谋略敢欺诸葛亮，陈平岂敌才能。略施小计鬼神惊。名称吴学究，人号智多星。"值得注意的是，诸葛亮、陈平都是辅佐"开国之君"的"王佐之才"，后来都担任过丞相。

李善长的才华与吴用不相上下，《明史·李善长传》记载："（李善长）少读书有智计，习法家言，策事多中。"在辅佐朱元璋平定天下的过程中，"善长明习故事，裁决如流，又娴于辞命。太祖有所招纳，辄令为书。前后自将征讨，皆命居守，将吏帖服，居民安堵，转调兵饷无乏。"

3. 两人都是各自阵营内部的"首席军师"

吴用本人便是梁山集团晁盖、宋江时期的"首席军师"，正是由于他劝说劫取生辰纲，在事情败露之后，晁盖等人才不得不上梁山，也是因为他观察细微，发现林冲与王伦的不和，煽动前者火并后者，晁盖等人才能占据梁山。宋江落草之后，也是由于这位吴军师积极向这位"及时雨"靠拢，形成架空晁盖的新政治联盟，梁山集团才能实现内部的再度"改朝换代"。无论从哪个角度来看，吴用都可以算是梁山集团的"创始人"之一。

与吴用类似，李善长也是在朱元璋起事初期便加入其幕府，担任"首席军师"，为朱元璋剿灭群雄，统一天下，运筹帷幄，出谋划策。《明史·李善长传》记载："军机进退，赏罚章程，多决于善长。"李善长所提出的"请榷两淮盐，立茶法，皆斟酌元制，去其弊政。既复制钱法，开铁冶，定鱼税"等方针政策为朱元璋集团崛起奠定了坚实的基础。不管从史书记载，还是其发挥的作用来看，李善长都是大明王朝当之无愧的"首席开国元勋"。

4. 两人都不得"善终"

在《水浒传》结尾，吴用由于宋江托梦与花荣双双来到其墓前自缢，而李善长也由于涉及胡惟庸谋反案，被明太祖朱元璋下令连同妻女弟侄等全家七十余人一并处死。

在明太祖朱元璋身边众多满腹经纶、算无遗策的文臣之中，后世关注的目光往往聚焦于极具传奇色彩，被视为聪明智慧的象征，经常与诸葛亮相提并论的"一代国师"刘伯温身上，往往忽视了李善长在明王朝建立过程中所作出的巨大贡献。如果说刘伯温是朱元璋身边的"张良"的话，那么李善长便是明初的"萧何"，没有李善长，很难想象朱元璋能够剿灭群雄，统一天下，而李善长与《水浒传》里的吴用在许多方面的相似之处，很难相信是"纯属巧合"，因此吴用的历史原型十有八九便是明初的"萧何"——李善长。

# 孔明、孔亮隐喻明太祖朱元璋的两位养子

武松血洗鸳鸯楼杀死张都监之后，接受张青的建议，化身行者，投奔二龙山的鲁智深，在赶路途中，先是手刃霸占妇女的恶道飞天蜈蚣王道人，为民除害，然后在孔家庄外酒店与孔亮因酒菜相互搏斗，孔亮不敌，逃回庄内寻求兄长孔明相助，二人纠集庄客，在庄边溪水中捉到了醉倒的武松，绑入庄内拷打，如果不是此时凑巧在孔家庄做客的宋江认出武松，将其救下，武松恐怕已经死于非命。在宋江的劝说下，孔明兄弟消除与武松之间的误会，双方义结金兰，在此之后，宋江与武松一同离去。

孔太公死后，孔明兄弟与本乡一个财主发生争执，将其满门全部杀死，由于官府捕捉，不得不逃上白虎山，聚集五七百人，打家劫舍，但居住在青州城内的叔父孔宾，被知府慕容彦达投入大狱，二人率领山寨喽啰，攻打青州，欲营救孔宾。呼延灼当时正带兵征剿桃花山的李忠、周通，闻讯回师青州，在城下与其激战。孔明被呼延灼活捉，孔亮败逃途中，遇到二龙山的鲁智深、武松等人，请他们出兵搭救兄长。鲁智深会合二龙山、白虎山、桃花山三寨兵马，共同攻打青州，并让孔亮上梁山求援。宋江亲自率军下山，招降呼延灼，攻破青州，将孔明、孔宾救出，孔明兄弟遂与鲁智深、李忠等三山头领一同加入梁山。

宋江继任梁山寨主后，命孔明兄弟与燕顺、郑天寿一同把守金沙滩小寨。智取大名府时，孔明兄弟扮作乞丐，混入城内，救出卢俊义、石秀。梁山排座次时，孔明排第六十二位，星号地猖星，孔亮排第六十三位，星号地狂星，共

同担任守护中军步军骁将。

梁山受招安后，孔明、孔亮随宋江南征北讨，颇有战功。征讨辽国时，孔明担任呼延灼的副将，攻破太乙混天象阵中的火星阵。征讨方腊时，孔明随李俊、穆弘到润州（今江苏镇江）做内应，协助大军攻破润州，并与孔亮合擒守将卓万里，后随李应前往江阴、太仓等处，协助水军作战，收复沿海地区。在攻打昆山一役中，孔亮因不识水性，落水而死，后追封义节郎。孔明则由于平定方腊过程中不慎感染瘟疫，不得不留在杭州，未能继续随军征战，最终在杭州病逝，追封义节郎。

孔明、孔亮虽然是梁山寨主宋江的徒弟，但是在梁山一百零八位好汉中其光芒却被林冲、武松等人所掩盖，属于边缘人物，但是他们的历史原型在元末明初的大乱世可不是什么小人物，很有可能是明太祖朱元璋的养子沐英、何文辉。

沐英，字文英，濠州定远（今安徽定远）人，出身贫苦农家，父亲早逝，随母度日。至正十一年（1351），红巾军在江淮起义，由于战事不断，百姓流离失所。沐英跟随母亲躲避兵乱，不久母亲就死在逃难的路上。一年之后，流浪到濠州的沐英被红巾军将领朱元璋收留，成为其养子，"年十八，授帐前都尉，守镇江。稍迁指挥使，守广信。已，从大军征福建，破分水关，略崇安，别破闽溪十八寨，缚冯谷保。始命复姓。移镇建宁，节制邵武、延平、汀州三卫。寻迁大都督府金事，进同知"（《明史·沐英传》）。沐英骁勇善战，处事干练，深得明太祖朱元璋信任和赞赏。《明史·沐英传》记载："府中机务繁积，英年少明敏，剖决无滞。后数称其才，帝亦器重之。"

洪武十年（1377），邓愈、沐英领兵至甘肃、青藏，分三路前进，进攻川藏，直至昆仑山。回师途中，邓愈去世，沐英率领军队返回，因军功获封开国辅运推诚宣力武臣、荣禄大夫、柱国、西平侯，年禄二千五百石，并被授世袭罔替的特权。

洪武十一年（1378），沐英为征西将军，与蓝玉等人统兵征伐西番，拓地数千里，俘获男女二万、各种牲畜二十余万只（头）。

洪武十四年（1381），朱元璋派傅友德、沐英、蓝玉率军三十万征讨云南，沐英随傅友德率主力先进逼曲靖。忠于北元的梁王闻讯，派平章达里麻率十万军队前去抵御。沐英率领士兵，迅速到达曲靖，击败梁王十万大军，达里麻大败被俘，沐英将二万被俘士兵都放还故乡，明朝军队声威大振，梁王闻讯自杀。沐英、蓝玉领军直逼昆明，昆明不攻自破，云南平定。

洪武十六年（1383），朱元璋下诏命傅友德及蓝玉班师回朝，而留下沐英镇守云南。沐英在镇守云南期间，"百务具举，简守令，课农桑，岁较屯田增损以为赏罚，垦田至百万余亩。滇池隘，浚而广之，无复水患。通盐井之利以来商旅，辨方物以定贡税，视民数以均力役。疏节阔目，民以便安。居常读书不释卷，暇则延诸儒生讲说经史"（《明史·沐英传》）。

洪武二十五年（1392），沐英获悉皇太子朱标去世，悲痛欲绝，不久病逝于云南任所，年仅四十八岁。

当沐英的灵柩运抵京城应天府时，朱元璋亲往迎接，追封沐英为黔宁王，谥号"昭靖"，此后沐氏子孙世代镇守云南，直到明朝灭亡。

何文辉，字德明，滁（今安徽滁州）人，十四岁时，被朱元璋收为养子，赐姓朱氏。朱元璋的养子很多，包括周舍（沐英）、道舍（何文辉）、马儿（徐司马）、柴舍（死于处州之难）、真童、金刚奴、朱文逊（战死于太平），最有名的除了沐英之外，便是何文辉。

何文辉成年之后，先担任天宁翼元帅，镇守宁国，后提升为江西行省参政。由于收复江西、跟从徐达占领淮东和攻下平江（今江苏苏州）等功劳，晋升行省左丞，朱元璋让其恢复原来的姓名。在担任征南副将军期间，与胡美（中书平章）一起，从江西进攻福建，攻战于邵武、建阳，直趋建宁。元守将同金达里麻、参政陈子琦闭门拒守，何文辉和胡美率军攻打。达里麻支撑不住，夜晚潜入何文辉的军营乞降，第二天早晨，总管翟也先不花也率部向何文辉投降。胡美对他们顽抗十分恼火，准备屠城，何文辉飞马提醒胡美："我和你一同受命到此，只是为了安定百姓。现元将既然已经投降，又何必因私愤而杀人。"胡美于是取消屠城，军队入城，秋毫无犯，汀州、泉州听说此事，都相继前来归附。

明太祖朱元璋巡视汴梁，召何文辉随从，任命其为河南卫指挥使，跟从大将军徐达攻取陕西，留守潼关。洪武三年（1370），明廷拜何文辉为大都督府都督佥事，授予世袭指挥使，他又跟从傅友德平定四川，后赐予金币，留守成都。何文辉行军作战期间，令行禁止，秋毫无犯，史书称赞其"号令明肃，军民皆德之。帝尝称其谋略威望"（《明史·何文辉传》）。

洪武九年（1376）六月，何文辉去世，年仅三十六岁，葬于滁州东沙河上，明太祖朱元璋下旨给予丰厚抚恤赐赏。

从表面上看，《水浒传》里的孔明、孔亮与明太祖朱元璋的养子沐英、何文辉似乎风马牛不相及，但是事实上两者却存在千丝万缕的联系。

首先，在《水浒传》里，由于暂住孔家庄的宋江曾经在武艺上点拨过好习枪棒的孔明、孔亮，因此后者拜其为师。在中国古代社会，老师承担着传道授业解惑的重任，对于学生而言，老师的社会地位等同于家长。从"一日为师，终身为父"的角度来说，孔明、孔亮被视为宋江特殊的"养子"也未尝不可，而宋江的历史原型恰恰便是朱元璋。

其次，从字面上看，孔明的"明"和沐英的"英"不仅具有相同的含义，而且经常以"英明"的形式连用，至于孔亮的"亮"字与何文辉的"辉"字也同样具有类似的含义。

再次，《水浒传》第五十七回《徐宁教使钩镰枪　宋江大破连环马》中有一首对孔明的赞词："白虎山中间气生，学成武艺敢相争。性刚智勇身形异，绰号毛头是孔明。"老虎是百兽之王，这首赞词是暗示孔明未来将被封王，而沐英去世后恰恰是被追封黔宁王。

最后，孔明、孔亮跟随宋江之后，南征北战，屡破强敌，为梁山的发展壮大立下了汗马功劳，并且全都英年早逝，而沐英、何文辉同样为明太祖朱元璋四处征战，战功赫赫，在人生结局方面，沐英病逝于云南时，年仅四十八岁，何文辉去世时，只有三十六岁，两人也是英年早逝。另外，在《水浒传》里，弟弟孔亮在孔明之前过世，而在真实的历史中，身为"弟弟"的何文辉同样病逝在沐英之前。

通过这些分析，我们可以得出一个结论，即《水浒传》里的孔明、孔亮很可能是暗指朱元璋的养子沐英、何文辉。

## 阮氏兄弟背后隐藏着两位明初著名的水军将领

"赤发鬼"刘唐得知梁中书派人押送生辰纲献给自己的岳父、当朝太师蔡京作为寿礼，赶到郓城县东溪村，准备告知保正晁盖，不料在灵官殿睡觉时被都头雷横抓获。晁盖情急之下，佯称刘唐是自己的外甥，让雷横放了刘唐，送上十两银子。雷横走后，刘唐向其追讨银子，双方激战多时，碰上"智多星"吴用，在吴的劝说下，刘唐和雷横罢手言和，晁盖与吴用本是旧交，关系密切，吴用也因此参加了劫取生辰纲计划。

为了增加人手，吴用亲自前往梁山旁的石碣村拉熟知水性的阮氏兄弟入伙，《水浒传》第十五回《吴学究说三阮撞筹 公孙胜应七星聚义》对于阮氏兄弟的首次亮相有着详细的描写：

吴学究自来认得，不用问人，来到石碣村中，径投阮小二家来。到得门前看时，只见枯桩上缆着数只小渔船，疏篱外晒着一张破鱼网。倚山傍水，约有十数间草房。吴用叫一声道："二哥在家么？"只见一个人从里面走出来，生得如何？但见：

眍兜脸两眉竖起，略绰口四面连拳。胸前一带盖胆黄毛，背上两枝横生板肋。臂膊有千百斤气力，眼睛射几万道寒光。人称立地太岁，果然混世魔王。

那阮小二走将出来，头戴一顶破头巾，身穿一领旧衣服，赤着双脚，出来见了是吴用，慌忙声喏道："教授何来？甚风吹得到此？"吴用答道："有些小事，特来相浼二郎。"阮小二道："有何事？但说不妨。"吴用道："小生自离了此间，又早二年。如今在一个大财主家做门馆，他要办筵席，用着十数尾重十四五斤的金色鲤鱼。因此特地来相投足下。"阮小二笑了一声，说道："小人且和教授吃三杯却说。"吴用道："小生的来意，也欲正要和二哥吃三杯。"阮小二道："隔湖有几处酒店，我们就在船里荡将过去。"吴用道："最好。也要就与五郎说句话，不知在家也不在？"阮小二道："我们一同去寻他便了。"两个来到泊岸边，枯桩上缆的小船解了一只，便扶这吴用下船坐了。树根头拿了一把划楸，只顾荡，早荡将开去，望湖泊里来。正荡之间，只见阮小二把手一招，叫道："七哥曾见五郎么？"吴用看时，只见芦苇丛中，摇出一只船来。那汉生的如何？但见：

疙疸脸横生怪肉，玲珑眼突出双睛。腮边长短淡黄须，身上交加乌黑点。浑如生铁打成，疑是顽铜铸就。休言岳庙恶司神，果是人间刚直汉。村中唤作活阎罗，世上降生真五道。

这阮小七头戴一顶遮日黑箬笠，身上穿个棋子布背心，腰系着一条生布裙，把那船只荡着，问道："二哥，你寻五哥做甚么？"吴用叫一声："七郎，小生特来相央你们说话。"阮小七道："教授恕罪，好几时不曾相见。"吴用道："一同和二哥去吃杯酒。"阮小七道："小人也欲和教授吃杯酒，只是一向不曾见面。"

两只船厮跟着在湖泊里，不多时，划到一个去处，团团都是水，高埠上有不七八间草房。阮小二叫道："老娘，五哥在么？"那婆婆道："说不得。鱼又不得打，连日去赌钱，输得没了分文，却才讨了我头上钗儿，出镇上赌去了。"阮小二笑了一声，便把船划开。阮小七便在背后船上说道："哥哥正不知怎地，赌钱只是输，却不晦气。莫说哥哥不赢，我也输得赤条条地。"吴用暗想道："中了我的计。"

两只船厮并着，投石碣村镇上来。划了半个时辰，只见独木桥边一个汉子，把着两串铜钱，下来解船。阮小二道："五郎来了。"吴用看时，但见：

一双手浑如铁棒，两只眼有似铜铃。面皮上常有些笑容，心窝里深藏着鸩毒。能生横祸，善降非灾。拳打来狮子心寒，脚踢处蚖蛇丧胆。何处觅行瘟使者，只此是短命二郎。

那阮小五斜戴着一顶破头巾，鬓边插朵石榴花，披着一领旧布衫，露出胸前刺着的青郁郁一个豹子来；里面围扎起裤子，上面围着一条间道棋子布手巾。吴用叫一声道："五郎得采么？"阮小五道："原来却是教授，好两年不曾见面。我在桥上望你们半日了。"

在吴用的劝说下，阮氏三雄同意和晁盖等人共同参与劫取生辰纲。劫取生辰纲之后，由于走漏消息，济州府派何涛到郓城县捉拿晁盖等人，幸亏有宋江事先通知，晁盖等人逃到石碣村，官军追到时，被阮氏兄弟在芦苇港设伏击败。众好汉上了梁山，火并王伦，拥戴晁盖成为梁山新寨主。官兵再来围剿，阮氏兄弟在梁山水道把济州官兵引到一艘火船，烧了敌船，打败官兵。官兵攻打梁山时，阮小五帮助一众水军将领捉了敌军的凌振。高俅领军围剿梁山泊，阮氏兄弟率水军神出鬼没，奋勇杀敌，活捉了高俅。

招安之后，阮小二、阮小五和阮小七跟随宋江讨伐辽国，战绩显赫。征辽回京后，阮小二曾背着宋江同李俊等水军头领商议请吴用做主，杀出东京，重回梁山造反，但是由于宋江和吴用的反对而作罢。征方腊时，阮小二在乌龙岭水路兵败自刎，死后追封忠武郎。阮小五则随李俊去诈降方腊，但是在混战之中被方腊的娄丞相所杀。平定方腊之乱后，阮小七被封为盖天军都统制，因觉得有趣而穿着龙袍戏耍被剥夺官职，贬为平民，就和老母亲重回梁山泊石碣村，依旧以打鱼为生。

在奠定《水浒传》主要故事框架的《大宋宣和遗事》里，只有"短命二郎"阮进、"立地太岁"阮小五、"活阎罗"阮小七，他们只是在天书排名时位列其中，除此之外，没有什么事迹。在龚开的《宋江三十六赞》里，阮进成了阮小二，赞词为："灌口少年，短命何益！曷不监之，清源庙食。"阮小五的赞词为："东家之西，即西家东。汝虽特立，何有吾宫？"阮小七的赞词为："地下阎罗，追魂摄魄。今其活矣，名喝太伯。"在流传至今的元杂剧之中，虽然有涉及阮氏兄弟，但是故事情节与《水浒传》有着显著的不同。

《水浒传》里的阮氏兄弟只是借用了《大宋宣和遗事》和《宋江三十六赞》以及元杂剧里的阮氏兄弟的姓名，他们的事迹应该是施耐庵自己构思酝酿的产物，那么施耐庵为什么要创造出阮氏三雄这些人物形象呢？从各种迹象来看，施耐庵笔下的阮氏三雄很可能是影射明初水军将领廖永安、廖永忠兄弟。

廖永安，巢县（今安徽巢湖）人，少时豪迈有大志，智勇过人。当时天下大乱，干戈不止，廖永安和弟弟廖永忠聚兵盘踞在巢湖水寨，以对抗寇贼，保卫乡里。至正十五年（1355），廖永安听说占据和州的朱元璋兵力强盛，纪律严明，便带领巢湖水军投奔朱元璋。以廖永安为首的巢湖水军的归附使得朱元璋集团实力大增，如虎添翼，多次击败元朝水军。同年六月，朱元璋南渡长江，廖永安率领载满士兵的船只利用西北风迅速到达对岸，元军惊慌失措，纷纷溃败，朱元璋乘机攻占采石、太平、芜湖，廖永安因功被授予管军总管。

至正十六年（1356），朱元璋派廖永忠率领巢湖水军作为先锋部队，攻占集庆（今江苏南京），廖永忠升为建康翼统军元帅，后又率领水军攻取镇江、金坛、宣州、池州。

至正十八年（1358），廖永安率军深入太湖追击张士诚军队，遭遇张士诚大将吕珍，由于后援断绝、船只搁浅，不幸被俘。张士诚爱惜他的才勇，准备招降他，遭到廖永安的断然拒绝。此时，徐达擒获张士诚之弟张士德，张士诚派人和朱元璋商量，以廖永安换张士德，但是朱元璋拒绝交换，斩杀了张士德。

至正二十四年（1364）十月，朱元璋为廖永安拒绝投降的忠心所感动，遥授其江淮等处行中书省平章事，封楚国公。两年之后，廖永安在平江的牢中病逝，朱元璋得知后为之痛哭，并亲自写文祭奠，配享功臣庙。

至正二十七年（1367），朱元璋在消灭张士诚集团之后，将廖永安安葬于巢，并在郊外迎祭。洪武元年（1368）十二月，朱元璋下令于鸡笼山筑坛，祭奠廖永安。洪武九年（1376），又加赠开国辅运推诚宣力武臣、光禄大夫、柱国，改封为郧国公。

廖永忠，巢县（今安徽巢湖）人，廖永安之弟，为人豪迈，骁勇善战。至正十四年（1354），屯兵巢湖。至正十五年（1355），跟随廖永安投奔朱元璋。

廖永忠协助廖永安率水师渡江之后，在占领采石、太平、芜湖，平定集庆，攻克镇江、常州、池州等战役中都立下功劳。

廖永安被俘之后，廖永忠接替兄长之职，任枢密佥院，统领其军。陈友谅袭击太平，进犯龙江，廖永忠身先士卒，披坚执锐，大声呼喊着，冲入敌阵，诸军紧随其后，大败敌军，收复太平，升任同知枢密院事。陈友谅固守安庆，朱元璋命廖永忠攻其水寨，占领安庆，又随军进攻江州。江州城濒临长江，守备森严，廖永忠预测城楼的高度后，在船尾造桥，取名天桥，然后驾船乘风倒行，使天桥与城相接，于是攻克江州，因功晋升为中书省右丞。

陈友谅与朱元璋在鄱阳湖大战，敌将张定边率舟师直扑朱元璋坐船，常遇春将其射跑，廖永忠驾快船追击，张定边身中百余箭，汉兵死伤惨重。第二天，廖永忠又与俞通海等人驾着七艘满载芦荻的船，乘风纵火，焚烧了敌军楼船数百艘，又率六艘战船深入敌阵搏击，然后迅速绕出，敌军大惊，以为遇到了神兵，又在泾江口拦截陈友谅。陈友谅死后，廖永忠随军征讨陈友谅之子陈理，陈理被迫投降，升湖广行省左丞。

廖永忠回京后，朱元璋将写有"功超群将，智迈雄师"八字的漆牌赐给他，悬于家门外。廖永忠又随军征伐张士诚，攻取德清，占领平江（今江苏苏州），被授为中书平章政事。

至正二十七年（1367），廖永忠担任征南副将军，率水师由海路会合汤和，征讨并招降方国珍，占领福州。

洪武元年（1368），廖永忠兼任同知詹事院事，率军平定闽中诸郡，至延平，击败并擒获陈友定，随即被授为征南将军，以朱亮祖为副将，由海路攻取广东。廖永忠事先写信给占据广东的何真，对他晓以利害，何真马上奉书请降。廖永忠至东莞，何真率领属官出迎，广州、循州、惠州平定，然后进取广西，至梧州，招降元达鲁花赤拜住，两广全部平定。

洪武四年（1371），廖永忠以征西副将军的身份随汤和带领水师讨伐在蜀地的大夏政权。廖永忠率水师直捣重庆，驻扎铜锣峡。夏主明升请降，朱元璋写成《平蜀文》表彰其功，其中有"傅一廖二"之语，对廖永忠奖赏丰厚。

廖永忠的赫赫战功引起了朱元璋的猜忌之心。当初，韩林儿在滁州，朱元璋派廖永忠前去将他迎回应天，至瓜步时船翻而死，朱元璋因此归罪廖永忠。到大封功臣时，朱元璋对诸将说道："廖永忠在鄱阳湖作战时，忘我抗敌，可谓奇男子。但却派与他要好的儒生窥探朕意，所以封爵时，只封侯而不封为公。"当杨宪为丞相时，廖永忠与他关系密切。杨宪被杀，廖永忠因功大获免。

洪武八年（1375），廖永忠因"僭用龙凤"等违法之事被赐死，终年五十三岁。

施耐庵笔下的阮氏兄弟和明初名将廖永安、廖永忠在不少地方有着相似之处：阮氏兄弟是渔户出身，精通水性，上了梁山之后担任的是水军统领。廖永安和廖永忠生活在巢湖旁，同样精通水性，还创建了一支精锐的巢湖水师，投靠朱元璋之后长期担任水师统领；劫取生辰纲事件暴露之后，晁盖等众好汉逃到石碣村，阮氏兄弟在芦苇港设伏击败追捕的官兵，高俅率军围剿梁山时，也同样是阮氏兄弟率领水军，活捉高俅，可以说阮氏兄弟多次挽救了梁山的命运。在朱元璋集团崛起的过程中，廖氏兄弟同样功不可没，没有廖永安率领巢湖水师的投靠，朱元璋未必有机会南渡长江，占据物阜民丰、人口众多的南京，届时恐怕连生存都会是一个问题，更不要说统一天下。在此之后，廖氏兄弟多次率军出征，屡立战功；在人生结局方面，阮氏兄弟除了阮小七之外都没有善终；廖永安在战场上被俘，死于张士诚的监狱，廖永忠因"僭用龙凤"等违法之事被赐死，同样不得善终。

更值得关注的是，招安之后，阮小七被封为盖天军都统制，因穿着龙袍戏耍被剥夺官职，贬为平民，于是和老母重回梁山泊石碣村打鱼。阮小七因穿着龙袍戏耍被剥夺官职，贬为平民，很可能暗指廖永忠因"僭用龙凤"等违法之事被朱元璋下诏赐死，至于阮小七和廖永忠一个被罢官，一个被赐死，也不难理解，廖永忠因"僭用龙凤"等违法之事被赐死是天下无人不知、无人不晓的大事，如果施耐庵直接撰写阮小七因穿着龙袍戏耍而被处死，考虑到阮氏兄弟和明初名将廖永安、廖永忠在不少地方有着相似之处，相当于直接告诉读者，阮氏兄弟的历史原型便是明初名将廖永安和廖永忠，由此引发的政治后果显然是施耐庵无法承受的，因此为了给《水浒传》涂上一层保护色，施耐庵便让阮小七罢官返乡，得以善终。

通过上述分析，我们不难得出这样一个结论：施耐庵很有可能是根据廖永安和廖永忠的事迹创造和撰写阮氏三雄及相关故事情节，简而言之，《水浒传》里的阮氏三雄很可能是影射明初水军将领廖永安、廖永忠兄弟。

# 洪太尉释放一百零八妖魔的隐喻

在《水浒传》中，有三个太尉令人印象深刻，最有名的便是"泼皮"出身的高俅高太尉，这位由于善于蹴鞠而获得宋徽宗宠信，一步登天的高太尉不仅陷害王进和林冲，而且将宋江、吴用等人视为眼中钉、肉中刺，亲自率领大军讨伐梁山，即使梁山好汉接受了朝廷的招安，他依然没有善罢甘休，继续千方百计地陷害梁山好汉，直至最后设计毒杀宋江，堪称是《水浒传》中的头号反派。

另一位为我们所熟知的便是宿元景宿太尉，这位宿太尉心系社稷，忧国忧民，有时也会向皇上反映民间疾苦，在其奉旨前去西岳烧香，路过华州之时，被宋江等人劫去御香和金铃吊挂，骗得贺太守信任，攻陷华州，救下鲁达和史进。事后，宋江以一盘金银相赠，正所谓"不打不相识"，返回京师的宿太尉力主招安宋江等梁山好汉，亲奉招安圣旨前往梁山。在宋江被毒杀身亡之后，也是其向宋徽宗奏明真相。

除此之外，《水浒传》开篇还描写了另外一位太尉——洪信洪太尉，这位洪太尉虽然出场次数不如高俅和宿元景，但也是推动水浒故事情节发展的重要人物。

根据书中描写，嘉祐三年三月，京师瘟疫盛行，在参知政事范仲淹的建议下，仁宗"钦差内外提点殿前太尉洪信为天使，前往江西信州龙虎山，宣请嗣汉天师张真人星夜临朝，祈禳瘟疫"，但是洪太尉来到龙虎山后却无意释放了一百零八妖魔。

对于洪太尉如何放跑一百零八妖魔，《水浒传》第一回《张天师祈禳瘟疫 洪太尉误走妖魔》有着详细的描写：

众人一齐都到殿内，黑暗暗不见一物。太尉教从人取十数个火把点着，将来打一照时，四边并无一物，只中央一个石碑，约高五六尺，下面石龟趺坐，大半陷在泥里。照那碑碣上时，前面都是龙章凤篆，天书符箓，人皆不识。照那碑后时，却有四个真字大书，凿着"遇洪而开"。却不是一来天罡星合当出世，二来宋朝必显忠良，三来辏巧遇着洪信，岂不是天数！洪太尉看了这四个字，大喜，便对真人说道："你等阻当我，却怎地数百年前已注定我姓字在此？'遇洪而开'，分明是教我开看，却何妨！我想这个魔王，都只在石碑底下。汝等从人，与我多唤几个火工人等，将锄头铁锹来掘开。"

真人慌忙谏道："太尉不可掘动，恐有利害，伤犯于人，不当稳便。"太尉大怒，喝道："你等道众，省得甚么？碑上分明凿着遇我教开，你如何阻当？快与我唤人来开。"真人又三回五次禀道："恐有不好。"太尉那里肯听。只得聚集众人，先把石碑放倒，一齐并力掘那石龟，半日方才掘得起；又掘下去，约有三四尺深，见一片大青石板，可方丈围。洪太尉叫再掘起来，真人又苦禀道："不可掘动。"太尉那里肯听。众人只得把石板一齐扛起。看时，石板底下，却是一个万丈深浅地穴。只见穴内刮喇喇一声响亮。那响非同小可，恰似：

天摧地塌，岳撼山崩。钱塘江上，潮头浪拥出海门来；泰华山头，巨灵神一劈山峰碎。共工奋怒，去盔撞倒了不周山；力士施威，飞锤击碎了始皇辇。一风撼折千竿竹，十万军中半夜雷。

那一声响亮过处，只见一道黑气，从穴里滚将起来，掀塌了半个殿角。那满黑气，直冲到半天里空中，散作百十道金光，望四面八方去了。众人吃了一惊，发声喊，都走了，撇下锄头铁锹，尽从殿内奔将出来，推倒撷翻无数。惊得洪太尉目睁口呆，罔知所措，面色如土。

那么这些逃跑的一百零八妖魔都到哪里去了呢？《水浒传》第七十一回

《忠义堂石碣受天文　梁山泊英雄排座次》对此也有交代：

当日公孙胜与那四十八员道众，都在忠义堂上做醮，每日三朝，至第七日满散。……是夜三更时候，只听得天上一声响，如裂帛相似，正是西北乾方天门上。众人看时，直竖金盘：两头尖，中间阔，又唤做天门开，又唤做天眼开，里面毫光射人眼目，霞彩缭绕，从中间卷出一块火来，如栲栳之形，直滚下虚皇坛来。那团火绕坛滚了一遭，竟钻入正南地下去了。此时天眼已合，众道士下坛来，宋江随即叫人将铁锹锄头掘开泥土，根寻火块。那地下掘不到三尺深浅，只见一个石碣，正面两侧，各有天书文字。

……

当下宋江且教化纸满散。平明，斋众道士，各赠与金帛之物，以充衬资。方才取过石碣看时，上面乃是龙章凤篆蝌蚪之书，人皆不识。众道士内有一人姓何，法讳玄通，对宋江说道："小道家间祖上留下一册文书，专能辨验天书，那上面自古都是蝌蚪文字，以此贫道善能辨认，译将出来，便知端的。"……何道士乃言："前面有天书三十六行，皆是天罡星；背后也有天书七十二行，皆是地煞星，下面注着众义士的姓名。"观看良久，教萧让从头至后，尽数抄誊。

这些描写虽然没有明说，但是处处与开头相互呼应，寓意已经昭然若揭，比如第一回写道："只中央一个石碑，约高五六尺，下面石龟趺坐，大半陷在泥里。照那碑碣上时，前面都是龙章凤篆，天书符箓，人皆不识。"第七十一回写道："只见一个石碣，正面两侧，各有天书文字。"十分明显，梁山一百零八将便是当年一百零八妖魔的转世。

值得注意的是，施耐庵在《水浒传》开头塑造"洪太尉"这个人物形象，不仅仅是为了推动情节的发展，也是为了影射某些历史人物。学者卢明先生在《〈水浒传〉写洪太尉误走妖魔在于影射王安石变法》（《菏泽学院学报》2007年第6期）一文中指出，《水浒传》开篇的楔子写"洪太尉误走妖魔"，并非只是为了简单引出下文，小说将虚构的"误走妖魔"事件安排在王安石上万言书的仁宗嘉祐三年，地点在王安石家乡和上书时任职的饶州相邻的龙虎山，尤其是小说中洪太尉的性格和行事特点与变法时期的王安石有诸多相仿之处，应当有其特别的寓意。元祐党人及后来秉持理学的儒家人士大多认为北宋的变乱自王安石变法开始，而以蔡京等人为代表的徽宗朝的奸臣多为变法的支持者，这就更加说明了《水浒传》楔子对王安石的影射。

尽管卢明先生的观点论证充分，令人信服，但是考虑到南宋以后至近代社会，王安石变法被大多数儒家学者所否定，以及蔡京等人以王安石传人自居，继续以变法为名党同伐异，盘剥百姓，这里的"洪太尉"事实上存在多重隐喻，既影射王安石，更暗指蔡京等奸臣。

《水浒传》开篇撰写"洪太尉释放一百零八妖魔"等情节的目的除了渲染神秘色彩，增强读者的阅读兴趣之外，主要还在于提示读者，洪太尉其实便是蔡京等奸臣的化身，洪太尉释放一百零八妖魔不仅象征水浒故事里，宋江、林冲、鲁智深等人被逼上梁山，落草为寇，成为朝廷的"心腹大患"便是这些奸臣胡作非为、欺上瞒下的结果，而且与后面的水浒故事遥相呼应，体现了艺术创作与内在逻辑的完美统一。

必须指出的是，施耐庵将"洪太尉释放一百零八妖魔"作为水浒故事的开篇，还有两个特殊的目的。笔者在其他文章中已经指出，在《水浒传》中，宋江的历史原型是明太祖朱元璋，梁山好汉的历史原型是朱元璋手下的文武百官。作为朱元璋的政治反对派，施耐庵撰写《水浒传》是为了影射和嘲讽朱元璋和其手下的文武百官，可由于前者创作《水浒传》时期，朱元璋很可能已经剿灭群雄，统一天下，建立了大明王朝，施耐庵又生活于江南这一明王朝统治的核心地区，为了防止被明廷发觉水浒故事的影射和嘲讽之意，惹上杀身之祸，施耐庵对宋江和梁山好汉的描写采取"明褒暗贬"的方式，但是其又担心后世读者无法理解《水浒传》里的"弦外之音"，便有意留下能够反映历史真相和其真实态度的各种线索，比如洪信洪太尉的命名就十分耐人寻味，在宋代，太尉往往是主管军事的高级官员的荣誉头衔，军事意味着武力，如果洪太尉的"太尉"两字用"武"字取代，便自动变成"洪武"，而"洪武"恰恰便是明太祖朱元璋建国之后的年号，至于"洪信"的"信"可以理解为信息之意。施耐庵如此命名其实是暗示《水浒传》表面上是讲述梁山好汉啸聚山林、横行天下的故事，实质上却是隐含着朱元璋本人和其集团成员的众多信息和事迹。

另外，在《水浒传》第一回中，施耐庵将梁山一百零八将的前身称为一百零八妖魔也能显示出其对梁山好汉的真实态度。无论古代，还是现代，妖魔都是极端负面、饱含贬义的词语，如果施耐庵想表达对梁山好汉的赞赏，他完全可以将他们的前身描写为天上的各路神仙，用妖魔来称呼梁山一百零八将的前身，这说明在施耐庵心中，所谓的"梁山好汉"不过是一群习惯杀人放火，罪孽深重，却身逢乱世，凭借武力侥幸建立新王朝，跻身政治新贵的昔日的江洋大盗。

# 《水浒传》第三十七回中为什么称呼赵匡胤
# 为"先朝太祖武德皇帝"

宋江杀了阎婆惜之后，亡命天涯，浪迹江湖，先后到柴进大官人、孔太公的府宅避难，一路还结交武松、孔明、孔亮、燕顺、王英和郑天寿等好汉，原本准备与好汉们一起到梁山落草为寇，可由于收到宋太公过世的家书，赶紧回家奔丧，谁知宋太公安然无恙，原来这些都是宋太公害怕宋江到梁山落草为寇而特意安排。在宋太公劝说下，宋江向官府自首，因为朝廷刚刚大赦和宋家上下打点，宋江所犯杀人案由重罪变轻罪，被脊杖二十，刺配江州牢城。

在赶往江州途中，宋江又结识了李立、李俊、童威、童猛、穆弘和穆春等好汉，最终到达江州牢城营。《水浒传》第三十七回《没遮拦追赶及时雨　船火儿夜闹浔阳江》写道：

话里只说宋江又自央浼人情。差拨到单身房里，送了十两银子与他；管营处又自加倍送银两并人事；营里管事的人并使唤的军健人等，都送些银两与他们买茶吃，因此无一个不欢喜宋江。少刻，引到点视厅前，除了行枷参见。管营已得了贿赂，在厅上说道："这个新配到犯人宋江听着：先朝太祖武德皇帝圣旨事例，但凡新入流配的人，须先吃一百杀威棒。左右，与我捉去背起来。"宋江告道："小人于路感冒风寒时症，至今未曾痊可。"管营道："这汉端的似有病的。不见他面黄肌瘦，有些病症？且与他权行寄下这顿棒。此人既是县吏出身，着他本营抄事房做个抄事。"就时立了文案，便教发去抄事。

宋江谢了，去单身房取了行李，到抄事房安顿了。众囚徒见宋江有面目，都买酒来与他庆贺。次日，宋江置备酒食与众人回礼。不时间又请差拨、牌头递杯，管营处常常送礼物与他。宋江身边有的是金银财帛，自落的结识他们。住了半月之间，满营里没一个不欢喜他。

必须指出的是，施耐庵（在书中借狱卒之口说出）称呼赵匡胤为"太祖武德皇帝"存在严重错误，要想了解是什么错误，我们必须先知道谥号、庙号和年号的含义。

谥号是指古代社会君主、诸侯、大臣、后妃等具有一定地位的人死去之后，根据他们的生平事迹与品德修养，评定褒贬，而给予一个寓含评价性质的称号。

中国皇帝的谥号有褒扬性的美谥、怜惜性的平谥、贬义性的恶谥三种。美谥包括"武、文、宣、襄、明、睿、康、景、懿"。我国历史上大多数皇帝的谥号都是"美谥"，如果某些皇帝生前有着开疆拓土或者平定祸乱的巨大功业，那么谥号通常为"武"，如汉武帝刘彻、魏武帝曹操；假如某些君主在位期间重视文教，天下太平，或者本人勤奋好学，文采飞扬，那么谥号可以是"文"，如汉文帝刘恒、魏文帝曹丕。平谥包括"怀、悼、哀、闵、思、殇"，含有同情之意，如果一个皇帝的谥号是"怀"，说明其生前性格仁慈，但是英年早逝；如果是"闵"，则说明这位皇帝在位时国家遭难。恶谥则包括"厉、灵、炀"，寓意否定或批判。一位君主如果崇尚暴力，冷酷无情，驾崩之后谥号很可能就是"厉"，假如在世期间穷奢极欲，排斥谏言，谥号很可能就是"炀"。

一般认为，庙号起源于重视祭祀与敬拜的商朝，是指在太庙中被供奉的先帝的名号。庙号的制定通常遵照"祖有功而宗有德"的标准，创基立业曰太祖，功高盖世曰高祖或高宗，守成之君曰世祖或世宗，中兴王朝曰中宗。周朝则废除了庙号制度，所以周朝君主有谥号而无庙号。秦始皇平定六国，统一天下之后，由于庙号和谥号的制定会导致"子议父，臣议君"的情况发生，所以将庙号连同谥号一同废止。西汉承袭了庙号制度，但是对于帝王追加庙号十分慎重，像汉景帝就没有庙号，东汉有庙号的也只有三人：世祖刘秀（光武帝）、显宗刘庄（汉明帝）、肃宗刘炟（汉章帝）。从三国以后庙号开始泛滥，除了某些"亡国之君"和政变中被推翻的皇帝外，一般都有庙号。习惯上，唐朝以前对于过去的皇帝一般简称谥号，如汉武帝、隋文帝，而不称庙号。唐朝以后，由于谥号的文字加长，则改称庙号，如唐太宗、宋太祖。

年号则是古代社会用来纪年的名号。先秦至汉初无年号，汉武帝即位后首创年号。公元前122年，汉武帝出去狩猎，捉到一只独角兽白麟，群臣认为这是吉祥的神物，值得纪念，建议用来纪年，于是立年号为"元狩"，称那年为元狩元年。过了六年，又在山西汾阳获得一只三个脚的宝鼎，群臣又认为这是吉祥的神物，建议用来纪年，于是改年号为"元鼎"，称那年为元鼎元年，此后形成制度。历代帝王遇到"天降祥瑞"或内讧外忧等大事、要事，一般都要更改年号，一个皇帝所用年号少则一个，多则十几个。明清皇帝大多一人一个年号，故后世便以年号作为皇帝的称呼，如宣德皇帝、乾隆皇帝。

了解了中国古代帝王庙号、谥号和年号的含义，我们便会明白为什么说称呼赵匡胤为"太祖武德皇帝"存在严重错误。赵匡胤驾崩之后，宋朝给予其的谥号是"英武圣文神德皇帝"，庙号太祖。大中祥符元年（1008），加谥"启运立极英武睿文神德圣功至明大孝皇帝"，北宋后期的狱卒对于赵匡胤的正确称呼应该是"太祖皇帝"。如果说要根据年号称呼皇帝，宋太祖生前拥有"建隆""乾德""开宝"三个年号，却唯独没有"武德"的年号，在中国古代历史上以"武德"为年号的是唐高祖李渊。

尽管施耐庵不应该称呼赵匡胤为"太祖武德皇帝"，但是《水浒传》毕竟不是什么学术专著，而是从宋元话本演变的面向草根大众的通俗文学，而且无论如何，宋太祖的谥号里毕竟有"武德"两字，因此将赵匡胤称为"太祖武德皇帝"虽然不太合理，可多少还可以勉强接受，至少不会带来理解上的歧义，然而令人感到震惊的是，在《水浒传》第三十七回里，狱卒称呼赵匡胤为"太祖武德皇帝"之前还加入"先朝"两字，而在《水浒传》其他回目之中，尽管也称呼赵匡胤为"太祖武德皇帝"，却没有"先朝"两字，这里试举几例：

《水浒传》引首回写道：

为叹五代残唐天下干戈不息，那时朝属梁，暮属晋，正谓是："朱李石刘郭，梁唐晋汉周，都来十五帝，播乱五十秋。"后来感的天道循环，向甲马营中生下太祖武德皇帝来。这朝圣人出世，红光满天，异香经宿不散，乃是上界霹雳大仙下降。英雄勇猛，智量宽洪，自古帝王都不及这朝天子。一条杆棒等身齐，打四百座军州都姓赵。那天子扫清寰宇，荡静中原，国号大宋，建都汴梁。九朝八帝班头，四百年开基帝主。

《水浒传》第九回《柴进门招天下客　林冲棒打洪教头》写道：

且说林冲正在单身房里闷坐，只见牌头叫道："管营在厅上叫唤新到罪人林冲来点视。"林冲听得呼唤，来到厅前。管营道："你是新到犯人，太祖武德皇帝留下旧制，新入配军，须吃一百沙威棒。左右，与我驮起来。"

《水浒传》第二十八回《武松威镇安平寨　施恩义夺快活林》写道：

那管营相公正在厅上坐，五六个军汉押武松在当面。管营喝叫除了行枷，说道："你那囚徒，省得太祖武德皇帝旧制，但凡初到配军，须打一百杀威棒。那兜扛的，背将起来！"武松道："都不要你众人闹动。要打便打，也不要兜扛。我若是躲闪一棒的，不是好汉。从先打过的都不算，从新再打起！我若叫一声，也不是好男子！"

《水浒传》第三十七回与其他回目对"太祖武德皇帝"的不同称呼令人困惑。一般而言，"先朝"有两种含义，一是指上一个朝代；二是指先帝。如果说，第三十七回里的"先朝太祖武德皇帝"的"先朝"指的是先帝，考虑到"太祖武德皇帝"本身便蕴含着"先帝"之意，无论从内在逻辑而言，还是从语言习惯来看，这里的"先朝"不太可能指本朝以前的君主。然而如果这里的"先朝"是指北宋前一个朝代同样不太合理，北宋之前的朝代是后周，后周太祖是郭威，但是从前后文的语境来看，这个"先朝太祖武德皇帝"不太可能是郭威。

那么应该如何解释这种反常现象呢？笔者在其他文章中提出这样一个观点，《水浒传》表面上是描写北宋末年以宋江为首的梁山好汉揭竿而起、快意恩仇的江湖故事，但是实质上却是影射元朝末期政治腐败、民不聊生的时代背景下朱元璋集团剿灭群雄、统一天下的历史。施耐庵之所以如此故布疑阵，煞费苦心，是因为其生活在明王朝统治的核心区域——江南地区，如果作为朱元璋政治反对派的前者直接描写明王朝建立过程中发生的众多见不得光的事件必然面临杀身之祸，所以有意将朱元璋和其集团成员的事迹嫁接到梁山好汉身上，但是施耐庵又不甘心让历史真相完全淹没，因此有意在书中留下一些看似无心之失，实为点睛之笔的记载。在《水浒传》第三十七回里，称呼赵匡胤为"先朝太祖武德皇帝"事实上是提醒后世的读者，《水浒传》里以宋江为首的梁山好汉揭竿而起、快意恩仇的江湖故事真实发生的历史时代不是北宋末年，而是元朝末年。道理也很简单，元朝是消灭南宋即北宋王朝的偏安政权之后才统一天下，当我国古代一个地方监狱的管营称呼赵匡胤为"先朝太祖武德皇帝"，恰恰说明他们生活在元朝统治时期。

"先朝"两字蕴含着施耐庵创作《水浒传》的真实意图！

注：自《水浒传》问世以来，由于在传抄过程中产生的笔误等问题，在有些版本之中，对宋太祖赵匡胤的称呼有所不同，比如人民文学出版社出版的《水浒传》第三十七回中管营便称呼赵匡胤为"先皇太祖武德皇帝"，但是这里同样也存在问题，"太祖武德皇帝"本身便隐含着"先皇"之意，放在这里在语句上会有重复之嫌，而且其他几回称呼赵匡胤便没有"先皇"两字，因此笔者比较倾向于《水浒传》第三十七回原本便是称呼赵匡胤为"先朝太祖武德皇帝"，但是在传抄过程中，有些版本误写为"先皇太祖武德皇帝"。

# 戴宗与明初两位重臣之间存在千丝万缕的联系

宋江刺配江州，途经梁山泊之时，晁盖等人极力挽留，但是前者以死明志，执意不肯入伙，要求继续前往江州。"智多星"吴用只得修书一封，让宋江捎给相识的江州两院押牢节级戴宗，请戴宗对宋江多加照应。一路历经风波到达江州牢城之后，宋江在上下打点时故意不送常例钱给戴宗，戴宗果然按捺不住，亲自赶到牢城，向宋江索要常例钱。宋江表明身份，并拿出吴用的书信，戴宗与宋江因此结为好友。

对于宋江与戴宗相识的过程和戴宗的性格特点，《水浒传》第三十八回《及时雨会神行太保　黑旋风斗浪里白跳》有着堪称神来之笔的生动描写：

话说当时宋江别了差拨，出抄事房来，到点视厅上看时，见那节级摄条凳子坐在厅前，高声喝道："那个是新配到囚徒？"牌头指着宋江道："这个便是。"那节级便骂道："你这矮黑杀才！倚仗谁的势要，不送常例钱来与我？"宋江道："人情，人情，在人情愿。你如何逼取人财，好小哉相！"两边看的人听了，倒捏两把汗。那人大怒，喝骂："贼配军，安敢如此无礼，颠倒说我小哉！那兜驮的，与我背起来，且打这厮一百讯棍！"两边营里众人，都是和宋江好的。见说要打他，一哄都走了，只剩得那节级和宋江。那人见众人都散了，肚里越怒，拿起讯棍，便奔来打宋江。宋江说道："节级，你要打我，我得何罪？"那人大喝道："你这贼配军是我手里行货，轻咳嗽便是罪过！"宋江道："你便寻我过失，也不计利害，也不到的该死。"那人怒道：

"你说不该死，我要结果你也不难，只似打杀一个苍蝇。"宋江冷笑道："我因不送得常例钱便该死时，结识梁山泊吴学究的却该怎地？"那人听了这声，慌忙丢了手中讯棍，便问道："你说甚么？"宋江答又道："自说那结识军师吴学究的，你问我怎地？"那人慌了手脚，拖住宋江问道："足下高姓？你正是谁？那里得这话来？"宋江笑道："小可便是山东郓城县宋江。"那人听了大惊，连忙作揖，说道："原来兄长正是及时雨宋公明。"宋江道："何足挂齿。"那人便道："兄长，此间不是说话处，未敢下拜。同往城里叙怀，请兄长便行。"宋江道："好。节级少待，容宋江锁了房门便来。"

宋江慌忙到房里，取了吴用的书，自带了银两出来。锁上房门，分付牌头看管。便和那人离了牢城营内，奔入江州城里来，去一个临街酒肆中楼上坐下。那人问道："兄长何处见吴学究来？"宋江怀中取出书来，递与那人。那人拆开封皮，从头读了，藏在袖内，起身望着宋江便拜。宋江慌忙答礼道："适间言语冲撞，休怪，休怪！"那人道："小弟只听得说有个姓宋的发下牢城营里来。往常时，但是发来的配军，常例送银五两。今番已经十数日不见送来，今日是个闲暇日头，因此下来取讨，不想却是仁兄。恰才在营内，甚是言语冒渎了哥哥，万望恕罪。"宋江道："差拨亦曾常对小可说起大名。宋江有心要拜识尊颜，又不知足下住处，亦无因入城。特地只等尊兄下来，要与足下相会一面。以此耽误日久。不是为这五两银子不舍得送来，只想尊兄必是自来，故意延捱。今日幸得相见，以慰平生之愿。"

说话的，那人是谁？便是吴学究所荐的江州两院押牢节级戴院长戴宗。那时故宋时，金陵一路节级都称呼"家长"，湖南一路节级都称呼做"院长"。原来这戴院长有一等惊人的道术：但出路时，贵书飞报紧急军情事，把两个甲马拴在两只腿上，作起神行法来，一日能行五百里；把四个甲马拴在腿上，便一日能行八百里。因此人都称做神行太保戴宗。更看他生的如何？但见：

面阔唇方神眼突，瘦长清秀身材。皂纱巾畔翠花开。黄旗书令字，红串映宣牌。两只脚行千里路，罗衫常惹尘埃。程途八百去还来。神行真太保，院长戴宗才。

由于有戴宗照应，宋江在江州牢城过着逍遥自在的幸福生活，然而这种幸福生活还没过多久，宋江在浔阳楼醉酒题反诗，遭到赋闲的通判黄文炳告发。蔡京之子、江州知府蔡九命戴宗召集兵史，捉拿宋江归案。戴宗授意宋江装疯脱罪，但黄文炳识破了宋江装病，因此被打入死囚牢。蔡九让戴宗送信到东京，路过梁山泊，在朱贵的酒店用膳，结果由于中了蒙汗药而晕倒。朱贵搜出蔡九的信件，得知宋江有难，吴用决定将计就计，伪造蔡京回信，以搭救宋江。戴宗赶回江州，将书信送呈蔡九，可因图章上有纰漏，让黄文炳识破，对答时又露出马脚，被打入死牢，晁盖忙率花荣等十六位头领，连夜下山赶赴江州，会合李逵，劫了法场，救出宋江、戴宗，随后梁山好汉大闹无为军，杀死黄文炳，戴宗便随宋江加入梁山。

在梁山内部，由于拥有日行八百里的特长，戴宗担任的是总探声息头领，即收集和刺探情报的"情报总管"。另外，一旦外界有什么风吹草动的情况，宋江都会派戴宗代表梁山出面协调化解，客观上又承担着"外交部部长"的职责。有意思的是，在与《水浒传》作者施耐庵生活在同一历史时期即元末大乱世崛起的朱元璋集团内部也有一个身兼"外交部部长"和"情报总管"的特殊人物——后来官拜中书省左丞的杨宪。

由于《明史》中并没有给杨宪立传，有关杨宪的信息和事迹散落于《明史》其他人物传记和众多史书之中。综合各种史书记载，杨宪的祖籍是太原，后来迁居南京，因为他的父亲曾经在江南为官，家境富有，杨宪从小便接受良好的诗书教育，熟读经史，处事干练。

《明史纪事本末·卷一》记载：

庚寅，克集庆路……改集庆路为应天府。得儒士夏煜、孙炎、杨宪等十余人，皆录用之。

这段记载说明杨宪是在朱元璋攻占南京之后，受其录用，开始从政生涯。杨宪最初被朱元璋安排为幕府文书，主要处理行军文书、信件、檄文等。由于博闻强记，精明干练，杨宪深受朱元璋器重。此时的杨宪有一个重要的任务，便是经常作为使者，代表朱元璋四处奔波，拉拢周边地方割据政权。

《明史·张士诚传》记载：

> 是岁，太祖亦下集庆，遣杨宪通好于士诚。……士诚得书，留宪不报。已，遣舟师攻镇江。徐达败之于龙潭。太祖遣达及汤和攻常州。士诚兵来援，大败，失张、汤二将，乃以书求和，请岁输粟二十万石，黄金五百两，白金三百斤。太祖答书，责其归杨宪。

除了经常冒着生命危险出使周边地区，纵横捭阖，折冲樽俎之外，杨宪还是朱元璋身边的"情报总管"。朱元璋起事之后，虽然礼贤下士，招揽人才，但是早年颠沛流离的特殊经历和元末大乱世各路英雄朝秦暮楚的现实造成其对于手下的将领、文臣存在极深的猜忌之心。为了监视百官，便学习魏武帝曹操的经验，特意设立检校组织，杨宪就是这个检校组织的负责人。在担任"情报总管"期间，杨宪殚精竭虑，四处揭发。

《明史·后妃传一》记载：

> 李文忠守严州，杨宪诬其不法，帝欲召还。后曰："严，敌境也，轻易将不宜。且文忠素贤，宪言诅可信？"帝遂已。文忠后卒有功。

《明史·扩廓帖木儿传》记载：

> 初，察罕破山东，江、淮震动。太祖遣使通好。元遣户部尚书张昶、郎中马合谋浮海如江东，授太祖荣禄大夫、江西等处行中书省平章政事，赐以龙衣御酒。甫至而察罕被刺，太祖遂不受，杀马合谋，以张昶才，留官之……
>
> 张昶仕明，累官中书省参知政事，有才辨，明习故事，裁决如流，甚见信任。自以故元臣，心尝恋恋。会太祖纵降人北还，昶附私书访其子存亡。杨宪得书稿以闻，下吏按问。昶大书牍背曰："身在江南，心思塞北。"太祖乃杀之。

由于在担任"外交部部长"和"情报总管"期间，尽心尽职，功绩卓著，杨宪步步高升，先后担任过扬州知府、御史中丞。洪武元年（1368），任中书参知政事，次年迁左丞。朱元璋把杨宪调入中书省就是希望牵制以李善长为首的"淮西派"，利用其精明干练提升中书省处理政务的能力，可当时的政治时局朱元璋还有很多地方需要李善长的协助，并没有想着要让其离开中书省或者要除去李善长的想法。而杨宪却错误地以为朱元璋不满李善长，把自己调入中书省就是为了替换李善长，因此在结党营私，任用亲信的同时，处处与李善长作对，向朱元璋进言"善长无宰相之才"，引发"淮西派"的全面反弹，李善长弹劾其"放肆为奸事"。为了安抚在朝廷里树大根深、盘根错节的"淮西派"，朱元璋下令诛杀杨宪，昔日的青年才俊含恨而亡！

《水浒传》里的戴宗与元末大乱世里崛起的朱元璋集团内部的杨宪有着惊人的相似性：戴宗经常代表梁山在外折冲樽俎，与各种势力周旋。杨宪则经常代表朱元璋长途奔波，出使周边的地方割据政权；戴宗是梁山总探声息头领，即收集和刺探情报的"情报总管"。杨宪则是朱元璋身边的检校组织负责人，任务是监视百官，同样以收集各种情报为己任（尽管两者收集情报的范围有着内外之别，但是考虑到现实生活和文学艺术的差距，这种不同可以忽略不计）；在相貌上，与梁山其他好汉赳赳武夫形成鲜明对比的是，戴宗"瘦长清秀身材，皂纱巾畔翠花开"（《水浒传》第三十八回），是典型的书生形象。杨宪自幼便熟读经史，同样是一位风度翩翩的读书人；在性格上，戴宗贪钱，杨宪贪权，都是贪婪之人。

如此多的相似性只能说明一个问题，那就是戴宗的历史原型很有可能便是这位由于争权夺利被朱元璋下令诛杀的杨宪。

与此同时，必须指出的是，除了杨宪之外，戴宗身上还有着明初另一位朝廷重臣胡惟庸的影子。

胡惟庸，濠州定远（今安徽凤阳）人，早在朱元璋占领和州之时便前去投靠，是典型的"从龙之臣"。由于处事勤勉，精于吏事，又有同乡之谊，因此深得李善长的信赖和倚重。在李的提携和推荐下，历任元帅府奏差、宁国主簿、知县、吉安通判、湖广佥事、太常少卿、太常卿。洪武三年（1370），拜中书省参知政事。洪武六年（1373），在李善长推荐下，任右丞相。洪武十年（1377），晋升左丞相，位居百官之首。

自从杨宪被诛杀之后，朱元璋认为胡惟庸有治国之才，对其宠信有加。胡惟庸也以丞相之位为目标，兢兢业业，刻意奉迎，深得朱元璋的欢心。在担任丞相期间，由于朱元璋的宠信和"淮西派"作为羽翼，胡惟庸大权独揽，权倾天下。《明史·胡惟庸传》记载：

（胡惟庸）独相数岁，生杀黜陟，或不奏径行。内外诸司上封事，必先取阅，害己者，辄匿不以闻。四方躁进之徒及功臣武夫失职者，争走其门，馈遗金帛、名马、玩好，不可胜数。大将军徐达深疾其奸，从容言于帝。惟庸遂诱达阍者福寿以图达，为福寿所发。御史中丞刘基亦尝言其短。久之基病，帝遣惟庸挟医视，遂以毒中之。基死，益无所忌。与太师李善长相结，以兄女妻其从子佑。学士吴伯宗劾惟庸，几得危祸。自是，势益炽。

在这段时期，胡惟庸定远老家的井中，突然生出石笋，出水数尺深，献媚的人争相说这是祥瑞之兆，还说胡惟庸祖父三代的坟墓上，晚上都有火光，照亮夜空。胡惟庸更加高兴和自负，勾结吉安侯陆仲亨、平凉侯费聚等人阴谋篡位。

为了能够谋反成功，胡惟庸精心策划，曾与党羽阅览天下兵马簿籍，又令都督毛骧将卫士刘遇贤和亡命之徒魏文进收为心腹，太仆寺丞李存义是李善长的弟弟、胡惟庸的女婿李佑的父亲，胡惟庸令他暗中游说李善长，同时派明州卫指挥林贤出海招引倭寇，与他们约定日期相会，又派故元旧臣封绩致书北元，请求出兵做外应。谁知此时正好胡惟庸的儿子坐马车奔驰过市，坠死于车下，胡惟庸将驾车的人杀死。朱元璋大怒，命他偿命，胡惟庸请求用金帛补偿驾车人家，朱元璋不许，胡惟庸恐惧之下，便与党羽图谋起事。

洪武十二年（1379）九月，占城国进贡，胡惟庸等人不报告朱元璋，朱元璋大怒，下敕令责备中书省臣。第二年正月，胡惟庸党羽、御史中丞涂节揭发其阴谋。朱元璋大怒，下令轮番讯问，得知事情真相，于是诛杀胡惟庸、陈宁和涂节，但是还没有牵连其他元老重臣。

洪武二十三年（1390）五月，胡惟庸谋反一案全部暴露。李善长的家奴卢仲谦自首告发李善长和惟庸往来情况，而陆仲亨的家奴封贴木也自首告发陆仲亨和唐胜宗、费聚、赵庸三侯与胡惟庸共谋不轨。朱元璋大发雷霆之怒，肃清逆党，词语相连，被诛杀者达三万余人，于是作《昭示奸党录》，布告天下，受株连至死的有太师李善长、吉安侯陆仲亨、平凉侯费聚、南雄侯赵庸、荥阳侯郑遇春等开国功臣。胡惟庸被杀后，朱元璋乘机废除丞相一职，规定嗣君不得再立丞相，臣下敢有奏请说立者，处以重刑，军政大权由君主直接掌握。

胡惟庸与《水浒传》里的戴宗的渊源在书中其实也有所暗示。笔者在《吴用暗指明初的"萧何"》一文中认为，"智多星"吴用的历史原型其实便是明朝初年，辅佐朱元璋统一天下、位高权重的丞相李善长，而《水浒传》第三十六回《梁山泊吴用举戴宗　揭阳岭宋江逢李俊》记载，由于宋江不愿留在梁山，"智多星"吴用只得修书一封，让宋江捎给相识的江州两院押牢节级戴宗，请戴宗对宋江多加照应，这说明吴用与戴宗早已经相识，交情深厚，而胡惟庸与李善长不仅有着同乡之谊，早年便已经相识，而且正是在后者的推荐下才步步高升，成为其政治接班人。

另外，戴宗"神行太保"的称呼也饱含深意。太保，本系古代三公之一，即丞相级别的高官。《尚书·周官》记载："立太师、太傅、太保。兹惟三公，论道经邦，燮理阴阳。"唐宋仍设此职，多为高官加衔。元杂剧中多用太保尊称江湖好汉，如《鲁智深喜赏黄花峪》中刘庆甫尊称宋江为太保，《都孔目风雨还牢末》中李孔目尊称李逵为太保，因此称呼戴宗为"神行太保"很可能是"一语双关"，既指其为江湖好汉，又影射戴宗的历史原型担任过丞相级别的高官，而在明初的政坛，杨宪和胡惟庸分别担任过主持具体事务的中书省左丞和独揽大权的左丞相，是不折不扣的丞相级别的高官。

因此，从各种迹象来看，《水浒传》里的戴宗大概率是施耐庵混合明初政坛两位元老重臣杨宪和胡惟庸事迹和性格，然后加以升华提炼的产物和杰作。

# 《水浒传》描写梁山好汉"吃人肉"的真实目的

在中国古代社会，每当进入群雄争霸、干戈不止的天下大乱时期，农业生产通常会陷入停顿，粮食的减少加上天灾人祸的影响，"人相食"现象往往会如影随形。

在水浒故事里，"人相食"的记载同样比比皆是。

宋江杀惜之后，先逃至柴进和孔太公处避难，由于好友花荣盛情相邀，赶往清风寨与其相会，不料路过清风山时被燕顺手下喽啰抓获，如果不是宋江在关键时刻说出自己姓名，被早已对其敬仰不已的燕顺救下，其心肝恐怕早已取出做成醒酒汤。

武松手刃潘金莲和西门庆为大哥武大报仇，被官府判决脊杖四十，刺配二千里外的孟州，路过十字坡孙二娘开的酒店，由于武松调戏孙二娘，后者试图在酒里下药使其和差役不省人事，做成牛肉买卖。因为武松早有察觉，不仅幸免一难，而且不打不相识，与张青、孙二娘夫妇成为好友。

宋江在浔阳楼题写的反诗被赋闲通判黄文炳揭发，锒铛入狱，在即将被斩首示众的关键时刻，晁盖等人血洗江州，救下宋江，宋江为了报仇雪恨，率领众好汉突袭江州旁的无为军，活捉黄文炳，"黑旋风"李逵取出尖刀割开黄文炳胸膛取出心肝，给众头领做成醒酒汤。

宋江接宋太公和弟弟宋清到梁山团聚，李逵触景生情，想念老母，特意下山，准备接老母到梁山，在老家附近遇见冒充自己的李鬼，要求李逵留下买路钱，被后者痛打一顿。李鬼见打不过李逵，便谎称"家中有九十几岁的老母，无人赡养"，因此被李逵放走，并赠十两银子，希望他能改邪归正，但是李鬼不思悔改，后来又欲用麻药加害凑巧到其家讨饭吃的李逵，结果被李逵活捉杀死，大腿的肉还被他割下作为下酒菜。

梁山好汉之中，另外一位吃过人肉的便是"火眼狻猊"邓飞。邓飞是襄阳府人氏，由于善使一条铁链，双睛红赤，人称"火眼狻猊"。他占据饮马川，与孟康等人一同打家劫舍，后救下刺配沙门岛的"铁面孔目"裴宣，主动将寨主之位相让。戴宗到蓟州寻找公孙胜时，路上结识"锦豹子"杨林，结伴而行，却在饮马川遇到邓飞、孟康下山劫道。邓飞因早年曾与杨林合伙闯荡江湖，便将二人请上山寨寒暄，戴宗提到梁山正在招贤纳士，邓飞等人决定舍弃饮马川山寨，到梁山入伙。上了梁山之后，梁山大聚义时，排第四十九位，星号地阖星，职司为马军小彪将兼远探出哨头领。征方腊时在杭州被石宝所杀，追封义节郎。

值得注意的是，《水浒传》第四十四回《锦豹子小径逢戴宗　病关索长街遇石秀》对于邓飞的赞词是："原是襄阳关扑汉，江湖飘荡不思归。多餐人肉双睛赤，火眼狻猊是邓飞。"这说明邓飞也有过"吃人肉"的黑暗历史。

必须指出的是，尽管施耐庵在《水浒传》里对于梁山好汉"吃人肉"的场景有着详细的叙述，但是这种情况不太可能发生在宋徽宗时期。自宋太祖赵匡胤发动陈桥兵变，建立北宋，统一天下之后，疆域的辽阔、人口的增加、城市的发展以及各种开明的经济政策，使得北宋的经济长期保持繁荣状态。农业、印刷业、造纸业、丝织业、制瓷业、航海业均达到了我国封建社会的巅峰，海外贸易高度发达。到了宋徽宗时期，虽然君主昏庸，政治腐败，但是从全国来看，经济依然维持着相对繁荣的局面，普通百姓基本解决了温饱问题，因此在宋徽宗时期，即使各地有众多绿林大盗占山为王，杀人越货，也很难想象他们会热衷于"吃人肉"。

既然北宋末年宋徽宗时期不太可能出现这种大规模"吃人肉"的场景，那么施耐庵为什么在《水浒传》里如此详细地描写梁山好汉"吃人肉"的情节呢？要想回答这个问题，我们必须回到元末那段不堪回首的历史。

至顺四年（1333），元朝的"亡国之君"元顺帝在上都（今内蒙古正蓝旗境内）登基。在元顺帝即位初期，朝政实权掌握在丞相伯颜手中，至元六年（1340），元顺帝与脱脱利用伯颜出猎之机，发动政变，罢黜伯颜。夺回军政大权后，元顺帝任命脱脱为相，锐意进取，励精图治，恢复了科举制度，颁行《农桑辑要》，整饬吏治，征召隐逸，减免赋税，开放马禁，削减盐额，编修辽、宋、金三史，实行儒治，包括开经筵与太庙四时祭、亲郊祭天、行亲耕礼等活动，元王朝一度呈现中兴有望的迹象。

但随着时间的流逝，在奸臣哈麻的蛊惑下，元顺帝逐步流连于夜夜笙歌、声色犬马的后宫生活之中。

元顺帝沉迷女色，宠信奸佞导致朝政腐败，纲纪废弛，忠臣蒙冤，叛乱四起。至正八年（1348），方国珍兄弟啸聚海上；至正十一年（1351），刘福通率红巾军揭竿而起；至正十三年（1353），张士诚等人诛杀官吏，攻占高邮。由于天下大乱，农业生产陷于停顿，加之蝗灾、旱灾、瘟疫的暴发导致饥荒在全国范围大规模出现，影响所及，"人相食"开始频繁记载于史书。

《元史·志第三下》记载：

（至正）十九年，大都霸州、通州，真定，彰德，怀庆，东昌，卫辉，河间之临邑，东平之须城、东阿、阳谷三县，山东益都、临淄二县，潍州、胶州、博兴州，大同、冀宁二郡，文水、榆次、寿阳、徐沟四县，沂、汾二州，及孝义、平遥、介休三县，晋宁潞州及壶关、潞城、襄垣三县，霍州赵城、灵石二县，隰之永和，沁之武乡，辽之榆社、奉元，及汴梁之祥符、原武、鄢陵、扶沟、杞、尉氏、洧川七县，郑之荥阳、汜水，许之长葛、郾城、襄城、临颍，钧之新郑、密县，皆蝗，食禾稼草木俱尽，所至蔽日，碍人马不能行，填坑堑皆盈。饥民捕蝗以为食，或曝干而积之。又馨，则人相食。

在众多"人相食"事件之中，最骇人听闻的莫过于扬州发生的张明鉴吃人事件。

《明史·缪大亨传》记载：

初，明鉴聚众淮西，以青布为号，称"青军"，又以善长枪，称"长枪军"。由含山转掠扬州，元镇南王孛罗普化招降之，以为濠、泗义兵元帅。逾年，食尽，谋拥王作乱。王走，死淮安。明鉴遂据城，屠居民以食。大亨言于太祖，贼饥困，若掠食四出则难制矣，且骁鸷可用，无为他人得。太祖命大亨巫攻，明鉴降，得众数万、马二千余匹。悉送其将校妻子至应天。改淮海翼元帅府为江南分枢密院，以大亨为同佥枢密院事，总制扬州、镇江。

《明史·武德传》记载：

张鉴，又名明鉴，淮西人。既归太祖，每攻伐必与德俱，先德卒，官至江淮行枢密院副使。

知道了这段元末时期"人相食"的悲惨历史，我们便能明白为什么《水浒传》里有如此多"人相食"情节，这些"人相食"事件很可能并非发生在经济繁荣、百业兴旺的北宋末年，而是发生在天下大乱、饥荒遍地的元末时期。宋江被占据清风山的燕顺等人的手下抓获，心肝险些被取出做成醒酒汤；孙二娘原本想麻翻武松，做成牛肉买卖等相关故事情节很可能是暗指那段由于元顺帝宠信奸佞、沉迷女色，官吏上行下效、中饱私囊，造成天下大乱、民不聊生，许多百姓为了生存，占山为王，因为粮食的匮乏，不惜滥杀无辜，吞噬人肉的"黑暗历史"。

另一方面，笔者在其他文章中多次指出，《水浒传》里的梁山其实是隐喻朱元璋集团。由于在中国古代社会，"吃人肉"往往会被视为禽兽之举。施耐庵不惜笔墨详细撰写李逵割开黄文炳胸膛取出心肝，给众头领做成醒酒汤和将李鬼大腿的肉割下作为下酒菜的过程以及邓飞"多餐人肉双睛赤"很可能是为了嘲讽接纳吃人魔王张明鉴，并且委以重任的朱元璋集团其实是一群禽兽不如的强盗组织。在施耐庵看来，如果朱元璋集团果真是仁义之师，像张明鉴这样的吃人魔王投降之后，就应该斩首示众，以儆效尤，但是朱元璋集团不仅接纳了这个吃人魔王，后来还让其官至江淮行枢密院副使，这不正好说明他们是蛇鼠一窝吗？简而言之，从道德上批判朱元璋集团，痛骂他们禽兽不如，以发泄自己的不满，很可能是作为朱元璋集团政治反对派的施耐庵撰写梁山好汉"吃人肉"的主要原因。

# 《水浒传》结局的多重隐喻

　　《水浒传》悲剧性的结局不仅使得无数水浒迷扼腕叹息，而且也引发了后世众多学者专家产生这样一个疑问，即施耐庵为什么非要让宋江等人死于非命，不得善终呢？

　　海外学者孙述宇先生在《水浒传：怎样的强盗书》（上海古籍出版社，2011）一书中认为，宋江的历史原型是南宋抗金名将岳飞，宋江被毒杀影射宋高宗赵构和宰相秦桧为了与金朝和谈，以谋反为名杀害力主抗金的岳飞一事。

　　然而上述观点也存在难以自圆其说的地方，毕竟在《水浒传》末尾，不仅有高俅、蔡京等奸臣毒杀宋江、卢俊义的内容，还有李逵被宋江毒杀的描写。如果说前者是暗示宋高宗赵构和宰相秦桧杀害力主抗金的岳飞，那么后者岂非说岳飞要杀死对自己忠心耿耿的部属，这明显不符合相关历史的记载。那么应该如何理解《水浒传》的结尾所蕴藏的意思呢？笔者认为，宋江之死和李逵之死分别有着两种不同的象征意义。

　　先说李逵之死。在《水浒传》里，自李逵在江州认识宋江之后，在后者极力笼络下，李逵便成为宋江最忠心的手下。从表面上看，宋江与李逵是江湖世界里的"大哥与小弟"的关系，但实质上却是"君臣"关系，宋江的命令对于李逵而言具有类似圣旨那样一言九鼎的效力和权威。尽管宋江毒杀李逵有着一个冠冕堂皇的理由，即害怕在自己死后李逵举兵造反，却无法掩盖宋江亲自毒杀对自己忠心耿耿的"小弟"这一事实。由于施耐庵笔下的宋江的历史原型便是明太祖朱元璋，因此施耐庵撰写宋江毒杀李逵这一情节很有可能是暗讽明太祖朱元璋平定天下之后，大肆杀戮众多"开国元勋"这一重大历史事件。

《明史·胡惟庸传》记载：

（洪武）十二年九月，占城来贡，惟庸等不以闻。中官出见之，入奏。帝怒，敕责省臣。惟庸及广洋顿首谢罪，而微委其咎于礼部，部臣又委之中书。帝益怒，尽囚诸臣，穷诘主者。未几，赐广洋死，广洋妾陈氏从死。帝询之，乃入官陈知县女也。大怒曰："没官妇女，止给功臣家。文臣何以得给？"乃敕法司取勘。于是惟庸及六部堂属咸当坐罪。明年正月，涂节遂上变，告惟庸。御史中丞商暠时谪为中书省吏，亦以惟庸阴事告。帝大怒，下廷臣更讯，词连宁、节。廷臣言："节本预谋，见事不成，始上变告，不可不诛。"乃诛惟庸、宁并及节。

惟庸既死，其反状犹未尽露。至十八年，李存义为人首告，免死，安置崇明。十九年十月，林贤狱成，惟庸通倭事始著。二十一年，蓝玉征沙漠，获封绩，善长不以奏。至二十三年五月，事发，捕绩下吏，讯得其状，逆谋益大著。会善长家奴卢仲谦首善长与惟庸往来状，而陆仲亨家奴封帖木亦首仲亨及唐胜宗、费聚、赵庸三侯与惟庸共谋不轨。帝发怒，肃清逆党，词所连及坐诛者三万余人。乃为《昭示奸党录》，布告天下。株连蔓引，迄数年未靖云。

《明史纪事本末·卷十三》记载：

（洪武）二十六年春正月乙酉，凉国公蓝玉谋不轨，伏诛。初，胡惟庸之叛，有称玉与其谋者。上以其功大，宥不问。后诸老将多没，乃擢为大将，总兵征伐，甚称上意。尝措置陕西边事，至兰川，坠马微伤，手诏慰劳之，比于中山、开平二王。然玉素不学，性复很慢，见上待之厚，又自恃功伐，专恣横暴。畜庄奴假子数千人，出入乘势渔猎。尝占东昌民田，民讼之。御史按问，玉执御史，捶而逐之。先是，北征还，私其珍宝驼马无算。度喜峰关，吏以夜，不即纳，玉大怒，纵兵毁关而入。上闻之，不乐，并诘责其私元主妃，玉慢不省。尝见上，命坐或侍宴饮，玉动止傲慢，无人臣礼。及总兵在外，擅升降将校，黥刺军士，甚至违诏出师，恣作威福，以胁制其下。至是，征西还，意图升爵。及命为太傅，玉攘袂大言曰："我固不当为太师也！"恒怏怏，不乐居宋、颍二公下。间奏事，上不从，玉惧，退语所亲曰："上疑我矣。"乃谋反。当是时，鹤庆侯张翼、普定侯陈桓、景川侯曹震、舳舻侯朱寿、东莞伯何荣、都督黄恪、吏部尚书詹徽、侍郎傅友文及诸武臣尝为玉部将者，玉乃遣亲信召之，晨夜会私宅谋议，集士卒及诸家奴，伏甲将为变。约束已定，为锦衣卫指挥蒋瓛所告。命群臣讯状具实，磔于市，夷三族。彻侯、功臣、文武大吏以至偏裨将卒，坐党论死者，可二万人，蔓衍过于胡惟庸。三月辛酉，会宁侯张温、都督萧用、沈阳侯察罕，坐蓝玉党伏诛。

在中国古代社会，王朝易代之后，"狡兔死，走狗烹"的现象屡屡出现，新王朝的"开国之君"对于众多"开国元勋"往往从倚重转变为猜忌，甚至不惜举起屠刀，但是论诛杀功臣最无情的莫过于明太祖朱元璋，尽管朱元璋杀戮功臣也有一个合法的理由，即这些功臣涉嫌谋反，然而根据学者专家的研究，他其实是害怕皇太子朱标和皇太孙朱允炆控制不了这些既有威望又有谋略的"开国元勋"，因此一不做二不休，赶尽杀绝，斩草除根。有意思的是，朱元璋杀戮功臣是由于后者涉嫌谋反，宋江毒杀李逵也是担心后者谋反，这难道仅仅是巧合吗？

如果说施耐庵构思《水浒传》结尾时让宋江毒杀李逵是为了讽刺朱元璋诛杀功臣，那么他又为什么安排让高俅、蔡京等奸臣设计毒杀宋江呢？

要想回答这个问题，我们必须了解施耐庵撰写《水浒传》的目的所在，尽管从现有的相关史书和民间传说记载来看，施耐庵未必担任过张士诚的谋士，但是毫无疑问，其与张士诚集团有着深厚的渊源，也就是说，施耐庵是朱元璋政治上的反对派。由于大明王朝剿灭群雄，平定天下之后，便像其他朝代那样，基于维护政权合法性的需要，大肆美化本集团从揭竿而起到四海一统的历史和丑化自己的政治对手，作为元末明初众多历史事件的亲历者，同时饱读诗书，善于通俗文学创作的施耐庵自然不甘心历史真相完全淹没，但是由于自己居住生活在明王朝统治的核心区域——江南地区，施耐庵又不可能直接撰写朱元璋集团那些"见不得光"的阴暗历史的书籍，因此有意创作《水浒传》，将元顺帝、朱元璋等历史人物和事迹嫁接到自己一手打造的水浒世界，所以不少梁山好汉和水浒故事都能找到真实的历史原型和事件，比如在描写宋江时，既指出其仗义疏财、选贤任能、骁勇善战、运筹帷幄的优点，又揭露其冷酷无情、口是心非、唯利是图、精于权术的缺点，如果我们认真分析宋江这个《水浒传》第一男主角，不难发现明太祖朱元璋的影子。

尽管《水浒传》是一部政治影射小说，施耐庵根据"七分实事，三分虚构"的原则进行创作，但是总体上依然采取批判态度，只不过这种批判态度比较隐晦，隐藏在字里行间之中。在施耐庵看来，朱元璋集团虽然打着替天行道、忠义报国的旗帜，可骨子里依然是一群为了自身的荣华富贵而四处征战、大肆抢掠的江湖人士，他们能够夺取天下，建立新王朝很大程度上是因缘际会、时势使然的结果和产物。

为了发泄自己对明太祖朱元璋的不满和怨恨，施耐庵故意在《水浒传》结尾让第一男主角宋江在实现平生夙愿，成为朝廷高官和封疆大吏，享受荣华富贵之后，乐极生悲，死于奸臣之手。

在中国古代众多古典小说之中，越是作恶多端的奸人，在末尾之时，下场越悲惨，不是被斩首示众，便是发配边疆。施耐庵借高俅、蔡京等奸臣之手除去宋江，水浒迷们也许会感到悲伤，但是前者却可以发泄内心的不满。对于施耐庵而言，现实生活中的"宋江"最终成为赫赫有名的明太祖朱元璋始终是难以改变的客观事实，然而在其创作的水浒世界里，依然是善有善报，恶有恶报，表面"仁义道德"实则"阴险狡诈"的宋江依然逃脱不了死于非命的报应和宿命。搞不好，施耐庵写到最后，还会把笔一扔，仰天大笑道："朱元璋，你也想不到自己有今天的结局吧！"

另一方面，施耐庵借高俅、蔡京等奸臣之手毒死宋江也显示了其对朱元璋在崛起过程中曾经向元廷寻求招安的强烈批判态度。朱元璋起事之后，尽管率军攻城略地，四处讨伐，可还是尽量避免与元朝的彻底决裂。至正十六年（1356），占领南京之后，朱元璋不但要面对陈友谅、张士诚等周边势力的军事威胁，而且随着"一代战神"——察罕帖木儿的横空出世，其很可能会成为后者未来的打击目标。为了防患于未然，交好察罕帖木儿，寻求元廷的招安实现自己"割据一方"的目的便成为朱元璋的现实选择。尽管随着察罕帖木儿的遇刺身亡，朱元璋寻求元廷的招安"无疾而终"，但是这段"见不得光"的历史终究白纸黑字记录在众多相关史书之中。

值得注意的是，施耐庵对元朝的态度经历了从支持到反对的转变过程。根据《兴化县续志》收录的明初王道生撰写的《施耐庵墓志》记载："（施耐庵）为至顺辛未进士，曾官钱塘二载，以不合当道权贵，弃官归里，闭门著述。"（朱一玄、刘毓忱编：《水浒传资料汇编》，南开大学出版社，2012，120页）从"为至顺辛未进士，曾官钱塘二载"来看，施耐庵一度认同元朝统治的合法性，但是由于"不合当道权贵"而"弃官归里，闭门著述"。另外，根据《水浒传》对"君主昏庸，奸臣当道"的精彩描写，对于当时政治腐败有着切身体会的施耐庵主张推翻元朝统治，因此自然看不起朱元璋寻求元廷的招安。

尽管朱元璋寻求元廷的招安为自身实力的壮大提供了有利的契机，但是在施耐庵看来却客观上延续了元朝的统治时间，是朱元璋难以洗刷的"道德污点"，其在《水浒传》结尾让宋江被奸臣毒杀不仅显示了对朱元璋寻求元廷招安的不满和鄙视，而且客观上凸显了施耐庵坚决推翻元朝统治，恢复汉家天下的政治立场。

# 公孙胜的历史原型是明初的"诸葛亮"

在梁山一百零八将之中，最具神秘色彩的莫过于"入云龙"公孙胜，当晁盖与吴用等人密谋劫取生辰纲却难以判断负责押送的杨志的途经路线之时，一身道袍的公孙胜不请自来，飘然而至，为前者答疑解惑，指点迷津。《水浒传》第十五回《吴学究说三阮撞筹　公孙胜应七星聚义》对于公孙胜首次亮相是这样描写的：

（晁盖）便从后堂出来，到庄门前看时，只见那个先生，身长八尺，道貌堂堂，威风凛凛，生得古怪。正在庄门外绿槐树下，打那众庄客。晁盖看那先生时，但见：

头绾两枚鬅松双丫髻，身穿一领巴山短褐袍，腰系杂色彩丝绦，背上松纹古铜剑。白肉脚衬着多耳麻鞋，锦囊手拿着鳖壳扇子。八字眉一双杏子眼，四方口一部落腮胡。

那先生一头打庄客，一头口里说道："不识好人！"晁盖见了叫道："先生息怒。你来寻晁保正，无非是投斋化缘。他已与了你米，何故嗔怪如此？"那先生哈哈大笑道："贫道不为酒食钱米而来。我觑得十万贯如同等闲，特地来寻保正有句话说。叵耐村夫无礼，毁骂贫道，因此性发。"晁盖道："你曾认得晁保正么？"那先生道："只闻其名，不曾会面。"晁盖道："小子便是。先生有甚话说？"那先生看了道："保正休怪，贫道稽首。"晁盖道："先生少请到庄里拜茶如何？"那先生道："多感。"两人入庄里来。吴用见那先生入来，自和刘唐、三阮一处躲过。

且说晁盖请那先生到后堂吃茶已罢。那先生道："这里不是说话处，别有甚么去处可坐？"晁盖见说，便邀那先生又到一处小小阁儿内，分宾坐定。晁盖道："不敢拜问先生高姓？贵乡何处？"那先生答道："贫道复姓公孙，单讳一个胜字，道号一清先生。小道是蓟州人氏，自幼乡中好习枪棒，学成武艺多般，人但呼为公孙胜大郎。因为学得一家道术。亦能呼风唤雨，驾雾腾云，江湖上都称贫道做入云龙。贫道久闻郓城县东溪村保正大名，无缘不曾拜识。今有十万贯金珠宝贝，专送与保正作进见之礼，未知义士肯纳否？"晁盖大笑道："先生所言，莫非北地生辰纲么？"那先生大惊道："保正何以知之？"晁盖道："小子胡猜，未知合先生意否？"公孙胜道："此一套富贵，不可错过！古人有云：当取不取，过后莫悔。保正心下如何？"

晁盖等人劫取生辰纲事发之后，面对官兵的追捕，公孙胜跟随晁盖等人落草为寇，利用林冲的不满，火并"白衣秀才"王伦，占据梁山。宋江上梁山之后，公孙胜以照顾母亲为由归隐山林，但是在梁山攻打高唐州受挫之时，宋江派戴宗、李逵请回公孙胜，公孙胜在阵前作法，击败高唐州知府高廉。

在梁山崛起的过程中，公孙胜不仅亲自参与劫取生辰纲，而且在梁山面临困境之时，施展法术，克敌制胜，是梁山集团当之无愧的"开国元勋"。另外，公孙胜淡泊名利，一心修道，深受众好汉敬重，在梁山领导层中，长期占据"四把手"的位置。

值得注意的是，与《水浒传》作者施耐庵生活在同一历史时期——元末大乱世中的朱元璋集团在崛起的过程中，内部也曾存在一位公孙胜式的传奇人物——诚意伯刘伯温。

刘伯温，原名刘基，字伯温，浙江处州青田（今浙江文成）人，"基幼颖异……元至顺间，举进士，除高安丞，有廉直声。行省辟之，谢去。起为江浙儒学副提举，论御史失职，为台臣所阻，再投劾归。基博通经史，于书无不窥，尤精象纬之学。西蜀赵天泽论江左人物，首称基，以为诸葛孔明俦也"（《明史·刘基传》）。

至正十九年（1359），掌控江淮、占据应天的朱元璋听说刘伯温和宋濂等人的才华，重金礼聘他们进入自己的幕府。刘伯温上书陈述《时务十八策》，确立了朱元璋集团的未来发展战略，同时参与谋划平定张士诚、陈友谅与北伐幽燕等军政大事。

洪武元年（1368），朱元璋登基称帝，大明王朝正式建立，刘伯温出任御史中丞兼太史令，在任期间，奏请设立军卫法，又肃正纪纲，以贪纵的罪名诛杀宰相李善长亲信中书省都事李彬，同时劝阻建都于凤阳。洪武三年（1370）十一月，封诚意伯，岁禄二百四十石。洪武四年（1371），告老还乡，不久由于左丞相胡惟庸陷害而夺禄，入京谢罪，留京不敢归。洪武八年（1375），刘伯温身染重病，朱元璋遣使护归，居一月而卒。刘基辅佐朱元璋平定天下，足智多谋，才华横溢，精通天文、兵法、数理，在后世的民间文学和传说之中，刘伯温以神机妙算、运筹帷幄而享有盛誉。

公孙胜与刘伯温在许多方面具有惊人的相似性：

1. 公孙胜是道士，刘伯温是道教信徒

在《水浒传》里，无论从衣着，还是言行，甚至师承来看，公孙胜具有典型的道士身份特征。巧合的是，在中国的民间传说之中，能够与诸葛亮相提并论，被视为智慧象征的刘伯温也是一个道教信徒。刘伯温的出生地处州青田一带，有多处在中国道教史上享有声誉的洞天福地，诸如括苍洞天、元鹤洞天、石门洞天、南田福地等。刘基求学、成才、生活于此，自然会深受道教文化的熏陶与影响。（吴光、张宏敏：《刘基与道家道教关系考论》，《世界宗教研究》2010年第5期，58–69页）在元朝担任地方官期间，由于个性耿直，廉洁奉公，遭到同僚排挤，被诬陷罢官，便长期在山林中隐居，潜心研究道家经典，与当时知名的道士如张玄中、张雨交往密切，其代表著作《郁离子》便具有浓郁的道家学说的特点。进入朱元璋的幕府之后，提出的"轻徭薄赋"等治国理政思想的渊源都离不开道家的黄老学说。

2. 在各自集团发展的关键时刻，他们都发挥了力挽狂澜的作用

在宋江等人讨伐各地的过程中，公孙胜多次出手，击败强敌，为梁山的崛起作出了重要的贡献。宋江等人为了救出柴进，率领大军攻打高唐州，却败

于知府高廉的妖法。吴用让戴宗去蓟州请回公孙胜，李逵也随同前往。公孙胜在获得恩师罗真人同意后，赶往高唐州，与高廉斗法，以五雷天罡正法破了高廉的妖术。高廉想要驾云逃走，却被公孙胜用法术从云中打落，最终被雷横砍死，梁山得以攻破高唐州。

攻打芒砀山时，公孙胜摆下八阵图，擒获"八臂哪吒"项充、"飞天大圣"李衮，招降"混世魔王"樊瑞，后收樊瑞为徒。二败高俅时，公孙胜作法祭风，协助刘唐火烧官军战船。没有公孙胜，这些战役未必会获胜。

作为大明王朝的"国师"，刘伯温同样为朱元璋剿灭群雄，平定天下作出重要贡献。刘伯温成为朱元璋的核心谋士之后，上书陈述《时务十八策》，提出包括略定东南，而后挥师北上，暂假韩宋名号，先灭陈友谅，后灭张士诚，定都应天等策略，令朱元璋茅塞顿开，拍案叫绝。至正二十年（1360），陈友谅率领大军攻打应天，声势大振，朱元璋麾下将领或主张投降或要求退守钟山，但是刘伯温却提出"贼骄矣，待其深入，伏兵邀取之，易耳。天道后举者胜，取威制敌以成王业，在此举矣"（《明史·刘基传》），朱元璋根据刘伯温的建议制定了诱敌深入的应对之策，击败陈友谅。

史书对于刘伯温在明朝建立过程中的功绩给予了极高的评价：

> 基虬髯，貌修伟，慷慨有大节，论天下安危，义形于色。帝察其至诚，任以心膂。每召基，辄屏人密语移时。基亦自谓不世遇，知无不言。遇急难，勇气奋发，计画立定，人莫能测。暇则敷陈王道。帝每恭己以听，常呼为老先生而不名，曰："吾子房也。"又曰："数以孔子之言导予。"（《明史·刘基传》）

### 3. 他们与各自集团的老大都处于"既相互合作又有所猜忌"的微妙关系

在《水浒传》里，公孙胜不仅亲自参与劫取生辰纲，而且是梁山集团的"开国元勋"，但是从政治派系的角度来看，公孙胜属于"晁盖派"，在宋江上了梁山之后，洞察先机的公孙胜为了防止深陷宋江与晁盖之间的权力斗争，以供养老母为名退隐山林，但是当梁山在攻打高唐州之时由于知府高廉拥有法术而遭遇挫败，宋江不得不邀请公孙胜重新出山，击败高廉。在此之后，公孙胜跟随宋江南征北讨，战绩显赫，直至讨伐辽国之后，班师途中，再度返回家乡，颐养天年。总体而言，公孙胜与宋江处于"既相互合作又有所猜忌"的微妙关系。

刘伯温与朱元璋的关系几乎就是公孙胜和宋江的翻版。

刘伯温进入朱元璋幕府之后，为其剿灭群雄，统一天下以及治国安邦出谋划策，殚精竭虑，深受朱元璋的倚重，但由于刘伯温性格刚正，经常犯颜直谏，比如劝阻建都于凤阳和否决李善长之后朱元璋自己提出的杨宪、汪广洋、胡惟庸三个续任宰相人选，以及其在朝廷内和天下士人中的崇高威望，君主之间渐生嫌隙。为了避祸，刘伯温告老还乡，可还是逃不过胡惟庸的诬陷，不得不重新回到京师。从朱元璋听信胡惟庸一面之词不难看出其对刘伯温的不满。洪武八年（1375），刘伯温身染重病，朱元璋遣使护归，同时亲笔撰写《御赐归老青田诏》。《御赐归老青田诏》尽管肯定了其辅佐朱元璋统一天下的功绩，却批评刘伯温在自己攻占浙左之时没有主动归附，讽刺其为"白面书生，不识时务"，在文中甚至出现了"君子绝交，恶言不出；忠臣去国，不洁其名"等杀气腾腾的字眼，可见其对刘伯温猜忌之深。

### 4.两人都得以善终

罗真人同意公孙胜下山之时，不仅传授公孙胜五雷天罡正法，让他下山辅助宋江"保国安民，替天行道"，又送八字真言，命他"逢幽而止，遇汴而还"。在讨伐辽国之后，宋江班师回朝，驻扎在东京城外陈桥驿。公孙胜想起罗真人"遇汴而还"之语，便向宋江辞行，返回家乡，颐养天年。

刘伯温的人生落幕虽然没有公孙胜那样洒脱，但是相对其他被满门抄斩的众多明朝"开国元勋"，前者也可以算是善终。《明史·刘基传》记载："（洪武）八年三月，帝亲制文赐之，遣使护归。抵家，疾笃……居一月而卒，年六十五。基在京病时，惟庸以医来，饮其药，有物积腹中如拳石。其后中丞涂节首惟庸逆谋，并谓其毒基致死云。"从这段记载来看，刘伯温死于胡惟庸的下毒，但是正如《大明第一推手刘伯温》（吉林文史出版社，2015）的作者陆杰峰先生在书中指出的那样，在中国古代事实上找不到药效潜伏身体里达一个多月才发作的致命毒药，因此刘伯温很可能是重症缠身加之心情忧郁而病发身亡，至于御史中丞涂节揭发胡惟庸毒杀刘伯温极有可能是明太祖朱元璋授意前者如此行事以便为铲除胡惟庸寻找借口。

这些相似之处很难相信是"纯属巧合"，比较合理的解释便是，《水浒传》里的施耐庵精心刻画的公孙胜的历史原型便是赫赫有名的诚意伯刘伯温。

# 为什么说呼延灼的历史原型是一位元朝"开国元勋"的后人

由于跟随柴进前去看望其叔柴皇城的李逵一怒之下，打死试图霸占柴氏花园的高唐州知府高廉的小舅子，受其牵连，柴进被关入大牢，得知消息的宋江等人率领梁山大军讨伐高唐州，却被高廉施展妖法击败，梁山好汉不得不请回归隐山林的公孙胜，公孙胜与高廉斗法，后者不敌，被雷横乘机诛杀，宋江等人攻下高唐州，救出柴进，得胜归来。

梁山攻陷高唐州，朝野震动，宋徽宗问计群臣，太尉高俅向宋徽宗推荐汝宁郡都统制呼延灼领军围剿梁山，呼延灼引荐陈州团练使"百胜将"韩滔及颍州团练使"天目将"彭玘为正副先锋，共同讨伐梁山。

与梁山大军相遇之后，呼延灼先后与林冲、扈三娘及孙立在战场上大战三百回合，打得难舍难分，谁知副将彭玘却为扈三娘所擒，于是呼延灼与韩滔以"连环马"大败宋江等人，并且请来炮手"轰天雷"凌振助战，使得梁山多次濒临绝境。后来梁山设下陷阱，诱捕凌振，吴用又使汤隆、时迁及乐和设计，邀请"金枪手"徐宁，教授梁山军队使用钩镰枪，大破"连环马"，最终韩滔遭擒，官军溃败，呼延灼独木难支，逃往青州，投奔知府慕容彦达，以图伺机卷土重来，谁知投身青州途中又被盗走了御赐的坐骑"踢雪乌骓"。

青州知府慕容彦达请呼延灼助其将二龙山、桃花山、白虎山的贼寇剿尽。呼延灼领军大败周通、李忠、孔明等人，又与鲁智深、杨志交手，难分胜负，双方僵持不下。孔亮到梁山请宋江引军来援，吴用设计擒呼延灼，最后呼延灼在陷坑中被活捉，在宋江的好言相劝之下，正式归顺梁山，重获"踢雪乌骓"，然后献计攻破青州，成为梁山马军的一员重要将领。

关胜攻打梁山，呼延灼奉命向其诈降，成功骗得关胜劫寨，为梁山活捉关胜立下大功。排座次时，呼延灼排名第八位，星号天威星，与杨志、韩滔、彭玘一同镇守梁山泊正北旱寨。

高俅带领十镇节度使亲征梁山泊。初战之时，呼延灼二十回合打死荆忠，又领军伏击高俅，与云中雁门节度使韩存保展开了一场贴身肉搏战，二人斗得难解难分之际，最后"没羽箭"张清来援，擒下了韩存保。

梁山受招安后，呼延灼参与了讨伐辽国，平定方腊之乱，成为少数幸存将领之一，被授御营兵马指挥使，每日随驾操练，后领大军，破金国四皇子金兀术，出军杀至淮西阵亡。

在《大宋宣和遗事》中，有一个"铁鞭呼延绰"，呼延绰本是朝廷派往征剿海贼李横的将领，却因战事失败，受到朝廷严责，而勾结李横背叛朝廷，最后投奔梁山，这与后来小说中的呼延灼遭遇相近。龚开的《宋江三十六赞》中，呼延绰亦在其中，绰号是"铁鞭"，赞词是："尉迟彦章，去来一身。长鞭铁铸，汝岂其人？"也有学者认为，呼延灼原型为宋将呼延通，或糅合了其形象，呼延通其人是韩世忠部下猛将，《建炎以来系年要录》中自称是"开国元勋"呼延赞之后，其人在《宋史》《三朝北盟会编》等史书也有记载。

尽管呼延灼身上有《大宋宣和遗事》中的呼延绰和南宋初期名将呼延通的影子，但是如果我们综合考虑《水浒传》的写作目的和元末明初众多历史人物和事件等因素，其实可以发现呼延灼的历史原型很有可能是与施耐庵生活在同一时期掌控辽东数十万兵马，官拜太尉，后投降朱元璋的元朝"开国元勋"之后纳哈出。

《明史·冯胜传附纳哈出传》记载：

纳哈出者，元木华黎裔孙，为太平路万户。太祖克太平被执，以名臣后，待之厚。知其不忘元，资遣北归。元既亡，纳哈出聚兵金山，畜牧蕃盛。帝遣使诏谕之，终不报。数犯辽东，为叶旺所败。胜等大兵临之，乃降，封海西侯。从傅友德征云南，道卒。子察罕，改封沈阳侯，坐蓝玉党死。

呼延灼和纳哈出有不少相似之处：

首先，他们都是"开国元勋"之后，呼延灼是宋朝"开国名将"铁鞭王呼延赞嫡系子孙，纳哈出则是元朝"开国元勋"木华黎裔孙。

其次，他们都经历过在前线战场战败逃亡，与昔日敌人再度激战的过程。呼延灼率军围剿梁山，尽管在初期旗开得胜，但是被梁山设计击败，呼延灼独木难支，逃往青州，投奔知府慕容彦达，受命讨伐二龙山、桃花山、白虎山，孔亮到梁山向宋江求救，梁山援军赶到，与呼延灼再度激战。纳哈出原为太平路万户，朱元璋攻打太平，前者不敌被俘，被"资遣北归"，元朝灭亡之后，纳哈出手握重兵，占据辽东，与明军再度兵戎相见。

再次，他们最终还是向昔日的敌人投降。梁山援军赶来之后，吴用设计先擒呼延灼，最后呼延灼在陷坑中被活捉，在宋江的好言相劝之下，正式归顺梁山。纳哈出同样在冯胜大军压境下，被迫投降，封海西侯。

最后，他们都在出征途中去世。呼延灼后来领大军，对阵金国四皇子金兀术，在淮西阵亡。纳哈出则在投降明朝之后跟随傅友德征云南途中病逝。

这些相似之处说明，《水浒传》里那个骁勇善战的呼延灼很可能影射元朝"开国元勋"木华黎裔孙——纳哈出。

# 武定侯郭勋为什么要修订《水浒传》

当代学者研究《水浒传》的内容和版本演变之时，往往会提及明朝嘉靖年间的一位显赫人物——武定侯郭勋，我们今天所看到的《水浒传》主要版本基本上都是郭勋组织门客对当时流行的《水浒传》进行大规模修订后的产物。沈德符的《万历野获编·卷五》记载："武定侯郭勋，在世宗朝，号好文多艺能计数。今新安所刻《水浒传》善本，即其家所传，前有汪太函序，托名天都外臣者。"

那么，郭勋为什么要修订《水浒传》？要想回答这个问题，我们必须先了解郭勋其人其事。

郭勋，明初开国勋臣武定侯郭英五世孙，正德初年承袭武定侯爵位，曾镇守两广，提督三千营，世宗继位，任京师左军都督掌团营，主管四郊兴建之事，被授予太保兼太子太傅之衔，并经常代表嘉靖帝行祭祀天地、祖宗之事。大礼议事件爆发后，明世宗朱厚熜为了给亲生父亲上尊号与以杨廷和、毛澄为首的明武宗旧臣们针锋相对，斗智斗勇，郭勋联合张璁，支持世宗，深得世宗宠信，执掌禁军，官至太师，晋封翊国公。郭勋凭借世宗的宠信，"擅作威福，网利虐民""京师店舍多至千余区"（《明史·郭勋传》）。嘉靖二十年（1541）九月，世宗下旨给郭勋，命与兵部尚书王廷相等人同清军役，勋久不领旨。言官纷纷疏劾。郭勋上疏申辩，有"何必更劳赐敕"语（《明史·郭勋传》），世宗怒其无人臣礼，言官知世宗不满郭勋目无尊上，刑科都给事中高时遂上疏告发郭勋贪纵不法十数事，诏郭勋下锦衣卫狱，世宗原本想赦免郭勋，但是遭到群臣阻拦，不得不作罢，次年冬，郭勋死于狱中。

郭氏家族虽以军功而崛起成为权贵，却以诗书传家。郭勋的曾祖郭镇、祖父郭珍、父郭良都能吟诗作对。《百川书志》著录郭镇有《奉贤集》一卷，郭珍有《芸兰集》六卷，郭良有《宾竹稿》十卷、《宾竹诗余》一卷。

郭勋本人热衷文艺，据现存史籍而知，其曾以武定侯的名义刊刻了白居易的诗集、文集和《元次山集》，有关本族事迹文献《毓庆勋懿集》《三家世典》《太和传》《郭氏家传》《续传》以及名为《书庄记》的家刻书目一卷。在通俗文艺作品方面，编辑和刊刻了《皇明开运辑略武功名世英烈传》（简称《皇明英烈传》）和收录有金、元、明三代散曲、戏曲的《雍熙乐府》。此外，据《宝文堂书目》记载，除《水浒传》之外，郭勋还刊刻过《三国演义》。

笔者在其他文章中多次指出《水浒传》里的宋江其实是暗指明太祖朱元璋，梁山的崛起象征着朱元璋集团剿灭群雄、统一天下的过程，而郭勋修订《水浒传》也可以从侧面证明《水浒传》的真实写作目的。郭勋是明朝"开国元勋"郭英的嫡系后代，本人"号好文多艺能计数"，又组织过门客撰写反映元末明初时期朱元璋集团崛起的《皇明英烈传》，对于那段特殊历史时期的人物和事迹自然了如指掌，施耐庵撰写《水浒传》的真实意图能瞒得过其他人，但是绝对瞒不过武定侯郭勋。

那么郭勋为什么会有古本《水浒传》呢？有两种可能：第一种可能性是由于某些因素，郭勋的先祖郭英获得了古本《水浒传》，因为古本《水浒传》语言文字精练生动，故事情节跌宕起伏，同样喜欢文艺的郭英即使知道此书有所影射，也依然爱不释手，视若珍宝，藏于府中，一百多年之后，作为家传书籍为郭勋所继承；第二种可能性便是古本《水浒传》在民间秘密流传了一百多年，郭勋在收集古籍善本时，机缘巧合获得了此书，出于对古本《水浒传》的喜爱和博取社会舆论赞赏需要（此时《水浒传》已经有了广泛的影响，修订《水浒传》使其流传于社会各阶层无疑是一件文化盛事），便组织门客对古本《水浒传》进行大规模修订，删去那些能够使得读者识破书中"秘密"的语言。

郭勋修订古本《水浒传》的真实目的，明清文学家的相关评论和记载也留下了蛛丝马迹。

明代钱希言的《戏瑕·卷一》记载：

词话每本头上，有请客一段，权做个德胜利市头回，此政是宋朝人借彼形此，无中生有妙处。游情泛韵，脍炙千古，非深于词家者，不足与道也。微独杂说为然，即《水浒传》一部，逐回有之。全学《史记》体，文待诏诸公暇日喜听人说宋江，先讲摊头半日，功父犹及与闻。今坊间刻本，是郭武定删后书矣，郭故跗注大僚，其于词家风马，故奇文悉被铲剃，真施氏之罪人也。而世眼迷离，漫云搜求武定善本，殊可绝倒。胡元瑞云：二十年前，所见《水浒传》本，尚极足寻味。今为闽中坊贾刊落，遂几不堪覆瓿，更数十年无原本印证，此书将永废矣。（朱一玄、刘毓忱编：《水浒传资料汇编》，南开大学出版社，2012，135页）

清代周亮工的《因树屋书影·卷一》记载：

故老传闻："罗氏为《水浒传》一百回，各以妖异语引其首。嘉靖时，郭武定重刻其语，削其致语，独存本传。"（朱一玄、刘毓忱编：《水浒传资料汇编》，南开大学出版社，2012，137页）

这里的"请客"和"致语"是指古代话本小说每回前的引子，即每回开头的词赋，郭勋为什么删除这些"请客"和"致语"非常值得探讨，毕竟保留这些"请客"和"致语"可以使得《水浒传》的语言更加生动，更具韵味，增强读者的阅读兴趣，也有利于提升自己的声望。雅好文艺的郭勋不可能没有意识到这点，那么为什么郭勋不惜背负骂名也要删除每回开头的词赋呢？

事实上，如果我们认真阅读这些词赋，不难发现其中另有乾坤，这里试举几例（目前大多数版本的《水浒传》没有刊登这些词赋，只有少数版本保留这些词赋）：

《水浒传》第二十一回《虔婆醉打唐牛儿　宋江怒杀阎婆惜》开头写道：

古风一首：

> 宋朝运祚将倾覆，四海英雄起寥廓。
>
> 流光垂象在山东，天罡上应三十六。
>
> 瑞气盘缠绕郓城，此乡生降宋公明。
>
> 神清貌古真奇异，一举能令天下惊。
>
> 幼年涉猎诸经史，长为吏役决刑名。
>
> 仁义礼智信皆备，曾受九天玄女经。
>
> 江湖结纳诸豪杰，扶危济困恩威行。
>
> 他年自到梁山泊，绣旗影摇云水滨。
>
> 替天行道呼保义，上应玉府天魁星。

在这首古风中，"瑞气盘缠绕郓城，此乡生降宋公明"饱含深意。

在中国古代社会，帝王降生往往伴随着各种祥瑞，像《宋史·太祖本纪》就是这样描写宋太祖赵匡胤出生时的情况："太祖，宣祖仲子也，母杜氏。后唐天成二年，生于洛阳夹马营，赤光绕室，异香经宿不散。"

所谓"瑞气盘缠绕郓城"，简而言之便是祥瑞降临郓城县，这句话再结合"此乡生降宋公明"来看，其实是暗示宋江未来将成为一代帝王。另外，《明史·太祖本纪》记载："（朱元璋）比长，姿貌雄杰，奇骨贯顶……子兴奇其状貌，留为亲兵。"而宋江偏偏也是"神清貌古真奇异"，这些相似之处说明施耐庵很有可能是想暗示《水浒传》中宋江的历史原型其实便是明太祖朱元璋，至于"宋朝运祚将倾覆，四海英雄起寥廓"，只要把宋朝改成元朝，便是施耐庵生活时代（即元末）的真实写照。

《水浒传》第二十四回《王婆贪贿说风情　郓哥不忿闹茶肆》开头写道：

诗曰：

> 酒色端能误国邦，由来美色陷忠良。

纣因妲己宗祧失，吴为西施社稷亡。

自爱青春行处乐，岂知红粉笑中枪。

武松已杀贪淫妇，莫向东风怨彼苍。


这首词赋非常令人困惑不解，此回正文的内容是描写西门庆在王婆的介绍下与潘金莲勾搭成奸。"自爱青春行处乐，岂知红粉笑中枪。武松已杀贪淫妇，莫向东风怨彼苍"便是讲述这部分内容，但是"酒色端能误国邦，由来美色陷忠良。纣因妲己宗祧失，吴为西施社稷亡"从字面上看便知道是指帝王由于沉迷酒色，放任忠良被陷害最终丢了江山，这两部分内容虽然都是强调红颜祸水，但是昏君迷恋酒色，坐视忠良遭到陷害造成的朝代更迭与市井偷情引发的血案毕竟有所不同，笔者认为，施耐庵之所以强调"酒色端能误国邦，由来美色陷忠良。纣因妲己宗祧失，吴为西施社稷亡"，很可能是向读者暗示水浒故事发生的真实时代背景其实是元顺帝沉迷酒色，放任忠良被陷害最终丢了江山的元末明初的这段特殊的历史时期。（这首词赋除了暗示水浒时代真实背景，其实还另有用意，有兴趣的读者可以翻阅本书的另一篇文章《西门庆、武大、潘金莲和武松等人物形象背后的隐喻》）

《水浒传》第四十四回《锦豹子小径逢戴宗　病关索长街遇石秀》开头写道：


诗曰：

豪杰遭逢信有因，连环钩锁共相寻。

矢言一德情坚石，歃血同心义断金。

七国争雄今继迹，五胡云扰振遗音。

汉廷将相由屠钓，莫惜梁山错用心。


这首词赋也非常值得关注。"汉廷将相"指的是萧何、曹参、樊哙和周勃等跟随汉高祖刘邦平定天下的西汉"开国元勋"，其中樊哙原本是以屠狗为生，周勃不仅以出售自己编织养蚕的器具来赚钱，而且经常为有丧事的人家做吹鼓手，他们属于典型的草根阶层。有意思的是，梁山好汉们和朱元璋集团的核心成员也大多出生于草根阶层，所谓"汉廷将相由屠钓，莫惜梁山错用心"其实是暗示梁山好汉的历史原型便是同样出身草根阶层，跟随朱元璋平定天下的明初的文臣武将。

显然这些词赋暗示《水浒传》的真实历史背景是元朝末期，由于君主酗酒好色，不理朝政，天下大乱，各路英雄纷纷揭竿而起，天命所归的宋江率领梁山好汉，收服豪杰，平定四方，建立盖世功业，梁山好汉后来的官职堪比"汉廷将相"。如果《水浒传》的读者认真揣摩这些词赋的言外之意，再结合施耐庵生活的历史时期和元末明初的众多历史人物与事件，不难识破《水浒传》里蕴藏的"秘密"，理解了这点，我们便能够明白郭勋删除这些词赋的良苦用心。对于雅好文艺，渴望后世留名的郭勋而言，如果不删除这些词赋，便将古本《水浒传》加以刊刻，流传天下，一旦被人识破书中的"秘密"，不仅将导致《水浒传》再度变成朝廷的禁书，而且很可能会给自己带来杀身之祸。在这种情况下，对于古本《水浒传》进行包括删除词赋在内的大规模修订，掩盖书中隐藏的"秘密"便成为郭勋最现实的选择。

# 西门庆、武大、潘金莲和武松等人物形象背后的隐喻

在《水浒传》中，由于偷情引发的血案不乏其例，但是给人留下最深刻印象的莫过于西门庆在王婆的穿针引线下引诱勾搭武大之妻潘金莲，然后指使后者毒杀武大，武松知道真相后，手刃潘金莲，诛杀西门庆，为大哥报仇雪恨等相关故事情节。从第二十四回到第二十六回，《水浒传》用了整整三回的篇幅细致地描写了这起由于偷情引发的血案。施耐庵为什么用如此多的笔墨描写这起由于偷情引发的血案？难道他对桃色事件有着特殊的偏好吗？

当前网络上流传这样一种看法，即这件偷情引发的血案是"以讹传讹"导致的"历史冤案"。武大原名武植，明初清河县孔宋庄人，身材高大，饱读诗书，武植其人不仅中过进士，官拜七品，且政声清廉，受民拥戴，其妻潘金莲不仅不是淫荡不羁、毒杀丈夫的淫妇，而且是一位知书达理、默默持家的名门淑媛。

武植有一位盟兄弟，家道中落，便求助于时任山东阳谷县令的武植，因武植忙于政务，无暇顾及，只是来时见了一面。这位老兄以为武植故意避而不见，一气之下返回清河。一路之上，为泄私愤，他在树上、墙上写了很多武植的坏话，还画了很多讥讽武植的图画。回到家中，只见一座新房已经竣工，一问妻子才知道，原来武植得知其遭遇后就派人送来银钱，并帮着盖好新房，这老兄懊悔不已，急忙赶回阳谷，把他一路所写所画全部涂掉，谁知"好事不出门，坏事传千里"，这些内容已被同时代的施耐庵写进了《水浒传》，由是铸成了"武大郎"的千古冤案。

　　然而笔者认为，尽管作为文学大家的施耐庵在撰写《水浒传》时不排除受到类似社会新闻或事件的启发，但是其创造出西门庆、武大、潘金莲和武松等人物形象以及相关故事情节事实上别有深意，内含乾坤。

　　值得注意的是，西门庆名字中"西"代表的是方位，可以理解为西部或者西方，西门庆原为破落财主，后来由于"使得些好拳棒"即凭借武力以及"专在县里管些公事，与人放刁把滥，说事过钱，排陷官吏"（《水浒传》第二十四回），即善于结交本地权贵，压榨百姓，因此得以发迹，这些特征与元朝统治者十分相似。

　　元朝统治者的蒙古族先辈千百年来原本一直居住在蒙古高原，对于居住在江南地区的《水浒传》作者施耐庵而言，蒙古高原大致位于其西北方向。在明代，朝野也往往用"西虏"称呼当时频繁入侵、来自西部边疆的蒙古游牧部落（将来自北部边疆的蒙古游牧部落称之为"北虏"）。另外，按照我国传统的地域划分，蒙古高原属于广义上的西部地区，像著名的西部大开发就包括属于蒙古高原的内蒙地区，因此作为元朝统治者龙兴之地的蒙古高原与"西"字同样有着不解之缘。

　　蒙古族的祖先匈奴、突厥（尽管在现代社会，蒙古是不是匈奴、突厥的后代还有争议，但是在古人眼里，这些游牧民族显然系出同源）历史上也强盛一时，但是后来逐步走向了衰落，变得贫困没落，成为"破落户财主"，然而从成吉思汗开始，蒙古统治者率领本族部众凭借武力，南征北战，势如破竹，先后消灭西夏、金和南宋，并且多次出征中亚、欧洲，建立了当时世界上幅员最辽阔的庞大帝国。在征战的过程中，元朝统治者还十分注重拉拢各地豪强地主，使之为己所用，例如元朝在攻占今天中国黄河以北地区的时候，以世袭其领地和其他政治经济特权为条件册封了众多投靠自己的汉人世侯，这些汉人世侯为元朝统一全国和巩固统治作出巨大贡献，这点同西门庆与其他官吏勾结以获得各项利益和好处十分相似，因此《水浒传》里的西门庆很可能是影射元朝统治者。

　　既然西门庆暗指元朝统治者，那么武大、武松又象征什么呢？武大和武松都姓"武"，有意思的是，我国历史上赫赫有名的大宋王朝也与"武"字有着深刻的渊源。这种渊源体现在：

一是大宋王朝的"开国之君"宋太祖赵匡胤本人武艺高强，骁勇善战。《水浒传》开头引首回称赞赵匡胤："英雄勇猛，智量宽洪。自古帝王，都不及这朝天子，一条杆棒等身齐，打四百座军州都姓赵。"

二是宋太祖赵匡胤便是依靠"陈桥兵变"，也就是通过武力夺取了后周的天下，建立宋朝。

三是宋朝建立之后，宋太祖赵匡胤和宋太宗赵光义率领军队南征北战，攻城略地，同样依靠武力，剿灭群雄，平定天下。

必须指出的是，根据《水浒传》对武大的记载，武大原来居住在河北清河县，后来由于不堪当地地痞流氓的骚扰，被迫搬迁到山东阳谷县，换而言之，由于外部的威胁，被迫沿着东南方向迁移至山东阳谷县。另外，武大除了相貌丑陋，身材矮小之外，给人印象最深刻的便是性格懦弱，面对外界的欺凌，往往选择忍辱负重，委曲求全。最后，武大被西门庆指使潘金莲下毒身亡，含恨而死。

武大的这些特点与宋王朝十分相似：宋王朝原本定都汴梁（今河南开封），后来由于被金人攻占了都城，康王赵构即后来的宋高宗在群臣的拥戴下即位，不得不沿着东南方向逃亡，定都临安（今浙江杭州）；在对外关系上，宋王朝面对外敌威胁时，往往采取忍辱负重、割地求和的方式以获得一时平安，像北宋与辽朝的澶渊之盟、北宋与西夏的庆历和议、南宋与金朝的绍兴和议都是宋王朝对外软弱的具体体现；在最终结局方面，由于宋军在崖山海战中被元军击溃，宋王朝灭亡，同样是亡于外部势力，死不瞑目。

从这三点相似之处来看，武大很可能是暗指南迁后的宋王朝。

理解了西门庆与武大背后的象征意义之后，我们就不难明白潘金莲这一人物形象所影射的对象。在《水浒传》里，潘金莲和武大是一对夫妻，古往今来，夫妻代表的是家庭，或者说，夫妻是家庭的核心，而中国古代社会则是典型的家国同构的社会。按照主流的儒家学说，家是缩小的国，国是放大的家。西门庆引诱勾搭潘金莲，设计毒杀武大，一手毁灭了这个家庭，既象征着元朝灭亡宋朝，又暗指元朝统治者在攻占中国各地时，对于普通百姓往往杀死丈夫，却将妻子作为战利品掠夺回去作为泄欲工具和生育机器的悲惨往事。

另外，在我国古代社会，君臣关系在某种程度上也是一种特殊的"夫妻关系"，如果说丈夫必须在外赚钱养活妻子的话，那么皇上有义务为手下的大臣提供俸禄收入，同样地，妻子需要在家洗衣做饭，服侍丈夫，大臣则要处理各种公务，辅佐皇上。就道德而言，妻子对丈夫要"从一而终"，不能有二心，大臣对皇上要"忠心耿耿"，也不能有二心，最能体现这点的，莫过于在古代封建王朝中那些失去皇上宠信的大臣被发配边疆之后，在其所撰写的诗词中往往会把自己比喻成失去丈夫欢心的妻妾，因此与西门庆勾搭成奸，合谋杀害丈夫武大的潘金莲也可能同时象征着两宋时期面对外部入侵，与敌人勾结，卖主求荣的那些奸臣，如南宋初期力主和议、残害忠良的秦桧；南宋末年投降元朝、劝说元世祖杀害文天祥的留梦炎。

在《水浒传》里，除了潘金莲之外，另外一个"荡妇"叫潘巧云，是梁山好汉杨雄之妻，由于与报恩寺的和尚裴如海存在奸情，事发后死于杨雄之手。施耐庵让《水浒传》里的两大荡妇都姓"潘"，说明他对"潘"这一姓氏的痛恨！那么施耐庵为什么如此痛恨"潘"这一姓氏？根据相关的史书记载，这很可能与割据江南的张士诚女婿潘元绍有关。

潘元绍兄长潘元明系盐徒出身，是随张士诚共同起义的十八义士之一，张士诚在高邮称王，封其为浙江行省平章，潘元绍也由于兄长的关系成为张士诚的女婿，深得后者倚重。《明史·张士诚传》记载："（张士诚）以士信及女夫潘元绍为腹心。"但是张士信和潘元绍却"尤好聚敛，金玉珍宝及古法书名画，无不充牣。日夜歌舞自娱"。至正二十六年（1366），朱元璋派徐达率领大军先后攻占常州、杭州等地之后，兵临苏州，潘元绍见大势已去，主动投降，还受徐达之命，劝说张士诚放弃抵抗，"驸马爷"潘元绍的倒戈是明军能够最终攻陷苏州、活捉张士诚的重要因素。

无论现有的相关史书记载，还是流传于江南的民间传说，都显示出施耐庵与元末割据苏南、浙北的张士诚集团关系密切，有着深厚的渊源，而作为张士诚"驸马爷"的潘元绍在明军兵临城下的时候，不仅主动投降，而且还劝说张士诚放弃抵抗，成为张士诚集团灭亡的重要原因。在这种情况下，施耐庵自然会对潘元绍深恶痛绝，让《水浒传》里的两大"荡妇"都姓"潘"，很可能便是施耐庵痛恨和鄙视潘元绍，试图让后者遗臭万年的结果和产物。

知道了西门庆、武大、潘金莲等人物形象背后的象征意义，施耐庵创造出武松这一人物以及安排他手刃潘金莲，诛杀西门庆的目的就呼之欲出了。武松是武大一母同胞的亲弟弟，由于父母早亡，武松由长兄武大抚养长大，也就是说，武大是扮演着"长兄如父"的角色。武大是武松的长辈、先辈，武松则是武大的后辈、晚辈，武松诛杀西门庆是为自己的长辈或者说先辈血债血偿，报仇雪恨。

在这里，必须提醒读者朋友的是，元末群雄与当时已经灭亡多年的宋王朝其实存在千丝万缕的联系。至正十一年（1351）四月，韩山童、刘福通等人在颍州颍上县揭竿而起，点燃了元末农民大起义的烽火。为赢得众人的拥护，韩山童称自己是宋徽宗的八世孙，表明他本就应该是天下之主，刘福通则称自己为南宋大将刘光世的后代，以宋作为自己的国号。而明太祖朱元璋的外公陈公便是当年宋元崖山海战中幸免于难的宋朝士兵（关于这部分内容，有兴趣的读者朋友可以阅读《明史·列传第一百八十八·外戚》有关记载），也就是说朱元璋也是宋朝忠良之后。

结合这些线索，我们或许可以做一个大胆的推理，那就是武松很可能是隐喻那些元末时期不甘心异族统治，揭竿而起，为自己的先辈报仇雪恨的汉族豪杰和百姓，武松诛杀西门庆象征着由这些汉族豪杰和百姓发动的，最终在朱元璋手中实现的"驱除胡虏，恢复中华"的改朝换代。

至于武松手刃潘金莲除了能够让施耐庵发泄对临阵倒戈张士诚的"驸马爷"潘元绍的痛恨和不满之外，还象征着作为昔日"亡国奴"后代的朱元璋消灭元朝，建立大明王朝之后，对秦桧、留梦炎等奸臣进行彻底的清算，即在政治上判处了这些奸臣的死刑。为了警醒世人，鞭笞奸臣，明太祖朱元璋甚至下过一道圣旨，凡是留氏赴考，均需声明并非留梦炎子孙，方有资格考试，如果是留梦炎后代，不但没资格参加科考，而且还要终身被列为贱民。

或许有些读者朋友会认为这些都是笔者的异想天开，但是事实上施耐庵在撰写水浒故事时也留下了证明其为什么要创造西门庆、武大、潘金莲、武松这些人物形象和西门庆勾引潘金莲，然后毒杀武大，以及武松手刃潘金莲，诛杀西门庆等故事情节的蛛丝马迹。

《水浒传》第二十四回《王婆贪贿说风情　郓哥不忿闹茶肆》开头写道：

诗曰：

酒色端能误国邦，由来美色陷忠良。

纣因妲己宗祧失，吴为西施社稷亡。

自爱青春行处乐，岂知红粉笑中枪。

武松已杀贪淫妇，莫向东风怨彼苍。

这首词赋的主要意思是美色是祸害，然后举了商纣王和吴王夫差由于沉溺女色而亡国的例子，最后部分则显然是指西门庆在王婆的介绍下与潘金莲勾搭成奸，毒杀武大，武松知道真相之后，杀死潘金莲和西门庆为大哥报仇雪恨一事。这样问题就来了，"自爱青春行处乐，岂知红粉笑中枪。武松已杀贪淫妇，莫向东风怨彼苍"是讲述这部分内容，但是"酒色端能误国邦，由来美色陷忠良。纣因妲己宗祧失，吴为西施社稷亡"从字面上看便知道是指帝王由于沉迷酒色，放任忠良被陷害最终丢了江山，虽然同样是涉及女色，但是讲述的却是王朝更迭的天下大事，与此回的正文内容有所不同。对于这种矛盾的现象，笔者认为，比较合理的解释便是施耐庵其实是想提示读者，《水浒传》里西门庆引诱勾搭潘金莲，指使后者毒杀武大以及武松为了报仇雪恨，诛杀潘金莲和西门庆等相关故事情节表面上讲述的是市井坊间由于偷情引发的血案，但是实质上却是暗指王朝更迭的天下大事，即元朝灭亡宋朝，多年以后昔日宋朝皇族、将领、忠良、百姓的后代揭竿而起，奋起反抗，灭亡元朝，恢复汉家天下。另外，"酒色端能误国邦，由来美色陷忠良。纣因妲己宗祧失，吴为西施社稷亡"这句话也是向读者暗示水浒故事发生的真实背景其实是元顺帝沉迷女色，放任忠良被陷害，最终丢了江山的元末明初的这段特殊的历史时期。

# 宋江渴望招安背后隐藏着朱元璋的一件"丑事"

接受朝廷招安不仅是《水浒传》的重要故事情节，而且还是梁山集团从鼎盛到灭亡的转折点。以宋江为首的梁山好汉渴望"天王降诏早招安"由来已久。在《水浒传》第三十二回《武行者醉打孔亮 锦毛虎义释宋江》中，宋江与武松再度相会，他们的一番对话显示出两人对未来朝廷赦免，封妻荫子的强烈愿望：

武松道："哥哥，怕不是好情分，带携兄弟投那里去住几时。只是武松做下的罪犯至重，遇赦不宥，因此发心只是投二龙山落草避难。亦且我又做了头陀，难以和哥哥同往。路上被人设疑，倘或有些决撒了，须连累了哥哥。便是哥哥与兄弟同死同生，也须累及了花荣山寨不好。只是由兄弟投二龙山去了罢。天可怜见，异日不死，受了招安，那时却来寻访哥哥未迟。"宋江道："兄弟既有此心归顺朝廷，皇天必祐。若如此行，不敢苦劝，你只相陪我住几日了去。"
……
宋江道："不须如此。自古道：送君千里，终有一别。兄弟，你只顾自己前程万里，早早的到了彼处。入伙之后，少戒酒性。如得朝廷招安，你便可撺掇鲁智深、杨志投降了，日后但是去边上，一枪一刀，博得个封妻荫子，久后青史上留一个好名，也不枉了为人一世。我自百无一能，虽有忠心，不能得进步。兄弟，你如此英雄，决定得做大官。可以记心，听愚兄之言，图个日后相见。"

宋江成为梁山新寨主之后，立即将聚义厅改为忠义堂，希望投靠朝廷的意图昭然若揭，梁山大聚义之时，更是亲自撰写以招安为主旨的《满江红》：

喜遇重阳，更佳酿今朝新熟。见碧水丹山，黄芦苦竹。头上尽教添白发，鬓边不可无黄菊。愿樽前长叙弟兄情，如金玉。

统豺虎，御边幅。号令明，军威肃。中心愿平虏，保民安国。日月常悬忠烈胆，风尘障却奸邪目。望天王降诏早招安，心方足。（《水浒传》第七十一回）

尽管宋江的招安意图遭到鲁达、李逵等人的反对，但是从其他梁山好汉保持沉默来看，梁山集团内部"主流民意"应该是支持宋江的招安主张，至少持不反对的态度。在梁山大多数好汉的支持下，宋江先是通过宿太尉，然后走京师名妓李师师的门路，终于获得了"道君皇帝"——宋徽宗的"招安圣旨"，梁山好汉从江洋大盗，摇身一变成为朝廷命官。

以宋江为首的梁山好汉为什么如此渴望招安？我国水浒研究界主要有以下几种看法。鲁迅先生曾在《中国小说的历史的变迁》（《鲁迅全集》第九卷，人民文学出版社，1981）一文中指出："其中招安之说，乃是宋末到元初的思想，因为当时社会扰乱，官兵压制平民，民之和平者忍受之，不和平者便分离而为盗，起来反抗政府，但一到外寇进来，官兵又不能抵抗的时候，人民因为仇视外族，便想较胜于官兵的盗来抵抗他，所以盗又为当时所称道了。"

杨仲义先生在《〈水浒传〉招安新议》（《信阳师范学院学报（哲学社会科学版）》1986年第3期）一文中指出，接受招安不仅符合梁山义军所有头领思想性格的发展逻辑，而且也是以"替天行道"为纲领的梁山义军发展的必然趋势。梁山众头领在招安问题上存在的矛盾斗争，与其说是招安与反招安两种势力，投降与反投降两条路线的斗争，不如说是在何时接受招安，怎样归顺朝廷这些时间、方式上的分歧。

然而除了以上原因之外，笔者个人认为，施耐庵如此强调宋江浓厚的招安思想，其实还有一个隐藏的目的。在介绍这个隐藏的目的之前，我们需要回答一个问题，即《水浒传》中的宋江的历史原型明太祖朱元璋是不是在起事之初便已经拥有统一天下、登基称帝的政治野心呢？答案显然是否定的。史书已经明确记载，朱元璋之所以投靠郭子兴的红巾军，一是在皇觉寺吃了上顿，没下顿，饥饿难耐；二是汤和来信邀请他参加郭子兴的红巾军，被人发现，要向官府告发，如果不去，恐怕有杀身之祸。用我们现在的话来说，朱元璋不是一个意志坚定的"革命派"，而是为了活命参加革命的"投机派"。

　　参加郭子兴的红巾军之后，由于身先士卒，作战勇敢，朱元璋逐步成为郭子兴手下最重要的军事将领。值得注意的是，尽管在元朝官员的眼中，红巾军是不折不扣的反贼，但是朱元璋还是尽量避免与元廷彻底决裂。

　　《明史·太祖本纪》记载：

　　（至正）十四年冬十月，元丞相脱脱大败士诚于高邮，分兵围六合。太祖曰："六合破，滁且不免。"与耿再成军瓦梁垒，救之。力战，卫老弱还滁。元兵寻大至，攻滁，太祖设伏诱败之。然度元兵势盛且再至，乃还所获马，遣父老具牛酒谢元将曰："守城备他盗耳，奈何舍巨寇戮良民？"元兵引去，城赖以完。

　　随着郭子兴的病逝，逐步掌握了淮西红巾军指挥权的朱元璋，继续攻城略地，四处讨伐，占领了以南京为中心横跨长江两岸的广大地区。在这一时期，朱元璋对于那些忠于元朝的官吏依然礼遇有加。《明史·太祖本纪》记载：

　　（至正十五年六月）遂乘胜拔太平，执万户纳哈出。总管靳义赴水死，太祖曰："义士也"，礼葬之。……冬十二月壬子，释纳哈出北归。

　　朱元璋礼葬靳义和释放纳哈出说明在起事之初其对于能否推翻元朝，统一天下并无充足的把握，因此有意为未来有可能接受元朝的招安提前布局。毕竟考虑当时的现实环境，朱元璋的周边还分布着陈友谅、明玉珍、张士诚、陈友定、方国珍等割据势力，在消灭这些割据势力之前，千方百计实现与元廷的和解是朱元璋集团维护自身利益的现实选择。

另一方面，尽管自刘福通发动起义之后，红巾军席卷黄河以北的广大地区，但是随着"一代战神"——察罕帖木儿的横空出世，元朝官吏似乎看到平定叛乱的曙光。

察罕帖木儿，字廷瑞，乃蛮氏人，祖籍北庭，颍州沈丘（今安徽临泉）人，汉姓李氏，自幼攻读儒书，曾应进士举，以才学谋略名闻乡里。

至正十一年（1351）五月，刘福通率领红巾军揭竿而起，不出数月，江淮地区诸郡皆被红巾军占领。元廷派军镇压，大多大败而归。察罕帖木儿集合"义兵"，多次击败红巾军，到了至正十九年（1359），察罕帖木儿率领麾下铁骑先后平定关中和河南。

《元史·察罕帖木儿传》记载：

> 先是，中原乱，江南海漕不复通，京师屡苦饥。至是，河南既定，檄书达江浙，海漕乃复至。察罕帖木儿既定河南，乃以兵分镇关陕、荆襄、河洛、江淮，而重兵屯太行，营垒旌旗相望数千里。乃日修车船，缮兵甲，务农积谷，训练士卒，谋大举以复山东。

对于朱元璋而言，如果察罕帖木儿占据山东，下一个打击目标必然是掌控江淮地区的自己。在这种情况下，交好察罕帖木儿，寻求元朝的招安，确保自己"割据一方"便成为朱元璋的首要目标。关于这点，史书中也有所涉及。

《明史·扩廓帖木儿传》记载：

> 初，察罕破山东，江、淮震动。太祖遣使通好。元遣户部尚书张昶、郎中马合谋浮海如江东，授太祖荣禄大夫、江西等处行中书省平章政事，赐以龙衣御酒。

这里的"遣使通好"实质上便是寻求招安！

但正当元廷招安朱元璋即将尘埃落定之时，一件突发事件改变了历史的进程。至正二十一年（1361），元军讨伐山东，察罕帖木儿亲自率领精锐铁骑，先后攻陷东昌（今山东聊城）、冠州（今山东冠县），占据山东的田丰投降，被任命为山东行省平章，谁知田丰和部将王士诚密谋行刺察罕帖木儿，察罕帖木儿重伤不治身亡。

由于察罕帖木儿死于非命，中国北方地区再度出现军阀混战的局面，形势的变化消除了朱元璋寻求招安的意愿，使其将消灭周边割据势力作为优先目标。至正二十七年（1367），在先后消灭陈友谅、张士诚等割据势力，占据人口稠密、地域辽阔的湖广、江淮、江南地区之后，朱元璋派徐达和常遇春率领大军誓师北伐，明军一路攻城略地，势如破竹，次年八月，攻占大都，元顺帝携带太子、嫔妃等人逃至上都（今内蒙古正蓝旗境内），元朝灭亡。

通过以上分析，我们便会明白为什么施耐庵在撰写《水浒传》时如此强调宋江浓厚的招安思想。古往今来，人的野心都会随着地位的上升和实力的壮大而不断膨胀。当朱元璋还是四处乞讨的游僧时，能吃饱饭都是一种奢望。当他走投无路，投靠郭子兴时，追求的无非是一个活命的机会。而当其率军纵横江淮，四处讨伐之时，依然礼遇元朝官吏，目的无非是为将来实现与朝廷的和解预留出路。朱元璋这种思想变化以及在察罕帖木儿遇刺身亡之前，渴望元朝的招安，作为其政治反对派的施耐庵自然一清二楚。在施耐庵看来，朱元璋的这种投机心态，不仅令人难以恭维，而且客观上延续了元王朝的政治生命，因此在撰写《水浒传》时，极力渲染宋江一心渴望招安的奴才嘴脸来讽刺朱元璋向元朝乞求官职，以实现其"割据一方"的政治目的。

宋江渴望招安的背后隐藏着《水浒传》作者施耐庵对朱元璋的不满和唾弃！

# 宋江招揽各路英雄隐喻哪位"开国之君"收服江湖豪杰

"众人拾柴火焰高",在梁山崛起的过程中,宋江依靠自己"天下景仰"的知名度招揽的各路英雄发挥了至关重要的作用,对于宋江如何结识各路英雄并将其收入麾下,《水浒传》有着详细的描写。

《水浒传》第三十二回《武行者醉打孔亮　锦毛虎义释宋江》写道:

宋江看了前面那座高山生得古怪,树木稠密,心中欢喜,观之不足,贪走了几程,不曾问的宿头。……树林里铜铃响,走出十四五个伏路小喽啰来,发声喊,把宋江捉翻,一条麻索缚了,夺了朴刀、包裹,吹起火把,将宋江解上山来。宋江只得叫苦。却早押到山寨里。……那个撩水的小喽啰便双手泼起水来,浇那宋江心窝里。原来但凡人心都是热血裹着,把这冷水泼散了热血,取出心肝来时,便脆了好吃。那小喽啰把水直泼到宋江脸上。宋江叹口气道:"可惜宋江死在这里!"燕顺亲耳听得"宋江"两字,便喝住小喽啰道:"且不要泼水!"燕顺问道:"他那厮说甚么'宋江'?"小喽啰答道:"这厮口里说道:'可惜宋江死在这里!'"燕顺便起身来问道:"兀那汉子,你认得宋江?"宋江道:"只我便是宋江。"燕顺走近跟前又问道:"你是那里的宋江?"宋江答道:"我是济州郓城县做押司的宋江。"燕顺道:"你莫不是山东及时雨宋公明,杀了阎婆惜,逃出江湖上的宋江么?"宋江道:"你怎得知?我正是宋三郎。"燕顺听罢,吃了一惊,便夺过小喽啰手内尖刀,把麻索都割断了,便把自身上披的枣红纻丝衲袄脱下来,裹在宋江身上,抱在中间虎皮交椅上，唤起王矮虎、郑天寿快下来，三人纳头便拜。

宋江滚下来答礼，问道："三位壮士何故不杀小人，反行重礼？此意如何？"亦拜在地。那三个好汉一齐跪下。燕顺道："小弟只要把尖刀剜了自己的眼睛！原来不识好人，一时间见不到处，少问个缘由，争些儿坏了义士。若非天幸，使令仁兄自说出大名来，我等如何得知仔细！小弟在江湖上绿林丛中走了十数年，也只久闻得贤兄仗义疏财、济困扶危的大名，只恨缘分浅薄，不能拜识尊颜。今日天使相会，真乃称心满意。"宋江答道："量宋江有何德能，教足下如此挂心错爱。"燕顺道："仁兄礼贤下士，结纳豪强，名闻寰海，谁不钦敬！梁山泊近来如此兴旺，四海皆闻，曾有人说道，尽出仁兄之赐。不知仁兄独自何来，今却到此？"宋江把这救晁盖一节，杀阎婆惜一节，却投柴进，向孔太公许多时，并今次要往清风寨寻小李广花荣这几件事，一一备细说了。三个头领大喜，随即取套衣服与宋江穿了。一面叫杀牛宰马，连夜筵席。当夜直吃到五更，叫小喽啰伏侍宋江歇了。次日辰牌起来，诉说路上许多事务，又说武松如此英雄了得，三个头领拊髀长叹道："我们无缘！若得他来这里，十分是好。却恨他投那里去了！"话休絮繁，宋江自到清风山住了五七日，每日好酒好食管待，不在话下。

《水浒传》第三十五回《石将军村店寄书　小李广梁山射雁》写道：

当时两个壮士（吕方和郭盛），各使方天画戟，斗到三十余合，不分胜败。花荣和宋江两个在马上看了喝采。

……

那两个壮士便不斗，都纵马跑来，直到宋江、花荣马前，就马上欠身声喏，都道："愿求神箭将军大名。"花荣在马上答道："我这个义兄，乃是郓城县押司山东及时雨宋公明。我便是清风镇知寨小李广花荣。"那两个壮士听罢，扎住了戟，便下马，推金山，倒玉柱，都拜道："闻名久矣。"宋江、花荣慌忙下马，扶起那两位壮士道："介胄在身，未可讲礼。且请问二位壮士高姓大名。"那个穿红的说道："小人姓吕名方，祖贯潭州人氏。平昔爱学吕布为人，因此习学这枝方天画戟，人都唤小人做小温侯吕方。因贩生药到山东，消折了本钱，不能勾还乡，权且占住这对影山，打家劫舍。近日走这个壮士来，要夺吕方的山寨。和他各分一山，他又不肯。因此每日下山厮杀。不想原来缘法注定，今日得遇及时雨尊颜，又遇得花将军，名不虚传。专听二公指教。"宋江又问这穿白的壮士高姓。那人答道："小人姓郭名盛，祖贯西川嘉陵人氏，因贩水银货卖，黄河里遭风翻了船，回乡不得。原在嘉陵学得本处兵马张提辖的方天戟，向后使得精熟，人都称小人做赛仁贵郭盛。江湖上听得说对影山有个使戟的占住了山头，打家劫舍。因此一径来比并戟法夺山。连连战了十数日，不分胜败。不期今日得遇二公，天与之幸。"宋江把上件事都告诉了，"就与二位劝和如何？"二位壮士大喜，都依允了。后队人马已都到了，一个个都引着相见了。吕方先请上山，杀牛宰马筵会。次日却是郭盛置酒设席筵宴。宋江就说他两个撞筹入伙，凑队上梁山泊去，投奔晁盖聚义。那两个欢天喜地，都依允了。

《水浒传》第四十一回《宋江智取无为军　张顺活捉黄文炳》写道：

先说第一起晁盖、宋江、花荣、戴宗、李逵五骑马，带着车仗人等，在路行了三日，前面来到一个去处，地名唤做黄山门。宋江在马上与晁盖说道："这座山生得形势怪恶，莫不有大伙在内？可着人催趱后面人马上来，一同过去。"说犹未了，已见前面山嘴上锣鸣鼓响。宋江道："我说么！且不要走动，等后面人马到来，好和他厮杀。"花荣便拈弓搭箭在手，晁盖、戴宗各执朴刀，李逵拿着双斧，拥护着宋江，一齐趱马向前。只见山坡边闪出三五百个小喽啰，当先簇拥出四筹好汉，各挺军器在手，高声喝道："你等大闹了江州，劫掠了无为军，杀害了许多官军百姓，待回梁山泊去，我四个等你多时！会事的只留下宋江，都饶了你们性命！"宋江听得，便挺身出去，跪在地下，说道："小可宋江被人陷害，冤屈无伸，今得四方豪杰，救了宋江性命。小可不知在何处触犯了四位英雄？万望高抬贵手，饶恕残生！"那四筹好汉见了宋江跪在前面，都慌忙滚鞍下马，撇了军器，飞奔前来，拜倒在地下，说道：

"俺弟兄四个，只闻山东及时雨宋公明大名，想杀也不能勾见面！俺听知哥哥在江州为事吃官司，我弟兄商议定了，正要来劫牢，只是不得个实信。前日使小喽啰直到江州来探望，回来说道：'已有多少好汉闹了江州，劫了法场，救出往揭阳镇去了。后又烧了无为军，劫掠黄通判家。'料想哥哥必从这里来，节次使人路中来探望，不期今日得见仁兄之面。小寨里略备薄酒粗食，权当接风。请众好汉同到敝寨，盘桓片时。别当拜会。"

宋江大喜，扶起四位好汉，逐一请问大名。……这四筹好汉接住宋江，小喽啰早捧过果盒，一大壶酒，两大盘肉，托过来把盏。先递晁盖、宋江，次递花荣、戴宗、李逵。与众人都相见了，一面递酒。没两个时辰，第二起头领又到了，一个个尽都相见。把盏已遍，邀请众位上山。两起十位头领，先来到黄门山寨内。那四筹好汉便叫椎牛宰马管待，却教小喽啰陆续下山接请后面那三起十八位头领上山来筵宴。未及半日，三起好汉已都来到了，尽在聚义厅上筵席相会。宋江饮酒中间，在席上开话道："今次宋江投奔了哥哥晁天王，上梁山泊去一同聚义。未知四位好汉肯弃了此处，同往梁山泊大寨相聚否？"四个好汉齐答道："若蒙二位义士不弃贫贱，情愿执鞭坠镫。"宋江、晁盖大喜，便说道："既是四位肯从大义，便请收拾起程。"众多头领俱各欢喜。在山寨住了一日，过了一夜。次日，宋江、晁盖仍旧做头一起下山，进发先去。次后依例而行，只隔着二十里远近而来。四筹好汉收拾起财帛金银等项，带领了小喽啰三五百人，便烧毁了寨栅，随作第六起登程。

值得注意的是，明太祖朱元璋在起事之初也是凭借自己的胆量和威名收服众多江湖豪杰来实现壮大自身实力的目的。

《续资治通鉴·元纪二十九》记载：

时彭大、赵君用驭下无道，所部多横暴，元璋恐祸及己，乃以七百人属他将，而独与徐达等二十四人南去略定远，中途遇疾复还。闻定远张家堡有民兵号驴牌寨者，孤军乏食，欲来降未决，元璋曰："此机不可失也！"乃强起，白子兴，选骑士费聚等从行，至宝公河，其营遣二将出，大呼曰："来何为？"聚恐，请益人，元璋曰："多人无益，滋之疑耳。"乃直前下马，渡水而往。其帅出见，元璋曰："郭元帅与足下有旧，闻足下军乏食，他敌欲来攻，特遣吾相报，能相从，即与俱往，否则移兵避之。"帅许诺，请留物示信，元璋解佩囊与之，寨中以牛脯为献，令诸军促装，且申密约。元璋还，留聚俟之，越三日，聚还报曰："事不谐矣，彼且欲他往。"元璋即率兵三百人抵营，诱执其帅。于是营兵焚旧垒悉降，得壮士三千人，又招降秦把头，得八百馀人。

《续资治通鉴·元纪三十》记载：

怀远人常遇春，刚毅多智勇，膂力绝人，年二十三，为群盗刘聚所得，遇春察其多抄掠，无远图，闻和州恩威日著，兵行有律，独率十馀人归附，请为先锋。元璋曰："尔饥，故来归耳。且有故主在，吾安得夺之！"遇春顿首泣曰："刘聚盗耳，无能为也。倘得效力贤者，虽死犹生。"元璋曰："能相从渡江乎？取太平后属我，未晚也。"

《明史·冯胜传》记载：

冯胜，定远人。初名国胜，又名宗异，最后名胜。生时黑气满室，经日不散。及长，雄勇多智略，与兄国用俱喜读书，通兵法，元末结寨自保。太祖略地至妙山，国用偕胜来归，甚见亲信。

《明史·曹良臣传》记载：

曹良臣，安丰人。颍寇起，聚乡里筑堡自固。归太祖于应天，为江淮行省参政。

《明史·赵德胜传》记载：

赵德胜，濠人。为元义兵长，善马槊，每战先登。隶王忙哥麾下，察其必败。太祖取滁阳，德胜母在军中，乃弃其妻来从。

朱元璋凭借自己的胆量和威名收服众多江湖豪杰几乎就是宋江招揽各路英雄"共襄盛举"的翻版。

宋江路过清风山之时被燕顺等人抓获，心肝险些被做成了下酒菜。在经过对影山之时，看见吕方、郭盛相互对峙，以及在黄门山遇见欧鹏、蒋敬、马麟和陶宗旺。他最后能够脱离危险，同时招揽各路英雄都是凭借自己"天下景仰"的知名度。而"刚毅多智勇，膂力绝人"的常遇春前来归附朱元璋恰恰也是因为和州（即朱元璋）"恩威日著，兵行有律"。至于冯胜、曹良臣和赵德胜等人不去投靠其他人，偏偏投靠朱元璋，显然也是由于朱元璋善于用兵，赏罚分明所形成的"天下景仰"的知名度。

有意思的是，常遇春原本是江洋大盗出身，冯胜"与兄国用俱喜读书，通兵法，元末结寨自保"，曹良臣"颍寇起，聚乡里筑堡自固"，这些朱元璋凭借自己的胆量和威名收服的江湖豪杰与宋江招揽的各路英雄具有极高的相似性。因此我们有理由相信，施耐庵撰写《水浒传》中宋江招揽各路英雄的灵感很可能来自元末明初大乱世朱元璋凭借自己的胆量和威名收服众多江湖豪杰的事迹。

# 梁山好汉为什么不近女色

　　"万恶淫为首"，在我国众多以英雄豪杰为主角的大众文学之中，快意恩仇的英雄豪杰能否获得江湖人士和社会舆论的敬重和赞赏，除了武功高强之外，还必须符合不近女色这个标准，否则便是遭人唾弃的"淫贼"，像金庸先生撰写的《笑傲江湖》中的田伯光，尽管刀法出众，轻功一流，外号"万里独行"，但是由于其好色成性，是江湖无人不知、无人不晓的"采花大盗"，为武林高手所不齿，最后惨遭宫刑，变为和尚。

　　在梁山一百零八将之中，能否称得上是"好汉"，不近女色绝对是具有"一票否决"的核心指标，比如晁盖"最爱刺枪使棒，亦自身强力壮，不娶妻室，终日只是打熬筋骨"（《水浒传》第十四回），宋江得知王英试图霸占清风寨刘知寨的夫人之时便批评道："要贪女色，不是好汉的勾当。"（《水浒传》第三十二回）为了证明"红颜祸水"，施耐庵还在《水浒传》中不惜笔墨描写林冲、武松、杨雄等多位英雄好汉由于女色而惹祸上身的悲惨例子。

　　石继航先生在《梁山好汉为何都不近女色》（《江湖夜雨品水浒》，中国人民大学出版社，2007）一文中指出，这是古时候禁欲思想的集中体现，所禁的首要的就是"淫欲"，所谓"万恶淫为首"。古人，尤其是练武之人，更对终身不娶的童子之身有一种近乎迷信的崇拜。就算是在金庸新派武侠小说中，也说张三丰一生未曾婚娶，这纯阳无极功就练得炉火纯青。乔峰不去正眼瞧一下马夫人，也算是英雄特色之一。《水浒传》中常流露出对"处男"的敬慕之情，比如书中用"相貌堂堂强壮士，未侵女色少年郎"来形容这些处男。旧体书包括《水浒传》中常引用这样一首据说是吕洞宾写的诗句："二八佳人体似酥，腰间仗剑斩愚夫。虽然不见人头落，暗里教君骨髓枯。"就是这个意思。古人，尤其是练武修道之人，以不近女色为第一要旨，所以在书中常形容一些反面人物，如蒋门神等，一说就是："近因酒色所迷，淘虚了身子。"又如武松在蜈蚣岭杀王道人，当时武松并不知道王道人所搂的妇人是抢来的，只是因为王道人是出家人却搂着个妇人，单凭这一点就认定王道人是个奸徒，就动了杀心。

尽管这些观点有助于我们了解梁山好汉为什么不近女色，但是笔者个人认为，施耐庵如此强调梁山好汉不近女色与宋江的历史原型明太祖朱元璋起事之后严禁部下沉迷女色有着密切的关系。

朱元璋投靠郭子兴之后，不但英勇善战，足智多谋，而且早年颠沛流离、朝不保夕的经历所形成的丰富的社会阅历，使其禁止本集团的军事将领和士兵抢掠民间妇女，同时以身作则，防止部下沉迷于女色。

《明史·太祖本纪》记载：

太祖工竣，诸将皆后。于是始出檄，南面坐曰："奉命总诸公兵，今甓城皆后期，如军法何？"诸将皆惶恐谢。乃搜军中所掠妇女纵还家，民大悦。

明初刘辰的《国初事迹》记载：

太祖亲征婺洲，有俘男子进女子一人，约二十岁，能作诗。太祖曰："我取天下，岂以女色为心，诛之于市，以绝进献。"

朱元璋之所以禁止本集团的军事将领和士兵抢掠民间妇女，同时以身作则，防止部下沉迷于女色的根本原因还在于其试图将自己所统率的军队打造成深受百姓拥戴的"仁义之师"，在政治上占据道德制高点。谋士陶安在与朱元璋交谈之时，便指出："今海内鼎沸，豪杰并争，然其意在了女玉帛，非有拨乱、救民、安天下心。明公渡江，神武不杀，人心悦服，应天顺人，以行吊伐，天下不难平也。"（《明史·陶安传》）如果不禁止本集团的将领和士兵抢掠民间妇女，必然导致民怨沸腾，驱使地方士绅和百姓投向其他政治势力。

另外，无论是古代社会，还是现代社会，如果将领和士兵沉迷于女色，往往会导致军队在战场上不战自溃，在这方面，元军便是一个典型的例子。元朝的统治者能够建立一个横跨欧亚大陆的超级大帝国，关键还是在于麾下有一支动若疾风、快如闪电，骁勇善战，令人生畏的骑兵部队，但是随着承平日久，元军将领和士兵日渐沉迷于酒色之中，战斗力直线下降。

《续资治通鉴·元纪二十八》记载：

（至正十一年）壬申，命同枢密院事图克齐领阿苏军六千并各支汉军讨之，授以分枢密院印。图克齐者，回回部人也，素号精悍，善骑射，至是与河南行省徐左丞俱进军。二将皆耽酒色，军士但以剽掠为事，剿捕之方，漫不加省。图克齐望见红军阵大，扬鞭曰："阿布，阿布。"阿布者，译言走也，于是所部皆走，淮人传以为笑。其后图克齐死于上蔡，徐左丞为朝廷所诛，阿苏军不习水土，病死者过半。

这样的军队自然难以对红巾军进行有效镇压，使得后者起事之后，攻城略地，势如破竹，成燎原之势。

《明史·韩林儿传》记载：

（至正十一年五月）福通据朱皋，破罗山、上蔡、真阳、确山，犯叶、舞阳，陷汝宁、光、息，众至十余万，元兵不能御。时徐寿辉等起蕲、黄，布王三、孟海马等起湘、汉，芝麻李起丰、沛，而郭子兴亦据濠应之。

作为元朝的掘墓人、明军的创始人和元末明初大乱世的亲历者，朱元璋为了保持军队战斗力，以身作则，严禁部下沉迷于女色自然不足为奇。

知道了这些，我们便会明白，《水浒传》中梁山好汉之所以不近女色，从表面看是要衬托他们的英雄气概，但根本原因还在于他们的历史原型是在元末明初大乱世崛起的明军将领，即职业军官群体，由于他们的老大即宋江的历史原型朱元璋为了保持军队强大的战斗力，严禁部下沉迷于女色，在朱元璋的严刑峻法之下，他们岂敢以身试法，拿自己的生命开玩笑？长此以往，自然会变成不近女色的英雄好汉。

# 《水浒传》为什么对梁山好汉"喝酒吃肉"描写得如此详细

"民以食为天",中国饮食文化源远流长,独具特色,不仅体现在百花齐放的饮食流派上,而且记载于喜闻乐见的大众文学作品中。在众多古典小说里,《水浒传》对梁山好汉"大碗喝酒,大块吃肉"的详细描写给人留下了深刻的印象。

《水浒传》第四回《赵员外重修文殊院 鲁智深大闹五台山》写道:

鲁智深观见那汉子担担桶上来,坐在亭子上,看这汉子也来亭子上歇下担桶。智深道:"兀那汉子,你那桶里甚么东西?"那汉子道:"好酒。"智深道:"多少钱一桶?"那汉子道:"和尚,你真个也是作耍?"智深道:"洒家和你耍甚!"那汉子道:"我这酒挑上去,只卖与寺内火工道人、直厅轿夫、老郎们做生活的吃。本寺长老已有法旨,但卖与和尚们吃了,我们都被长老责罚,追了本钱,赶出屋去。我们见关着本寺的本钱,见住着本寺的屋宇,如何敢卖与你吃?"智深道:"真个不卖?"那汉子道:"杀了我也不卖。"智深道:"洒家也不杀你,只要问你买酒吃。"那汉子见不是头,挑了担桶便走。智深赶下亭子来,双手拿住扁担,只一脚,交当踢着。那汉子双手掩着做一堆,蹲在地下,半日起不得。智深把那两桶酒,都提在亭子上,地下拾起旋子,开了桶盖,只顾舀冷酒吃。无移时,两桶酒吃了一桶。智深道:"汉子,明日来寺里讨钱。"那汉子方才疼止,又怕寺里长老得知,坏了衣饭,忍气吞声,那里敢讨钱。把酒分做两半桶挑子,拿了旋子,飞也似下山去了。

......

鲁智深揭起帘子，走入村店里来，倚着小窗坐下，便叫道："主人家，过往僧人买碗酒吃！"庄家看了一看道："和尚，你那里来？"智深道："俺是行脚僧人，游方到此经过，要买碗酒吃。"庄家道："和尚若是五台山寺里的师父，我却不敢卖与你吃。"智深道："洒家不是。你快将酒卖来。"庄家看见鲁智深这般模样，声音各别，便道："你要打多少酒？"智深道："休问多少，大碗只顾筛来。"约莫也吃了十来碗酒，智深问道："有甚肉，把一盘来吃。"庄家道："早来有些牛肉，都卖没了，只有些菜蔬在此。"智深猛闻得一阵肉香，走出空地上看时，只见墙边沙锅里煮着一只狗在那里。智深便道："你家见有狗肉，如何不卖与俺吃？"庄家道："我怕你是出家人不吃狗肉，因此不来问你。"

智深道："洒家的银子有在这里。"就将银子递与庄家道："你且卖半只与俺吃。"那庄家连忙取半只熟狗肉，捣些蒜泥，将来放在智深面前。智深大喜，用手扯那狗肉，蘸着蒜泥吃，一连又吃了十来碗酒。吃得口滑，只顾要吃，那里肯住。庄家倒都呆了，叫道："和尚只恁地罢！"智深睁起眼道："洒家又不白吃你的，管俺怎地！"庄家道："再要多少？"智深道："再打一桶来。"庄家只得又舀一桶来。智深无移时又吃了这桶酒，剩下一脚狗腿，把来揣在怀里。临出门又道："多的银子，明日又来吃。"吓得庄家目睁口呆，罔知所措，看见他早望五台山上去了。

《水浒传》第十五回《吴学究说三阮撞筹　公孙胜应七星聚义》写道：

当下三只船撑到水亭下荷花荡中，三只船都缆了。扶吴学究上了岸，入酒店里来，都到水阁内拣一副红油桌凳。阮小二便道："先生，休怪我三个弟兄粗俗，请教授上坐。"吴用道："却使不得。"阮小七道："哥哥只顾坐主位，请教授坐客席，我兄弟两个便先坐了。"吴用道："七郎只是性快。"四个人坐定了，叫酒保打一桶酒来。店小二把四只大盏子摆开，铺下四双箸，放下四般菜蔬，打一桶酒放在桌子上。阮小七道："有甚么下口？"小二哥道：

"新宰得一头黄牛，花糕也相似好肥肉。"阮小二道："大块切十斤来。"阮小五道："教授休笑话，没甚孝顺。"吴用道："倒来相扰，多激恼你们。"阮小二道："休恁地说。"催促小二哥只顾筛酒，早把牛肉切做两盘，将来放在桌上。阮家三兄弟让吴用吃了几块，便吃不得了。那三个狼餐虎食，吃了一回。

……

吴用取出一两银子，付与阮小七，就问主人家沽了一瓮酒，借个大瓮盛了，买了二十斤生熟牛肉，一对大鸡。

《水浒传》第三十二回《武行者醉打孔亮　锦毛虎义释宋江》写道：

只见店主人又去厨下把盘子托出一对熟鸡、一大盘精肉来，放在那汉面前，便摆下菜蔬，用杓子舀酒去荡。武行者看了自己面前，只是一碟儿熟菜，不由的不气。正是眼饱肚中饥。武行者酒又发作，恨不得一拳打碎了那桌子，大叫道："主人家！你来！你这厮好欺负客人！岂我不还你钱！"店主人连忙来问道："师父休要焦躁，要酒便好说。"武行者睁着双眼喝道："你这厮好不晓道理！这青花瓮酒和鸡肉之类如何不卖与我？我也一般还你银子！"店主人道："青花瓮酒和鸡肉都是那大郎家里自将来的，只借我店里坐地吃酒。"武行者心中要吃，那里听他分说，一片声喝道："放屁，放屁！"店主人道："也不曾见你这个出家人恁地蛮法！"武行者喝道："怎地是老爷蛮法？我白吃你的？"那店主人道："我倒不曾见出家人自称'老爷'！"武行者听了，跳起身来，叉开五指，望店主人脸上只一掌，把那店主人打个跟跄，直撞过那边去。

……

武行者道："好呀！你们都去了，老爷却吃酒肉！"把个碗去白盆内舀那酒来只顾吃。桌子上那对鸡、一盘子肉，都未曾吃动。武行者且不用箸，双手扯来任意吃。没半个时辰，把这酒肉和鸡都吃个八分。武行者醉饱了，把直裰袖结在背上，便出店门，沿溪而走。

施耐庵如此详细地描写梁山好汉"大碗喝酒，大块吃肉"从表面上看是要展现梁山好汉的豪爽大气，但事实上另有目的，即暗示梁山好汉的历史原型早年的经济状况。

在元末争霸天下的三大汉人集团之中，论家庭出身和经济水平之低，莫过于朱元璋集团。陈友谅虽然是渔家子弟出身，但是担任过县衙小吏，张士诚以运盐为生，颇轻财好施，这说明他们至少温饱不愁。与前者相比，朱元璋集团的核心成员都是挣扎在饥饿线边缘的贫民阶层出身，朱元璋家境贫寒，父母早亡，为了能吃上一口饭，入皇觉寺为僧，后来又长期在外乞讨。徐达、常遇春、郭英等人的家庭出身与朱元璋也十分类似。

无论在古代，还是现代，越是贫困群体，越是追求饱腹之欲，对于美酒琼浆、大鱼大肉自然充满了渴望；越是富裕群体，越是追求精致美食，只会对稀世佳酿、山珍海味感兴趣。对于早年的朱元璋等人而言，人生最幸福的绝不是什么荣华富贵，因为这太遥远，太不切实际，他们内心真正的渴望是"大碗喝酒，大块吃肉"。

作为元末众多历史事件的亲历者和大明王朝的政治反对派，施耐庵对朱元璋集团的核心成员早年的经济状况自然了如指掌，因此在撰写《水浒传》时，非常详细地描写梁山好汉如何"大碗喝酒，大块吃肉"，这样描写的目的，一方面是鄙视梁山好汉的历史原型——朱元璋集团的核心成员出身贫寒，只会追求口腹之欲，难登大雅之堂，借机发泄不满；另一方面是暗示梁山好汉的历史原型的经济状况，为后世读者按图索骥，寻找《水浒传》背后隐藏的历史真相留下宝贵线索。

# 为什么是"望天王降诏早招安"而不是"望今上降诏早招安"

　　《水浒传》虽然是一部面向社会各阶层的古典通俗小说，但是许多描写却"话中有话"，隐藏着丰富的历史信息。梁山大聚义之后，宋江让乐和单唱由其撰写的以招安为主旨的《满江红》便以一处容易被忽视的纰漏来暗示水浒故事所处的真实历史时代。

　　《水浒传》第七十一回《忠义堂石碣受天文　梁山泊英雄排座次》写道：

　　再说宋江自盟誓之后，一向不曾下山，不觉炎威已过，又早秋凉，重阳节近。宋江便叫宋清安排大筵席，会众兄弟同赏菊花，唤做菊花之会。但有下山的兄弟们，不论远近，都要招回寨来赴筵。至日，肉山酒海，先行给散马、步、水三军，一应小头目人等，各令自去打团儿吃酒。且说忠义堂上遍插菊花，各依次坐，分头把盏。堂前两边筛锣击鼓，大吹大擂，语笑喧哗，觥筹交错，众头领开怀痛饮；马麟品箫，乐和唱曲，燕青弹筝，各取其乐。不觉日暮，宋江大醉，叫取纸笔来，一时乘着酒兴，作《满江红》一词。写毕，令乐和单唱这首词，道是：

　　喜遇重阳，更佳酿今朝新熟。见碧水丹山，黄芦苦竹。头上尽教添白发，鬓边不可无黄菊。愿樽前长叙弟兄情，如金玉。统豺虎，御边幅。号令明，军威肃。中心愿平虏，保民安国。日月常悬忠烈胆，风尘障却奸邪目。望天王降诏早招安，心方足。

这首《满江红》中的"望天王降诏早招安",按照字面意思来说,便是宋江希望当今皇上宋徽宗早日降下圣旨,招安梁山好汉,但是以"天王"称呼宋徽宗显然不太合适,因为在《水浒传》中,"天王"是另一位大名鼎鼎的梁山首领的专用称呼,那就是"托塔天王"晁盖。对于晁盖为什么会获得"托塔天王"的称号,《水浒传》第十四回《赤发鬼醉卧灵官殿 晁天王认义东溪村》有着详细的描写:

原来那东溪村保正姓晁名盖,祖是本县本乡富户,平生仗义疏财,专爱结识天下好汉,但有人来投奔他的,不论好歹,便留在庄上住;若要去时,又将银两赍助他起身。最爱刺枪使棒,亦自身强力壮,不娶妻室,终日只是打熬筋骨。郓城县管下东门外有两个村坊,一个东溪村,一个西溪村,只隔着一条大溪。当初这西溪村常常有鬼,白日迷人下水在溪里,无可奈何。忽一日,有个僧人经过,村中人备细说知此事,僧人指个去处,教用青石凿个宝塔,放于所在,镇住溪边。其时西溪村的鬼,都赶过东溪村来。那时晁盖得知了,大怒,从这里走将过去,把青石宝塔独自夺了过来东溪村放下,因此人皆称他做托塔天王。晁盖独霸在那村坊,江湖都闻他名字。

在我国古代社会某些时期,"天王"确实可以作为皇帝或天子的称呼,像春秋时"天王"特指周天子。清代顾炎武的《日知录·卷四》记载:"《尚书》之文,但称'王',《春秋》则曰'天王',以当时楚吴徐越皆僭称王,故加'天'以别之也。"秦汉之后,尽管在文人雅士的文章词赋中有时用"天王"指代帝王,如杜甫《忆昔》其二:"犬戎直来坐御床,百官跣足随天王。"但是通常而言,往往用"皇上"或"今上"称呼,尤其是在面向草根大众的古典小说里,在《水浒传》中以宋江为首的梁山好汉对宋徽宗的称呼通常是"今上",像第七十二回,宋江等人想走京师名妓李师师的门路寻求宋徽宗的招安圣旨,在与茶博士对话之时,便称其为"今上"。那么施耐庵为什么要用"天王"称呼宋徽宗呢?要想回答这个问题,我们必须从中国古代一段特殊历史时期讲起。

西晋末年，君主昏庸，政治腐败，统治阶层内部爆发了以夺权为目的的"八王之乱"，导致干戈不止，天下大乱，原本臣服居住于边疆的匈奴、鲜卑、羯、氐、羌等北方游牧民族乘机揭竿而起，攻城略地，在中国黄河以北广大地区和西南地区则先后建立了二十多个国家，其中的成汉、前赵、后赵、前凉、北凉、西凉、后凉、南凉、前燕、后燕、南燕、北燕、夏、前秦、西秦、后秦十六个国家实力最为强大，后世史学家称这段历史为"五胡十六国"时期。

五胡十六国时期，这些政权的统治者往往喜欢以"天王"作为自己的称呼，这里试举几例：

后赵：公元319年，石勒在群臣的拥戴下，自称赵王。公元330年，在消灭前赵之后，由于石虎和其他文武百官的劝进，石勒自称"赵天王"，行皇帝事，同年九月，正式登基称帝。石勒驾崩之后，石虎罢黜太子石弘，群臣劝其登基，石虎自称"居摄天王"和"大赵天王"。公元349年，石虎去"天王"之号，改称皇帝。

前秦：公元357年，苻坚即位，自称"大秦天王"，年号永兴。

后凉：吕光原仕于前秦，淝水之战后，率军至姑臧（今甘肃武威），据守该地。公元396年，吕光自称"大凉天王"，改元龙飞。

五胡十六国君主热衷于自称"天王"而不是"皇帝"跟佛教的普及有着密切的关系。根据史书记载，佛教是在西汉末年东汉初年，从印度经西域传入中国。到了西晋"八王之乱"时期，频繁的战争和天灾导致生灵涂炭，民不聊生。生命的无常和战争的残酷驱使社会各阶层纷纷信奉佛教，乞求安定和美好的生活，早日脱离苦海。

佛教的兴盛使得出身北方游牧民族的"五胡十六国"君主非常注重获得前者的政治支持，在这方面，后赵的创建者石勒与石虎礼遇高僧佛图澄便是典型的例子。

《晋书·佛图澄传》记载：

佛图澄，天竺人也。本姓帛氏。少学道，妙通玄术。永嘉四年，来适洛阳，自云百有余岁，常服气自养，能积日不食。善诵神咒，能役使鬼神。……勒僭称赵天王，行皇帝事，敬澄弥笃。……及季龙僭位，迁都于邺，倾心事澄，有重于勒。下书衣澄以绫锦，乘以雕辇，朝会之日，引之升殿，常侍以下悉助举舆，太子诸公扶翼而上，主者唱大和尚，众坐皆起，以彰其尊。又使司空李农旦夕亲问，其太子诸公五日一朝，尊敬莫与为比。

在佛教的教义之中，"天王"往往指佛教护法天神，像我们所熟知的"四大天王"，又称"护世四天王"，是佛教三十三天中的四尊天神，位于第一重天，通常分列在净土佛寺的第一重殿的两侧，天王殿因此得名。五胡十六国君主以"天王"自居，显然有借助"君权神授"的形式来巩固权力根基的用意。

另一方面，五胡十六国君主用"天王"作为皇帝的称呼还体现了北方游牧民族的价值观。张俊飞先生在《十六国时期帝王的称号——天王之使用》（《兰台世界》2012年7月下）一文中指出，塞外民族自古有独立的文化和政治意识，有和中国天命思想相似的君权神授的观念。北方民族自认为是天之骄子，在意识上并不屈从于汉人。在广阔草原上自由奔驰的游牧民族，甚至瞧不起被束缚于土地之上的农耕民族，因为他们普遍都有"强者游牧，弱者耕"的自大意识。然而北方民族这种自大自信的意识，在与汉人战争失利而逐渐被征服被奴役时，便遭受到了很大的挫折。长久以来受到压制役使的胡人，要起来独立建国，甚至一统天下，有必要再寻求一种政权合理化的理论，一方面可反驳歧视胡人的观念，另一方面也可加强自己的自信心，而与佛教有关的"天王"称号成为胡族统治者昭示天下、笼络人心的尊号的最佳选择。

在我国古代社会，自秦始皇以后，君主的普遍称呼是皇帝或天子，以"天王"自居的君主主要集中在"五胡十六国"时期，这些君主往往具有两大特征：一是出身北方游牧民族，即非汉族；二是信仰佛教。作为推崇道教的汉族君主，宋徽宗明显不具备这两个特征。必须指出的是，与施耐庵生活在同一时期的元朝最后一个皇帝——元顺帝不仅出身北方游牧民族蒙古族，而且信奉佛教。

《元史·哈麻传》记载：

初，哈麻尝阴进西天僧以运气术媚帝，帝习为之，号演揲儿法。演揲儿，华言大喜乐也。哈麻之妹婿集贤学士秃鲁帖木儿，故有宠于帝，与老的沙、八郎、答剌马吉的、波迪哇儿祃等十人，俱号倚纳。秃鲁帖木儿性奸狡，帝爱之，言听计从，亦荐西蕃僧伽璘真于帝。

《续资治通鉴·元纪二十八》记载：

初，世祖至正七年，以帝师帕克斯巴之言，于大明殿御座上置白伞盖一顶，用素缎泥金书梵字于其上，谓镇伏邪魔，护安国利。自后每岁二月十五日，于大殿启建白伞盖佛事，与众祓除不祥。中书移文诸司，拨人异监坛汉关羽神轿及供应三百六十坛幢幡、宝盖等，以至大乐鼓吹，番部细乐，男女杂扮队戏；凡执役者万馀人，皆官给铠甲、袍服、器仗，俱以鲜丽整齐为尚，珠玉锦绣，装束奇巧，首尾排列三十馀里，都城士女聚观。先二日，于西镇国寺迎太子游四门，异高塑像，具仪仗入城。十四日，帝师率梵僧五百人，于大明殿内建佛事，至十五日，请伞盖于御座，奉置宝舆，诸仪卫导引出宫，至庆寿寺，具素食；食罢，起行，从西宫门外垣、海子南岸，入厚载红门，过延春门而西。帝及后妃、公主，于玉德殿门外搭金脊吾殿彩楼以观览焉。事毕，送伞盖，复置御座上。帝师、僧众作佛事，至十六日罢散，谓之游皇城，岁以为常。至是命下，中书省臣以其非礼，谏止之，不听。

通过以上分析，我们便会明白，"望天王降诏早招安"中的"天王"表面上指宋徽宗，实际上却很可能是影射元顺帝，施耐庵故意留下这个纰漏，很可能是想提醒后世读者元末明初大乱世才是水浒故事发生的真实历史背景。

# 卢俊义归顺梁山的特殊意义

在梁山一百零八条好汉之中，原本最不应该落草为寇的莫过于"玉麒麟"卢俊义，作为河北大名府威名远扬的大富豪，卢俊义不仅武艺高强，而且仗义疏财，用我们今天的话来说，他属于典型的成功人士兼霸道总裁。《水浒传》第六十一回借用《满庭芳》对于卢俊义的外貌和性格有着生动的描写：

> 目炯双瞳，眉分八字，身躯九尺如银。威风凛凛，仪表似天神。义胆忠肝贯日，吐虹蜺志气凌云。驰声誉，北京城内，元是富豪门。杀场临敌处，冲开万马，扫退千军。殚赤心报国，建立功勋。慷慨名扬宇宙，论英雄播满乾坤。卢员外双名俊义，河北玉麒麟。

但随着晁盖在曾头市中箭身亡，卢俊义的好日子却到头了，在梁山为晁盖居丧期间，受邀前来做道场的北京大名府在城龙华寺僧人大圆对卢俊义极力推崇，使得宋江和吴用起了招揽之心：

> 因吃斋之次，闲话间，宋江问起北京风土人物，那大圆和尚说道："头领如何不闻河北玉麒麟之名？"宋江、吴用听了，猛然省起，说道："你看我们未老，却怎地忘事！北京城里是有个卢大员外，双名俊义，绰号玉麒麟，是河北三绝。祖居北京人氏，一身好武艺，棍棒天下无对。梁山泊寨中若得此人时，何怕官军缉捕，岂愁兵马来临！"吴用笑道："哥哥何故自丧志气？若要

此人上山，有何难哉！"宋江答道："他是北京大名府第一等长者，如何能勾得他来落草？"吴学究道："吴用也在心多时了，不想一向一忘却小生略施一计，便教本人上山。"宋江便道："人称足下为智多星，端的是不枉了，名不虚传。敢问军师用甚计策，赚得本人上山？"（《水浒传》第六十回）

为了让卢俊义"共襄盛举"，吴用与李逵假装算命先生与哑道童混入卢府为其算命，告知其即将有血光之灾，必须去避祸，同时设计让卢俊义在自己府中写下一首藏头反诗："芦花丛里一扁舟，俊杰俄从此地游。义士若能知此理，反躬逃难可无忧。"信以为真的卢俊义带着李固等人赶去泰安州经商，在前往梁山的途中遭遇埋伏，先后与李逵、鲁智深、武松、刘唐、穆弘等人大战。卢俊义寡不敌众，在乘船逃走时，被"浪里白跳"张顺活捉上梁山。卢俊义不愿意在梁山落草为寇，宋江、吴用与梁山众好汉表面上假意挽留，事实上却是在不断拖延时日，软禁了卢俊义两个多月，让别人认为他已经落草为寇。宋江与吴用放卢俊义管家李固先回大名府，让其去大名府告发卢俊义落草为寇的事情。由于卢俊义对落草为寇一事坚决不从，且不断要求下山，宋江与吴用才放其下山。

卢俊义返回大名府，由于李固向官府诬陷其"勾结叛匪，准备里应外合攻打大名府"，因此被打入死牢。梁山派柴进去打通关节，使得卢俊义免除死罪而改判刺配，然而李固买通差役董超、薛霸，让他们在刺配路上杀死卢俊义，幸亏燕青放冷箭将董超、薛霸二人射死，将卢俊义救下，但是卢俊义不幸又被后来赶上的官军抓走，因为杀死公差而被重新定了死罪，宋江闻讯率军三次攻打大名府，救下卢俊义。

归附梁山之后，卢俊义多次率军出征，屡立战功。在攻打曾头市时，活捉史文恭，为晁盖报仇雪恨；在反击童贯围剿梁山之战时，卢俊义活捉童贯手下大将酆美。梁山实力的壮大和宋江走李师师的门路使得宋廷最终招安梁山，卢俊义从江洋大盗摇身一变成为朝廷高官。不久，卢俊义跟随宋江讨伐辽国，平定方腊之乱。朝廷封其为庐州安抚使兼兵马副总管，后因与高俅有矛盾，被高俅设计在皇帝的御酒里放入水银，卢俊义喝后不能骑马，在泗州淮河乘船时失足落水而死。

施耐庵笔下的卢俊义非常耐人寻味。在《大宋宣和遗事》里，没有卢俊义，在运送花石纲的十二个制使中，有一个叫李进义，他的绰号便是"玉麒麟"，这个李进义很可能演变成为后来的卢俊义。在龚开的《宋江三十六赞》里，给予卢俊义的赞词是："白玉麒麟，见之可爱。风尘太行，皮毛终坏。"这个卢俊义身上有着金宋战争时期在太行山坚持抗金的"忠义人"的身影。《水浒传》中的卢俊义与上述形象截然不同，应该是施耐庵个人创作的产物。那么施耐庵为什么要创造卢俊义这个人物形象，要想回答这个问题，还必须从元朝初年崛起于河北，手握重兵、雄踞一方、富甲天下的汉人世侯说起。

元太祖六年（1211），成吉思汗统一蒙古之后，亲率善于野战厮杀和远程奔袭的蒙古骑兵，一路驰骋，南下攻金，金朝集中四十五万主力在野狐岭与十万蒙古军队展开大决战，金军溃败，精锐尽失。在此之后，金军屡战屡败，如惊弓之鸟，蒙军攻占了金朝都城中都（今北京）周围山西、河北、山东地区，掠夺人口、钱粮和牲畜。元太祖九年（1214），金朝将都城从中都迁移到汴京（今河南开封），以避蒙军兵锋。

金朝迁都使得北方地区出现了统治真空，大批金朝地方官吏和将领或向蒙古投降或割据自立，成吉思汗见对金作战胜利在望，决定带领蒙军主力西征，封大将木华黎为太师、国王，都行省承制行事，负责太行以南地区。木华黎经略燕赵、山东，只有蒙古骑兵一万多人，加上投降的契丹、女真和汉族地方武装七万多人，总兵力不足十万，只能驻扎在战略要地和参与大型战役，于是他便采取"招揽英豪，许以重利"的策略，归降的汉族地主和金朝官吏不仅可以获得高官厚禄，还可以世袭官职和领地。在这种情况下，众多拥兵自重的汉族地主归附蒙古，成为世袭的汉人世侯，在这些汉人世侯中最具知名度的便是史天泽和张柔。

史天泽，燕京永清（今河北永清）人，河北豪强史秉直次子，"身长八尺，音如洪钟，善骑射，勇力绝人"（《元史·史天泽传》）。元太祖八年（1213），随父史秉直归降木华黎。元太祖二十年（1225），接替其兄史天倪都元帅职，率军击败金将武仙，占领真定。

元太宗元年（1229），窝阔台即位，决定全力伐金，选拔史天泽、刘黑马、萧札喇为三大帅，统领汉兵。史天泽任真定、河间、大名、东平、济南五路万户，多次率兵随同蒙军讨伐金朝。元太宗六年（1234）正月，蔡州城破，金哀宗自杀，金朝灭亡。

蒙古灭金以后，又将进攻目标指向南宋。史天泽随军出征，披坚执锐，身先士卒，先后占领枣阳（今湖北枣阳），连下滁州（今安徽滁州）、盱眙（今属江苏盱眙）等淮东州县。

中统元年（1260），忽必烈在开平（今内蒙古正蓝旗东）即帝位，史天泽被委任为河南宣抚使，不久兼江淮诸翼军马经略使。次年五月，史天泽官拜中书右丞相，定省规十条，实行其治国方略。

中统三年（1262）二月，据守山东的李璮暗中联络南宋，发动武装叛乱，忽必烈急召诸路蒙汉军平叛。四月，元廷命史天泽出征，史天泽急筑长围，树林栅，以防李璮突围。李璮被围四月，城中粮尽，李璮投大明湖自杀未遂，被斩杀。

至元十一年（1274），伯颜和史天泽总领大军二十万乘胜进攻南宋，大军自襄阳水陆并进，至郢州，史天泽因病北还。

至元十二年（1275），史天泽在真定病逝，享年七十四岁，忽必烈听闻讣讯后震惊哀悼，派近臣赐史家白金二千五百两，并追赠史天泽为太尉，谥号"忠武"，后累赠太师，晋封镇阳王，元廷还为其立庙纪念。

史书对于史天泽有极高的评价：

天泽平居，未尝自矜其能，及临大节、论大事，毅然以天下之重自任。年四十，始折节读书，尤熟于《资治通鉴》，立论多出人意表。拜相之日，门庭悄然。或劝以权自张，天泽举唐韦澳告周墀之语曰："愿相公无权。爵禄刑赏，天子之柄，何以权为！"因以谢之，言者惭服。当金末，名士流寓失所，悉为治其生理而宾礼之，后多致显达。破归德，释李大节不杀，而送至真定，署为参谋。卫为食邑，命王昌龄治之，旧人多不平，而莫能间，其知人之明、用人之专如此。是以出入将相五十年，上不疑而下无怨，人以比于郭子仪、曹

彬云。（《元史·史天泽传》）

另一位赫赫有名的汉人世侯，便是张柔。

张柔，涿州定兴（今河北定兴）人，世代务农，"少慷慨，尚气节，善骑射，以豪侠称。金贞祐间，河北盗起，柔聚族党保西山东流寨，选壮士，结队伍以自卫，盗不敢犯"（《元史·张柔传》）。

元太祖九年（1214），金都南迁，从中都迁到汴京，张柔以地方豪强的身份，聚集乡邻亲族数千余家结寨自保，金朝任命他为定兴令，后来又升迁至中都留守兼知大兴事。

元太祖十三年（1218），蒙古大军进入紫荆关，张柔率军投降，作为蒙古的部将，攻下易州（今河北易县）、安州（今河北安新西南）、保州（今河北保定）、雄州（今河北雄县）。

元太祖十四年（1219）春天，张柔攻拔祁州（今河北安国）、曲阳（今河北曲阳）和定州（今河北定县）。八月，张柔再次大举进攻，控制了深冀以北、真定以东三十余城以及许多山寨。

元太宗四年（1232），张柔参加伐金，升任汉军万户。围攻汴京，金兵屡出接战，他横戈单骑陷阵，所向披靡。次年，金哀宗奔归德（今河南商丘），张柔入城，于金帛一无所取，唯独进入史馆，取走《金实录》和秘府图书，并访求耆德及燕赵故族十余人卫送北归。金哀宗又奔蔡州（今河南汝南），攻破蔡州城时，张柔的军队率先攻入。金亡后，张柔入朝，窝阔台大汗表彰了他的战功，授以金虎符。

元太宗七年（1235）春，蒙古大举伐宋，兵分中、东、西三路南下，张柔奉命节制河南诸翼兵马征行事，河南三十余城均属他管辖。在此后近二十年间，他为蒙古守卫河南南部与安徽西北部的防线，并不时出击威胁宋军。

元宪宗九年（1259），蒙古大举伐宋，张柔列于中军，从忽必烈渡江，进攻鄂州（今湖北武昌）。

中统元年（1260），忽必烈即汗位，张柔奉诏班师。

至元四年（1267），张柔晋封蔡国公。

至元五年（1268），张柔去世。赠太师，谥号"武康"，后加封汝南王，谥号"忠武"。

值得注意的是，这些汉人世侯与卢俊义在许多方面有着惊人的相似性：

### 1. 都是河北的地方豪强出身

自史天泽曾祖父因修房子得到地藏黄金发家之后，史氏家族便世代都是燕赵地区的豪门望族；张柔虽然家族世代务农，但是从他能够将当地世家大族组织起来抵御盗贼，不难看出其在本地的威望和影响；卢俊义则是居住于大名府，家世清白，天下无人不晓的"玉麒麟"。

### 2. 都豪迈大气

史书记载，史天泽"未尝自矜其能，及临大节、论大事，毅然以天下之重自任"（《元史·史天泽传》）；张柔"少慷慨，尚气节，善骑射，以豪侠称"（《元史·张柔传》）；卢俊义则"慷慨名扬宇宙，论英雄播满乾坤"（《水浒传》第六十一回）。

### 3. 同样骁勇善战

史天泽"身长八尺，音如洪钟，善骑射，勇力绝人"（《元史·史天泽传》）；张柔善骑射，"金真定帅武仙会兵数万来攻，柔以兵数，百出奇迎战，大破之。……既而中山叛，柔引兵围之，与仙将葛铁仓战于新乐。流矢中柔额，折其二齿，拔矢以战，斩首数千级，擒藁城令刘成，遂拔中山。……一月之间，与仙遇者凡十有七，每战辄胜"（《元史·张柔传》）；卢俊义同样武艺高强，"杀场临敌处，冲开万马，扫退千军"（《水浒传》第六十一回），在战场上多次击败强敌。

### 4. 同样富甲一方

史天泽不仅世代土豪，腰缠万贯，而且出将入相五十年，拥有自己的封地、田庄和产业，富甲一方。《元史·史天泽传》记载："时政烦赋重，贷钱于西北贾人以代输，累倍其息，谓之羊羔利，民不能给。天泽奏请官为偿一本息而止。继以岁饥，假贷充贡赋，积银至一万三千锭，天泽倾家赀，率族属官吏代偿之。又请以中户为军，上下户为民，著为定籍，境内以宁。"史天泽能够一次性拿出银一万三千锭，可见其家族之富有！

张柔不仅战功赫赫，而且善于治理，镇守保州期间，"为之画市井，定民居，置官廨，引泉入城，疏沟渠以泻卑湿，通商惠工，遂致殷富"（《元史·张柔传》）。辖区经济的恢复、官职爵位的晋升、蒙古君主的赏赐，使得张柔家族逐步拥有了大量的金钱和田庄，成为当时赫赫有名的"大富之家"。

卢俊义则"京城内家传清白，积祖富豪门"（《水浒传》第六十一回），另外，根据娘子贾氏劝阻其外出避祸之时，强调不可抛下"海阔一个家业"，以及卢俊义被陷害银铛入狱之后，管家李固肯拿出白银五百两收买牢头蔡福杀人夺财的记载，不难推测卢俊义家族财富之丰厚。

如此多的相似之处说明了这样一种可能性，即卢俊义很可能是隐喻元朝初年那些位高权重、富甲一方的汉人世侯的后代，这点在文中也有所暗示。在中国古代社会，"大富之家"往往分成两种类型：第一种是世代经商或本人经商而积累巨额财富。尽管在《水浒传》第六十一回中，卢俊义在外避祸的同时，带了十辆装有山东货物的太平车子，但是如果我们认真分析其言行和价值观，很难相信他是一个纯粹的商人。另外，在中国古代社会，商人群体虽然衣食无忧，但是在政治上却饱受歧视，没有资格被称"清白之家"。第二种情况是功臣之后和官僚世家，这种家族依靠政治、经济特权而坐拥金山银山，过着锦衣玉食的奢侈生活。从后来平定方腊之乱，班师途中，卢俊义拒绝燕青归隐山林的建议，而渴望加官晋爵来看，他是一个拥有强烈政治进取心的人，而这种政治进取心很可能源于家族的遗传，如同《红楼梦》中的贾政要求贾宝玉科举中第，承担复兴家族的重任那样，卢俊义也渴望凭借"一身好武艺，棍棒天下无对"，为朝廷讨伐敌寇，建功立业，封妻荫子，恢复先祖的荣耀。

常理而言，像这样拥有上进心的功臣之后，在元末叛乱四起的大乱世，朝廷应该破格提拔，委以重任，让其领兵出征平定各地叛乱，但是元朝统治者不仅没有起用这些功臣之后，反而对他们心生猜忌。《元史·顺帝本纪》记载："伯颜请杀张、王、刘、李、赵五姓汉人，帝不从。"《续资治通鉴·元纪二十八》记载："丞相托克托议军事，每回避汉人、南人；方入奏事，目顾同列韩伯高、韩大雅随后来，遽令门者勿纳，入言曰：'方今河南汉人反，宜榜示天下，令一概剿捕。诸蒙古、色目因迁谪在外者，皆召还京师，勿令诖误。'于是榜出，河北之民亦有变而从红军者矣。"

在许多地方，不少像"梁中书"这样的封疆大吏甚至觊觎这些功臣之后的万贯家财，为了霸占他们的家产，不惜栽赃嫁祸，让其背上"勾结反贼"的罪名。在这种情况下，这些功臣之后自然会"用脚投票"，假戏真做，投靠梁山（即朱元璋集团），以求自保，丧失了这些在本地拥有广泛影响的功臣之后的支持和拥戴，元朝的灭亡自然指日可待。

另一方面，施耐庵让卢俊义投靠梁山也别有用意。在上梁山之前，《水浒传》对卢俊义的称呼是卢员外，员外既可以指富甲一方的大财主，也是元朝时期一种中央政府官职——员外郎的简称。员外郎原指正员以外的官员，三国魏末始置员外散骑常侍，晋初又置员外散骑侍郎。南北朝时，又有殿中员外将军、员外司马督等，都在官名上加"员外"。隋开皇六年（586），在尚书省二十四司，各置员外郎一人，为各司次官。唐、宋、辽、金、元、明、清沿其制，以郎中、员外郎为六部各司正副主官。后世因此类官职可以捐买，故富豪皆称员外。考虑到卢俊义是功臣之后，他世袭员外郎这样的官职并不令人感到奇怪，当然卢俊义世袭的员外郎这个官职很可能不是实职，而是朝廷给予功臣之后的类似荣誉头衔的虚职，这便解释了为什么卢俊义会赋闲在家，同时拥有如此强烈的政治进取心，但是无论如何，卢俊义也可以算是元朝官吏。施耐庵最终安排在河北地区无人不晓，同时拥有官职的卢俊义投靠梁山，其实是暗指明军北伐之后，河北地区的元朝地方官员和将领纷纷投降明军一事。

事实上，施耐庵创作卢俊义这一人物形象的真实目的同样体现于其绰号"玉麒麟"上。麒麟是中国民间传说中的神兽，早在周代就与龙、凤、龟并称"四灵"，且列"四灵"之首，既象征太平、吉祥，又寓意天命所归，盛世再现。古代帝王的年号或者古建筑、古地名，也往往以麒麟作为祥瑞的代号。明洪武二十四年（1391）规定，公、侯、驸马、伯以麒麟作为补服图案，故称一品麒麟。知道了这些，我们便会明白，梁山获得"玉麒麟"卢俊义很可能是暗指宋江（即朱元璋）未来将成为天命所归的新王朝的"开国之君"，而这点也与历史相对应。随着众多元朝功臣之后和地方官吏纷纷投降，徐达率领明军攻城略地，屡战屡胜，很快兵临大都，元顺帝不战而逃，元朝灭亡，中国正式进入了明王朝的统治时期。

　　理解了这些，我们便会明白施耐庵创造"玉麒麟"卢俊义这个人物形象和让其历经波折最终上梁山的真实目的。

# 雷横怒杀白秀英上梁山暗指哪位帝王沉迷女色而失天下

在梁山好汉之中，出身衙门的为数不少，"插翅虎"雷横便是这一群体的代表人物。《水浒传》第十三回《急先锋东郭争功　青面兽北京斗武》对担任郓城县步兵都头的雷横的出身和性格有着详细的介绍：

那步兵都头姓雷名横，身长七尺五寸，紫棠色面皮，有一部扇圈胡须。为他膂力过人，能跳二三丈阔涧，满县人都称他做插翅虎。原是本县打铁匠人出身，后来开张碓坊，杀牛放赌。虽然仗义，只有些心匾窄。也学得一身好武艺。怎见得雷横气象？但见：

天上罡星临世上，就中一个偏能。都头好汉是雷横。拽拳神臂健，飞脚电光生。江海英雄当武勇，跳墙过涧身轻。豪雄谁敢与相争。山东插翅虎，寰海尽闻名。

在郓城县方圆百里，雷横可谓是要风得风，要雨得雨，由于掌管侦查和拘捕大权，本地三教九流、富商巨贾无不对其极力讨好奉承，在《水浒传》第十四回《赤发鬼醉卧灵官殿　晁天王认义东溪村》里，雷横捉拿睡于灵官殿的刘唐之后到晁盖的田庄"打秋风"，晁盖的殷勤招待无疑从侧面显示出了这位雷都头在本地的显赫权势。

由于刘唐告诉晁盖有"一套富贵"相送，晁盖便假意认其为早年失散的外甥，雷横顺水推舟，释放了刘唐。晁盖等人劫取生辰纲事发之后，济州府下达追捕文书，郓城县知县让雷横和朱仝前去捉拿，雷横不知押司宋江已经提前告知晁盖消息，和朱仝两人都有意放走晁盖，朱仝让雷横攻打晁家庄前门，自己去打后门。雷横到了之后，高声呐喊，实则提醒晁盖快点逃走。由于雷横和朱仝暗中相助，晁盖等人逃之夭夭，来到梁山泊落草为寇。

　　原本雷横可以在他人的巴结和恭维以及暗地里做一个义薄云天的江湖好汉之中继续风风光光地生活，但是怒杀知县情人白秀英却使其从令人敬畏的都头沦为浪迹天涯的逃犯。对于雷横为什么怒杀白秀英，《水浒传》第五十一回《插翅虎枷打白秀英　美髯公误失小衙内》不惜笔墨，娓娓道来：

　　因一日行到县衙东首，只听得背后有人叫道："都头几时回来？"雷横回过脸来看时，却是本县一个帮闲的李小二。雷横答道："我却才前日来家。"李小二道："都头出去了许多时，不知此处近日有个东京新来打踅的行院，色艺双绝，叫做白秀英。那妮子来参都头，却值公差出外不在。如今见在勾栏里，说唱诸般品调。每日有那一般打散，或有戏舞，或有吹弹，或有歌唱，赚得那人山人海价看。都头如何不去瞧一瞧？端的是好个粉头。"

　　雷横听了，又遇心闲，便和那李小二径到勾栏里来看。只见门首挂着许多金字帐额，旗杆吊着等身靠背。入到里面，便去青龙头上第一位坐了。看戏台上却做笑乐院本。那李小二人丛里撇了雷横，自出外面赶碗头脑去了。院本下来，只见一个老儿裹着磕脑儿头巾，穿着一领茶褐罗衫，系一条皂绦，拿把扇子，上来开呵道："老汉是东京人氏白玉乔的便是。如今年迈，只凭女儿秀英歌舞吹弹，普天下伏侍看官。"锣声响处，那白秀英早上戏台，参拜四方。拈起锣棒，如撒豆般点动。拍下一声界方，念了四句七言诗，便说道："今日秀英招牌上明写着这场话本，是一段风流蕴藉的格范，唤做'豫章城双渐赶苏卿'。"说了开话又唱，唱了又说，合棚价众人喝采不绝。雷横坐在上面，看那妇人时，果然是色艺双绝。但见：

　　罗衣叠雪，宝髻堆云。樱桃口杏脸桃腮，杨柳腰兰心蕙性。歌喉婉转，声如枝上莺啼；舞态蹁跹，影似花间凤转。腔依古调，音出天然。舞回明月坠秦楼，歌遏行云遮楚馆。高低紧慢，按宫商吐雪喷珠；轻重疾徐，依格范铿金戛玉。笛吹紫竹篇篇锦，板拍红牙字字新。

那白秀英唱到务头，这白玉乔按唱道："虽无买马博金艺，要动聪明鉴事人。看官喝采道是过去了，我儿且回一回，下来便是衬交鼓儿的院本。"白秀英拿起盘子指着道："财门上起，利地上住，吉地上过，旺地上行。手到面前，休教空过。"白玉乔道："我儿且走一遭，看官都待赏你。"白秀英托着盘子，先到雷横面前。雷横便去身边袋里摸时，不想并无一文。雷横道："今日忘了，不曾带得些出来，明日一发赏你。"白秀英笑道："头醋不酽彻底薄。官人坐当其位，可出个标首。"雷横通红了面皮道："我一时不曾带得出来，非是我舍不得。"白秀英道："官人既是来听唱，如何不记得带钱出来？"雷横道："我赏你三五两银子也不打紧，却恨今日忘记带来。"白秀英道："官人今日见一文也无，提甚三五两银子。正是教俺望梅止渴，画饼充饥。"白玉乔叫道："我儿，你自没眼。不看城里人村里人，只顾问他讨甚么。且过去自问晓事的恩官告个标首。"雷横道："我怎地不是晓事的？"白玉乔道："你若省得这子弟门庭时，狗头上生角。"众人齐和起来。雷横大怒，便骂道："这忤奴怎敢辱我！"白玉乔道："便骂你这三家村使牛的，打甚紧！"有认得的喝道："使不得！这个是本县雷都头。"白玉乔道："只怕是驴筋头。"雷横那里忍耐得住，从座椅上直跳下戏台来，揪住白玉乔，一拳一脚，便打得唇绽齿落。众人见打得凶，都来解拆开了，又劝雷横自回去了。勾栏里人一哄尽散了。

原来这白秀英却和那新任知县旧在东京两个来往，今日特地在郓城县开勾栏。那娼妓见父亲被雷横打了，又带重伤，叫一乘轿子，径到知县衙内诉告："雷横殴打父亲，搅散勾栏，意在欺骗奴家。"知县听了，大怒道："快写状来！"这个唤做枕边灵。便教白玉乔写了状子，验了伤痕，指定证见。本处县里有人都和雷横好的，替他去知县处打关节。怎当那婆娘守定在衙内，撒娇撒痴，不由知县不行，立等知县差人把雷横捉拿到官，当厅责打，取了招状，将具枷来枷了，押出去号令示众。那婆娘要逞好手，又去知县行说了，定要把雷横号令在勾栏门首。第二日那婆娘再去做场，知县却教把雷横号令在勾栏门首。

……

人闹里，却好雷横的母亲正来送饭，看见儿子吃他捆扎在那里，便哭起来，骂那禁子们道："你众人也和我儿一般在衙门里出入的人，钱财直这般好使？谁保的常没事！"禁子答道："我那老娘，听我说：我们却也要容情，怎禁被原告人监定在这里要捆，我们也没做道理处。不时便要去和知县说，苦害我们，因此上做不的面皮。"那婆婆道："几曾见原告人自监着被告号令的道理。"禁子们又低低道："老娘，他和知县来往得好，一句话便送了我们，因此两难。"那婆婆一面自去解索，一头口里骂道："这个贼贱人直恁的倚势！我且解了这索子，看他如今怎的！"白秀英却在茶房里听得，走将过来，便道："你那老婢子却才道甚么？"那婆婆那里有好气，便指着骂道："你这千人骑、万人压、乱人入的贱母狗！做甚么倒骂我！"白秀英听得，柳眉倒竖，杏眼圆睁，大骂道："老咬虫，吃贫婆！贱人怎敢骂我！"婆婆道："我骂你待怎的！你须不是郓城县知县。"白秀英大怒，抢向前只一掌，把那婆婆打个跟踉。那婆婆却待挣扎，白秀英再赶入去，老大耳光子只顾打。这雷横是个大孝的人，见了母亲吃打，一时怒从心发，扯起枷来，望着白秀英脑盖上打将下来。那一枷梢打个正着，劈开了脑盖，扑地倒了。众人看时，那白秀英打得脑浆迸流，眼珠突出，动掸不得，情知死了。有诗为证：

> 玉貌花颜俏粉头，当场歌舞擅风流。
>
> 只因窘辱雷横母，裂脑横尸一命休。

白秀英死于非命之后，雷横锒铛入狱，朱仝奉命押解其到州府，在途中感念同袍情谊，私下放走雷横，雷横偷偷返回家中，带着老母投奔梁山。

《水浒传》中的雷横形象经历过长期演变，在《大宋宣和遗事》中，雷横只是三十六员头领之一，龚开的《宋江三十六赞》里，雷横的赞词是："飞而肉食，存此雄奇。生入玉关，当伤今姿。"而在《梁山七虎闹铜台》《鲁智深喜赏黄花峪》等元杂剧水浒戏中，雷横已经是梁山头领，换而言之，雷横在上梁山之前的经历像勾结晁盖、包庇宋江和怒杀白秀英等情节很可能便是施耐庵艺术创造的杰作。如果说描写雷横勾结晁盖、包庇宋江是为了披露当时社会官府腐败，那么施耐庵安排雷横怒杀白秀英又想达到什么目的？

要想回答这个问题，我们必须从郓城县知县、雷横、白秀英三者之间的关系说起。在我国古代社会，知县执掌一县之行政、司法、文教、钱粮，控制着治下百姓的生死大权，级别不高却职责重大，因此知县又被称为"百里侯"，担任步兵都头的雷横则相当于郓城县"公安局刑警大队大队长"，从某种意义而言，两人是地方版的君臣关系。从《水浒传》的相关记载来看，前者对后者十分倚重和信赖，他们两人关系的决裂是由于白秀英这个"红颜祸水"的介入，也就是说，郓城县知县下令将雷横关押是其沉迷女色，听信自己情人一面之词的结果。

从常理而言，郓城县知县在处理雷横与白秀英之间的矛盾时，完全可以采用更高明的解决方法，不管如何，他们的矛盾是误会引发的，比如他了解事情的经过之后，可以做和事佬，责骂雷横几句，再让其摆上一桌酒菜，同时送上白银百两，向白秀英赔礼道歉，这样不是皆大欢喜吗？毕竟在当时郓城县和周边地区，叛乱四起，众多绿林好汉在旁边虎视眈眈，郓城县知县需要雷横这样的江湖豪杰来震慑他们和保护自己。雷横虽然与梁山好汉们暗中存在联系，但是其并无反叛朝廷之心，这点可以从《水浒传》第五十一回路过梁山之时拒绝晁盖、宋江的入伙邀请得到充分体现，但是这个昏庸的郓城县知县却下令关押雷横，由此引发了一系列的连锁反应。由于白秀英辱骂雷横老母，雷横在愤怒之下杀死白秀英，朱仝在押解途中，释放了雷横，雷横接了老母投奔梁山，朱仝被发配。对于郓城县知县而言，相当于折损了两员心腹大将。

笔者个人认为，施耐庵之所以在情节设计上安排雷横怒杀白秀英除了有意制造矛盾，推动情节发展之外，还有一个隐藏的目的，即影射元顺帝沉迷女色，导致忠臣蒙冤，上下离心而最终失去了天下。

元顺帝即位初期，朝政实权掌握在丞相伯颜手中，至元六年（1340），元顺帝与脱脱利用伯颜出猎之机，发动政变，罢黜伯颜。夺回军政大权之后，元顺帝任命脱脱为相，锐意进取，励精图治，恢复了科举制度，颁行《农桑辑要》，整饬吏治，征召隐逸，蠲免赋税，开放马禁，削减盐额，编修辽、宋、金三史，实行儒治，包括开经筵与太庙四时祭、亲郊祭天、行亲耕礼等活动，元王朝一度呈现中兴有望的迹象。

然而随着时间的流逝，在奸臣哈麻的蛊惑下，元顺帝逐步流连于夜夜笙歌、声色犬马的后宫生活之中。

《元史·哈麻传》记载：

初，哈麻尝阴进西天僧以运气术媚帝，帝习为之，号演揲儿法。演揲儿，华言大喜乐也。哈麻之妹婿集贤学士秃鲁帖木儿，故有宠于帝，与老的沙、八郎、答剌马吉的、波迪哇儿祃等十人，俱号倚纳。秃鲁帖木儿性奸狡，帝爱之，言听计从，亦荐西蕃僧伽璘真于帝。其僧善秘密法，谓帝曰："陛下虽尊居万乘，富有四海，不过保有见世而已。人生能几何，当受此秘密大喜乐禅定。"帝又习之，其法亦名双修法。曰演揲儿，曰秘密，皆房中术也。帝乃诏以西天僧为司徒，西蕃僧为大元国师。其徒皆取良家女，或四人、或三人奉之，谓之供养。于是帝日从事于其法，广取女妇，惟淫戏是乐。又选采女为十六天魔舞。八郎者，帝诸弟，与其所谓倚纳者，皆在帝前相与亵狎，甚至男女裸处，号所处室曰皆即兀该，华言事事无碍也。君臣宣淫，而群僧出入禁中，无所禁止，丑声秽行，著闻于外，虽市井之人，亦恶闻之。

元顺帝沉迷女色，宠信奸佞导致朝政日趋腐败，纲纪废弛，叛乱四起，忠臣蒙冤。至正八年（1348），方国珍兄弟啸聚海上；至正十一年（1351），刘福通率红巾军揭竿而起；至正十三年（1353），张士诚等人诛杀官吏，攻占州郡，在高邮建立大周政权。次年九月，元顺帝命令脱脱出征讨伐张士诚，所率领的军队不仅包括蒙古军、汉军，还囊括了西域、吐蕃、高丽等地的军队，号称百万之众。张士诚无力反击，只能死守孤城高邮。奸臣哈麻利用脱脱不在朝，煽动皇后奇氏在元顺帝面前诬陷脱脱，元顺帝信以为真，下令罢去脱脱兵权，脱脱接诏后交出兵权，而他所统率的大军四处流散，许多士兵甚至投靠红巾军，红巾军势力大振。至正十五年（1355）十二月，脱脱在流放地云南被哈麻矫旨杀害。

脱脱死于非命使得众多官吏和将领丧失了对元廷的信心，为求自保，在红巾军犯境之时，不是逃之夭夭，便是献城投降。至正二十七年（1367），在元末农民战争中脱颖而出的朱元璋，消灭了陈友谅、张士诚等割据势力之后，下令徐达、常遇春率领大军北伐。至正二十八年（1368），朱元璋登基称帝，国号大明，建元洪武。北伐的明军一路攻城略地，气势如虹，知枢密院事卜颜帖木儿领军出大都迎战明军，溃败被杀，元顺帝命淮王帖木儿不花监国，庆童为中书左丞相，自己与皇太子、后妃及一百多名大臣出奔上都（今内蒙古正蓝旗境内）。八月二日，明军攻占大都，监国淮王帖木儿不花等人殉国，元朝正式灭亡。

元顺帝与郓城县知县在许多方面存在相似性：元顺帝是"溥天之下，莫非王土；率土之滨，莫非王臣"的"九五之尊"。郓城县知县则是郓城县方圆百里一手遮天、大权独揽的"土皇帝"；元顺帝铲除伯颜，亲政初期，也一度励精图治，选贤任能。郓城县知县到任后也懂得收买人心，重用朱仝、雷横等江湖豪杰；元顺帝夺回大权之后，逐渐沉迷女色，将朝政委托给奸臣，造成忠臣蒙冤。郓城县知县在老相好白秀英来了之后，变得是非不分，听信一面之词捉拿雷横；由于元顺帝沉迷女色，宠信奸臣和排斥忠臣，元王朝政治腐败，各地叛乱四起，最终失去了天下；因为郓城县知县偏袒情妇，一意孤行，郓城县不仅失去了两位江湖豪杰，而且客观上为梁山集团的壮大输送了有生力量。

施耐庵在水浒故事之中加入雷横怒杀白秀英的情节的真实目的在某处细节描写上也可以得到印证。白秀英所演唱的曲目题目为《豫章城双渐赶苏卿》，根据水浒专家沈家仁先生在其著作《煮酒说水浒（升级版）》（中州古籍出版社，2015）里的《北宋人怎么唱出南宋的曲》一文考证，这首《豫章城双渐赶苏卿》的作者是张五牛、商政叔。张五牛，临安（今浙江杭州）人，本身就是个说唱艺人，事迹不详。而这商政叔，名道，大约生于宋光宗绍熙元年（1190），这时已经是南宋，距离北宋灭亡已经过去六十四年，而梁山故事发生在北宋宣和年间，即公元1119年至1121年之间，张、商两位创作出《豫章城双渐赶苏卿》，与宋江起义相差有九十多年。

更值得关注的是，《豫章城双渐赶苏卿》虽然创作于南宋，但是盛行于元代，以其为母本衍生出的剧作比比皆是，是元曲中公认的经典名篇，施耐庵将元曲的经典名篇《豫章城双渐赶苏卿》放置于时代背景为北宋末年的《水浒传》，很难想象是无心之失。从各种蛛丝马迹来看，更可能是利用这个明显的纰漏向后世读者暗示水浒故事发生的真实历史时期——元朝末年。

一代文学大家的奇妙构思不禁令身为后人的我们拍案叫绝，啧啧称赞！

# 梁山攻打高唐州所携带的火炮为什么没有投入使用

柴进的叔父柴皇城在高唐州被知府高廉的小舅子殷天锡抢占家宅，还遭到毒打，奄奄一息，差人书信告知柴进。柴进带着李逵前去高唐州，柴皇城告知事情始末后含恨而亡。殷天锡仗着高廉的权势，上门来撵人，结果李逵怒火中烧，打死了殷天锡，连夜逃回梁山。高廉不顾柴进拥有丹书铁券将其严刑拷打，关入监牢。

为了解救柴进，宋江率领林冲、花荣、秦明等人引八千步马军攻打高唐州，高廉指挥所部兵马和三百飞天神兵严阵以待。在两军对峙之时，高廉取出太阿宝剑，口中念念有词，只见飞沙走石，昏天暗地，刮起怪风，迎面而来。林冲、花荣等好汉惊得那坐下马乱窜咆哮，众人回身便走。高廉把剑一挥，指点那三百神兵，从阵里杀将出来，加上官军协助，打得梁山大军人仰马翻，纷纷溃败，直退回五十里下寨。

宋江运用九天玄女所授天书中回风返火之法反击，不料高廉又使神兽之法，中军走出一群猛兽，直冲过来。宋江撇了剑，拨回马先走，众头领簇捧着宋江，尽都逃命，高廉在后面，把剑一挥，神兵在前，官军在后，赶杀二十余里，鸣金收兵。

连续获胜之后，高廉利用夜晚风雷大作，引三百神兵劫寨，被杨林一箭射中左臂，大败而回。吴用建议宋江去请公孙胜助阵，公孙胜技高一筹，破尽高廉所施法术，高廉再度劫寨，被公孙胜施法把三百神兵杀个尽绝。吴用伪装成援军，高廉出城迎接，被杀身亡，梁山攻陷高唐州，柴进获救，梁山好汉们胜利班师。

　　长期以来，后世的读者在阅读梁山好汉攻打高唐州时往往会被高廉和公孙胜之间精彩绝伦的魔幻作战所吸引，容易忽视在这期间出现的一个不解之谜，即梁山攻打高唐州时没有将携带的火炮投入使用。

　　《水浒传》第五十二回《李逵打死殷天锡　柴进失陷高唐州》写道：

　　前部已离山寨，中军主将宋江、吴用督并人马，望高唐州进发。端的好整齐，但见：

　　绣旗飘号带，画角间铜锣。三股叉、五股叉，灿灿秋霜；点钢枪、芦叶枪，纷纷瑞雪。蛮牌遮路，强弓硬弩当先；火炮随车，大戟长戈拥后。鞍上将似南山猛虎，人人好斗偏争；坐下马如北海苍龙，骑骑能冲敢战。端的枪刀流水急，果然人马撮风行。

　　从这段记载里的"火炮随车"这四个字来看，梁山进攻高唐州之时，是携带了火炮这一杀敌攻城的"利器"，但令人感到奇怪的是，在此之后，从两军对峙到攻陷高唐州直至胜利班师，再也寻觅不到火炮的踪迹，也就是说，梁山好汉在攻打高唐州之时，没有使用火炮，既然不使用，当初为什么要不辞辛苦带过去呢？难不成梁山好汉们是把火炮当作一个威慑敌人的道具，拿去吓吓人？

　　更值得关注的是，在同书的其他篇章里，施耐庵还描写了不少宋军利用火炮围剿梁山好汉的情景。

　　《水浒传》第五十五回《高太尉大兴三路兵　呼延灼摆布连环马》写道：

　　却说呼延灼闻知有天使至，与韩滔出二十里外迎接。接到寨中，谢恩受赏已毕，置酒管待天使；一面令韩先锋俵钱赏军。且将捉到五百馀人囚在寨中，待拿得贼首，一并解赴京师，示众施行。天使问道："彭团练如何失陷？"呼延灼道："为因贪捉宋江，深入重地，致被擒捉。今次群贼必不敢再来。小可分兵攻打，务要肃清山寨，扫尽水洼，擒获众贼，拆毁巢穴。但恨四面是水，无路可进。遥观寨栅，只除非得火炮飞打，以碎贼巢。随军纵有能战者，奈缘无路可施展也。久闻东京有个炮手凌振，名号轰天雷，此人善造火炮，能去十四五里远近，石炮落处，天崩地陷，山倒石裂。若得此人，可以攻打贼巢。更兼他深通武艺，弓马熟闲。若得天使回京，于太尉前言知此事，可以急急差遣到来，克日可取贼巢。"使命应允，次日起程，于路无话。回到京师，来见高太尉，备说呼延灼求索炮手凌振，要建大功。高太尉听罢，传下钧旨，教唤甲仗库副使炮手凌振那人来。原来凌振祖贯燕陵人也，是宋朝盛世第一个炮手，人都呼他是轰天雷。更兼武艺精熟。曾有四句诗赞凌振的好处：

> 火炮落时城郭碎，烟云散处鬼神愁。
> 轰天雷起驰风炮，凌振名闻四百州。

当下凌振来参见了高太尉，就受了行军统领官文凭，便教收拾鞍马军器起身。

且说凌振把应有用的烟火药料，就将做下的诸色火炮，并一应的炮石、炮架，装载上车，带了随身衣甲盔刀行李等件，并三四十个军汉，离了东京，取路投梁山泊来。到得行营，先来参见主将呼延灼，次见先锋韩滔，备问水寨远近路程，山寨险峻去处，安排三等炮石攻打。第一是风火炮，第二是金轮炮，第三是子母炮。先令军健振起炮架，直去水边竖起，准备放炮。

却说宋江正在鸭嘴滩上小寨内，和军师吴学究商议破阵之法，无计可施。有探细人来报道："东京新差一个炮手，唤做轰天雷凌振，即目在于水边竖起架子，安排施放火炮，攻打寨栅。"吴学究道："这个不妨。我山寨四面都是水泊，港汊甚多，宛子城离水又远，纵有飞天火炮，如何能勾打得到城边？且弃了鸭嘴滩小寨，看他怎地设法施放，却做商议。"

当日宋江弃了小寨，便都起身且上关来。晁盖、公孙胜接到聚义厅上，问道："似此如何破敌？"动问未绝，早听得山下炮响，一连放了三个火炮，两个打在水里，一个直打到鸭嘴滩边小寨上。宋江见说，心中展转忧闷。众头领尽皆失色。

施耐庵为什么没有让梁山攻打高唐州时将所携带的火炮投入使用，但是同时却描写宋军利用火炮围剿梁山好汉的情景呢？要想回答这个问题，我们必须从中国古代火炮的发展历程讲起。

我国古代火炮最早可以追溯到春秋战国时期被称为远程射击武器的抛石机。《范蠡兵法》记载："飞石重十二斤，为机发，行二百步。"意思是用抛石机可以将重达十二斤的石块抛至两百步远。抛石机的原理并不复杂，即依靠物体张力抛射石块，随着技术的发展，抛石机功能日渐完善，射程一般在五十步至三百步之间，石块重量由数十斤至上百斤不等。拽炮人数可根据目标远近增减，普通抛石机需用四十人，大型抛石机需用两百人至三百人拉拽，一次可将重达两百斤至三百斤的石块射到三百步之外。

抛石机发明伊始，即成为军队中的重要攻、守城兵器，在频繁的战争中发挥着重要的作用，但早期的抛石机有一个很大的缺点，它必须在敌人阵地前埋设，操作人员在敌人的弓箭射程内施工，容易导致伤亡，为了解决这个问题，一种带轮子的抛石机应运而生。

东汉建安五年（200），曹操率军在官渡（今河南中牟境内）迎击袁绍军队的进攻，史称官渡之战。当时，袁绍率十余万步卒和骑兵攻占黎阳后，连中曹操用兵之计，痛失颜良、文丑两员大将。袁绍初战失利，锐气受挫，于是变分兵进击为结营紧逼，企图以兵力优势迫使曹军决战。袁军兵至官渡，依托沙丘修筑工事，东西计有数十里之长，形成了与曹军对峙之势。为了削弱曹军的力量，袁军在其营中修筑土山，造高橹，以众多的弓弩手居高临下，在橹的防护下向曹营发射箭矢，使曹军在一段时间内处于被动挨打的境地。为了稳定防御态势，打破袁军的远战优势，曹操集中了一批能工巧匠，造出了装有轮子的抛石机——霹雳车，并且利用夜色的掩护和有利的气象条件，突然在袁军营垒前展开。顿时，无数石块飞入袁营，坚固的高橹被砸了个稀巴烂，大量弓弩手中弹丧命，小土山成了打击的大目标，袁军的坚固工事损失惨重。霹雳车为官渡之战中曹军的胜利发挥了很大的作用。在官渡之战以后的千余年里，历次攻守城之战几乎都有投石车的身影。唐朝武德四年（621），李世民在东定中原战争中率军攻打洛阳时，使用了投石车，抛射六十斤重的石块可达两百步。

宋元时期，中国古代火炮技术获得了突飞猛进的发展。《宋史·魏胜传》记载：

> 胜尝自创如意战车数百两，炮车数十两，车上为兽面木牌，大枪数十，垂毡幕软牌，每车用二人推毂，可蔽五十人。行则载辎重器甲，止则为营，挂搭如城垒，人马不能近；遇敌又可以御箭簇。列阵则如意车在外，以旗蔽障，弩车当阵门，其上置床子弩，矢大如凿，一矢能射数人，发三矢可数百步。炮车在阵中，施火石炮，亦二百步。两阵相近，则阵间发弓弩箭炮，近阵门则刀斧枪手突出，交阵则出骑兵，两响掩击，得捷拔阵追袭，少却则入阵间稍憩。士卒不疲，进退俱利。伺便出击，虑有拒遏，预为解脱计，夜习不使人见。以其制上于朝，诏诸军遵其式造焉。

至元十年（1273），元军包围南宋军事重镇襄阳，久攻不下，便下令制造威力巨大的襄阳炮，取得显著的成效。

《元史·亦思马因传》记载：

> 亦思马因，回回氏，西域旭烈人也。善造炮，至元八年与阿老瓦丁至京师。十年，从国兵攻襄阳未下，亦思马因相地势，置炮于城东南隅，重一百五十斤，机发，声震天地，所击无不摧陷，入地七尺。宋安抚吕文焕惧，以城降。

在朱元璋集团攻占张士诚占据的平江（今江苏苏州）的过程中，火炮也发挥了重要的作用。

《明史·徐达传》记载：

> 别筑台三成，瞰城中，置弓弩火筒。台上又置巨炮，所击辄糜碎。城中大震。

《明史纪事本末·卷四》记载：

癸卯，达等兵至平江城南鲇鱼口，击其将窦义走之。……四面筑长围困之。又架木塔与城中浮屠等，筑敌楼三层，下瞰城中，置弓弩火铳其上。又设襄阳炮击之，城中震恐。

了解了明代之前中国古代火炮的发展历程，我们便不会对施耐庵没有让梁山好汉攻打高唐州时将所携带的火炮投入使用，但是同时却描写宋军利用火炮围剿梁山好汉的情景感到困惑。北宋末年时期的火炮即抛石机，最远也只能达到数百米，根据火炮的技术发展来看，像凌振那样发明创造的射程可达十四五里，以火药作为原料的火炮最有可能发生在元末明初的那段特殊的历史时期，甚至我们可以大胆推测梁山好汉攻打高唐州很可能便是以徐达利用火炮攻陷苏州为事件原型。施耐庵极力渲染凌振火炮的威力，实际上是提示读者水浒故事发生的时代绝不是北宋末年，而是自己生活的那段特殊历史时期。

笔者在其他文章中多次指出，梁山暗指朱元璋集团，而根据众多相关史书和民间传说记载，施耐庵与张士诚集团有着深厚的渊源，在朱元璋集团讨伐张士诚集团和攻占平江的过程中，许多施耐庵的亲友或被杀或被俘。对于施耐庵而言，明军利用火炮攻占平江无异于亡国之恨，如果让梁山攻打高唐州使用火炮必然会引发其痛苦的回忆，因此在《水浒传》第五十二回描写梁山好汉攻打高唐州时携带火炮却没有投入战场，很可能有意试图通过这种明显的纰漏来促使读者产生疑问，进而在字里行间寻找《水浒传》背后隐藏的历史真相。

# 九天玄女授予宋江天书的象征意义

　　晁盖等人血洗江州法场救下宋江和杀死黄文炳之后，胜利回到梁山。宋江思念老父宋太公，而且担忧"江州申奏京师，必然行移济州，着落郓城县追捉家属，比捕正犯"（《水浒传》第四十二回），不顾梁山好汉们的反对，独自一人返回山东郓城县，希望带宋太公和弟弟宋清到梁山团聚，谁知被监视的官兵发现，惊慌之下仓皇逃往附近还道村里的一座古庙。由于九天玄女的庇护，宋江逃过追捕，并从前者那里获得三卷天书。

　　对于这个过程，《水浒传》第四十二回《还道村受三卷天书　宋公明遇九天玄女》有着生动的描写：

　　宋江只得奔入村里来，寻路躲避。抹过一座林子，早看见一所古庙。但见：

　　墙垣颓损，殿宇倾斜。两廊画壁长青苔，满地花砖生碧草。门前小鬼，折臂膊不显狰狞；殿上判官，无幞头不成礼数。供床上蜘蛛结网，香炉内蝼蚁营窠。狐狸常睡纸炉中，蝙蝠不离神帐里。料想经年无客过，也知尽日有云来。

　　宋江只得推开庙门，乘着月光，入进庙里来，寻个躲避处。前殿后殿，相了一回，安不的身，心里越慌。

　　……

　　只说宋江在神厨里，口称惭愧道："虽不被这厮们拿了，却怎能勾出村口去？"正在厨内寻思，百般无计，只听的后面廊下有人出来。宋江道："却又是苦也！早是不钻出去。"只见两个青衣童子，径到厨边，举口道："小童奉娘娘法旨，请星主说话。"宋江那里敢做声答应。外面童子又道："娘娘有请，星主可行。"宋江也不敢答应。外面童子又道："宋星主休得迟疑，娘娘久等！"宋江听的莺声燕语，不是男子之音，便从椅子底下钻将出来看时，却是两个青衣女童，侍立在此床边。宋江吃了一惊，却是两个泥神。只听的外面又说道："宋星主，娘娘有请。"宋江分开帐幔，钻将出来，只见是两个青衣螺髻女童，齐齐躬身，各打个稽首。宋江看那女童时，但见：

朱颜绿发，皓齿明眸。飘飘不染尘埃，耿耿天仙风韵。螺蛳髻山峰堆拥，凤头鞋莲瓣轻盈。领抹深青，一色织成银缕；带飞真紫，双环结就金霞。依稀阆苑董双成，仿佛蓬莱花鸟使。

当下宋江问道："二位仙童，自何而来？"青衣道："奉娘娘法旨，有请星主赴宫。"宋江道："仙童差矣！我自姓宋名江，不是甚么星主。"青衣道："如何差了。请星主便行，娘娘久等！"宋江道："甚么娘娘？亦不曾拜识，如何敢去？"青衣道："星主到彼便知，不必询问。"宋江道："娘娘在何处？"青衣道："只在后面宫中。"

青衣前引便行。宋江随后跟下殿来。转过后殿侧首一座子墙角门，青衣道："宋星主，从此间进来。"宋江跟入角门来看时，星月满天，香风拂拂，四下里都是茂林修竹。宋江寻思道："原来这庙后又有这个去处。早知如此，却不来这里躲避，不受那许多惊恐！"宋江行着，觉道两边松树，香埠两行，夹种着都是合抱不交的大松树，中间平坦一条龟背大街。宋江看了，暗暗寻思道："我倒不想古庙后有这般好路径。"跟着青衣，行不过一里来路，听得潺潺的涧水响。看前面时，一座青石桥，两边都是朱栏杆。岸上栽种奇花异草，苍松茂竹，翠柳夭桃；桥下翻银滚雪般的水，流从石洞里去。过的桥基看时，两行奇树，中间一座大朱红棂星门。宋江入的棂星门看时，抬头见一所宫殿。但见：

金钉朱户，碧瓦雕檐。飞龙盘柱戏明珠，双凤帏屏鸣晓日。红泥墙壁，纷纷御柳间宫花；翠霭楼台，淡淡祥光笼瑞影。窗横龟背，香风冉冉透黄纱；帘卷虾须，皓月团团悬紫绮。若非天上神仙府，定是人间帝主家。

宋江见了，寻思道："我生居郓城县，不曾听的说有这个去处。"心中惊恐，不敢动脚。青衣催促："请星主行。"一引，引入门内，有个龙墀，两廊下尽是朱红亭柱，都挂着绣帘。正中一所大殿，殿上灯烛荧煌。青衣从龙墀内一步步引到月台上，听得殿上阶前又有几个青衣道："娘娘有请。星主进来！"

宋江到大殿上，不觉肌肤战栗，毛发倒竖。下面都是龙凤砖阶。青衣入帘内奏道："请至宋星主在阶前。"宋江到帘前御阶之下，躬身再拜，俯伏在地，口称："臣乃下浊庶民，不识圣上。伏望天慈，俯赐怜悯！"御帘内传旨："教请星主坐。"宋江那里敢抬头。教四个青衣扶上锦墩坐，宋江只得勉强坐下。殿上喝声"卷帘"，数个青衣早把朱帘卷起，搭在金钩上。娘娘问道："星主别来无恙？"宋江起身再拜道："臣乃庶民，不敢面觑圣容。"娘娘道："星主既然至此，不必多礼。"宋江恰才敢抬头舒眼，看见殿上金碧交辉，点着龙灯凤烛，两边都是青衣女童，执笏捧圭，执旌擎扇侍从；正中七宝九龙床上，坐着那个娘娘。宋江看时，但见：

头绾九龙飞凤髻，身穿金缕绛绡衣。蓝田玉带曳长裙，白玉圭璋擎彩袖。脸如莲萼，天然眉目映云环；唇似樱桃，自在规模端雪体。犹如王母宴蟠桃，却似嫦娥居月殿。正大仙容描不就，威严形像画难成。

那娘娘坐于九龙床上，手执白玉圭璋，口中说道："请星主到此，命童子献酒。"两下青衣女童执着奇花金瓶，捧酒过来斟在玉杯内。一个为首的女童，执玉杯递酒来劝宋江。宋江起身，不敢推辞，接过玉杯，朝娘娘跪饮了一杯。宋江觉道这酒馨香馥郁，如醍醐灌顶，甘露洒心。又是一个青衣捧过一盘仙枣，上劝宋江。宋江战战兢兢，怕失了体面，尖着指头拿了一枚，就而食之，怀核在手。青衣又斟过一杯酒来劝宋江，宋江又一饮而尽。娘娘法旨："教再劝一杯。"青衣再斟一杯酒过来劝宋江，宋江又饮了。仙女托过仙枣，又食了两枚。共饮过三杯仙酒，三枚仙枣。宋江便觉道春色微醺，又怕酒后，醉失体面，再拜道："臣不胜酒量，望乞娘娘免赐。"殿上法旨道："既是星主不能饮，酒可止。教取那三卷天书，赐与星主。"青衣去屏风背后玉盘中，托出黄罗袱子，包着三卷天书，度与宋江。宋江拜受看时，可长五寸，阔三寸，厚三寸。不敢开看，再拜祇受，藏于袖中。娘娘法旨道："宋星主，传汝三卷天书，汝可替天行道，为主全忠仗义，为臣辅国安民。去邪归正，他日功成果满，作为上卿。吾有四句天言，汝当记取，终身佩受，勿忘于心，勿泄于世。"宋江再拜："愿受天言，臣不敢轻泄于世人。"娘娘法旨道："遇宿重重喜，逢高不是凶。北幽南至睦，两处见奇功。"

宋江听毕，再拜谨受。娘娘法旨道："玉帝因为星主魔心未断，道行未完，暂罚下方，不久重登紫府，切不可分毫失忘。若是他日罪下酆都，吾亦不能救汝。此三卷之书，可以善观熟视。只可与天机星同观，其他皆不可见。功成之后，便可焚之，勿留在世。所嘱之言，汝当记取。目今天凡相隔，难以久留，汝当速回。"便令童子急送星主回去，"他日琼楼金阙，再当重会。"宋江便谢了娘娘，跟随青衣女童，下得殿庭来。出得棂星门，送至石桥边，青衣道："恰才星主受惊，不是娘娘护佑，已被擒拿。天明时，自然脱离了此难。星主，看石桥下水里二龙相戏。"宋江凭栏看时，果见二龙戏水。二青衣望下一推。宋江大叫一声，却撞在神厨内，觉来乃是南柯一梦。

九天玄女，简称玄女，俗称九天娘娘、九天玄女娘娘、九天玄母天尊，原为中国上古神话中传授兵法的女神，经常出现在中国各类古典小说之中，是扶助英雄、铲除奸恶的正义之神。

根据神话传说，九天玄女是西王母的使者，又是黄帝之师，经由"玄鸟"衍化为人首鸟身的"玄女"。

传说上古之时，华夏部落首领黄帝与九黎部落首领蚩尤鏖战于涿鹿（今河北涿鹿），蚩尤凭借妖术，呼风唤雨，吹烟喷雾，令黄帝军士不见天日，难辨山川四野方向，于是黄帝虔诚祈祷于泰山，终使西王母深受感动。西王母遣使先授真符给黄帝佩戴，再命玄女降临，传授兵法，九天玄女成了黄帝的师尊。为了战胜蚩尤，九天玄女令军士宰夔牛制作八十面战鼓，使黄帝在得到九天玄女辅助之后，带兵与蚩尤大战。当黄帝摆下"奇门遁甲"阵之后，即令军士以雷兽之骨，大击八十面夔牛皮巨鼓，一时鼓声大作，整个战场地动山摇，天旋地转，蚩尤兵卒惊恐万状，兵败如山倒，蚩尤被擒杀，经此一役，黄帝统一黄河流域，奠定华夏文明根基。

宋江受到九天玄女的庇护，脱离危险，并且获得天书绝非施耐庵异想天开，艺术创造的结果，而是来源于《大宋宣和遗事》的描写：

宋江回家，医治父亲病可了，再往郓城县公参勾当。却见故人阎婆惜又与吴伟打暖，更不采着。宋江一见了吴伟两个，正在偎倚，便一条忿气，怒发冲冠，将起一柄刀，把阎婆惜、吴伟两个杀了；就壁上写了四句诗。

若知其意，便看亨集，后有诗为证。诗曰：

杀了阎婆惜，寰中显姓名。
要捉凶身者，梁山泺上寻。

是时郓城县官司得知，帖巡检王成领大兵弓手，前去宋公庄上捉宋江。争奈宋江已走在屋后九天玄女庙里躲了。那王成跟捕不获，只将宋江的父亲拿去。

宋江见官兵已退，走出庙来，拜谢玄女娘娘；则见香案上一声响亮，打一看时，有一卷文书在上。宋江才展开看了，认得是个天书；又写着三十六个姓名，又题着四句道，诗曰：

破国因山木，兵刀用水工；
一朝充将领，海内耸威风。

值得注意的是，与《大宋宣和遗事》的寥寥数笔形成鲜明对比的是，《水浒传》对于相关故事进行了大规模的改写，宋江不是杀了阎婆惜后遇见九天玄女，而是晁盖等人血洗江州法场，救下宋江，杀死黄文炳，共同返回梁山之后，宋江担忧老父宋太公安危，执意返回郓城县被官兵发现，逃至附近还道村里的一座古庙，才遇见九天玄女，而且篇幅有了大幅度的增加，《水浒传》第四十二回有一半以上文字都与此有关，那么施耐庵为什么如此不惜笔墨来描写九天玄女授予宋江天书这一情节呢？

　　由于中国传统社会浓郁的宗教信仰习俗，在古典小说之中，增加神话人物或主人公受神仙庇护等情节以迎合受众是一种常见的写法，可如果我们认为施耐庵撰写九天玄女授予宋江天书这一情节仅仅是为了提高读者的阅读兴趣，很可能会忽视其在《水浒传》中如此谋篇布局背后的真正目的，即暗示宋江的历史原型是一位由于天命所归而剿灭群雄、统一华夏的"开国之君"。

　　笔者之所以提出以上看法，主要基于以下理由：

　　一是在中国古代神话体系之中，九天玄女地位崇高，是西王母的弟子，在黄帝大战蚩尤之时，九天玄女受西王母之命，帮助黄帝。在《水浒传》里，九天玄女不仅显灵庇护宋江，使其摆脱官兵的追捕，而且授予后者三卷天书。宋江在这个过程中所扮演的角色与黄帝十分类似，考虑到黄帝是中国远古时期赫赫有名的帝王，因此施耐庵采用《大宋宣和遗事》九天玄女授予宋江天书这一情节，并且大幅度增加篇幅，很可能是提醒读者宋江未来将因为天命所归而成为"一代帝王"。

　　二是九天玄女在授予宋江天书之时，曾经嘱咐过："宋星主，传汝三卷天书，汝可替天行道，为主全忠仗义，为臣辅国安民。去邪归正，他日功成果满，作为上卿。"在这句话，"他日功成果满，作为上卿"非常好理解，意思是说将来功成名就，能成为朝廷高官，但是"为主全忠仗义，为臣辅国安民"就十分耐人寻味。对于这句话，许多人解释为，未来作为梁山泊的寨主，你要忠于朝廷和皇上，作为大宋朝廷的臣子，你要辅佐国政，安抚百姓，但是必须指出的是，从字面意思来看，"主"也可以理解为"君主"，如果九天玄女真的暗示宋江将成为未来的梁山泊的寨主，应该改用其他词语才更加合适，而且"为主全忠仗义，为臣辅国安民"呈现典型的对称关系，与"为臣"相对应的"为主"应该解释为成为君主即帝王更准确，也就是说，这句话也可以解释为"未来作为君主对于（玉帝）必须依然保持忠义，作为大宋朝廷的臣子，则要辅佐国政，安抚百姓"，至于"作为上卿"则是"为臣辅国安民"时期的事情，因此九天玄女对宋江所说的"为主全忠仗义，为臣辅国安民"，实则指宋江未来将先后经历"为臣"和"为主"两个阶段，而历史上的明太祖朱元璋起事之后，先是臣服于"小明王"和一度暗地里接受元朝的"招安"，然后剿灭群雄，登基称帝，同样经历过"为臣"和"为主"两个阶段。

三是九天玄女在宋江告辞之时，表示"他日琼楼金阙，再当重会"，"琼楼金阙"通常指帝王才能居住的宫殿。从上下文语境来看，这里的"琼楼金阙"不是作为名词使用，而是作为动词使用，也就是建起琼楼金阙式的宫殿，那么谁建起琼楼金阙式的宫殿呢？应该不是九天玄女，而是宋江。那么宋江何时才会建起琼楼金阙式的宫殿呢？答案只能是在他登基称帝之后，因此这句话的意思是，等未来宋江登基称帝，修建起琼楼金阙式的宫殿时，九天玄女将与宋江再度相会，九天玄女所说的"他日琼楼金阙，再当重会"事实上是暗指宋江未来将成为"一代帝王"！

四是宋江接受天书之后，跟随青衣女童，出得棂星门，来至石桥边，青衣女童说道："恰才星主受惊，不是娘娘护佑，已被擒拿。天明时，自然脱离了此难。星主，看石桥下水里二龙相戏。"宋江凭栏观望，果然看见"二龙戏水"的戏剧一幕。在中国古代社会，"龙"是帝王的象征，"二龙戏水"其实是隐喻在九天玄女授予宋江天书过程中，出现了两位帝王相会的情景。那么是哪两位帝王呢？首先我们可以确定的帝王便是九天玄女。施耐庵在撰写宋江面见九天玄女之时，先是将九天玄女居住的地方称为帝王才能居住的宫殿，然后让"（宋江）躬身再拜，俯伏在地，口称：'臣乃下浊庶民，不识圣上。伏望天慈，俯赐怜悯！'"而圣上恰恰是对帝王的称呼。另外，施耐庵还特别描写"（九天玄女）御帘内传旨"以及"（宋江）看见殿上金碧交辉，点着龙灯凤烛，两边都是青衣女童，执笏捧圭，执旌擎扇侍从；正中七宝九龙床上，坐着那个娘娘"，这些都说明施耐庵是按照帝王或者说是女皇的规格来刻画九天玄女。那么另外一个帝王是谁呢？如果我们详细阅读《水浒传》第四十二回相关文字以及各种暗示，显然比较合理的解释应该是另一个帝王暗指宋江本人，即生活在人间的宋江未来将成为"一代帝王"，"二龙戏水"其实便是指九天玄女这位代表玉帝的女皇与宋江这位未来的人间帝王的相会。

五是九天玄女是战争女神，正是在她的帮助下，黄帝才击败蚩尤，取得胜利。在水浒故事里，九天玄女不仅向宋江传授天书，而且在战场上帮助过宋江。在梁山攻打高唐州时，宋江曾用九天玄女所授天书中回风返火之法反击高唐州知府高廉的妖法；在宋江率领梁山好汉们讨伐辽国，遭遇困境时，也是九天玄女托梦给宋江，告之破阵之法。施耐庵如此安排相关情节，说明宋江未来不仅将成为"一代帝王"，而且是凭借武力剿灭群雄、统一天下的"开国之君"，而在中国众多的"开国之君"之中，最符合文中暗示的便是以"淮右布衣"起事，最终平定四方的明太祖朱元璋。

因此，从各种疑点和字里行间的"言外之意"来看，施耐庵撰写九天玄女授予宋江天书这一情节，极有可能是暗示宋江的历史原型是一位由于天命所归而剿灭群雄、统一华夏的"开国之君"——明太祖朱元璋。

# 《水浒传》崇道抑佛的根源

在《水浒传》里，宗教人物是一个颇具代表性的群体。从被迫出家的鲁智深到未卜先知的智真长老，从清风道骨的公孙胜到半人半仙的罗真人，他们鲜明的人物形象和独特的行事作风令人印象深刻，过目不忘。然而自《水浒传》问世以来，关于施耐庵对佛道两家持何种态度和立场始终是一个聚讼纷纭、莫衷一是的热点话题。

那么在施耐庵内心究竟是如何看待佛道两家呢？要想回答这个问题，我们不妨先看看《水浒传》里的相关描写。

《水浒传》开头引首回写道：

为叹五代残唐天下干戈不息。那时朝属梁，暮属晋，正谓是："朱李石刘郭，梁唐晋汉周，都来十五帝，播乱五十秋。"后来感的天道循环，向甲马营中生下太祖武德皇帝来。这朝圣人出世，红光满天，异香经宿不散。乃是上界霹雳大仙下降。英雄勇猛，智量宽洪。自古帝王都不及这朝天子。一条杆棒等身齐，打四百座军州都姓赵。那天子扫清寰宇，荡静中原，国号大宋，建都汴梁。九朝八帝班头，四百年开基帝主。……太宗皇帝在位二十二年，传位与真宗皇帝。真宗皇帝又传位与仁宗。

这仁宗皇帝乃是上界赤脚大仙。降生之时，昼夜啼哭不止，朝廷出给黄榜，召人医治。感动天庭，差遣太白金星下界，化作一老叟，前来揭了黄榜，能治太子啼哭。看榜官员，引至殿下，朝见真宗天子。圣旨教进内苑看视太子。那老叟直至宫中，抱着太子，耳边低低说了八个字，太子便不啼哭。那老叟不言姓名，只见化一阵清风而去。耳边道八个甚字？道是："文有文曲，武有武曲。"端的是玉帝差遣紫微宫中两座星辰下来辅佐这朝天子。文曲星乃是南衙开封府主龙图阁大学士包拯，武曲星乃是征西夏国大元帅狄青。这两个贤臣，出来辅佐。

霹雳大仙、赤脚大仙、太白金星、玉帝、文曲星和武曲星都是道教体系神话人物，从"乃是上界霹雳大仙下降。英雄勇猛，智量宽洪。自古帝王，都不及这朝天子"以及"文曲星乃是南衙开封府主龙图阁大学士包拯，武曲星乃是征西夏国大元帅狄青。这两个贤臣出来辅佐这朝皇帝"这些文字来看，《水浒传》对于道教神话人物有着极深的崇敬之情。

《水浒传》里另一位正面描写的道教神话人物便是九天玄女。九天玄女，简称玄女，俗称九天娘娘、九天玄女娘娘、九天玄母天尊，是道教里的神话人物，传说上古之时，九天玄女曾受西王母之命，传授兵法给华夏部落首领黄帝，帮助其击败九黎君主蚩尤，统一黄河流域，奠定华夏文明根基。

施耐庵如此描绘九天玄女的神韵：

头绾九龙飞凤髻，身穿金缕绛绡衣。蓝田玉带曳长裙，白玉圭璋擎彩袖。脸如莲萼，天然眉目映云环；唇似樱桃，自在规模端雪体。犹如王母宴蟠桃，却似嫦娥居月殿。正大仙容描不就，威严形像画难成。（《水浒传》第四十二回）

在《水浒传》里，宋江在江州遇救，上了梁山之后，去接老父和兄弟上山，不料被官兵发现，仓皇中逃进还道村玄女庙。玄女娘娘显灵，不仅救了宋江一命，还送其三卷天书，让他替天行道。

在水浒故事里，不仅道教神仙人物法力无边，心系黎民，而且在人世间修行多年的道士同样拥有扶危济困的侠义之心，在这方面以罗真人和公孙胜师徒最具代表性。

罗真人首次亮相就与众不同。宋江率领大军攻打高唐州，不料高唐州知府高廉拥有法术，梁山军团遭遇惨败，宋江派戴宗、李逵去请回退隐山林的公孙胜，但是公孙胜却表示需要获得其师罗真人的许可，于是他们前去面见罗真人。

《水浒传》第五十三回《戴宗智取公孙胜　李逵斧劈罗真人》写道：

戴宗、李逵看那罗真人时，端的有神游八极之表。但见：

星冠攒玉叶，鹤氅缕金霞。神清似长江皓月，貌古似泰华乔松。踏魁罡朱履步丹霄，歌步虚琅函浮瑞气。长髯广颊，修行到无漏之天；碧眼方瞳，服食造长生之境。三岛十洲骑凤往，洞天福地抱琴游。高餐沆瀣，静品鸾笙。正是：三更步月鸾声远，万里乘云鹤背高。都仙太史临凡世，广惠真人住世间。

在戴宗、李逵面前出现的罗真人与其说是修行多年的道士，不如说是居住在人间的活神仙更合适。这位罗真人手下有一千多名黄巾力士，法力高强，不仅能够让手帕变成红云，载人于千里之外，而且精通五雷天罡正法。尽管李逵为了让公孙胜下山，试图杀死罗真人，有错在先，但是罗真人对其略加薄惩之后，还是基于大义，让公孙胜前去救援宋江，可以说在《水浒传》里罗真人是典型的正面人物。

作为罗真人的嫡传弟子，公孙胜的所作所为同样可圈可点。公孙胜是蓟州九宫县人，自幼好习枪棒，为修仙悟道拜二仙山紫虚观罗真人为师，道号一清先生，能呼风唤雨，驾雾腾云，人称"入云龙"。北京梁中书为给岳父蔡京贺寿，命令杨志将其搜刮的十万贯金珠宝贝作为生辰纲，送往东京，公孙胜得知之后，赶往郓城县东溪村投奔晁盖，共同谋划劫取生辰纲。

事情败露之后，面对官兵的追捕，公孙胜在石碣村施展法术，顿时狂风大作，风助火势，火烧官军战船，大败何涛，随后与晁盖等人投奔梁山泊入伙。宋江上山后，公孙胜以照顾老母为由，返回家乡，归隐山林。梁山兵败高唐州，公孙胜征得师父罗真人首肯，下山相助，施展罗真人所授的五雷天罡正法，击败高廉，宋江等人乘机攻破高唐州。

梁山大聚义时，公孙胜主持罗天大醮，在头领的排名上位居第四，星号天闲星，担任掌管机密军师。接受朝廷招安之后，公孙胜跟随宋江讨伐辽国，战功赫赫。击败辽国，宋江班师回朝，公孙胜想起罗真人的嘱托，再度返回家乡，颐养天年。从这些记载来看，施耐庵对于公孙胜同样赞赏有加。

与对道教人物推崇备至形成鲜明对比的是，《水浒传》里的有关佛教人物的描写可以用"刻意丑化"来形容。在水浒故事之中，杨雄之妻潘巧云，生于七月七日，人称风韵寡妇，原是一屠夫之女，曾嫁与本府王押司为妻，王押司去世后，改嫁杨雄，杨雄因公务繁忙，经常在衙门当值，冷落了潘巧云，不想潘巧云水性杨花，耐不住寂寞，终与蓟州报恩寺和尚海阇黎裴如海勾搭成奸。

《水浒传》第四十五回《杨雄醉骂潘巧云　石秀智杀裴如海》写道：

没多时，只见一个年纪小的和尚，揭起帘子入来。石秀看那和尚时，端的整齐。但见：

一个青旋旋光头新剃，把麝香松子匀搭；一领黄烘烘直裰初缝，使沉速栴檀香染。山根鞋履，是福州染到深青；九缕丝绦，系西地买来真紫。那和尚光溜溜一双贼眼，只睃趁施主娇娘；这秃驴美甘甘满口甜言，专说诱丧家少妇。淫情发处，草庵中去觅尼姑；色胆动时，方丈内来寻行者。仰观神女思同寝，每见嫦娥要讲欢。

那和尚入到里面，深深地与石秀打个问讯。石秀答礼道："师父少坐。"随背后一个道人挑两个盒子入来。石秀便叫："丈丈，有个师父在这里。"潘公听得，从里面出来。那和尚便道："干爷，如何一向不到敝寺？"老子道："便是开了这些店面，却没工夫出来。"那和尚便道："押司周年，无甚罕物相送，些少挂面，几包京枣。"老子道："阿也！甚么道理教师父坏钞！"教："叔叔收过了。"石秀自搬入去，叫点茶出来，门前请和尚吃。只见那妇人从楼上下来，不敢十分穿重孝，只是淡妆轻抹，便问："叔叔，谁送物事来？"石秀道："一个和尚，叫丈丈做干爷的送来。"那妇人便笑道："是师兄海阇黎裴如海，一个老诚的和尚。他是裴家绒线铺里小官人，出家在报恩寺中。因他师父是家里门徒，结拜我父做干爷，长奴两岁，因此上叫他做师兄。

他法名叫做海公。叔叔，晚间你只听他请佛念经，有这般好声音！"

……

和尚便抱住这妇人，向床前卸衣解带，共枕欢娱。正是：

不顾如来法教，难遵佛祖遗言。一个色胆歪斜，管甚丈夫利害；一个淫心荡漾，从他长老埋冤。这个气喘声嘶，却似牛驹柳影；那一个言娇语涩，浑如莺啭花间。一个耳边诉雨意云情，一个枕上说山盟海誓。阇黎房里，翻为快活道场；报恩寺中，反作极乐世界。可惜菩提甘露水，一朝倾在巧云中。

从古及今，先人留下两句言语，单道这和尚家是铁里蛀虫，凡俗人家岂可惹他。自古说这秃子道：色中饿鬼兽中狨，弄假成真说祖风。此物只宜林下看，岂堪引入画堂中。

十分明显，《水浒传》是按照色情狂的标准来描写蓟州报恩寺和尚海阇黎裴如海和他那个年幼的师弟的。值得注意的是，施耐庵还借题发挥，将天下所有的和尚都纳入"好色无耻"的行列：

看官听说：原来但凡世上的人情，惟和尚色情最紧。为何说这等话？且如俗人、出家人，都是一般父精母血所生，缘何见得和尚家色情最紧？说这句话，这上三卷书中所说潘、驴、邓、小、闲，惟有和尚家第一闲。一日三餐吃了檀越施主的好斋好供，住了那高堂大殿僧房，又无俗事所烦，房里好床好铺睡着，无得寻思，只是想着此一件事。假如譬喻说，一个财主家，虽然十相俱足，一日有多少闲事恼心，夜间又被钱物挂念，到三更二更才睡，总有娇妻美妾同床共枕，那得情趣。又有那一等小百姓们，一日价辛辛苦苦挣扎，早晨巴不到晚，起的是五更，睡的是半夜，到晚来未上床，先去摸一摸米瓮，看到底没颗米，明日又无钱，总然妻子有些颜色，也无些甚么意兴。因此上输与这和尚们一心闲静，专一理会这等勾当。那时古人评论到此去处，说这和尚们真个利害。因此苏东坡学士道："不秃不毒，不毒不秃；转秃转毒，转毒转秃。"和尚们还有四句言语，道是：

一个字便是僧，两个字是和尚，三个字鬼乐官，四字色中饿鬼。（《水浒

《水浒传》里另一个佛教负面人物便是曾经占据二龙山的邓龙。邓龙原为二龙山宝珠寺住持，绰号"金眼虎"，由于忍受不了佛门的清规戒律，于是率领众僧徒还俗，拉拢周边的地痞流氓，聚众数百人，占据二龙山打家劫舍，杀人越货。为防止官府捉拿，便凭高恃险，在二龙山筑寨自卫，山下设三关，"摆着擂木炮石，硬弩强弓，苦竹枪密密地攒着"（《水浒传》第十七回）。

当"花和尚"鲁智深经张青、孙二娘介绍来投奔邓龙入伙时，邓龙担忧难以驾驭江湖闻名的"花和尚"，不肯收留。鲁智深欲和邓龙大战三百回合，邓龙深知打不过，遂命人把住三关，闭门不出。鲁智深无奈之下，喝酒解愁，在蟠龙山南、弥河水边的树林中歇睡，正巧"青面兽"杨志失陷生辰纲，落魄青州，准备投靠邓龙，遇上鲁智深，二人见面厮打后互通姓名，方知前事，释嫌为友。后在酒店店主曹正谋划下，佯装绑缚鲁智深送至二龙山前，诈开寨门，同杨志一起进入宝珠寺古刹杀死邓龙，制服众匪，曹正命人将邓龙尸首抬至后山烧化并掩埋，植松为记。邓龙死于非命之后，施耐庵还专门撰写一首诗："古刹清幽隐翠微，邓龙雄据恣非为。天生神力花和尚，斩草除根更可悲。"（《水浒传》第十七回）其对邓龙的鄙视可见一斑！

不可否认，在《水浒传》里道教人士之中也存在飞天蜈蚣王道人等害群之马，在佛教人士之中也有智真大师等正面人物，但是如果我们将《水浒传》从头至尾读完，不难发现，全书的确存在"崇道抑佛"的倾向。这样问题就来了，施耐庵为什么会如此推崇道教和仇视佛教呢？马成生先生在《〈水浒〉中的佛教思想》（《水浒通论》，浙江古籍出版社，1994）一文中指出，佛教自东汉明帝永平年间传入我国之后，发展很快，经魏晋南北朝以至于隋唐，或崇佛贬道，或贬佛崇道，与道教之间，或此消彼长，或彼消此长，但总是我国最有势力的两大宗教之一。到了宋代，宋太祖、宋太宗均崇佛，全国僧尼之数多达四五十万，但是宋徽宗则一反其道而行之，大力崇道而恶佛，对佛教势力无疑是重大的打击。降及南宋，以至于元，对佛对道，虽均未有特殊之提倡，而佛教徒中的头面人物却在人民中产生极坏的影响，如元代初期的杨琏真迦任江南释教都总统时，杀害人民，无恶不作，更有大量挖掘钱塘、绍兴一带帝后贵族坟墓的恶性，下流残忍之至。又如元代后期的僧人结林沁，专习"房中术"，引寻元惠帝（即元顺帝）及其宠臣，广取良家女子，终日淫戏，丑行秽声，盛传宫外。这样的僧人，与佛教的教义自然背道而驰，在社会上自然是让人厌恶之至，影响极坏，《水浒传》一书，所以如此描写佛教徒，可能就是上述时代的一丝投影。

然而问题的答案果真如此吗？笔者个人认为，除了上述因素之外，施耐庵如此推崇道教和仇视佛教的根源很可能是因为施耐庵本身就是道教信徒。元代是中国道教蓬勃发展的时期，道教信徒涵盖社会各阶层，从《水浒传》对于大多数道教人物近乎赞美的描写来看，如果施耐庵不是道教的信徒，很难想象其会写出如此充满感情的文字。既然施耐庵有可能是道教信徒，对于佛教存在门户之见不足为奇。

另外，笔者在其他文章曾经多次指出，《水浒传》里的宋江其实是影射朱元璋，梁山的崛起象征着朱元集团剿灭群雄、统一天下的过程，作为朱元璋政治上的反对派，施耐庵对于实则影射朱元璋的宋江采取"明褒实贬"的写法，而朱元璋早年恰恰出家为僧，由于朱元璋早年曾经出家为僧，施耐庵自然会把不满转嫁到佛教上，最能体现这点的便是其有意创造出原本是和尚后来还俗，聚众数百人，杀人越货的二龙山昔日的寨主"邓龙"，"龙"在中国古代社会是帝王的象征，在施耐庵生活的元末明初时期，曾经出家为僧，后来还俗，拉起队伍，占山为王，割据一方，还以"龙"这个中国古代皇帝象征自居的乱世枭雄除了朱元璋，我们还能找到第二个人吗？《水浒传》里对于裴如海和邓龙近乎辱骂的描写，与其说是指向佛教，不如说是暗指昔日出家为僧的朱元璋更合适，简而言之，佛教在《水浒传》里遭到"丑化"很可能是受明太祖朱元璋拖累的结果和产物。

# 宋江的军事指挥才能从何而来

作为水浒故事的核心人物，宋江不仅为人仗义，敢冒着"血海般干系"向晁盖等人通风报信，使他们免于官兵的追捕，而且扶危济困，豪爽大方，经常救济他人。《水浒传》第十八回里有一首《临江仙》称赞宋江："起自花村刀笔吏，英灵上应天星。疏财仗义更多能。事亲行孝敬，待士有声名。济弱扶倾心慷慨，高名冰月双清。及时甘雨四方称，山东呼保义，豪杰宋公明。"

但是宋江能够在晁盖之后成为梁山好汉们拥戴的新一任"掌门人"，除了上述优点之外，还与其杰出的军事指挥才能密切相关，关于这方面内容，全书有着众多详细而又生动的描写。

《水浒传》第四十一回《宋江智取无为军　张顺活捉黄文炳》写道：

只说宋江自和众头领在穆弘庄上商议要打无为军一事，整顿军器枪刀，安排弓弩箭矢，打点大小船只等项提备。……宋江又道："只恨黄文炳那贼一个，却与无为军百姓无干。他兄既然仁德，亦不可害他。休教天下人骂我等不仁。众弟兄去时，不可分毫侵害百姓。今去那里，我有一计，只望众人扶助扶助。"众头领齐声道："专听哥哥指教。"宋江道："有烦穆太公对付八九十个叉袋，又要百十束芦柴，用着五只大船，两只小船。央及张顺、李俊驾两只小船，在江面上与他如此行。五只大船上，用着张横、三阮、童威和识水的人护船。此计方可。"穆弘道："此间芦苇、油柴、布袋都有，我庄上的人都会使水驾船。便请哥哥行事。"宋江道："却用侯家兄弟引着薛永并白胜，先去无为军城中藏了。来日三更二点为期，只听门外放起带铃鹁鸽，便教白胜上城策应。先插一条白绢号带，近黄文炳家，便是上城去处。再又教石勇、杜迁扮做丐者，去城门边左近埋伏，只看火起为号，便下手杀把门军士。李俊、张顺只在江面上往来巡绰，等候策应。"

宋江分拨已定，薛永、白胜、侯健先自去了。随后再是石勇、杜迁扮做丐者，身边各藏了短刀暗器，也去了。这里是一面扛抬沙土布袋和芦苇油柴上船装载。众好汉至期，各各拴缚了，身上都准备了器械。船舱里埋伏军汉。众头领分拨下船：晁盖、宋江、花荣在童威船上，燕顺、王矮虎、郑天寿在张横船上，戴宗、刘唐、黄信在阮小二船上，吕方、郭盛、李立在阮小五船上，穆弘、穆春、李逵在阮小七船上。只留下朱贵、宋万在穆太公庄，看理江州城里消息。先使童猛棹一只打渔快船，前去探路。小喽啰并军健都伏在舱里，大众庄客水手撑驾船只，当夜密地望无为军来。

《水浒传》第五十五回《高太尉大兴三路兵　呼延灼摆布连环马》写道：

却说梁山泊远探报马径到大寨，报知此事。聚义厅上，当中晁盖、宋江，上首军师吴用，下首法师公孙胜，并众头领，各与柴进贺喜，终日筵宴。听知报道汝宁州双鞭呼延灼引着军马到来征进，众皆商议迎敌之策。吴用便道："我闻此人祖乃开国功臣河东名将呼延赞之后，嫡派子孙。此人武艺精熟，使两条铜鞭，人不可近。必用能征敢战之将，先以力敌，后用智擒。"说言未了，黑旋风李逵便道："我与你去捉这厮！"宋江道："你如何去得？我自有调度。可请霹雳火秦明打头阵，豹子头林冲打第二阵，小李广花荣打第三阵，一丈青扈三娘打第四阵，病尉迟孙立打第五阵。将前面五阵一队队战罢，如纺车般转作后军。我亲自带引十个弟兄，引大队人马押后。左军五将：朱仝、雷横、穆弘、黄信、吕方；右军五将：杨雄、石秀、欧鹏、马麟、郭盛。水路中，可请李俊、张横、张顺、阮家三弟兄驾船接应。却叫李逵与杨林引步军分作两路，埋伏救应。"宋江调拨已定，前军秦明早引人马下山，向平川旷野之处，列成阵势。此时虽是冬天，却喜和暖。等候了一日，早望见官军到来。先锋队里百胜将韩滔领兵扎下寨栅，当晚不战。

……

却说宋江次日把军马分作五队在前，后军十将簇拥，两路伏兵分于左右。秦明当先，搦呼延灼出马交战。只见对阵但知呐喊，并不交锋。为头五军，都一字儿摆在阵前，中是秦明，左是林冲、一丈青，右是花荣与孙立。在后随即宋江引十将也到，重重叠叠，摆着人马。

《水浒传》第七十六回《吴加亮布四斗五方旗　宋公明排九宫八卦阵》写道：

这个正是梁山泊主，济州郓城县人氏，山东及时雨呼保义宋公明。全身结束，自仗锟吾宝剑，坐骑金鞍白马，立于阵前监战，掌握中军。马后大戟长戈，锦鞍骏马，整整齐齐三五十员牙将，都骑战马，手执枪刀，全副弓箭。马后又设二十四枝画角，全部军鼓大乐。阵后又设两队游兵，伏于两侧，以为护持。中军羽翼，左是没遮拦穆弘，引兄弟小遮拦穆春，管领马步军一千五百人；右是赤发鬼刘唐，引着九尾鱼陶宗旺，管领马步军一千五百人，伏在两胁。后阵又是一队阴兵，簇拥着马上三个女头领，中间是一丈青扈三娘，左边是母大虫顾大嫂，右边是母夜叉孙二娘。押阵后是他三个丈夫，中间矮脚虎王英，左是小尉迟孙新，右是菜园子张青。总管马步军兵二千。那座阵势，非同小可。怎见得好阵？但见：

明分八卦，暗合九宫。占天地之机关，夺风云之气象。前后列龟蛇之状，左右分龙虎之形。出奇正之甲兵，按阴阳之造化。丙丁前进，如万条烈火烧山；壬癸后随，似一片乌云覆地。左势下盘旋青气，右手下贯串白光。金霞遍满中央，黄道全依戊己。东西有序，南北多方。四维有二十八宿之分，周回有六十四卦之变。先锋猛勇，合后英雄。左统军皆夺旗斩将之徒，右统军尽举鼎拔山之辈。盘盘曲曲，乱中队伍变长蛇；整整齐齐，静里威仪如伏虎。马军则一冲一突，步卒是或后或前。人人果敢，争前出阵夺头功；个个才能，掠阵监军擒大将。休夸八阵成功，谩说六韬取胜。孔明施妙计，李靖播神机。

学者陈周昌先生在《宋江性格结构试探》（《水浒争鸣》第一辑，长江文艺出版社，1982）一文中指出："在梁山泊义军与朝廷官军、地方武装的反复较量中，宋江以军事家的机智和谋略，组织和指挥了无数次惊心动魄的战斗，使他的反抗性格获得最充分的发展。他重视掌握敌情，善于利用矛盾，以里应外合、内外夹攻的策略三打祝家庄，拔除了义军发展道路上的一颗硬钉子。他指挥若定，巧于应变，以凌厉攻势打破了能呼风唤雨的高唐州。又出奇制胜大破连环马，粉碎了高太尉三路兴师的军事围剿。以后又联合三山人马打破青州，施用巧计赚取华州，智取大名府，夜袭曾头市，战东平，攻东昌，两赢童贯，三败高俅，整个封建王朝在梁山泊义军面前为之战栗了。"

然而当我们不禁为宋江杰出的军事才能竖起大拇指之时，却不得不面对这样一个疑问，那就是宋江的军事指挥才能究竟是从何而来？毕竟在上梁山之前，宋江只是一个郓城县的押司，虽然喜欢舞枪弄棒，但是这毕竟跟指挥千军万马是两回事，而且在宋江上梁山之后，我们也看不到有谁传授其兵法的记载。

尽管《水浒传》只是面向社会大众的通俗小说，但是其同样必须遵守正常的逻辑关系和合理的因果关系，显然作为郓城县押司的宋江不太可能在短时间里摇身一变成为指挥千军万马，屡战屡胜的军事统帅。考虑到其他梁山好汉性格、职业与行事风格的高度契合性，我们也很难想象这是施耐庵无意犯下的失误。对于这个疑点，笔者认为，施耐庵其实是有意制造这个逻辑和因果上的漏洞来提醒读者，宋江的历史原型是元末明初大乱世，凭借自己杰出的军事指挥才能剿灭群雄、统一天下的明太祖朱元璋。

元朝末年，政治腐败，经济萧条，饥荒遍地，民不聊生，百姓们纷纷揭竿而起。至正八年（1348），方国珍兄弟啸聚海上；至正十一年（1351），刘福通率红巾军揭竿而起；至正十三年（1353），张士诚等人诛杀官吏，攻占州郡，在高邮建立大周政权。经过多年的混战，来自淮西凤阳的昔日游僧和乞丐——朱元璋凭借自己杰出的军事谋略和指挥才能，先后消灭陈友谅、张士诚等割据势力，统一长江以南地区，然后派徐达、常遇春率领大军北伐，攻占元大都，元顺帝仓皇北逃，元朝灭亡。

对于明太祖朱元璋杰出的军事谋略和指挥才能，我国相关历史书籍也有着众多的描写。

《续资治通鉴·元纪二十九》记载：

时彭大、赵君用驭下无道，所部多横暴，元璋恐祸及己，乃以七百人属他将，而独与徐达等二十四人南去略定远，中途遇疾复还。闻定远张家堡有民兵号驴牌寨者，孤军乏食，欲来降未决，元璋曰："此机不可失也！"乃强起，白子兴，选骑士费聚等从行，至宝公河，其营遣二将出，大呼曰："来何为？"聚恐，请益人，元璋曰："多人无益，滋之疑耳。"乃直前下马，渡水而往。其帅出见，元璋曰："郭元帅与足下有旧，闻足下军乏食，他敌欲来攻，特遣吾相报，能相从，即与俱往，否则移兵避之。"帅许诺，请留物示信，元璋解佩囊与之，寨中以牛脯为献，令诸军促装，且申密约。元璋还，留聚俟之，越三日，聚还报曰："事不谐矣，彼且欲他往。"元璋即率兵三百人抵营，诱执其帅。于是营兵焚旧垒悉降，得壮士三千人，又招降秦把头，得八百馀人。缪大亨以义兵二万屯横涧山，元璋命花云夜袭破之，大亨举众降，军声大振。

《明史纪事本末·卷一》记载：

太祖驻和阳久，谋渡江，无舟楫。时廖永安、永忠、俞廷玉与其子通海、通源、通渊、赵伯仲、桑世杰、张德胜、华高等，各率众泊巢湖，连结水砦以捍寇。会妖党左君弼据庐州，永安等为所扼，乃遣使间道纳款，太祖大喜，曰："此天意也，机不可失。"即以夏五月，亲率兵至巢湖。永安等迎太祖登舟，出湖口，至洞城闸，已脱险，然未入江。蛮子海牙集楼船塞马肠河口以阻。诸兵屯黄墩，会巢湖将赵普胜蓄异志，永安等密露其机。太祖遂声言归和阳，取舟同攻蛮子海牙，实欲以兵势挟之。既归，集商人舟，载精锐猛士，复至黄墩，督兵攻蛮子海牙。敌舟高大，进退不利。永安等小舟往来如飞，奋击，大败之。时湖口浅涸，会大雨连旬，水涨，遂纵舟至浔阳桥。众恐舟大不能渡，比至，才余分寸，永安等遂得入大江，从归和阳，遂定渡江之计。

六月朔，太祖帅诸将渡江，永安请所向，太祖曰："采石大镇，备必固，牛渚矶前临大江，难为备御，攻之必克。"乃乘风举帆，舳舻齐发，顷刻达牛渚。太祖先抵采石矶。时元兵阵于矶上，舟距岸三丈许，未能卒登。常遇春飞舸至，太祖麾之，应声挺戈，跃而上，守者披靡，诸军从之，遂拔采石，乘胜径攻太平。元平章完者不花、万户万钧、达鲁花赤普里罕忽里等弃城遁。丙辰，克太平路。初，太祖之发采石也。先令李善长为戒饬军士榜，及入城，揭之通衢。一卒违令，立斩之，城中肃然。太平路总管靳义赴水死，太祖曰："义士也。"具棺葬之。耆儒李习、陶安等率父老出迎。安见太祖，谓李习曰："龙姿凤质，非常人也，我辈今有主矣。"太祖召安语时事，安因献言曰："方今四方鼎沸，豪杰并争，攻城屠邑，互相雄长，然其志在子女玉帛，非有拨乱安民，救天下之心。明公率众渡江，神武不杀，以此顺天应人而行吊伐，天下不足平也。"太祖曰："吾欲取金陵，如何？"安对曰："金陵帝王之都，龙蟠虎踞，限以长江之险。若据其形胜，出兵以临四方，则何向不克！此天所以资明公也。"太祖大悦，礼安甚厚，由是凡机密辄与议焉。改太平路为太平府，以李习知府事，李善长为帅府都事，汪广洋为帅府令史，陶安参幕府事。文移用宋龙凤年号，旗帜战衣皆红色，盖以火德王故也。

《明史·太祖本纪》记载：

（至正二十年）闰月丙辰，友谅陷太平，守将朱文逊，院判花云、王鼎，知府许瑗死之。未几，友谅弑其主徐寿辉，自称皇帝，国号汉，尽有江西、湖广地，约士诚合攻应天，应天大震。诸将议先复太平以牵之，太祖曰："不可。彼居上游，舟师十倍于我，猝难复也。"或请自将迎击，太祖曰："不可。彼以偏师缀我，而全军趋金陵，顺流半日可达，吾步骑急难引还，百里趋战，兵法所忌，非策也。"乃驰谕胡大海捣信州牵其后，而令康茂才以书绐友谅，令速来。友谅果引兵东。于是常遇春伏石灰山，徐达阵南门外，杨璟屯大胜港，张德胜等以舟师出龙江关，太祖亲督军卢龙山。乙丑，友谅至龙湾，众欲战，太祖曰：“天且雨，趣食，乘雨击之。”须臾，果大雨，士卒竞奋，雨止合战，水陆夹击，大破之，友谅乘别舸走。遂复太平，下安庆，而大海亦克信州。

后世的学者和专家对于明太祖朱元璋杰出的军事谋略和指挥才能有着极高的评价。清初史学家谷应泰认为：“明太祖之起兵濠梁也，鼓其朝锐，所向披靡。六年之间，北取滁、和，南收姑孰，金陵一下，天物克基，虽曰神运，盖亦有人事焉。”（《明史纪事本末·卷一》）《明史·太祖本纪》末尾也赞叹道：“太祖以聪明神武之资，抱济世安民之志，乘时应运，豪杰景从，戡乱摧强，十五载而成帝业。崛起布衣，奄奠海宇，西汉以后所未有也。”

宋江与明太祖朱元璋在军事谋略和指挥才能方面有着惊人的相似性：江州脱险后，宋江周密筹划，率领梁山好汉突袭无为军，活捉黄文炳。得知驴牌寨欲来降未决，朱元璋深入危地，软硬兼施，关键时刻，诱执其帅，得壮士三千人；面对呼延灼率领的精锐部队，宋江毫无畏惧，排兵布阵，亲自出征，历经波折，终于擒获呼延灼。为了打破强敌环伺的被动局面，占据和州的朱元璋带领军队毅然过江，攻占集庆，改名应天府（今江苏南京），奠定了后来统一天下的基础；童贯大军包围梁山，宋江与吴用等人布下九宫八卦阵，真真假假，虚虚实实，上演了一场十面埋伏的大剧，最终杀得童贯落荒而逃。陈友谅倾巢出动，占领太平（今安徽当涂），直指应天，朱元璋先调兵遣将进攻信州（今江西上饶）牵其后，后令康茂才诈降，亲自督军，大破陈友谅，收复太平，占领安庆和信州，为最终消灭陈友谅集团奠定了坚实的基础。

这些相似性凸显了这样一种可能性：《水浒传》里的宋江其实是影射元末明初最杰出的军事统帅——明太祖朱元璋。

# 《水浒传》为何描写李逵血洗扈家庄

　　石秀、杨雄杀了奸夫淫妇之后，带着时迁投奔梁山，途经祝家庄时偷吃了一只报晓的公鸡，时迁被抓，石秀、杨雄逃脱，来到梁山，央求晁盖出兵相救。早已有心攻占祝家庄，抢夺粮草的宋江借机说服晁盖，率领众好汉出征，解救时迁。一打祝家庄，宋江派石秀、杨林前去探路，杨林被俘，石秀遇见钟离老人，不仅幸免于难，而且得知了祝家庄内部的机关分布和军事防御体系。宋江等不及他们返回，下令攻打，不料迷路，又中了祝家庄的伏兵，关键时刻，石秀赶到说出机关暗号，花荣射落号灯，宋江等人才得以安全退出。二打祝家庄，梁山虽然仍然失利，但活捉了祝家庄的同盟军、扈家庄的女将扈三娘，迫使扈家庄归附梁山。三打祝家庄，宋江利用新来入伙的孙立与祝家庄教师栾廷玉是师兄弟的关系，混入祝家庄做内应。梁山人马与其里应外合，最后攻破祝家庄，掳获众多粮草，胜利班师。

　　然而在梁山攻入祝家庄，大获全胜之时，却发生了李逵滥杀无辜，血洗扈家庄的事件。对于此事，《水浒传》第五十回《吴学究双用连环计　宋公明三打祝家庄》有着详细的描写：

　　且说东路祝龙斗林冲不住，飞马望庄后而来。到得吊桥边，见后门头解珍、解宝把庄客的尸首，一个个搠将下来火焰里。祝龙急回马望北而走。猛然撞着黑旋风，踊身便到，轮动双斧，早砍翻马脚。祝龙措手不及，倒撞下来。被李逵只一斧，把头劈翻在地。祝彪见庄兵走来报知，不敢回，直望扈家庄投奔。被扈成叫庄客捉了，绑缚下，正解将来见宋江。恰好遇着李逵，只一斧砍翻祝彪头来。庄客都四散走了。李逵再轮起双斧，便看着扈成砍来。扈成见局面不好，拍马落荒而走，弃家逃命，投延安府去了。后来中兴内，也做了个军官武将。

且说李逵正杀得手顺，直抢入扈家庄里，把扈太公一门老幼，尽数杀了，不留一个。叫小喽啰牵了有的马匹，把庄里一应有的财赋，捎搭有四五十驮，将庄院门一把火烧了，却回来献纳。

再说宋江已在祝家庄上正厅坐下，众头领都来献功，生擒得四五百人，夺得好马五百馀匹，活捉牛羊不记其数。宋江看了，大喜道："只可惜杀了栾廷玉那个好汉。"正嗟叹间，闻人报道："黑旋风烧了扈家庄，砍得头来献纳。"宋江便道："前日扈成已来投降，谁教他杀了此人？如何烧了他庄院？"只见黑旋风一身血污，腰里插着两把板斧，直到宋江面前，唱个大喏，说道："祝龙是兄弟杀了，祝彪也是兄弟砍了。扈成那厮走了。扈太公一家都杀得干干净净。兄弟特来请功。"宋江喝道："祝龙曾有人见你杀了，别的怎地是你杀了？"黑旋风道："我砍得手顺，望扈家庄赶去，正撞见一丈青的哥哥，解那祝彪出来，被我一斧砍了。只可惜走了扈成那厮。他家庄上，被我杀得一个也没了。"宋江喝道："你这厮，谁叫你去来！你也须知扈成前日牵牛担酒，前来投降了。如何不听得我的言语，擅自去杀他一家，故违了我的将令？"李逵道："你便忘记了，我须不忘记！那厮前日教那个鸟婆娘赶着哥哥要杀，你今却又做人情。你又不曾和他妹子成亲，便又思量阿舅丈人！"宋江喝道："你这铁牛，休得胡说！我如何肯要这妇人？我自有个处置。你这黑厮拿得活的有几个？"李逵答道："谁鸟奈烦！见着活的便砍了。"宋江道："你这厮违了我的军令，本合斩首，且把杀祝龙、祝彪的功劳折过了。下次违令，定行不饶。"黑旋风笑道："虽然没了功劳，也吃我杀得快活。"

施耐庵将李逵滥杀无辜，血洗扈家庄写入三打祝家庄末尾十分耐人寻味。自古以来，优待俘虏、杀降不吉是中国社会的普遍共识。白起、项羽屠戮战俘历来饱受后世诟病，更何况"盗亦有道"，在扈成主动押送祝彪来见宋江的情况下，李逵不分青红皂白，"直抢入扈家庄里，把扈太公一门老幼，尽数杀了，不留一个。叫小喽啰牵了有的马匹，把庄里一应有的财赋，捎搭有四五十驮，将庄院门一把火烧了"。这种行径必然会让打着"替天行道"旗帜的梁山蒙羞，但是宋江得知此事之后，只是轻描淡写地批评李逵："你这厮违了我的军令，本合斩首，且把杀祝龙、祝彪的功劳折过了。下次违令，定行不饶。"显然在李逵和宋江心目中，扈家庄一门老幼的性命如同草芥，不值得一提。

既然这段描写凸显了李逵的残暴不仁和宋江虚伪狡诈，那么施耐庵为什么非要将这部分内容放入《水浒传》里呢？要想回答这个问题，还必须从明初一位赫赫有名的将领——常遇春谈起。

常遇春，字伯仁，南直隶凤阳府怀远县（今安徽怀远）人，出身贫寒之家，自幼喜欢舞枪弄棒，长大之后体貌奇伟，身高臂长，力大过人，学武有成，精于骑射。最初投奔活动于怀远、定远一带的绿林大盗刘聚，以打家劫舍为生，后发现刘聚胸无大志，便投靠占据和州（今安徽和县）的朱元璋。在朱元璋麾下，常遇春南征北战，威震天下，对于常遇春的赫赫战功，《明史·常遇春传》有着生动的描写：

> 及兵薄牛渚矶，元兵陈矶上，舟距岸且三丈余，莫能登。遇春飞舸至，太祖麾之前。遇春应声，奋戈直前。敌接其戈，乘势跃而上，大呼跳荡，元军披靡。诸将乘之，遂拔采石，进取太平。授总管府先锋，进总管都督。
>
> ……
>
> 陈友谅围洪都，召还。会师伐汉，遇于彭蠡之康郎山。汉军舟大，乘上流，锋锐甚。遇春偕诸将大战，呼声动天地，无不一当百。友谅骁将张定边直犯太祖舟，舟胶于浅，几殆。遇春射中定边，太祖舟得脱，而遇春舟复胶于浅。有败舟顺流下，触遇春舟乃脱。转战三日，纵火焚汉舟，湖水皆赤，友谅不敢复战。诸将以汉军尚强，欲纵之去，遇春独无言。比出湖口，诸将欲放舟东下，太祖命扼上流。遇春乃溯江而上，诸将从之。友谅穷蹙，以百艘突围。诸将邀击之，汉军遂大溃，友谅死。师还，第功最，赉金帛土田甚厚。从围武昌，太祖还应天，留遇春督军围之。

......

以遇春兼太子少保，从下山东诸郡，取汴梁，进攻河南。元兵五万陈洛水北。……遇春一矢殪其前锋，大呼驰入，麾下壮士从之。敌大溃，追奔五十余里。降梁王阿鲁温，河南郡邑以次下。谒帝于汴梁，遂与大将军下河北诸郡。先驱取德州，将舟师并河而进，破元兵于河西务，克通州，遂入元都。别下保定、河间、真定。

虽然常遇春是战绩显赫的明朝"开国名将"，但是其在行军作战之时由于存在杀降的恶习而备受后世批评。

《明史·徐达传》记载：

还镇池州，与遇春设伏，败陈友谅军于九华山下，斩首万人，生擒三千人。遇春曰："此劲旅也，不杀为后患。"达不可，乃以状闻。而遇春先以夜坑其人过半，太祖不怿，悉纵遣余众。于是始命达尽护诸将。

《明史·常遇春传》记载：

从取安庆。汉军出江游徼，遇春击之，皆反走，乘胜取江州。还守龙湾，援长兴，俘杀吴兵五千余人，其将李伯升解围遁。命瞰安庆城。

李逵血洗扈家庄与常遇春杀降在许多方面都有相似性：李逵是梁山寨主宋江的心腹爱将。常遇春则是明太祖朱元璋的心腹爱将；李逵将已经投降的扈家庄"一门老幼，尽数杀了，不留一个"，说明其残暴不仁。常遇春屠杀已经投降的敌军士兵则显示其嗜血成性；事后，宋江对于李逵只是口头批评，没有任何惩罚。常遇春杀降之后，朱元璋对于常遇春也仅仅是言语告诫，不见丝毫追究。

知道了这些相似性，我们对于施耐庵为什么如此谋篇布局就不会感到困惑不解。既然距离元末明初已经三百多年的《明史》的编撰者依然能够看到常遇春杀降的相关记载，那么与常遇春生活在同一时期的施耐庵对于其这一恶习自然不会陌生。在身为朱元璋政治反对派的施耐庵看来，常遇春诛杀已经投降的敌军士兵完全是毫无信誉可言的禽兽之举，而朱元璋对于常遇春这种杀降行为尽管表面上训斥，却没有任何惩罚措施，显示出其高举的仁义大旗是多么虚伪！为了让后世读者知道常遇春残忍嗜杀和朱元璋的假仁假义，施耐庵有意在三打祝家庄末尾加入我们今天看到的李逵血洗已经投降的扈家庄和宋江名为批评实为包庇的情节。

# 《水浒传》原本的最终结局应该是什么

　　喜欢阅读《水浒传》的朋友通常都会有这样一种体会：在招安之前，尽管梁山好汉历经风波，但是他们该出手时还是会出手，像鲁智深原本想投靠占据二龙山的邓龙，却被其拒之门外，邓龙闭关不出，喝酒解忧的鲁智深遇到了杨志，两人与曹正合谋设计诛杀邓龙，成为二龙山的新主人。李逵在柴进庄园居住期间，柴进的叔叔柴皇城因房屋将被高唐州新任知府、高俅的叔伯兄弟高廉的妻舅殷天锡夺取而气死，柴皇城去世第三日，殷天锡带人要强占房屋，李逵怒发冲冠，一顿拳脚，打死了殷天锡。即使善良近乎软弱可欺的林冲在被高俅陷害发配至沧州牢城，得知陆谦、富安和牢城管营等人要斩草除根，自己无处可逃之时也会奋起反抗，手刃小人。每当我们读到梁山好汉们铲奸除恶，大杀四方，不禁会暗暗叫好。

　　然而在招安之后，这种美好的感觉几乎荡然无存，取而代之的便是眼睁睁地看着梁山好汉被奸臣们逐步铲除的压抑忧郁心情。先是宋江等人被当枪使，受命讨伐辽国。在击败辽国，班师回朝之后，朝廷竟然下令梁山军队只能驻扎于东京汴梁城外，猜忌之心昭然若揭。在平定方腊之乱的过程中，梁山又在战场上损失了大半头领。随着各地叛乱被平定，梁山好汉们失去了利用价值，卢俊义和宋江先后被毒杀，宋江临死之前担心李逵再举反旗，而使其喝下毒酒，双双殒命，花荣和吴用被宋江托梦告知也来到其墓前，一同上吊自杀。

　　《水浒传》凄惨的结局让后世无数读者黯然神伤，然而我们今天看到的《水浒传》结局便是原本的结局吗？

　　必须指出的是，尽管施耐庵笔下的宋江其实是影射明太祖朱元璋，但是他不太可能在《水浒传》结尾让宋江真的登基称帝，因为这样做不仅完全违背真实历史，而且考虑到其在书中留下的各种隐喻和暗示无异于昭告天下宋江便是明太祖朱元璋。在施耐庵撰写《水浒传》之时，明王朝已经基本上统一天下，其本人又生活在江南这一明王朝统治的核心地区，假如这样安排结局，无异于自取灭亡！

　　但是另一方面，任何一部优秀的文学作品都必须讲究前后呼应，首尾一致，像《红楼梦》第五回，贾宝玉在警幻仙姑的指引下梦游太虚幻境，所看到的金陵十二钗判词，其实便预言了她们各自的结局，之后《红楼梦》的情节演变便与判词所作的预言基本对应。作为与《红楼梦》同为中国古代四大名著之一的经典白话小说，我们很难想象，施耐庵在《水浒传》里留下各种隐喻和暗示之后，在结尾之处没有留下与之呼应的内容。然而当前流传至今的《水浒传》结尾，宋江在被毒死之前，尽管为大宋王朝立下了汗马功劳，却只被封为楚州安抚使兼兵马都总管，虽然安抚使兼兵马都总管手握楚州的军政实权，位高权重，属于专制一方的封疆大吏，但是这个官职显然与宋江首次亮相形容其"怀扫除四海之心机"和他在题反诗时所提及的"敢笑黄巢不丈夫"相互矛盾，这说明相比原本，流传至今的《水浒传》版本的结尾很可能遭到过篡改。

　　既然流传至今的《水浒传》版本的结尾很可能遭到过篡改，那么原本《水浒传》的结尾又是什么内容？笔者个人认为，从历史发展、前后呼应、影射需要以及情节合理等因素综合考虑，原本《水浒传》的结尾很可能在宋江被毒杀之前让其实现了"裂土封王"的政治夙愿，理由如下：

　　1. 两宋之交吴氏兄弟由于战功封王可供参考

　　当前版本《水浒传》的末尾称呼宋徽宗为上皇说明此时已到北宋宣和七年（1125）或之后，因为在宣和七年，已经消灭辽国的金军入侵中原，兵锋直指汴梁，惊慌失措的宋徽宗在群臣压力下退位，太子赵桓继位，是为宋钦宗，宋徽宗成为太上皇，即书中所说的上皇。两年之后，汴梁沦陷，北宋灭亡，宋徽宗和宋钦宗被金军押往北方，皇子赵构逃脱，在文武百官的拥戴下登基称帝，建立南宋。在此之后，南宋与金朝激战多年，涌现出了岳飞、韩世忠等众多官拜或追封为王爵的中兴名将，在这些名将之中值得关注的是长年抗击金军，掌握巴蜀军政大权的吴氏兄弟。

吴玠，字晋卿，德顺军陇干（今甘肃静宁）人，吴璘，字唐卿，吴玠之弟。吴氏兄弟早年从军御边，抗击西夏。建炎二年（1128），领兵抗金，都以骁勇善战、谋略出众而知名。富平之战失败后，吴玠、吴璘扼守和尚原、饶风关、仙人关等地，屡败金军，都官至四川宣抚使，执掌巴蜀军政大权。绍兴九年（1139），吴玠病逝，年四十七，追赠少师，谥号"武安"，淳熙三年（1176），追封涪王。吴玠病逝之后，吴璘成为南宋西部边境的"中流砥柱"，绍兴三十一年（1161），金海陵王完颜亮派兵入侵，吴璘被授为四川宣抚使，带病抗敌，与金军互有胜负。乾道元年（1165），受封新安郡王，兼判兴元府。乾道三年（1167），吴璘病逝，年六十六，追赠太师、信王，谥号"武顺"。

饱读诗书的施耐庵对于这段特殊的历史自然不会陌生，考虑到宋江等梁山好汉讨伐辽国、平定方腊之乱的功劳和梁山军队的强大战斗力以及两宋之交的历史演变，施耐庵很有可能参考吴氏兄弟的模式"安排"宋廷任命宋江为楚王，管辖包括楚州在内的江淮地区和吴国故地，成为抗金第一线的主力军。

2. 能够达到前后呼应、首尾一致的艺术效果

前文已经提及《水浒传》里的宋江其实是影射明太祖朱元璋，但是施耐庵不太可能在《水浒传》末尾直接描写宋江登基称帝。既然不太可能直接描写宋江登基称帝，那么退而求其次，最有可能是让宋廷册封宋江为楚王。在中国古代社会，诸侯王是仅次于皇帝的最重要爵位，而且宋江这个楚王是集政治、军事、司法、民事大权于一身的实权王爷，在江淮和吴国故地数千里的地方，宋江是令行禁止、说一不二的真正的统治者，受封为楚王之后，宋江也勉强算是有资格"敢笑黄巢不丈夫"，这样也能够与宋江在江州浔阳楼题反诗的相关内容遥相呼应。

3. 宋江受封为楚王可以暗指在称帝之前担任过吴王的朱元璋

在古代春秋时期，长江以南的湖南、湖北原本属于楚国，南京、苏州等地则属于吴国，后来吴楚之地逐步演变成为江南地区的代名词，诗圣杜甫的《登

岳阳楼》便有"昔闻洞庭水，今上岳阳楼。吴楚东南坼，乾坤日夜浮"的诗句，而朱元璋在称帝之前建立的吴政权恰恰占据江南的核心地区。值得注意的是，朱元璋早年曾经担任过吴王，这点天下无人不知，无人不晓，如果施耐庵让宋江也担任疆域范围与朱元璋相近的吴王，相当于告诉天下人宋江就是朱元璋，因此为了避祸，施耐庵很可能有意让宋江担任楚王，毕竟在古代社会，吴楚经常连用，让宋江担任楚王也可以影射曾经担任吴王的朱元璋。

**4. 只有在同意"裂土封王"的情况下，大多数梁山好汉们才会支持宋江的招安主张**

毋庸置疑，《水浒传》是一部以北宋末年为时代背景的面向大众的通俗白话小说，既然是通俗白话小说，自然允许存在众多虚构的情节，但是允许存在众多虚构的情节并不等同于胡编乱造，同样需要遵循合理的逻辑关系和正常的因果关系。在《水浒传》里，宋江原本是郓城县押司，对于仕途有着强烈的欲望，因此即使被迫上了梁山，念念不忘的依然是等待时机成熟，归顺朝廷，希望未来有朝一日能成为达官显贵，所以他力主招安不足为奇，但是当前水浒研究往往忽视了另外一个问题，即除了宋江等少数人之外，绝大多数梁山好汉与高俅、蔡京等奸臣结下了不共戴天之仇，像林冲便由于高衙内想要霸占自己的娘子而被高俅陷害，险些丢了性命；鲁智深则因为帮助林冲被高俅记恨，被迫离开大相国寺，风餐露宿，浪迹天下；梁山崛起之后，童贯和高俅多次率军前来围剿，均以失败告终，高俅本人甚至曾经还被梁山好汉俘虏，脸面扫地。

对于大多数梁山好汉而言，在面对招安议题之时，第一反应便是假如未来归顺朝廷，会不会再被高俅、蔡京等奸臣迫害，性命难保，关于这点，估计连幼童都会想到，这些历经磨难、饱经风霜，对于高俅、蔡京等奸臣有着深刻认识的梁山好汉们又怎么可能置自己的性命于不顾，盲目同意招安呢？那么为什么他们最终同意招安呢？从《水浒传》里蕴含的各种隐喻和暗示来看，在《水浒传》原本里，宋廷为了确保招安能够成功，极有可能开出了"裂土封王"的诱人条件，即只要梁山立下战功，就册封宋江为楚王，拥有独立的封地和军队，梁山好汉可以在朝廷任职也可以楚国任职。这种情况下，那些与高俅、蔡京等奸臣有着不共戴天之仇的梁山好汉们便有了避难之所，自然不会反对招安。当然事后来看，许多梁山好汉依然没有逃脱高俅、蔡京等奸臣的毒手，但是根据《水浒传》里蕴含的众多隐喻和暗示来看，《水浒传》原本里，宋廷为了确保招安能够成功开出"裂土封王"的诱人条件的可能性不应该被轻易否定。

除此之外，相对于原本《水浒传》，笔者认为，当前版本的《水浒传》结尾之处很可能推迟了李逵的死亡时间。在梁山好汉里，论对宋江的忠诚无人能及"黑旋风"李逵，自从宋江在江州通过戴宗结识当时尚为狱卒的李逵，并多次仗义疏财，主动拿出银两帮助其摆脱困境，李逵便视宋江为自己的"再生父母"，成为对其至死不渝、忠心耿耿的头号打手。宋江由于题反诗被黄文炳揭发，和戴宗一起被押送刑场的关键时刻，原本可以脱身的李逵在街道上首先杀出，制造混乱，为晁盖等人救出宋江创造了良机。上了梁山之后，李逵更是多次跟随宋江南征北讨，战功赫赫。

相对于李逵的忠心，尽管宋江表面上对其宠爱有加，但是内心却对李逵不乏猜忌之心，最能体现这点莫过于在《水浒传》第六十七回《宋江赏马步三军 关胜降水火二将》中，梁山派林冲、杨志、孙立、黄信带领五千人马，配合关胜，抵御凌州团练使单廷圭、魏定国率领的朝廷大军。李逵要求跟随被宋江拒绝，"次日，只见小军来报：'黑旋风李逵，昨夜二更，拿了两把板斧，不知那里去了。'宋江见报，只叫得苦：'是我夜来冲撞了他这几句言语，多管是投别处去了。'"当宋江得知李逵不辞而别，第一反应便是认为是由于自己昨日批评而"投别处去"，可见其对李逵绝非真正信任。

另一方面，在招安问题上，李逵是最坚决的反对派，即使梁山后来归顺了朝廷，李逵也出任镇江润州都统制，但是其再举反旗、重回梁山的想法始终没有消失。考虑到李逵与宋江的亲密无间的关系，一旦李逵起兵造反，朝廷必然会怀疑是受宋江指使，届时宋江不仅会丧失已经到手的荣华富贵，可能连性命也不保。为了防止这种不利的局面出现，宋江在自己被册封为楚王之后不久，很有可能通过酒里下毒的方式铲除李逵，当然对外公布的死因必然是暴病而亡。然而宋江万万没有想到，"螳螂捕蝉，黄雀在后"，尽管自己除掉了希望再举反旗、重回梁山的李逵，但是高俅、蔡京等奸臣还是不肯放过他，宋江依然难以逃脱被毒死的命运，也就是说，在原本里，宋江毒死李逵在先，自己被毒死在后。

我们今天讨论《水浒传》原本结局之时，不能忘记施耐庵对于刻画宋江所采取的"明褒实贬"的基本原则，即表面上赞赏有加，但是事实上却对其进行嘲讽和挖苦。可目前的《水浒传》版本里，梁山讨伐辽国，平定方腊之乱后，高俅、蔡京等奸臣决定斩草除根，在宋徽宗御赐宋江的美酒里下毒，宋江喝下毒酒，发觉自己将告别人间，为了防止李逵再举反旗，不得不让其也喝下毒酒，双双殒命。在这些描写里，尽管李逵也是被宋江毒死，但是他这样做是逼不得已，宋江依然能够获得读者的同情和理解。我们很难想象，痛恨宋江（实则痛恨朱元璋）的施耐庵在《水浒传》结尾会给予其如此光辉的形象，相反如果施耐庵能够让宋江先毒死李逵，然后撰写高俅、蔡京等奸臣毒死宋江，不但能够凸显宋江外表仗义疏财，宽宏大度，实则多疑猜忌，冷酷无情，彻底揭开宋江虚伪的面具，而且可以通过这种情节设计来宣泄自己的不满和怒火。

因此，综合各方面的因素，《水浒传》原本的最终结局可能是这样的：宋廷为了确保招安能够成功，开出了"裂土封王"的诱人条件，即只要梁山立下战功，就册封宋江为楚王，拥有独立的封地和军队，梁山好汉可以在朝廷任职也可以在楚国任职。由于解决了后顾之忧，梁山好汉纷纷支持宋江的招安主张。归顺朝廷之后，宋江等梁山好汉受命讨伐辽国，平定方腊之乱，在平定方腊之乱的过程中，梁山又在战场上损失了大半头领。随着各地叛乱被平定，宋廷册封宋江为楚王，管辖江淮和吴地数千里土地，率领梁山军队抵抗后来入侵的金军。然而尽管宋江出人头地、功成名就，但是他对于时刻不忘再举反旗的李逵依然感到忧心忡忡，为了避免被牵连，宋江设计毒死李逵，对外的理由是暴病身亡，可宋江万万没有想到，尽管自己除掉了希望再举反旗、重回梁山的李逵，但是高俅、蔡京等奸臣依然不肯放过他，在宋徽宗御赐宋江的美酒里下毒，宋江虽然心有不甘，却不得不含恨而亡！花荣和吴用被宋江托梦告知也来到其墓前，一同上吊自杀。

然而这样的结局安排能够瞒得过普通百姓，却未必能够骗过与施耐庵同一时期的文人士大夫，由于施耐庵在《水浒传》原本中留下了许多隐喻和暗示，尽管其对于这些隐喻和暗示在遣词造句时尝试加以掩饰，但是施耐庵的真实意图很可能被明王朝察觉，因此《水浒传》原本便变成禁书，转而以地下的方式在秘密流传，到了明朝嘉靖年间，毕竟已经过去了一百多年，昔日的文网已经变得松弛，喜好文艺的明朝"开国元勋"郭英的嫡系后人武定侯郭勋在机缘巧合下获得了早期版本的《水浒传》，为了提高自己的声望，郭勋组织门客对《水浒传》进行修订，在润色文字和完善情节的同时，删除和修改那些让人容易察觉的影射元末明初众多历史人物和事件的文字和情节，我们今天熟知的《水浒传》结局很可能就源于这次修改。

# 李逵：两位明初"忠臣"的混合体

在梁山好汉之中，彪悍勇猛、性格直爽的"黑旋风"李逵堪称是塑造最成功的人物形象之一，施耐庵对于李逵的描写可以用"惟妙惟肖"来形容。李逵原为沂州沂水县百丈村人氏。因为打死了人，逃了出去，遇到大赦之后流落到江州，被江州两院押牢节级院长戴宗收留，在大牢里当一个小牢子。宋江杀惜被发配江州，在戴宗的引荐下，李逵与宋江相识相交。《水浒传》第三十八回《及时雨会神行太保　黑旋风斗浪里白跳》对于李逵第一次出场是这样描写的：

戴宗便起身下去，不多时引了那个人上楼来。宋江看见了吃一惊。看那人生得如何？但见：

黑熊般一身粗肉，铁牛似遍体顽皮。交加一字赤黄眉，双眼赤丝乱系。怒发浑如铁刷，狰狞好似狻猊。天蓬恶煞下云梯。李逵真勇悍，人号铁牛儿。

宋江见了那人，便问戴宗道："院长，这大哥是谁？"戴宗道："这个是小弟身边牢里一个小牢子，姓李名逵。祖贯是沂州沂水县百丈村人氏。本身一个异名，唤做黑旋风李逵。他乡中都叫他做李铁牛。因为打死了人，逃走出来。虽遇赦宥，流落在此江州，不曾还乡。为因酒性不好，多人惧他。能使两把板斧，及会拳棍。见今在此牢里勾当。"

由于宋江的仗义疏财和极力笼络，李逵很快成为其最忠心的追随者和头号打手，当宋江因在浔阳楼题反诗被黄文炳揭发被捕入狱，即将开刀问斩的危急时刻，原本可以逃之夭夭的李逵不顾安危，挺身而出，血洗法场，为随后赶到的梁山好汉们救下宋江提供了难得的契机。

上了梁山之后，李逵多次跟随宋江出征。三打祝家庄时，在战场上杀死祝龙、祝彪兄弟；攻打高唐州和大名府时，李逵也是身先士卒，斩将夺旗。梁山大聚义之时，李逵排名第二十二位，星号天杀星，任步军头领，后来童贯带兵攻打梁山，李逵与樊瑞、鲍旭、项充、李衮配合作战，斩杀睢州兵马都监段鹏。

梁山接受朝廷招安之后，李逵先后参与了征讨辽国、平定方腊之战，杀敌破阵，战功卓著。征方腊结束后，担任镇江润州都统制。蔡京、高俅等奸臣借御酒毒杀宋江。宋江饮了御酒，知道已经中毒，由于害怕李逵为自己报仇再度起兵造反，重上梁山，使其在不知情的情况下也饮下毒酒，事后宋江告知李逵真相，李逵却表示："生时服侍哥哥，死了也只是哥哥部下一个小鬼。"最终毒发身亡，与宋江双双殒命。

毋庸置疑，李逵是施耐庵在《水浒传》里塑造的最成功的人物形象之一，但是有意思的是，在作为《水浒传》重要来源的元代水浒戏剧之中，李逵的形象与我们当前所熟知的有着天壤之别。在康进之的《李逵负荆》、高文秀的《黑旋风双献功》等元杂剧里，李逵经常吟诗作对，附庸风雅，是一个典型的风流书生。那么施耐庵为什么要将李逵从书生改造成莽汉呢？要想回答这个问题，我们还必须从两位在外貌、性格、事迹等方面与《水浒传》里的李逵存在不少相似之处的明初名将——花云和胡大海谈起。

花云，凤阳府怀远县（今安徽怀远）人，淮西二十四将之一，"貌伟而黑，骁勇绝伦"（《明史·花云传》）。至正十三年（1353），花云提着宝剑，来到临濠（今安徽凤阳）投奔朱元璋，被授以兵马。他所战皆克，攻破怀远时，擒获敌将，又攻克全椒、缪家寨。六月，朱元璋取滁州，率领花云和数名骑兵先行，突然遇到数千敌军，花云拔剑跃马冲阵，大败敌军。

朱元璋南渡长江，花云身先士卒，亲冒矢石，渡到对岸。攻克了太平（今安徽当涂）以后，花云凭借着忠诚和勇猛在朱元璋身边担任护卫，后升任禁军总管，先后率军攻占镇江、丹阳、丹徒、金坛等地。

朱元璋在太平建立行枢密院，提拔花云做了枢密院的院判，命令他去宁国，军队陷入山中长达八天，盗贼们互相勾结阻挡道路，花云拿起长矛奋勇杀敌，除掉了成百上千的贼人，身上却没有中一箭。

至正二十年（1360），陈友谅率领舟师进攻太平，防守太平的花云与朱文逊率军迎战，朱文逊战死。陈军猛攻三日都不能下，后来趁涨潮乘大船攻城，城陷，花云被擒，陈友谅将他乱箭射死，花云至死骂声方绝，终年三十九岁。朱元璋称吴王后，追封花云为东丘郡侯，立忠臣祠祭祀。

胡大海，泗州虹县（今安徽泗县）人，"长身、铁面，智力过人"（《明史·胡大海传》）。元朝末年，天下大乱，群雄争霸，胡大海投靠朱元璋，因功被授予右翼统军元帅，宿卫帐下。在防守徽州期间，元将杨完者派十万大军前来进攻，胡大海在城下迎战，元军大败而逃，随后和邓愈、李文忠自昱岭关一直攻打到建德，再次打败了杨完者，招降了溪洞兵三万人。

张士诚的将领吕珍围攻诸全（今浙江诸暨），胡大海带兵援救，吕珍堰水灌城，胡大海夺堰反灌吕珍的军营。吕珍的势力被削弱，在马上折矢发誓，请求双方撤兵，胡大海答应了。郎中王恺说："吕珍狡猾不可信，还不如乘机攻打他。"胡大海说："已经允诺而又违背，这是不守信用。已经放归而又攻打，这是不讲武德。"于是下令撤军，人们十分钦佩他的威信。不久攻打处州，赶走了元将石抹宜孙，平定了处州七邑。

至正十八年（1358），胡大海长子在婺州因酿酒，违背军令，被朱元璋处死，有人劝告朱元璋不要这样做，以避免胡大海发动兵变。朱元璋说："宁可让胡大海造反，也不能让我的军令无法推行。"最后朱元璋亲手杀了胡大海的长子，但是胡大海对朱元璋依然忠心耿耿，没有二心。

至正二十年（1360），陈友谅率军讨伐朱元璋，朱元璋命令胡大海领兵进攻信州（今江西上饶），以牵制陈友谅军，胡大海采纳了王恺的建议，亲自带兵前往，于是攻克信州，设立广信府。当初，军粮较少，在所占领的郡县中，将士都向百姓征粮，名为寨粮，百姓十分不满，胡大海下令免去征粮，随后晋升为江南行省参知政事，镇守金华。

至正二十二年（1362）二月七日，元朝降将蒋英邀请胡大海前往八咏楼，视察士卒演习，胡大海不疑有他，欣然前往，未上马时，有苗将钟矮子跪于马前称："蒋英欲杀我！"胡大海未及回答，即被蒋英以铁锤打死，次子胡关住同时被杀。朱元璋取杭州之后，杀死蒋英，血祭胡大海，并作文以祭。明朝建立后，特赠胡大海光禄大夫，追封越国公，谥号"武庄"。

　　了解了明初名将花云和胡大海的生平之后，我们对于施耐庵为什么要将李逵从元杂剧中的书生改写成《水浒传》里的莽汉就不会感到困惑。《水浒传》里的李逵与花云、胡大海在不少地方具有相似之处：在外貌上，李逵"黑熊般一身粗肉，铁牛似遍体顽皮"，花云"貌伟而黑"，胡大海"长身、铁面"，三者都是身体彪悍，皮肤黝黑；在战功方面，李逵跟随宋江南征北战，屡破强敌，花云和胡大海同样跟随朱元璋剿灭群雄，功绩卓著；在君臣之谊上，李逵与宋江相识相交之后对其忠心耿耿，绝无二心，花云和胡大海跟随朱元璋之后同样终身保持对后者的忠诚；在个人结局方面，李逵由于宋江而中毒身亡，花云和胡大海同样是在为朱元璋打天下之时死于非命。这些相似之处说明施耐庵很有可能是按照花云、胡大海的事迹来刻画李逵这个人物形象，既然是要影射花云、胡大海，施耐庵自然不可能继续保留李逵在元杂剧里的书生形象。

# 关胜和林冲的特殊价值

《水浒传》是一部处处充满隐喻的伟大古典小说，施耐庵笔下的关胜和林冲在书中便具有容易被忽视的特殊象征意义。

宋江等人为了解救深陷大牢的卢俊义和燕青，率领梁山大军攻打大名府，大名府留守梁中书慌忙向自己的老丈人、当朝太师蔡京求救。蔡京召集官员，商量如何出兵救援，正在大家一筹莫展之时，步司衙门防御使保义宣赞趁机向蔡京推荐好友关胜。

《水浒传》第六十三回《宋江兵打北京城 关胜议取梁山泊》中写道：

太师随即差当日府干，请枢密院官，急来商议军情重事。不移时，东厅枢密使童贯，引三衙太尉，都到节堂参见太师。蔡京把北京危急之事，备细说了一遍。"如今将甚计策，用何良将，可退贼兵，以保城郭？"说罢，众官互相厮觑，各有惧色。只见那步司太尉背后，转出一人，乃是衙门防御使保义，姓宣名赞，掌管兵马。此人生的面如锅底，鼻孔朝天，卷发赤须，彪形八尺，使口钢刀，武艺出众。先前在王府曾做郡马，人呼为丑郡马。因对连珠箭赢了番将，王招做女婿。谁想郡主嫌他丑陋，怀恨而亡。因此不得重用，只做得个兵马保义使。童贯是个阿谀谄佞之徒，与他不能相下，常有嫌疑之心。当时此人忍不住，出班来禀太师道："小将当初在乡中，有个相识。此人乃是汉末三分，义勇武安王嫡子派子孙，姓关名胜，生的规模与祖上云长相似。使一口青龙偃月刀，人称为大刀关胜。见做蒲东巡检，屈在下僚。此人幼读兵书，深通武艺，有万夫不当之勇。若以礼币请他，拜为上将，可以扫清水寨，殄灭狂徒。保国安民，开疆展土，端在此人。乞取钧旨。"

蔡京大喜，于是派宣赞前往蒲东，邀请关胜前来会面，关胜便同结义兄弟郝思文一起跟随宣赞来到京城汴梁。蔡京见关胜相貌堂堂，气度不凡，十分赏识，询问对敌之策。关胜认为"若救北京，虚劳神力"，建议直取梁山，行围魏救赵之计。蔡京遂调拨一万五千精锐兵马，任命关胜为领兵指挥使，以郝思文为先锋大将，宣赞为后援，征讨梁山泊。关胜分兵三路，直指梁山泊，宋江、吴用闻讯立刻撤军，返回山寨。

两军对峙之际，水军头领张横立功心切，不顾弟弟张顺劝阻，率二三百人去劫关胜营寨，结果被关胜部下探知，关胜设下伏兵，将张横等人全部俘获。张顺与阮氏三雄前来搭救，又中了关胜的埋伏，溃败而走。阮小二、阮小五、张顺被李俊救回，阮小七则被官军活捉。

宋江在山下与关胜对阵，在众将面前盛赞关胜"将军英雄，名不虚传"。关胜独斗林冲、秦明二将渐落下风，宋江爱惜人才便下令鸣金收兵。后来呼延灼诈降关胜，诱其劫寨，将其引入埋伏，关胜被梁山兵士用挠钩活捉，宣赞、郝思文也相继被擒，宋江亲解其缚，拜倒请罪，呼延灼也赔礼不已，关胜见宋江等梁山好汉忠肝义胆，可成大事，遂与宣赞、郝思文一同投降梁山。

二打大名府时，关胜担任前部先锋，在飞虎峪与索超交战，仅八九合便杀得索超处于下风，迫使李成挥舞双刀出阵夹攻，宣赞、郝思文因气不忿李成、索超以多欺少也上前助战，宋江便乘势掩杀，大败官军。

大名府之战后，蔡京又派遣凌州团练使单廷圭、魏定国率军征讨梁山泊。关胜与单、魏二将是老相识，便主动请缨前去招降二人。他与单廷圭交战五十回合，诈败而走，诱单廷圭追赶，用拖刀计将其打落马下，单廷圭于是投降梁山。次日，关胜迎战魏定国，却被其神火兵击败，魏定国准备回城，却得知凌州已被李逵、鲍旭攻陷，只得逃往中陵县，关胜又与单廷圭同入中陵县，劝降魏定国。

梁山排座次，关胜排第五位，星号为天勇星，位居马军五虎将之首，并与徐宁、宣赞、郝思文同守正东旱寨。

两赢童贯，关胜担任左军大将，在九宫八卦阵中镇守东方，后参与十面埋伏阵，与秦明一同伏击童贯。

梁山归顺朝廷，关胜跟随宋江继续南征北战，讨伐辽国，平定方腊之乱。班师回朝之后，关胜被授为武节将军、大名府正兵马总管，在北京操练军马，深得军心，后因酒醉，失足落马身亡。

从关胜的外貌特征、行事风格来看，施耐庵十分明显有意将其描写成为水浒版的关羽，既然有关羽，那么有没有张飞呢？如果我们认真阅读《水浒传》，不难发现林冲和李逵身上其实存在着张飞的影子。

作为《水浒传》里最具知名度和最令人同情的梁山好汉之一，林冲原为东京八十万禁军枪棒教头，有万夫不当之勇，由于年轻貌美的妻子林娘子去东岳庙上香时，被殿帅府太尉高俅养子高衙内看上，而遭到高太尉陷害，最终不得不上梁山。在梁山崛起的过程中，林冲跟随晁盖和宋江南征北战，攻城略地，多次击败强敌，为山寨的壮大立下汗马功劳。梁山大聚义时，林冲排第六位，星号为天雄星。归顺朝廷之后，林冲先后参与讨伐辽国，平定方腊之乱，后病逝于杭州。

尽管施耐庵笔下的林冲忠肝义胆，豪气万千，但是在《水浒传》成书之前，林冲却是一个寂寂无名的小配角。在《水浒传》蓝本之一的《大宋宣和遗事》中，虽然有林冲的名字，却没有属于自己的事迹，龚开的《宋江三十六赞》里也没有提及林冲，在元杂剧中，林冲只在《梁山七虎闹铜台》一剧结尾时以跑龙套的小配角的身份一闪而过，显然《水浒传》里的林冲是施耐庵独立创作的人物形象。

学者宁稼雨先生在《林冲在〈水浒传〉前只是一个小配角》（《水浒闲谭》，中国文史出版社，2009）一文中认为，林冲形象的演变有一个模仿和适应现实的过程。起初，《水浒传》中的林冲形象是模仿《三国演义》中的张飞。小说中林冲的外形是，"那官人生的豹头环眼，燕颔虎须，八尺长短身材，三十四五年纪"。这完全是照抄《三国》。《三国演义》中张飞用的是丈八矛，林冲的武器也是如此，而且林冲的绰号本来不叫"豹子头"（这一绰号本属于鲁智深，鲁智深曾叫"豹子和尚"），而是叫"小张飞"。这一点在《水浒传》中还留有痕迹。第四十八回"二打祝家庄"中林冲迎战一丈青扈三娘时，但见"丈八蛇矛紧挺，霜花骏马频嘶。满山都唤'小张飞'，豹子头林冲便是"。看来《水浒传》作者最初是想仿照张飞来写林冲，仿照关羽来写关胜，但是由于《水浒传》已经有了一个酷似张飞的黑李逵，就使得作者不得不另辟蹊径。李逵形象之所以不比张飞差，从某种意义上说是对张飞形象借鉴、继承和发展的结果。

如果说林冲是文雅版的"张飞"的话，李逵便是粗放版的"张飞"。

有了关羽、张飞，那么有没有刘备刘玄德呢？从各种迹象来看，《水浒传》里还有一位隐藏的刘备，这个刘备便是我们所熟知的宋江宋公明，笔者之所以认为宋江便是水浒版的刘备，主要基于以下两个理由：

一方面，关胜、林冲和李逵最后都投靠了梁山，而梁山内部都以兄弟相称，在日常生活中，关胜、林冲和李逵都尊称宋江为大哥，能够成为水浒世界里的关羽、张飞的共同大哥自然便是刘备。

另一方面，宋江与刘备的性格和风格十分相似。《水浒传》第十八回《美髯公智稳插翅虎　宋公明私放晁天王》对于宋江的性格有着生动的描写：

> 起自花村刀笔吏，英灵上应天星。疏财仗义更多能。事亲行孝敬，待士有声名。济弱扶倾心慷慨，高名冰月双清。及时甘雨四方称。山东呼保义，豪杰宋公明。

有意思的是，无论是真实的历史中还是《三国演义》里的刘备都跟宋江十分相似。

《三国志·蜀书·先主传》记载：

> 先主不甚乐读书，喜狗马、音乐、美衣服。身长七尺五寸，垂手下膝，顾自见其耳。少语言，善下人，喜怒不形于色。好交结豪侠，年少争附之。

《三国演义》第一回《宴桃园豪杰三结义　斩黄巾英雄首立功》写道：

> 那人不甚好读书；性宽和，寡言语，喜怒不形于色；素有大志，专好结交天下豪杰；生得身长七尺五寸，两耳垂肩，双手过膝，目能自顾其耳，面如冠玉，唇若涂脂；中山靖王刘胜之后，汉景帝阁下玄孙，姓刘名备，字玄德。

从某种程度而言，宋江便是《水浒传》里的刘备，刘备则是《三国演义》中的宋江。

刘关张都有了之后，新的问题又来了，即施耐庵为什么非要创造出水浒版的刘关张不可呢？

刘关张在中国古代社会可谓无人不知，无人不晓，而且他们三人富贵共享，生死与共，说起关羽和张飞，通常会联想起刘备。施耐庵按照关羽和张飞的形象创造出关胜、林冲、李逵等人物形象，让他们后来都上了梁山，辅佐宋江，并且尊称宋江为大哥，后世的读者借助这些非常容易判断出宋江便是水浒世界里的刘备。

另外，刘关张不仅是中国古代社会最具知名度的结义兄弟，而且他们三人在汉末三国乱世历经艰辛，饱受磨难，在诸葛亮的辅佐下建立了与曹魏、东吴三分天下的蜀汉政权，刘备便是蜀汉政权的"开国之君"，关羽、张飞则是蜀汉政权的"开国元勋"，施耐庵按照刘备的形象来描写刻画宋江很有可能是暗示宋江的历史原型便是在元末乱世剿灭群雄、统一天下，最后像刘备那样登基称帝的明太祖朱元璋，而关胜、林冲、李逵的历史原型则是跟随朱元璋南征北战、平定四方的像关羽、张飞那样骁勇善战的明初名将和"开国元勋"。

# 《水浒传》里的方腊暗指一位元末割据江南的乱世枭雄

宋江率领梁山大军击败辽国，班师回朝，蔡京害怕梁山众好汉获得重用，上奏宋徽宗，宋徽宗降下圣旨，只允许宋江和卢俊义随班朝贺，其余人等以"俱系白身，恐有惊御，尽皆免礼"（《水浒传》第九十回）为由禁止擅自入城，梁山好汉皆有怨言。李俊等头领商议将东京劫掠一空，重回梁山泊落草，但是由于宋江和吴用的坚决反对而不得不作罢。此时方腊造反的消息传来，宋江为了获得朝廷的欢心，通过宿太尉上奏，主动要求围剿方腊。

《水浒传》第九十回《五台山宋江参禅　双林渡燕青射雁》对于方腊起义的经过有着详细的描写：

　　却说这江南方腊起义已久，即渐而成，不想弄到许大事业。此人原是歙州山中樵夫，因去溪边净手，水中照见自己头戴平天冠，身穿衮龙袍，以此向人道他有天子福分，因而造反。就清溪县内帮源洞中，起造宝殿、内苑、宫阙，睦州、歙州亦各有行宫；仍设文武职，台省院官，也内相外将，一应大臣。睦州即今时建德，宋改为严州；歙州即今时婺源，宋改为徽州。这方腊直从这里占到润州，今镇江是也。共该八州二十五县。那八州？歙州、睦州、杭州、苏州、常州、湖州、宣州、润州。那二十五县都是这八州管下，此时嘉兴、松江、崇德、海宁，皆是县治。方腊自为国主，仍设三省六部台院等官，非同小可，不比啸聚山林之辈。原来方腊上应天书，推背图上道："自是十千加一点，冬尽始称尊。纵横过浙水，显迹在吴兴。"那十千，乃万也；头加一点，乃方字也。冬尽，乃腊也；称尊者，乃南面为君也。正应"方腊"二字。占据江南八郡，又比辽国差多少来去。

宋江等人奉旨领军讨伐方腊，先是设计夺下润州（今江苏镇江），再分兵两路，宋江攻打常州和苏州，卢俊义攻打宣州和湖州。常州守将金节投降，献了城池。卢俊义也攻下了宣州，但折了郑天寿等三将。李俊、童威、童猛往太湖探听情报，和当地水上好汉费保等四人结义为兄弟，得知苏州和杭州有船只往来，便装成送铁甲的船队，攻下了苏州城。柴进献计，自愿去打入敌军内部，与燕青同去。张顺在攻打杭州时，被敌军乱箭射死。卢俊义攻取了独松关和德清，但是董平、张清、雷横等人也先后战死。宋江发誓要为张顺等人报仇，强攻杭州城，结果索超等三人死在敌帅石宝的手中，刘唐闯城身亡，梁山经历苦战，占领杭州。

方腊残部在石宝、邓元觉的带领下退守乌龙岭，由于乌龙岭地势险要，梁山军首战失利，阮小二、孟康、解珍和解宝战死。宋江分兵绕过乌龙岭，攻打睦州（今浙江建德、淳安、桐庐等地），与乌龙岭前的梁山大军前后夹击，占领了乌龙岭。宋江、卢俊义分两路进攻清溪城，在最关键的战斗中，已经成为方腊"驸马爷"的柴进临阵倒戈，里应外合，攻破清溪城，方腊逃往帮源洞，被鲁智深活捉，梁山胜利班师。

方腊起义在历史上确有其事。《宋稗类钞·卷二·叛逆》记载：

宣和二年十月，睦州青溪县堨村居人方腊，托左道以惑众。知县事陈光不即锄治，腊自号圣公，改元永乐，置偏裨将，以巾饰为别，自红巾而上凡六等，无甲胄，惟以鬼神诡秘事相扇摇。数日聚恶少千余，焚民居，掠金帛子女，提点刑狱张苑、通判州事叶居中不能招致，欲尽杀之，以故贼得胁掳良民为兵，旬日有众数万，陷睦、歙、杭、处、衢、婺六州五十二县。朝廷遣领枢密院童贯率禁旅，及京畿关右河东蕃汉兵，至四年三月讨平之，用兵十五万，斩贼十五万，杀平民不下二百万。

值得注意的是，在《大宋宣和遗事》中，虽然存在方腊起义的相关篇章，但是并没有宋江讨伐方腊的内容，而且方腊的事迹放在晁盖和宋江等人之前，龚开的《宋江三十六赞》没有提及宋江讨伐方腊的内容，元杂剧也没有方腊的踪影，那么施耐庵为什么要撰写宋江讨伐方腊的内容呢？要想回答这个问题，我们必须了解《水浒传》里方腊的历史原型究竟是谁。从各种迹象来看，《水浒传》里的方腊很有可能是影射元末割据江南的张士诚。

张士诚，原名张九四，泰州白驹场（今属江苏省盐城市大丰区）人，另有兄弟三人，"并以操舟运盐为业，缘私作奸利。颇轻财好施，得群辈心"（《明史·张士诚传》）。由于给官家运盐收入微薄，张士诚和同乡一起贩卖私盐给当地的富户，这些富户经常羞辱张士诚等人，有时甚至不给盐钱，由于身份低微，而且贩私盐是违法行为，张士诚等人只得忍气吞声。白驹场当地盐警丘义，不但常常克扣白驹场盐民的劳动所得，而且盐民们每月还要向他上贡，一有疏漏，就对盐民非打即骂。

至正十三年（1353）正月，忍无可忍的张士诚兄弟联合壮士李伯升等十八人歃血为盟，杀死丘义和欺凌他们的众多富户，揭竿而起，随后聚众攻占泰州，偷袭高邮，张士诚自称"诚王"，国号大周，年号天佑。

至正十四年（1354）九月，张士诚树大招风，元丞相脱脱率百万大军讨伐高邮，在即将攻陷的关键时刻，元顺帝听信了奸臣的谗言，一纸诏书将脱脱解职，押往边疆。百万大军，一时星散，群龙无首，张士诚死里逃生，不仅击溃了元军，又在随后数年乘机占领了常熟、苏州、湖州、松江、常州、杭州。

至正十六年（1356），朱元璋攻下集庆（今江苏南京），派遣杨宪携信向张士诚传达友好共处之意。张士诚扣住杨宪，也不回信，后来竟然派遣水军讨伐朱元璋，结果被徐达在龙潭击败。朱元璋随即派徐达和汤和攻打常州，张士诚派兵来援救，大败，不得不写信求和。

次年，朱元璋派徐达率兵攻下宜兴，然后进攻常熟。张士诚之弟张士德迎战失败，被前锋赵德胜活捉。

张士德，小名叫九六，骁勇善战、谋略出众，深得将士的拥戴。朱元璋想利用张士德来招降张士诚。张士德派人偷偷地给张士诚送信，叫他投降元朝，于是张士诚决定向元军投降，元廷封张士诚为太尉，元顺帝派人向张士诚要粮，赐给他龙衣和御酒，张士诚从海上往大都送粮十一万石。

至正二十年（1360），尽占江西、湖广之地的陈友谅集结数十万大军进攻朱元璋，遣使约张士诚共同行动，张士诚虽然同意，却按兵不动。朱元璋消灭陈友谅之后，将张士诚作为下一个目标，派徐达、常遇春率军攻占泰州、通州、高邮、湖州、杭州。

至正二十六年（1366）十一月，朱元璋大军进攻平江（今江苏苏州），张士诚据守数月，朱元璋写信劝降，张士诚拒不投降，顽抗到底。次年九月，朱元璋大军攻陷平江，张士诚被俘，在送至应天时，自缢而死。

《水浒传》里的方腊与历史上的张士诚有许多相似之处：

1. 《水浒传》里的方腊与张士诚占据的核心区域基本相同

根据史书记载，方腊起义之后，全盛时期占据了睦、歙、杭、处、衢、婺六州五十二县。睦州即今天的浙江省杭州市建德、淳安、桐庐等地，歙州即今天的安徽省歙县，杭州即今天的浙江省省会杭州，处州即今天的浙江省丽水市，衢州即今天的浙江省衢州市，婺州即今天的浙江省金华市。攻占杭州不久，方腊派大将方七佛率众六万进攻秀州（今浙江嘉兴），但是由于宋军援军赶到，败于城下，不得不撤军。而根据《水浒传》第九十回记载，方腊起义之后，一度控制睦州、歙州、杭州、苏州、常州、湖州、宣州、润州八州二十五县，这里的宣州即今天安徽省宣城市，润州即今天的江苏镇江市，这八州二十五县其实便是苏南和浙北地区。

元末的张士诚起义之后，迅速攻城略地，四处扩张，占据的地盘南到绍兴，北至济宁的金沟，西边占据汝宁府（河南汝南县）、颍州（安徽阜阳）、濠州（安徽凤阳东北）、泗州（江苏盱眙），东边直到大海，纵横两千余里，然而尽管张士诚控制的地盘地域辽阔，但是其统治的核心地区同样也是苏南和浙北地区。

2. 造反之后都沉迷享乐

《水浒传》里的方腊起义之后，不思进取，沉迷享乐。第九十六回《卢俊义分兵歙州道　宋公明大战乌龙岭》记载方腊接见柴进，特别描写其宫殿：

内列着侍御嫔妃采女，外列九卿四相文武两班，殿前武士，金瓜长随侍从。

张士诚占据苏南和浙北广大地区之后，同样缺乏经略天下的雄心，沉溺于享乐之中。《明史·张士诚传》记载：

士诚为人，外迟重寡言，似有器量，而实无远图。既据有吴中，吴承平久，户口殷盛，士诚渐奢纵，怠于政事。士信、元绍尤好聚敛，金玉珍宝及古法书名画，无不充牣。日夜歌舞自娱。

### 3. 在最终决战之时都出现"驸马爷"倒戈的情况

宋江率领梁山大军征讨方腊时，柴进化名柯引，与燕青一起假意投靠方腊，得到方腊的赏识，被任命为中书侍郎，方腊后又将女儿金芝公主嫁给柴进为妻，封为主爵都尉，常召他商议军情重事。清溪之战时，柴进临阵倒戈，引宋江大军攻入清溪城，方腊逃往帮源洞，被鲁智深活捉，梁山胜利班师。

有意思的是，在张士诚集团内部同样存在一个最终决战时倒戈的"驸马爷"——潘元绍，潘元绍的兄长潘元明盐徒出身，是随张士诚共同起义的十八义士之一，张士诚在高邮称王，封其为浙江行省平章，潘元绍也由于兄长的关系成为张士诚的女婿，深得后者倚重。《明史·张士诚传》记载："（张士诚）以士信及女夫潘元绍为腹心"，但是张士信和潘元绍却"尤好聚敛，金玉珍宝及古法书名画，无不充牣。日夜歌舞自娱"。至正二十六年（1366），朱元璋派徐达率领大军先后攻占常州、杭州等地之后，兵临平江（今江苏苏州），潘元绍见大势已去，主动投降，还受徐达之命，劝说张士诚放弃抵抗。"驸马爷"潘元绍的倒戈是朱元璋大军能够最终攻陷平江，活捉张士诚的重要因素。

### 4. 相关学者的研究成果

学者马成生先生在《〈水浒传〉作者及成书年代论争述评》（《中华文化论坛》2001年第1期）一文中分析《水浒传》中以宋江为首的梁山好汉讨伐

方腊与朱元璋消灭张士诚集团两者之间的相同或相似之处时指出，对照明朝开国前后这个特定的历史时期，倒是朱元璋征伐张士诚的不少事迹，成为《水浒传》"征方腊"部分的创作素材。这不仅是因为《水浒传》中的"征方腊"大量地在元末张士诚占领的地区内进行，更是因为从"征方腊"中可以看到朱元璋征伐张士诚的某些痕迹。

通过以上的分析，不难得到这样一个结论：《水浒传》里的方腊的历史原型很可能便是张士诚，毕竟从现有的相关史书和民间传说记载来看，即使施耐庵未必真的担任过张士诚的谋士，两者也应该存在极深的渊源。

正是由于这种特殊的渊源，施耐庵对于张士诚本人和张士诚集团的历史非常了解，所以在《水浒传》里通过强调方腊起义的根源在于"官逼民反"来肯定张士诚起义的合理性，又通过描写方腊奢靡享乐、毫无远见，客观地批评张士诚在掌控苏南、浙北富庶之地后不思进取、安于享乐的缺点。

由于施耐庵的许多亲友在张士诚集团担任官职，在张士诚集团灭亡的过程中，施耐庵的这些亲友或战死沙场或锒铛入狱，甚至自己本人也很可能受到了牵连，因此对于施耐庵而言，朱元璋剿灭张士诚集团，占据江南这一重大历史事件无异于晴天霹雳。为了缅怀这段不堪回首的往事和为读者找寻《水浒传》中宋江讨伐方腊背后隐藏的历史真相留下线索，施耐庵不惜花费十个回目的篇章表面上描写宋江率领梁山大军剿灭方腊，实则隐喻朱元璋消灭张士诚集团这一重大历史事件。

# 解珍、解宝的历史原型

　　宋江等人能够攻陷戒备森严的祝家庄，孙立功不可没，正是由于其利用自己与祝家庄教师栾廷玉的师兄弟关系进入敌营充当内应，梁山才能在第三次攻打祝家庄时，里应外合，前后夹击，取得最终胜利。孙立之所以放弃锦绣前程，投奔梁山则是由于其在亲情的压力下，不得不劫牢营解救弟媳妇顾大嫂的两个表弟解珍和解宝，绝了后路。

　　解珍是登州人氏，出身猎户家庭，武艺高强，自幼父母双亡，未曾婚娶，与弟弟解宝以打猎为生。兄弟二人都使浑铁点钢叉，擅长穿山越岭，捕兔逐鹿，更能上山擒虎，是登州第一号猎户。

　　《水浒传》第四十九回《解珍解宝双越狱　孙立孙新大劫牢》写道：

　　原来山东海边有个州郡，唤做登州。登州城外有一座山，山上多有豺狼虎豹，出来伤人，因此登州知府拘集猎户，当厅委了杖限文书，捉捕登州山上大虫。又仰山前山后里正之家，也要捕虎文状，限外不行解官，痛责枷号不恕。

　　且说登州山下有一家猎户，兄弟两个，哥哥唤做解珍，兄弟唤做解宝。弟兄两个，都使浑铁点钢叉，有一身惊人的武艺。当州里的猎户们，都让他第一。那解珍一个绰号唤做两头蛇，这解宝绰号叫做双尾蝎。二人父母俱亡，不曾婚娶。那哥哥七尺以上身材，紫棠色面皮，腰细膀阔。……这个兄弟解宝，更是利害，也有七尺以上身材，面圆身黑，两只腿上刺着两个飞天夜叉，有时性起，恨不得腾天倒地，拔树摇山。

解珍兄弟在山上埋下窝弓药箭，苦守数日，终于等到老虎出现。老虎中了药箭后逃走，滚落山下，落到地主毛太公家的后园之中。

毛太公让儿子毛仲义将老虎解送州府，以邀功请赏。解珍兄弟下山寻找毛太公，讨取老虎，却反遭诬陷，被捕入狱。

与解珍兄弟有姻亲关系的狱卒乐和暗中向前者的表姐顾大嫂报信，顾大嫂与丈夫孙新及其兄长孙立会合登云山好汉邹渊、邹润，商议共同劫牢，顾大嫂以送饭为名混入牢中，与孙立里外夹攻，劫了死囚牢，将解珍兄弟救出，诛杀毛太公满门，然后星夜投奔梁山。

孙立、解珍等八人到达梁山后，得知宋江正率军攻打祝家庄，孙立因与祝家庄教师栾廷玉有同门之谊，便献破庄之策，以为进身之阶。他带着解珍等人，以调任郓州兵马提辖的名义进入祝家庄做卧底，最终与梁山兵马里应外合，攻破了祝家庄。

上了梁山之后，解珍兄弟负责把守山前第一关。大闹华州时，解珍兄弟假扮宿太尉属下虞候，杀死贺太守。宋江继任山寨寨主，解珍兄弟改守山前第二关。三打大名府时，解珍兄弟扮作猎户，以献纳野味为名混入城中，充当内应。梁山排座次时，解珍排第三十四位，星号天暴星，解宝排第三十五位，星号天哭星，两人都担任步军头领，共同把守山前南路第一关。两赢童贯时，解珍兄弟在九宫八卦阵中守护中军。三败高俅时，解珍兄弟杀上大海鳅船，俘获参谋闻焕章以及众多歌儿舞女。

梁山归附朝廷，解珍兄弟跟随宋江讨伐辽国，颇有战功。在平定方腊之乱时，解珍兄弟在乌龙岭一战中双双阵亡，事后一同被追封为忠武郎。

在《大宋宣和遗事》中，没有解珍兄弟的名字和事迹，在水浒题材的元杂剧里，也看不到解珍兄弟的身影。在龚开的《宋江三十六赞》中，解珍的赞词为："左齿右噬，其毒可畏。逢阴德人，杖之亦毙。"解宝的赞词为："医师用蝎，其体实全。反其常性，雷公汝嫌。"根据这些赞词，我们大致可以判断出，《水浒传》里的解珍兄弟与《宋江三十六赞》中的解珍兄弟除了同名之外看不到什么联系和渊源，那么施耐庵在《水浒传》里为什么要创造出解珍兄弟这两个人物形象呢？要想回答这个问题，我们必须先了解元末明初时期朱元璋集团内部赫赫有名的郭氏兄弟的相关事迹。

郭兴，祖籍山东巨野，后迁到濠州（今安徽凤阳），妹妹为明太祖朱元璋宠妃郭宁妃。至正十二年（1352）春，郭子兴聚集了数千名少年，起兵攻占了濠州，郭兴前来投靠，在郭子兴帐下任职。

郭子兴将自己的养女马氏嫁给朱元璋后，郭兴转投朱元璋麾下，成为朱元璋的贴身侍卫。朱元璋集团转战江淮，郭兴随军攻克滁州、和州，又渡过长江，攻克采石矶、太平、溧阳、溧水，英勇善战，威名远播。

至正十七年（1357），郭兴随徐达围攻常州，后随军先后攻取宁国、江阴、宜兴、婺州、安庆、衢州、南昌等地。

至正二十三年（1363），郭兴随朱元璋与陈友谅在鄱阳湖大战。陈友谅船大而朱元璋船小，陈友谅巨舰不断挺进，朱元璋被迫后撤，郭兴建议朱元璋使用火攻，朱元璋采用郭兴的计策，大破陈友谅。

至正二十四年（1364），陈友谅突围失败被杀后，张定边拥立其子陈理。郭兴随朱元璋前往征讨，斩获颇多，陈理投降后，郭兴被任命为鹰扬卫指挥使。

至正二十六年（1366），郭兴随徐达攻取庐州，又参与平定襄阳，攻克高邮、淮安等地，后转战湖州，围攻平江，驻军娄门。平吴后，晋升为镇国上将军、大都督府佥事。

洪武元年（1368），郭兴跟从徐达攻取中原，占领汴梁，守卫河南。冯胜占领陕州后，郭兴被调守潼关。潼关是三秦的门户，当时，哈麻图据守奉元，与李思齐、张思道等人呈掎角之势，窥伺机会准备东犯，郭兴全力守卫。后郭兴镇守巩昌，边境得以相安无事。

洪武三年（1370），明廷封郭兴为巩昌侯，食禄一千五百石，子孙世袭。

洪武四年（1371），郭兴攻伐蜀地，攻克成都。

洪武六年（1373），郭兴随徐达镇守北平，与陈德在答剌海口打败元军。

洪武十七年（1384），郭兴去世，朱元璋辍朝三日，追赠陕国公，谥号"宣武"，葬于聚宝山，后来由于牵扯胡惟庸案被削除爵位。

郭英，郭兴之弟，"年十八，与兴同事太祖。亲信，令值宿帐中，呼

为'郭四'"（《明史·郭英传》）。至正十三年（1353）到至正二十四年
（1364），郭英跟随朱元璋攻克滁州、和州等地，参加了鄱阳湖大战，多有
战功。

至正二十四年（1364），朱元璋率军攻打武昌，陈友谅部将陈同金乘机突
袭，郭英前往将其斩杀，后又跟随徐达、常遇春南征北战，因功先后获封骁骑
卫千户、指挥金事、本卫指挥副使、河南都指挥使。攻打太原时，郭英建议常
遇春夜袭王保保。郭英率领十几个骑兵潜入王保保营帐，以火炮为信号，常遇
春引伏兵大败王保保。由于功绩显赫，升任河南都指挥使，"在镇绥辑流亡，
申明约束，境内大治"（《明史·郭英传》）。

洪武九年（1376），移镇北平。

洪武十三年（1380），召还京师，任前军都督府金事。

洪武十四年（1381），郭英跟随傅友德攻打云南，进攻赤水河。当时河水
高涨，郭英下令砍伐树木做成筏子，乘着夜色渡河，一举将元军击溃，后又率
军攻取曲靖等地，将各山寨悉数平定。

洪武十六年（1383），郭英随傅友德平定蒙化、邓川、丽江等地，前后杀
敌一万三千人，生擒二千人，缴获铠甲好几万副，船只一千多。

洪武十七年（1384），以功绩封武定侯，食禄二千五百石，子孙世袭。

洪武十八年（1385），郭英被任命为靖海将军，镇守辽东。

洪武二十年（1387），跟随大将军冯胜出兵金山，招降纳哈出，晋封征虏
右副将军。

洪武三十年（1397），郭英被任命为征西将军耿炳文的副将守备陕西，平
定沔县贼寇高福兴。回京后，御史裴承祖弹劾郭英私养家奴百五十余人，又擅
杀男女五人。朱元璋命群臣议论郭英的罪名，最后郭英得到赦免。

建文年间，郭英一度跟随从耿炳文、李景隆讨伐燕王朱棣，无功而返。
"靖难之役"结束后，朱棣登基为帝，郭英被罢官回家。

永乐元年（1403），郭英死于家中，时年六十七岁，获赠营国公，谥号
"威襄"，葬于巨野城北郭家茔地。

值得注意的是，《水浒传》里的解珍、解宝和郭氏兄弟存在不少相似

之处：

首先，他们都是山东人。解珍、解宝是山东登州人，郭氏兄弟祖籍山东巨野。

其次，早年的职业可能相同。解珍、解宝是猎户。《明史》对于郭兴、郭英的家庭背景没有记载，但是从各种迹象来看，郭氏兄弟应该是出身贫民家庭。另外，根据《三世家典》（参见"百度百科"郭英词目）记载："（郭英）膂力过人，尤精骑射"，郭兴同样擅长骑射。在中国古代社会，身强力壮的贫民子弟以打猎为生是常见的社会现象，无论是巨野，还是濠州都地处丘陵地带，拥有众多高山、盆地和森林，所谓"靠山吃山，靠水吃水"，以打猎为生也不足为奇。至于《明史》没有记载郭氏兄弟的家庭出身和早年职业，很可能是郭家发迹之后，其子孙认为记载这些有失脸面，要求史官有意删除的结果。

再次，人生经历也有相似之处。解珍、解宝上了梁山之后，长期跟随宋江南征北战，而且两赢童贯时，解珍、解宝在九宫八卦阵中守护中军，而此时坐镇中军便是梁山寨主宋江，也就是说解珍、解宝担任过保护宋江安全的贴身侍卫。郭氏兄弟不仅同样长期跟随朱元璋四处讨伐，而且也担任过保护朱元璋的贴身侍卫，而《水浒传》中宋江的历史原型就是朱元璋。另外，解珍、解宝参与过攻打祝家庄，笔者在其他文章中曾经指出，梁山三打祝家庄事实上隐喻朱元璋集团与陈友谅集团之间三次大的激战，而郭氏兄弟也参加过讨伐陈友谅的战役，在决定陈友谅集团与朱元璋集团命运的关键战役——鄱阳湖之战中，郭兴向朱元璋提出火攻的建议被采纳，为最后的胜利作出了重要的贡献。

最后，他们的人生落幕都不完美。解珍兄弟在平定方腊之乱的乌龙岭一战中双双阵亡，死于非命。郭兴虽然寿终正寝，但是后来由于牵扯胡惟庸案被削除爵位。郭英病逝于永乐元年，尽管表面上看没有什么疑点，但是考虑到郭英在政治上支持建文帝，而且讨伐过明成祖朱棣，死亡的时间又是在明成祖朱棣攻下南京不久，因此很可能是被逼自尽，以保全家族。

综合以上各种因素，《水浒传》里的解珍、解宝的历史原型很有可能便是元末明初时期朱元璋集团内部赫赫有名的郭氏兄弟。

# 宋廷为什么对于身为前朝皇族后人的柴进
# 收留亡命之徒不闻不问

在梁山好汉之中，论血统和出身之高贵，莫过于"小旋风"柴进，他可是周世宗柴荣的嫡系后人，纯正的前朝皇族血统。建隆元年（960），后周大将赵匡胤发动陈桥兵变，推翻后周，建立北宋，为了报答周世宗当年的知遇之恩，同时也基于收买人心的需要，宋太祖赵匡胤御赐柴荣后人丹书铁券，以及大量土地和财富，让他们过上锦衣玉食的贵族生活。

柴进不仅出身高贵，风度翩翩，而且喜欢扶危济困，仗义疏财，结交收留众多江湖好汉和亡命之徒，有着"当世孟尝君"的美名。林冲刺配沧州，快要到达之时，在官道上一座酒店里，曾听店主人对于柴进柴大官人有这样一番介绍：

你不知，俺这村中有个大财主，姓柴名进，此间称为柴大官人，江湖上都唤做小旋风。他是大周柴世宗嫡派子孙，自陈桥让位有德，太祖武德皇帝敕赐与他誓书铁券在家中，谁敢欺负他。专一招接天下往来的好汉，三五十个养在家中。常常嘱付我们："酒店里如有流配来的犯人，可叫他投我庄上来，我自资助他。"我如今卖酒肉与你，吃得面皮红了，他道你自有盘缠，便不助你。我是好意。（《水浒传》第九回）

对于柴进的首次露面，《水浒传》第九回《柴进门招天下客　林冲棒打洪教头》也不惜笔墨，娓娓道来：

那簇人马飞奔庄上来，中间捧着一位官人，骑一匹雪白卷毛马。马上那人生得龙眉凤目，皓齿朱唇，三牙掩口髭须，三十四五年纪。头戴一顶皂纱转角簇花巾，身穿一领紫绣团龙云肩袍，腰系一条玲珑嵌宝玉绦环，足穿一双金线抹绿皂朝靴，带一张弓，插一壶箭，引领从人，都到庄上来。

从出场到落幕，柴进给人的印象总体上离不开"翩翩浊世佳公子"的范畴，但是《水浒传》里围绕柴进的事迹也存在一个从正常逻辑而言无法自圆其说的谜团，即柴进结交收留众多江湖好汉和亡命之徒，大宋朝廷为什么不管不顾，装聋作哑。柴进是周世宗的嫡系后人，拥有宋太祖赐予的丹书铁券，以及大量土地和财富，然而大宋王朝善待柴氏子孙显然有一个不言自明的前提，即柴氏子孙绝对不能图谋造反，如果图谋造反，不仅这些优待政策将自然作废，而且柴氏子孙估计也会被满门抄斩。

这样问题就来了，作为前朝皇族后人，同时富甲一方的柴进为什么结交收留众多江湖好汉和亡命之徒？估计连普通百姓都能猜到，柴进这样做很可能是像《天龙八部》里的慕容复那样是为未来起兵造反，推翻大宋王朝，重建柴家天下搜罗党羽，积蓄力量。可令人感到奇怪的是，大宋王朝的官员对于柴进公然招兵买马，准备造反，好像瞎了眼一样，充耳不闻，浑然不觉。那么是不是当时天下太平，宋朝的官员对于可能造反的势力或人物都缺乏应有的警惕性呢？答案是否定的，尽管当时政治腐败，民不聊生，但是大宋王朝依然严密监控着任何意图造反的势力和人物。我们不要忘了，"及时雨"宋江不就是因为在浔阳楼酒后题反诗而被无为军闲通判黄文炳告发入狱，差一点人头落地吗？

在《大宋宣和遗事》里，"小旋风"柴进是宋江部下三十六员头领之一，在龚开的《宋江三十六赞》中，柴进亦在其中，赞词为："风存大小，黑恶则惧。一噫之微，香满太虚"，但是非常可惜，无论是《大宋宣和遗事》里还是《宋江三十六赞》中，柴进只是留下姓名，并无多少事迹，在水浒题材元杂剧里，也没有柴进的踪迹，因此《水浒传》里的柴进应该是施耐庵自己独立构思创造的产物。那么施耐庵为什么要创造出柴进这个人物形象呢？从各种迹象来看，《水浒传》里的柴进与投降元朝的南宋宋恭帝父子和元末假托宋朝皇族后裔的红巾军领袖韩山童父子有着千丝万缕的联系。

宋恭帝赵㬎，宋度宗次子，曾封为嘉国公。咸淳十年（1274），荒淫无度的宋度宗病死之后，赵㬎继位，年仅四岁，名义上虽是太皇太后谢氏主持国政，但是军政实权却掌握在宰相贾似道手中。

咸淳十年（1274）十二月，伯颜率领的元军主力攻下鄂州后，沿汉水长驱直入，沿途宋将纷纷降元。群臣一致要求贾似道亲自督师抗元。德祐元年（1275），元军在丁家州（今安徽芜湖）击败贾似道率领的宋军主力之后，势如破竹，进逼临安。

德祐二年（1276）正月，恭帝随太皇太后谢氏投降。二月，他和母亲全太后及随从被押离临安北上，五月到达大都，元世祖忽必烈封其为瀛国公。至元二十年（1283），恭帝迁居上都（今内蒙古正蓝旗境内），在这里度过了自己的少年时代。随着年龄的增长，他渐渐了解了自己过去至尊的地位和眼下屈辱的处境，心情悲伤，闷闷不乐。

至元二十五年（1288），恭帝已经十八岁，元世祖担心留着他将成为后患，准备除掉他，恭帝得知这一消息后，请求脱离尘世，永生为僧，以绝元世祖的疑虑，元世祖应允，至元二十六年（1289），遣送恭帝入吐蕃，习学佛法。从此，他长期居住于西藏萨迦大寺，更名为合尊法师，号木波讲师，过着清苦孤寂的庙宇生活，终日以青灯黄卷为伴，潜心于学习藏文，研究佛法。经过多年的苦读，恭帝通晓了藏文，精通佛学，成为佛门高僧，一度担任过萨迦大寺的总住持，他进而从事佛经的翻译，译成《因明入正理论》《百法明门论》等经文，被藏史学家列入翻译大师之列。十几年后，已经成为高僧的恭帝再次奉诏离开吐蕃，带着家人徒众迁居甘州十字寺（即今甘肃张掖大佛寺）。

至治三年（1323），恭帝由于撰写诗文怀念故国而遭到元廷的猜忌，死于非命，但是随同恭帝出家的长子赵完普依然居住在甘州（今甘肃张掖），娶妻生子。

元顺帝年间，元王朝的统治已经摇摇欲坠，农民起义、宗教起义此伏彼起，多数都打着复兴宋室的旗号，这种情形再三发生之后，终于引起了元朝统治者的担忧。至正十二年（1352）五月，监察御史彻彻特穆尔等大臣上奏元顺帝，说："河南诸处群盗，辄引亡宋故号以为口实。宜以瀛国公子和尚赵完普及亲属徙沙州安置，禁勿与人交通。"（《续资治通鉴·元纪二十八》）元顺帝采纳了彻彻特穆尔的主张，将赵完普及其亲属仆从由甘州迁往沙州（今甘肃敦煌）。

韩山童，元末红巾军领袖，出生于赵州栾城（今河北栾城）一个信仰白莲教的家庭。成年后一边务农，一边传播白莲教，宣传"弥勒降生""明王出世"，主张推翻元朝统治，并结识了安徽阜阳人刘福通。至正十一年（1351），元朝强征十五万民工修筑黄河堤坝。韩山童、刘福通认为时机已到，编造"石人一只眼，挑动黄河天下反"的民谣，四处传播，同时在河道中埋设一石人，背刻"石人一只眼，挑动黄河天下反"。待石人挖出，人心浮动，韩、刘乘机在颍州颍上（今安徽颍上）发动起义，韩山童自称是宋徽宗八世孙，当地县令急调军队围剿，韩山童不幸被俘，死于非命。

韩山童死后，其子韩林儿随母逃往武安（今河北武安），刘福通等人攻克颍州（今安徽阜阳）。至正十五年（1355）二月，刘福通等人迎韩林儿至亳州（今安徽亳州），立其为帝，号称"小明王"，国号大宋，年号龙凤，以亳州为都城，仿元制，设中书省、枢密院、御史台和六部，地方设行省，以杜遵道、盛文郁为丞相，罗文素、刘福通为平章，刘福通弟刘六为知枢密院事。不久，刘福通杀杜遵道，自为丞相，称太保。同年底，元将答失八都鲁败刘福通于太康（今河南太康），亳州失守，韩林儿退驻安丰（今安徽寿县）。至正十八年（1358）五月，攻克汴梁（今河南开封），为新的都城。次年八月，汴梁为元将察罕帖木儿攻破，复回安丰。当时韩林儿虽有帝名，但实权为刘福通掌握。至正二十三年（1363）二月，安丰受张士诚部将吕珍围攻，韩林儿被名义上臣服的朱元璋救出，安置于滁州（今安徽滁州），从此受朱元璋挟制。至正二十六年（1366），朱元璋遣廖永忠接韩林儿至应天（今江苏南京），途经瓜步（今江苏省南京市六合区瓜埠），沉之江中，后者死于非命。

柴进与宋恭帝父子以及韩山童父子存在着许多不解之缘：柴进是前朝皇

族后人，宋恭帝父子对于生活在元末时代的施耐庵而言同样是昔日故主及其后人，韩山童则自称是宋徽宗八世孙；柴进拥有宋太祖赐予的丹书铁券以及大量土地和财富，宋恭帝投降元朝之后，元朝君主对其虽有猜忌之心，但是依然给予众多土地和财富，宋恭帝被赐死也没有牵连其子赵完普。《续资治通鉴·元纪二十九》记载："（至正十三年）十二月，癸卯，托克托请以赵完普家产田地，赐知枢密院事僧格实哩。"能够惊动当朝丞相托克托（即脱脱）上奏元顺帝转赐的家产田地数量肯定不在少数，这说明赵完普在被迁移沙州之前应该拥有大量财富和田庄，这种前朝皇族后人拥有大量财富和田庄的情况与《水浒传》对柴进的描写何等相似！

南宋灭亡之后，江南的士大夫阶层十分同情投降元朝的皇族后人，生活在江南的施耐庵在这种思潮的影响下，很有可能根据宋恭帝父子以及韩山童父子的事迹创造出柴进这个前朝皇族后人来抒发自己对于故国的怀念之情，《水浒传》里大宋王朝的官员对于柴进公然招兵买马，准备造反不闻不问这个逻辑上的漏洞很有可能便是施耐庵故意留下，目的便是提醒后世读者，柴进这个人物形象所蕴含的真实历史信息。

# 朱武、陈达和杨春影射一位帝王和两位名将

昔日的"泼皮"高俅凭借善于蹴鞠而获得宋徽宗的宠信，平步青云、节节高升，短短数年便担任殿帅府太尉之职之后，借故报复仇人之子、禁军教头王进，王进迫于无奈，赶紧携带老母投奔镇守边疆的老种经略相公，在途中，路过史家庄，受到史太公的热情款待，少庄主史进拜其为师，勤练枪棒。半年之后，王进离开史家庄，继续赶路，不久史太公病逝，史进因缘际会与少华山的强人相识相交。

从猎户李吉那里得知少华山有朱武、陈达和杨春三个强人之后，为了防患于未然，史进与村里庄户各执枪棒，建立强大的防御体系。陈达不听劝告，执意攻打史家庄，史进将其擒拿，朱武和杨春前往史家庄，在史进面前下跪恳求释放陈达，史进被他们的义气所感动放了陈达，史进与朱武、陈达和杨春不打不相识，惺惺相惜，从此结为好友。

从各种迹象来看，少华山的三大强人——朱武、陈达和杨春很可能暗指朱元璋、徐达和常遇春。

先说朱武。朱元璋登基称帝，建立大明王朝之后，年号便是洪武，这是人尽皆知的事实，因此民间经常称呼明太祖朱元璋为朱洪武，而"武"字还有另一层意思，也就是骁勇善战、武艺高强之意，起事之初的朱元璋恰恰也是一员亲冒矢石、无所畏惧的猛将。另外，根据《水浒传》记载，朱武是安徽定远人，朱元璋则是濠州钟离（今安徽凤阳）人，两地相邻，他们都是地处江淮的淮南人，因此朱武很可能是影射明太祖朱元璋。

知道了朱武是影射明太祖朱元璋，我们就不难理解陈达、杨春很可能暗指明太祖朱元璋的左膀右臂、明初名将——徐达、常遇春。

徐达，字天德，濠州钟离（今安徽凤阳）人，世代务农，"少有大志，长身高颧，刚毅武勇"（《明史·徐达传》）。朱元璋占领定远，徐达率众投靠。郭子兴与一同举事的孙德崖等人矛盾重重，郭子兴抓走孙德崖，孙德崖所部也抓走朱元璋，在危急时刻，徐达用自己换走朱元璋，化解了这场矛盾。

至正十五年（1355）六月，朱元璋率徐达等人渡江，徐达与常遇春二人身先士卒，奋勇杀敌，擒拿元将，迫使义军领袖康茂才投降。次年三月，占领集庆，改集庆为应天府（今江苏南京）。七月，朱元璋自称吴国公，置江南行枢密院，以徐达为同金枢密院事，同时，围攻常州，生擒张士诚胞弟张士德，由于徐达拥有杰出的军事指挥才能，朱元璋经常委派其为军事统帅，讨伐各地。

至正二十三年（1363），陈友谅率军六十万，巨舰数十艘包围洪都（今江西南昌），朱元璋亲自带兵迎击，双方在鄱阳湖展开了一场激战。徐达指挥将士奋勇杀敌，终于击退敌军，朱元璋担心张士诚乘机偷袭他的后方，让徐达还守应天，使张士诚不敢妄动。

至正二十六年（1366），朱元璋任命徐达、常遇春统率二十万大军攻打张士诚。徐达统率大军进逼平江（今江苏苏州），修筑长围，又架设起三层的大木塔，居高临下监视城中动静，其上设置有弓弩火铳，又用"襄阳炮"，日夜轰击城中，张士诚军全线崩溃，徐达指挥全军架起云梯，冲入城内，张士诚被俘，押送应天，自缢身亡。

至正二十七年（1367），朱元璋命徐达、常遇春以"驱逐胡虏，恢复中华，立纲陈纪，救济斯民"的口号率领二十五万大军进行北伐，各地元军望风而降。次年三月，徐达在占领山东之后，从济宁进攻汴梁（今河南开封），同时派军队经河南永城、归德（今河南商丘）直扑许昌，并命邓愈率襄阳、安陆、江陵之兵北攻河南南阳，策应北征主力作战。驻守洛阳的元梁王见大势已去，率官民出降。七月二十七日，徐达攻克通州。八月二日，进攻元大都，元顺帝不战而逃，明军占领大都，元朝灭亡。

元朝灭亡后，忠于元顺帝的王保保拥兵十万，纵横西北，是明朝的最大劲敌，徐达率军与王保保多次激战，各有胜负。洪武十八年（1385）二月，徐达在北平病逝。徐达去世后，朱元璋亲至其家参加葬礼以示悲伤，将其列为开国第一功臣，追封中山王，谥号"武宁"，赠三世皆王爵，赐葬钟山之阴，御制神道碑文。

常遇春，字伯仁，凤阳府怀远县（今安徽怀远）人，"貌奇伟，勇力绝人，猿臂善射"（《明史·常遇春传》）。由于出身贫寒，早年投奔活动于怀远、定远一带的绿林大盗刘聚，拦路抢掠，打家劫舍，后见刘聚胸无大志，只求一时温饱，便于至正十五年（1355），归附占据和州（今安徽和县）的朱元璋。

同年六月，朱元璋率军渡江南下，在著名的采石矶（在今安徽省马鞍山市雨山区采石街道）战役中，面对着元朝水军元帅蛮子海牙的严密防守，常遇春乘一小船在激流中冒着乱箭挥戈勇进，纵身登岸，冲入敌阵，如入无人之境，朱元璋立即挥师登岸，元军纷纷溃退，朱元璋乘胜率军攻占太平（今安徽当涂）。次年三月，又攻占集庆，改名应天府（今江苏南京）。常遇春锋芒初露，立下头功，受到朱元璋的器重，由渡江时的先锋升至元帅。

在至正二十三年（1363）决定朱元璋集团生死存亡的鄱阳湖一战中，常遇春身先士卒，力挽狂澜，为取得最终胜利作出了重要的贡献。

《明史·常遇春传》记载：

会师伐汉，遇于彭蠡之康郎山。汉军舟大，乘上流，锋锐甚。遇春偕诸将大战，呼声动天地，无不一当百。友谅骁将张定边直犯太祖舟，舟胶于浅，几殆。遇春射中定边，太祖舟得脱，而遇春舟复胶于浅。有败舟顺流下，触遇春舟乃脱。转战三日，纵火焚汉舟，湖水皆赤，友谅不敢复战。诸将以汉军尚强，欲纵之去，遇春独无言。比出湖口，诸将欲放舟东下，太祖命扼上流。遇春乃溯江而上，诸将从之。友谅穷蹙，以百艘突围。诸将邀击之，汉军遂大溃，友谅死。师还，第功最，赉金帛土田甚厚。

至正二十六年（1366）八月，朱元璋派徐达和常遇春领军东征张士诚。按照朱元璋的部署，徐达、常遇春先攻取了湖州和杭州等地，剪除了张士诚的羽翼，平江（今江苏苏州）孤立无援，经过长达十个月的围攻，平江城破，张士诚被俘，常遇春以功晋封为鄂国公。

至正二十七年（1367）十月，朱元璋以徐达为征虏大将军，常遇春为征虏副将军，率二十五万大军誓师北伐，一路高唱凯歌，势如破竹，迅速占领山东、河南，夺取潼关。洪武元年（1368），徐达、常遇春挥师由临清沿运河北上，连下德州、通州。元顺帝携后妃、太子等人逃奔上都（今内蒙古正蓝旗境内）。八月二日，徐达、常遇春一举攻占元大都，又挥军西进，击败王保保大军，平定山西。

洪武二年（1369），常遇春率师南归，行至柳河川（今河北宣化），突然病卒，年仅四十岁。朱元璋闻丧大为悲痛，赐葬钟山之下，追赠翊运推诚宣德靖远功臣、开府仪同三司、上柱国、太保、中书右丞相，追封开平王，谥号"忠武"，配享太庙。

《水浒传》里的陈达和杨春与明初名将徐达和常遇春存在许多相似之处：在外貌和性格上，陈达"力健声雄性粗卤"（《水浒传》第二回），徐达"长身高颧，刚毅武勇"（《明史·徐达传》），杨春"腰长臂瘦力堪夸"（《水浒传》第二回），常遇春"貌奇伟，勇力绝人，猿臂善射"（《明史·常遇春传》）；在战功方面，陈达、杨春跟随宋江攻城略地，四处征战，徐达和常遇春同样跟随朱元璋，屡败强敌，平定天下；在君臣之谊上，陈达和杨春上了梁山之后对宋江忠心不贰，誓死效忠，徐达和常遇春跟随朱元璋之后同样终身保持对朱元璋的忠诚；在个人结局方面，陈达和杨春都在征方腊时战死于昱岭关，徐达和常遇春同样是为朱元璋打天下之时积劳成疾而病逝。这些相似之处说明施耐庵很有可能是按照徐达、常遇春的事迹来描写刻画陈达、杨春。

# 《水浒传》里的奸臣隐喻哪个朝代的奸臣

正邪对立往往是中国古典小说的主线之一，《水浒传》也不例外，施耐庵对于"四大奸臣"的精彩描写历来深受后世学者和读者的赞赏和肯定。

第一个出场的奸臣便是"小人得志"的高俅高太尉，高俅原为东京臭名远扬的"泼皮"，由于善于蹴鞠，因缘际会成为时为端王的宋徽宗的亲信。宋徽宗即位之后，在其大力栽培下，高俅短短数年便扶摇直上，平步青云，官拜殿帅府太尉。担任殿帅府太尉的高俅不仅借故打击报复仇人之子王进，而且由于养子高衙内觊觎禁军教头林冲娘子的美色，不惜陷害林冲，使其发配沧州。梁山崛起之后，高俅将宋江等人视为眼中钉、肉中刺，不惜三次亲自率领大军讨伐梁山，以至于兵败被俘。由于宋江盼望朝廷招安，主动释放高俅，谁知高俅不仅不感激梁山的不杀之恩，相反怀恨在心，多次破坏朝廷对梁山的招安大计。

在《水浒传》里，另一位赫赫有名的大奸臣便是当朝太师蔡京。蔡京在宋徽宗时期担任过多年的宰相，权势熏天，贪财狡诈。蔡京的女婿、大名府留守梁中书为了取悦岳父，每年在其寿辰前都派专人运送价值连城的生辰纲，虽然每次都由于消息走漏被江湖好汉劫去，但是由此不难窥见其生性之贪婪。梁山大军攻打大名府，梁中书向岳父蔡京求救，蔡京在宣赞的推荐下，派关胜率领大军攻打梁山，却不料经过多次激战，宋江设计劝降了关胜，蔡京可谓"赔了夫人又折兵"。由于痛恨梁山好汉曾经劫取梁中书送给自己的生辰纲和梁山一度攻陷大名府，蔡京力主剿灭梁山，赶尽杀绝，暗中阻挠朝廷对梁山的招安政策。

作为四大奸臣中的老三和北宋最高军事长官——枢密使，宦官出身的童贯因为善于察言观色，阿谀奉承而深得宋徽宗宠信。为了铲除梁山这个朝廷的"心腹大患"，童贯两次率军攻打梁山都大败而回。梁山受招安之后，宋江等人击败辽国大军，原本想一鼓作气，消灭辽国，但是辽国君臣却派人携带厚礼，贿赂童贯等奸臣，使其劝说宋徽宗同意罢兵和谈，最终辽国以向宋朝称臣避免了亡国的命运。

相对于高俅、蔡京和童贯，同样出身宦官的杨戬虽然出场次数不多，知名度也不如前几位，却也阴险狡诈、工于心计。水浒结尾，卢俊义和宋江死于非命便是拜其和高俅所赐。

《水浒传》第一百回《宋公明神聚蓼儿洼　徽宗帝梦游梁山泊》写道：

且说宋朝原来自太宗传太祖帝位之时，说了誓愿，以致朝代奸佞不清。至今徽宗天子，至圣至明，不期致被奸臣当道，谗佞专权，屈害忠良，深可悯念。当此之时，却是蔡京、童贯、高俅、杨戬四个贼臣，变乱天下，坏国坏家坏民。当有殿帅府太尉高俅、杨戬，因见天子重礼厚赐宋江等这伙将校，心内好生不然。两个自来商议道："这宋江、卢俊义皆是我等仇人，今日倒吃他做了有功大臣，受朝廷这等钦恩赏赐，却教他上马管军，下马管民。我等省院官僚，如何不惹人耻笑！自古道：恨小非君子，无毒不丈夫。"杨戬道："我有一计，先对付了卢俊义，便是绝了宋江一只臂膊。这人十分英勇。若先对付了宋江，他若得知，必变了事，倒惹出一场不好。"高俅道："愿闻你的妙计如何。"杨戬道："排出几个庐州军汉，来省院首告卢安抚招军买马，积草屯粮，意在造反。便与他申呈去太师府启奏，和这蔡太师都瞒了。等太师奏过天子，请旨定夺，却令人赚他来京师。待上皇赐御食与他，于内下了些水银，却坠了那人腰肾，做用不得，便成不得大事。再差天使，却赐御酒与宋江吃，酒里也与他下了慢药，只消半月之间，一定没救。"高俅道："此计大妙。"有诗为证：

自古权奸害善良，不容忠义立家邦。

皇天若肯明昭报，男作俳优女作倡。

值得注意的是，在施耐庵生活的元末时期，元顺帝这位"九五之尊"身边也有一群把持朝政、贪婪狡诈的奸臣，在这群奸臣之中最具有知名度的莫过于哈麻、搠思监和朴不花。

哈麻，字士廉，康里人，母为宁宗乳母，父亲秃鲁因此封冀国公、太尉、金紫光禄大夫。哈麻与其弟雪雪，早年担任宫廷宿卫，深得元顺帝宠信。至正初年，脱脱为丞相，其弟也先帖木儿为御史大夫，哈麻原本依附脱脱兄弟，但是由于脱脱倚重左司郎中汝中柏，疏远哈麻，使得后者怀恨在心。为了巩固权位，哈麻暗地进献西蕃僧以运气术向顺帝献媚，号"演揲儿法"（"大喜乐"之意），其妹夫秃鲁帖木儿亦进秘法，于是顺帝广取美女，夜夜笙歌，君臣宣淫，"丑声秽行，著闻于外，虽市井之人，亦恶闻之"（《元史·哈麻传》）。

至正十四年（1354）秋，脱脱领大军讨伐占据高邮的张士诚，哈麻复任中书平章政事，脱脱率军远征时，以汝中柏为治书侍御史，辅佐其弟也先帖木儿。汝中柏多次进言罢黜哈麻，也先帖木儿没有同意，哈麻得知此事之后，担心官位不保，便联合皇后奇氏，在元顺帝面前诬陷脱脱兄弟，暗示监察御史袁赛因不花向元顺帝弹劾也先帖木儿，也先帖木儿被免职，元顺帝随后下诏，指责脱脱"劳师费财"，罢去兵权，后脱脱在流放地云南被哈麻矫诏杀害。哈麻拜中书左丞相，雪雪由知枢密院事拜御史大夫，但是哈麻没有笑到最后，次年二月，由于哈麻意图拥戴太子即位，遭到妹夫集贤学士秃鲁帖木儿告发，元顺帝下旨将哈麻和其弟雪雪免职发配边疆，途中杖毙。

搠思监，怯烈氏，早年性情宽厚，处事果断，许多人认为其终能成大器。泰定初年，承袭父职为宿卫之长。元统初年，出京为福建宣慰使都元帅。在福建任职三年，政事清明，威惠甚著。元顺帝至元三年（1337），任江浙行中书省参知政事，管理海运，当时国家开支在很大程度上要依靠海运方面的收入。由于其筹措有方，所运的三百余万石米都安全到达京师，三年后，改任江浙行省右丞，任内中止了福建境内弊端重重的盐法。

因为办事精明果断，搠思监步步高升，历任要职。至正十二年（1352），任中书平章，随丞相脱脱平定徐州叛乱有功。至正十四年（1354）九月，奉命带兵到淮南讨伐反元起义军，在战斗中身先士卒，流矢伤脸也不为所动，事后，元顺帝见其脸上有箭疤，深为感慨，拜其为中书左丞相，后晋升为右丞相，加太保衔。

但随着官职的晋升，搠思监这位昔日的能臣却日渐腐败堕落。此时，天下大乱，各路豪杰揭竿而起，元朝控制的疆域不断缩小，元顺帝又沉迷女色，不理政事，久居相位的搠思监不仅没有力挽狂澜，挽救危局，相反勾结宦官朴不花，把持朝政，中饱私囊，监察御史燕赤不花向皇上劾奏搠思监任用私人朵列及姜弟崔完者帖木儿印造伪钞，事将败露，其令朵列自杀以灭口。搠思监以退为进，请求解除自己的职务，元顺帝只下诏收其印绶，不久复任中书右丞相。

朴不花，高丽人，幼年时被送至宫廷成为宦官，善于奉迎，工于心计，深得同样来自高丽的奇皇后的倚重和宠信。在奇皇后的美言下，朴不花逐渐迁升为荣禄大夫，加资正院使，担任掌管财政的要职。后来元顺帝厌倦政务、耽于声色，把军国大权交给已经成年的太子，并任用朴不花推荐的搠思监为宰相，于是朴不花勾结搠思监，独揽大权、排斥异己，同时干预官吏任免，门生故吏遍天下。

与哈麻、搠思监不同，朴不花比较注重收买人心。至正十八年（1358），河南、河北、山东发生战乱，大批难民避居京城，造成京城发生严重饥荒，尸横遍野，朴不花出面买地收葬尸体二十万具，花费银二十万余锭，坟地占地广阔，从南北两城到卢沟桥之间，男女分葬。

至正二十四年（1364）三月，朴不花、搠思监对驻扎大同、手握重兵的孛罗帖木儿收留政敌、顺帝母舅老的沙一事不满，诬告孛罗帖木儿谋反，元顺帝下诏解除其兵权，削夺其官爵去四川，且命王保保出兵讨伐，孛罗帖木儿联合不颜帖木儿等一批宗王拒绝奉旨，并向元顺帝兴师问罪，元顺帝这时下令逮捕朴不花、搠思监，分别流放到甘肃和岭北，以平息众怒，但事实上二人并未被流放，而是一直留在京城。同年四月，孛罗帖木儿派秃坚帖木儿出兵进攻京城，扬言要"清君侧"，元顺帝不得已交出两人，朴不花和搠思监一起死于孛罗帖木儿的刀下。

《水浒传》里的"四大奸臣"与元末奸臣们存在不少相似之处：

### 1. 他们都是投君主所好而获得宠信，身居高位

昔日东京"泼皮"高俅虽然只不过是一个东京开封府汴梁宣武军的浮浪破落户子弟，"只好刺枪使棒，最是踢得好脚气毬"，而且"吹弹歌舞，刺枪使棒，相扑顽耍，颇能诗书词赋"（《水浒传》第二回），但是在替小王都太尉送礼给端王即后来的宋徽宗时，机缘巧合下展现了自己的"最是踢得好脚气毬"的特长，因此被同样喜欢蹴鞠的端王要去，成为其亲随。宋徽宗登基之后，重用自己人，短短数年，便官拜殿帅府太尉。蔡京不仅为人善于阿谀奉承，而且琴棋书画样样精通，还是北宋末年公认的书法大家，深得"文艺皇帝"宋徽宗的宠信，至于童贯和杨戬宦官出身，长年服侍君主，自然懂得察言观色，投其所好来换取自己的荣华富贵。

元末奸臣们也不例外。哈麻与其弟雪雪，早年担任宫廷宿卫，深得元顺帝宠信，"尝阴进西天僧以运气术媚帝，帝习为之，号演揲儿法。演揲儿，华言大喜乐也"（《元史·哈麻传》）。搠思监早年"性宽厚，简言语，皆以远大之器期之"，但是位极人臣之后，"居相位久，无所匡救"（《元史·搠思监传》），对于元顺帝只会一味地迎合奉承，不敢纠正君主的过失，为士大夫所不齿。至于朴不花，凭借与皇后奇氏有同乡之谊，"以阉人入事皇后者有年，皇后爱幸之，情意甚胶固，累迁官至荣禄大夫、资正院使。资正院者，皇后之财赋悉隶焉"（《元史·朴不花传》）。

### 2. 都因为一己之私而嫉贤妒能，陷害忠良

高俅上位之后，由于个人恩怨先后打击陷害王进和林冲，以至于像林冲这样武艺高强，骁勇善战，对朝廷忠心耿耿的禁军教头由于走投无路，被迫上了梁山，成为朝廷的"心腹大患"。

蔡京则一心想要围剿梁山，排斥打击主张招安的官员。在《水浒传》第六十七回《宋江赏马步三军 关胜降水火二将》中，谏议大夫赵鼎建议："前者差蒲东关胜领兵征剿，收捕不全，累至失陷。往往调兵征发，皆折兵将。盖因失其地利，以至如此。以臣愚意，不若降敕赦罪招安，诏取赴阙，命作良

臣，以防边境之害。此为上策。"蔡京听了大怒，喝叱道："汝为谏议大夫，反灭朝廷纲纪，猖獗小人，罪合赐死！"当日革了赵鼎官爵，罢为庶人。

童贯治军则任人唯亲，喜欢重用阿谀奉承之徒，导致像"丑驸马"宣赞这样的人才，由于相貌丑陋和性格刚直，长期处于投闲置散的状态。

在嫉贤妒能、陷害忠良方面，元末奸臣们也毫不逊色。元顺帝亲政后，一度有所作为，但是随着时间的推移，日渐沉迷女色，不理朝政，加上灾害不断导致天下大乱，各路枭雄纷纷起兵。至正八年（1348），方国珍兄弟啸聚海上；至正十一年（1351），刘福通率领红巾军在江淮揭竿而起；至正十三年（1353），张士诚占领高邮，建立大周政权。同年，在镇压徐州的红巾军之后，脱脱率领大军讨伐占据高邮的张士诚，在即将攻陷高邮之时，哈麻勾结皇后奇氏，陷害脱脱，元顺帝下诏，指责脱脱"劳师费财"，罢其兵权，后脱脱在流放地云南被哈麻矫诏杀害。脱脱文韬武略，对元顺帝忠心耿耿，他的含冤而死标志着元朝的灭亡已经无可挽回！

另一方面，搠思监和朴不花相互勾结，把持朝政，党同伐异。《元史·搠思监传》记载："时帝益厌政，而宦者资正院使朴不花乘间用事为奸利，搠思监因与结构相表里，四方警报及将臣功状，皆壅不上闻。孛罗帖木儿、扩廓帖木儿各拥强兵于外，以权势相轧，衅隙遂成。搠思监与朴不花党于扩廓帖木儿，而诬孛罗帖木儿以非罪。"

### 3. 他们大多穷奢极欲，中饱私囊

蔡京收受贿赂连女婿都不放过，从梁中书每年向岳父贡献十万贯生辰纲不难想象其个性之贪婪。另外，在《水浒传》第三十九回中，江州知府、蔡京之子——蔡九介绍他人到蔡京府邸办事时提及"但有各处来的书信缄帖，必须经由府堂里张干办，方才去见李都管，然后达知里面，才收礼物。便要回书，也须得伺候三日"，可见平时上门送礼人数之多。

童贯则将操纵国家大事作为获利的手段。梁山招安后，宋江等人率领大军击败辽国，辽国君臣派人行贿于童贯和蔡京，后者因此劝说宋徽宗罢兵和谈。

元末奸臣们同样强取豪夺、假公济私。《元史·哈麻传》记载："既而脱脱、也先帖木儿皆就贬逐以死，并籍其家赀人口，而以所籍也先帖木儿者赐

哈麻。"《元史·搠思监传》记载："于是搠思监居相位久，无所匡救，而又公受贿赂，贪声著闻，物议喧然。是年冬，监察御史燕赤不花劾奏搠思监任用私人朵列及妻弟崔完者帖木儿印造伪钞，事将败，令朵列自杀以灭口。"《元史·朴不花传》记载："不花骄恣无上，招权纳赂，奔竞之徒，皆出其门，骎骎有赵高、张让、田令孜之风，渐不可长，众人所共知之。"

**4. 掌握权力之后，大多扶持党羽，培植亲信**

高俅担任殿帅府太尉之后，不仅在禁军内部排除异己，顺之者昌，逆之者亡，而且还利用宋徽宗对自己的宠信，干涉官员任命。在其运作下，叔伯兄弟高廉也由于"一人得道，鸡犬升天"，官拜高唐州知府。

蔡京成为丞相之后，除了任命其子蔡九为江州知府，扶持门人贺氏为华州太守之外，还有意栽培自己的女婿梁中书成为大名府留守。北宋建立之后，一直面对来自北方兵强马壮、幅员辽阔的辽国的巨大军事威胁。庆历二年（1042），宰相吕夷简为了抵御辽国的军事威胁，便以宋真宗咸平三年（1000）驻跸大名府（今河北大名东北）亲征契丹为名，奏请将大名府升为北京，使之成为北宋名义上的"首都"之一。大名府留守上马管军，下马管民，是宋朝北部防区的最高军政长官，蔡京利用自己的权势让其女婿梁中书成为大名府留守意味着前者将北部防区的军政大权牢牢地控制在自己手中。

为了巩固权势，元末奸臣们同样扶持党羽，培植亲信。《元史·哈麻传》记载："与老的沙、八郎、答剌马吉的、波迪哇儿祸等十人，俱号倚纳。"《元史·搠思监传》记载："（搠思监）私家草诏，任情放选。"《元史·朴不花传》记载："时帝益厌政，不花乘间用事，与搠思监相为表里，四方警报、将臣功状，皆抑而不闻，内外解体，然根株盘固，气焰薰灼，内外百官趋附之者十九。又宣政院使脱欢，与之同恶相济，为国大蠹。"

如此多的相似之处很难相信是纯属巧合，对于这种现象比较合理的解释便是施耐庵很可能是根据元末奸臣哈麻、搠思监和朴不花等人性格和事迹来精心刻画《水浒传》里"四大奸臣"的人物形象和相关故事情节。

## "混江龙"李俊与明初黄森屏传说

接受朝廷招安之后，尽管宋江等梁山好汉讨伐辽国，平定方腊之乱，为大宋王朝立下了汗马功劳，但是在这一过程中，梁山也损失惨重，尤其是平定方腊之乱时，有大半头领不幸阵亡。

更令人心寒的是，随着各地叛乱被平定，梁山好汉们也失去了利用价值，高俅、蔡京等奸臣先后设计毒杀卢俊义和宋江，宋江在毒发身亡之前，害怕李逵为他报仇，破坏自己的名声，也让其喝下了毒酒，两人命丧黄泉，宋江、李逵死后托梦给吴用、花荣，吴用、花荣赶到宋江墓前，一同自缢而死。

与这些梁山好汉的悲惨结局形成鲜明对比的便是"混江龙"李俊，李俊在平定方腊之乱，班师回朝途中，诈病归隐，与童威等人远赴海外，成为暹罗（今泰国）国主，在梁山好汉之中，结局最为圆满的莫过于李俊。

李俊祖籍庐州（今安徽合肥），在扬子江中做撑船艄公，暗地里还与"出洞蛟"童威、"翻江蜃"童猛一同贩卖私盐，杀人越货，因精通水性，人称"混江龙"，他和"催命判官"李立、揭阳镇穆弘兄弟、浔阳江张横兄弟合称"揭阳三霸"。

宋江刺配江州之时，途经揭阳岭。李俊听闻消息，便与童家兄弟在岭下等候，却阴差阳错没有遇到宋江。宋江在李立的酒店里吃酒，却被其用蒙汗药麻翻，险遭杀害。李俊久候不至，返回岭上寻找李立，恰遇李立要宰杀宋江，便将宋江救下。

《水浒传》第三十六回《梁山泊吴用举戴宗 揭阳岭宋江逢李俊》写道：

那大汉便叫那人："快讨解药来，先救起我哥哥。"那人也慌了，连忙调了解药，便和那大汉去作房里，先开了枷，扶将起来，把这解药灌将下去。四个人将宋江扛出前面客位里，那大汉扶住着，渐渐醒来，光着眼，看了众人立在面前，又不认得。只见那大汉教两个兄弟扶住了宋江，纳头便拜。宋江问道："是谁？我不是梦中么？"只见卖酒的那人也拜。宋江答礼道："两位大哥请起。这里正是那里？不敢动问二位高姓？"那大汉道："小弟姓李名俊，祖贯庐州人氏。专在扬子江中撑船艄公为生，能识水性。人都呼小弟做混江龙李俊便是。这个卖酒的是此间揭阳岭人，只靠做私商道路，人尽呼他做催命判官李立。这两个兄弟是此间浔阳江边人，专贩私盐来这里货卖，却是投奔李俊家安身；大江中伏得水，驾得船，是弟兄两个：一个唤做出洞蛟童威，一个叫做翻江蜃童猛。"两个也拜了宋江四拜。宋江问道："却才麻翻了宋江，如何却知我姓名？"李俊道："小弟有个相识，近日做买卖从济州回来，说道哥哥大名，为事发在江州牢城来。李俊未得拜识尊颜，往常思念，只要去贵县拜识哥哥。只为缘分浅薄，不能勾去。今闻仁兄来江州，必从这里经过。小弟连连在岭下等接仁兄五七日了，不见来。今日无心，天幸使令李俊同两个弟兄上岭来，就买杯酒吃，遇见李立，说将起来。因此小弟大惊，慌忙去作房里看了，却又不认得哥哥。猛可思量起来，取讨公文看了，才知道是哥哥。不敢拜问仁兄，闻知在郓城县做押司，不知为何事配来江州？"宋江把这杀了阎婆惜，直至石勇村店寄书，回家事发，今次配来江州，备细说了一遍。四人称叹不已。

宋江与李俊结为兄弟之后，在揭阳镇打赏"病大虫"薛永，得罪了穆弘兄弟，被穆家兄弟率人追至浔阳江边，情急之下，又上了张横的黑船。张横将船驶至江心，要夺宋江的财物，并逼他跳江，李俊恰巧撑船碰见，再一次救下宋江，宋江与张横、穆弘等人化敌为友。后来宋江在江州题反诗，遭黄文炳告发，与戴宗被判斩首，却被晁盖等人救出。李俊与张横、穆弘等九人来到江边白龙庙与宋江等人相遇，一行二十九人在白龙庙聚会。

李俊跟随宋江上梁山，与李逵一同镇守山前旱寨，宋江等人讨伐祝家庄、高唐州、青州和华州，李俊多次随同出征。

梁山受招安后，李俊随宋江讨伐辽国，屡立战功。击败辽国，梁山班师回朝，驻扎在东京城外，朝廷却生猜忌之心，下令禁止诸将擅自入城，梁山诸将颇有怨言。李俊与三阮、二张等水军头领去请军师吴用做主，表示要劫掠东京，重回梁山泊落草，但是遭到宋江和吴用的反对，只得作罢。

征讨方腊时，李俊率水军收复江阴、太仓，并与童威、童猛到太湖侦察，在榆柳庄与费保、倪云、卜青、狄成四人结义，费保的一番话语使得李俊对于自己的未来有了新的看法。

《水浒传》第九十四回《宁海军宋江吊孝　涌金门张顺归神》写道：

话说当下费保对李俊说道："小弟虽是个愚卤匹夫，曾闻聪明人道：世事有成必有败，为人有兴必有衰。哥哥在梁山泊勋业，到今已经数十馀载，更兼百战百胜。去破大辽时，不曾损折了一个弟兄。今番收方腊，眼见挫动锐气，天数不久。为何小弟不愿为官为将？有日太平之后，一个个必然来侵害你性命。自古道：太平本是将军定，不许将军见太平。此言极妙。今我四人既已结义了，哥哥三人何不趁此气数未尽之时，寻个了身达命之处，对付些钱财，打了一只大船，聚集几人水手，江海内寻个净办处安身，以终天年，岂不美哉！"李俊听罢，倒地便拜，说道："仁兄，重蒙教导，指引愚迷，十分全美。只是方腊未曾剿得，宋公明恩义难抛，行此一步未得。今日便随贤弟去了，全不见平生相聚的义气。若是众位肯姑待李俊，容待收伏方腊之后，李俊引两个兄弟径来相投，万望带挈。是必贤弟们先准备下这条门路。若负今日之言，天实厌之，非为男子也。"那四个道："我等准备下船只，专望哥哥到来，切不可负约！"李俊、费保结义饮酒，都约定了，誓不负盟。

后来，李俊率水军头领到清溪城中诈降，被方腊封为水军都总管，获得信任之后，李俊在城中纵火，协助大军破城，最终平定方腊之乱。

平定江南后，李俊随大军班师。他行至苏州时，诈称中风，要求留下童威、童猛看视，让宋江先行回朝。宋江怕耽误行期，只得留下李俊等三人，自率大军回京朝觐。宋江走后，李俊依照旧约，与童家兄弟前往榆柳庄，寻找费保等四人，打造船只，从太仓港出海，来到当今东南亚地区，最终成为暹罗（今泰国）国主。

梁山一百零八条好汉的结局除了战死沙场、被奸臣毒杀、继续担任朝廷官职之外，大多选择归隐山林。如果说施耐庵对李俊有好感，完全可以使其归隐山林，颐养天年，但是其偏偏让李俊出逃海外，并且成为暹罗国主，这样的安排堪称奇特。那么施耐庵为什么会撰写这些内容呢？要想回答这个问题，我们必须首先了解明初将领黄森屏航海至东南亚婆罗洲，成为文莱国主的传说。

相传元朝末年，朱元璋手下有一员大将名叫黄元寿，福建泉州人。早年因为作战英勇，受到朱元璋的赏识，赐名黄森屏。明朝建立后，黄森屏一直在东南沿海一带跟倭寇作战，洪武八年（1375），被明太祖朱元璋封为云南永昌腾冲卫总兵，驻守云南腾冲。由于云南腾冲地处于边界，时常发生战争，在一次战争中黄森屏战败，为了躲避责罚便率领整个家族及追随他的手下数千人经缅甸航海南渡抵达婆罗洲（即现在的加里曼丹岛）。

到达婆罗洲之后，黄森屏和众多的华人同胞共同努力，力量迅速发展，建立起了这片国土上第一个华人政权，从此声威远震，被当地人称为"拉阁"，也就是王的意思。在婆罗洲另一边有一个渤泥国，渤泥国时常受到印尼和菲律宾南部苏禄苏丹国的侵扰，还被要求向他们纳贡。渤泥国的国王苏丹马合谟沙不堪其扰，便向黄森屏求助。为了达成同盟关系，马合谟沙把女儿嫁给了黄森屏，让自己的弟弟艾哈迈德娶了黄森屏的妹妹。随后，黄森屏率领华人军队将印尼和苏禄国击退，从此后者不敢再来骚扰渤泥国，而渤泥国也因此避免了灭亡的命运。在此后的三十年间，两个政权不断强大，后来组建成为现在的文莱，至此黄森屏和渤泥国国王马合谟沙成为文莱的两位开国亲王，受文莱人的供奉。

在南洋奋斗成功的黄森屏一直没忘记自己"生是中国人，死也是中国人"的民族认同感。永乐六年（1408），黄森屏亲率一百五十多名老部下漂洋过海回到中国觐见，明成祖朱棣设国宴款待并且让他们回家看看家乡变化，年岁已高的黄森屏也许是经不住舟车劳顿和心中巨大的喜悦，在这年的十月去世了。

临终前，黄森屏向明成祖提出三个要求：一是将渤泥和断手河流域的土地归入中国明朝版图；二是加封东南亚的最高山基纳巴卢山为渤泥国的镇山，并赐以美名，永镇南洋大地；三是允许自己安葬于中国。黄森屏去世后被以王礼葬于南京。

　　李俊与黄森屏在不少方面具有相似之处：李俊是宋江的部属，黄森屏则是朱元璋手下将领，而宋江的历史原型便是朱元璋；李俊和黄森屏都是为了避祸航海至东南亚，他们后来都成为东南亚某个国家的国主。尽管当前有些学者质疑黄森屏成为文莱国主的传说的真实性，认为这不过是明清时期"下南洋"的华人移民为了提升民族自信心编撰出的传奇故事，但是元末明初中国航海业的蓬勃发展以及宋代以后江南地区向东南亚的大规模移民都指向了这样一种可能性：施耐庵让李俊出逃海外，并且成为暹罗国主很可能源于自己生活的历史时期，盛兴于东南沿海的黄森屏的传说，这样安排的目的是向读者暗示水浒故事发生的真正历史背景不是北宋末年而是元末明初时期。

# 后　记

　　《水浒传》在我国的影响力可以用"无人不知，无人不晓"来形容，无论在庙堂，还是在市井，谁还不能说上几个梁山好汉除暴安良、替天行道的水浒故事呢？更值得注意的是，水浒不仅是我国社会的焦点，而且对于水浒的研究和评论也是图书出版的热点，鲍鹏山先生撰写的水浒系列书籍长期位列畅销书排行榜前列，十年砍柴先生撰写的《闲看水浒：字缝里的梁山规则与江湖世界》也深受好评。

　　然而尽管自《水浒传》问世以来，我国的众多学者专家对于《水浒传》进行过深入细致的研究，但是笔者在阅读《水浒传》过程中却发现众多有悖常理的谜团和疑点，这些谜团和疑点根据现有的研究成果难以获得合理的解释。为了让水浒的研究有所突破，同时也为了破解这些谜团，笔者根据多年阅读《水浒传》的心得体会和对元末明初历史的研究观察，从一个全新的角度探讨《水浒传》背后隐藏的历史真相，对于宋江、晁盖、吴用、宋徽宗等水浒人物背后的历史原型和水浒故事背后的历史事件提出自己的看法，力图颠覆原有的水浒认知体系，构建新的水浒认知体系，至于这些观点是真知灼见还是异想天开，就交给读者朋友来判断吧！

　　作为一位水浒的爱好者和研究者，笔者斗胆建议，如果我国的哪家影视公司对于本书的内容感兴趣，不妨根据本书的内容拍摄一部具有悬疑推理色彩的人文纪录片《水浒疑案》，让我国的观众了解《水浒传》背后隐藏的足以让人目瞪口呆的历史真相。另外，还可以拍摄以明太祖、元顺帝、施耐庵为主角的历史大剧，以元末大乱世为背景，全面展现大明开国的宏大历史进程和施耐庵创作《水浒传》的经过，同时让施耐庵以构思和想象的方式在观众面前再现《水浒传》里的经典故事，尽管当前反映这段历史的连续剧已经有了胡军版的《朱元璋》和陈宝国版的《传奇皇帝朱元璋》等影视作品，但是如果新剧在演绎明太祖朱元璋剿灭群雄，一统天下的同时，能够结合施耐庵创作《水浒传》的经过，以及元顺帝早年的坎坷人生和登上帝位之后，如何联手脱脱扳倒权臣，夺回大权，并且最终沉迷女色，重用奸佞，成为元朝的"亡国之君"等情节，相信会给观众带来耳目一新的感觉！

巨南

2024年12月6日写于乐清市委党校